KiWi
PAPERBACK

894

Über das Buch:

London im Jahr 2004: Ein junger Deutscher sitzt nachts allein im Büroturm der Derling Bank und bereitet sich auf eine Dienstreise in die Ukraine vor. Er ist 33, Experte für Öl- und Erdgasfirmen, seit sieben Jahren in der Londoner City. Was Tobias Linderoth an seinem Beruf mag, sind die Schnelligkeit, die Aufregung, die Bauchentscheidungen. Er fürchtet, wenn ihm das Projekt in der Ukraine nicht gelingt, wird er entlassen werden. Kiew im Jahr 2004: Auf den Straßen demonstrieren die Menschen die Orange Revolution herbei. Das Leben findet im Freien statt. Cafébesuche sind für die meisten zu teuer, man geht auf den Boulevards spazieren, bei Regen auch in den U-Bahnstationen. Hier trifft er Larissa. Eine begabte Klarinettistin, bleibt ihr der Zugang zum Konservatorium doch verwehrt, weil sie die nötigen Schmiergelder nicht aufbringen kann. Wie viele Ukrainer lebt sie mit Anfang zwanzig noch mit ihren Eltern und ihren Geschwistern in einer Dreizimmerwohnung eines ständig überheizten Plattenbaus. Tobias sieht sehr wohl, wie anders Larissa ist. Das ist es ja, was ihn zu ihr zieht. Wie schwierig es ist, jemanden aus einer anderen Welt zu lieben, wird er erst erfahren.
Einfühlsam, sanft und schonungslos zugleich, erzählt der Roman von einer Ehe zwischen Ost und West, wie sie heute selbstverständlich erscheint – die aber keineswegs als selbstverständlich behandelt wird: Von Fremden und Freunden mit Skepsis betrachtet, müssen Tobias und Larissa sich selbst und aller Welt beweisen, dass ihre Liebe wahrhaftig ist.

»Reng ist unterhaltsam, stilsicher, witzig.« *Norddeutscher Rundfunk*

Der Autor:

Ronald Reng, geboren 1970 in Frankfurt am Main, lebt als Sportreporter in Barcelona. Sein Debüt »Der Traumhüter« über den Torwart Lars Leese, ein Bestseller schon in Deutschland, wurde in Großbritannien mit dem Preis für das beste Sportbuch des Jahres 2004 ausgezeichnet.

Weitere Titel:

»Der Traumhüter – Die unglaubliche Geschichte eines Torwarts«, KiWi 618 (2002).
»Mein Leben als Engländer«, Roman, KiWi 796 (2003).
»Gebrauchsanweisung für London« (2004).

Ronald Reng

Fremdgänger

Roman

Kiepenheuer & Witsch

1. Auflage 2005

Umschlaggestaltung: Barbara Thoben, Köln
Umschlagfoto: © zefa/B. Sporrer
Autorenfoto: © Bettina Fürst-Fastré, Köln
Gesetzt aus der Bembo
Satz: Greiner & Reichel, Köln
Druck und Bindearbeiten: Clausen & Bosse, Leck
ISBN 3-462-03623-8

Für Ludmilla und Nadja Kurchyeva

»Mich überkam ein uneingeschränktes Vertrauen
in das Glück.«

ANDREJ KURKOW, *Petrowitsch*

Eins

Wenn er ein Buch anfängt, liest er es immer zu Ende. Bei Büchern, die ihm nicht gefallen, die ihn langweilen oder überfordern, gesteht er sich zu, manche Zeilen, gar komplette Seiten zu überfliegen, ohne aufzunehmen, was er liest. Er ist dann in Gedanken manchmal ganz woanders. Doch damit hören die Zugeständnisse auf. Er überspringt keine Passage, er lässt keine Seite aus. Er fühlt, er dürfe das nicht.

Er hat mit 14, 15 Jahren begonnen, Bücher zu lesen, richtige Bücher, die aus den Regalen seiner Eltern. Die Bücher bedeckten die gesamte westliche Wand ihres Wohnzimmers in der Grillparzerstraße in Frankfurt, es waren Hunderte. Wenn morgens vom Fenster gegenüber die Sonne hineinschien, sah man den Staub auf den oberen Reihen; es schien ihm unmöglich, dass jemand all diese Bücher gelesen haben könnte, wenn es seine Mutter offensichtlich noch nicht einmal schaffte, alle abzustauben. Er wollte der Erste sein, dem es gelang. Er ging minutenlang vor ihnen auf und ab, ihm war feierlich zumute, wenn er, er ganz allein, sich ein neues Buch auswählte. Die wenigsten hat er wirklich verstanden.

Die Romane von Siegfried Lenz gefielen ihm am besten, aber selbst in ihnen, ahnte er, waren Anspielungen, Botschaften, Parabeln versteckt, die sich ihm verschlossen. Bei Oscar Wilde oder F. Scott Fitzgerald las er oft seitenlang, ohne den Sinn des Geschriebenen zu begreifen. Aber er hätte es nie gewagt abzubrechen. Ein Buch zu lesen war ein Genuss, sogar in Peter Handkes Werken fühlte er die Schönheit der Sprache, die Faszination der für ihn letztendlich immer unbegreiflichen Handlung, ohne dass er konkret hätte benennen können, was ihn faszinierte, was er schön fand. Vor allem

jedoch war es eine Leistung, ein Buch zu lesen; etwas, was er schaffen musste, etwas, was er sich selbst aufgezwungen hatte, was er zu Ende bringen musste, auf jeden Fall.
Niemand hat ihm dieses Denken nahe gelegt. Dieser innere Zwang, Sachen schaffen zu müssen, ist ihm gegeben. Als Rachel vor zwei Tagen im Bett neben ihm sagte, »ich glaube, ich lasse dieses Buch sein, ich finde einfach keinen Zugang dazu«, erinnerte er sich, dass er noch nie ein Buch nicht zu Ende gelesen hatte; dass er schon als Kind so war, so, wie er findet, willensstark. Er sagte nichts zu Rachel, aber er verspürte Stolz, nicht auf eine konkrete Errungenschaft, da war bloß für einen Augenblick dieses grundsätzliche Gefühl, viel geschafft zu haben. Erst jetzt, zwei Abende später, er weiß nicht, warum, vermutlich weil er an Rachel denkt, wird ihm bewusst: Er hat schon seit vier Jahren kein Buch mehr gelesen.

Zwei

Rachel ist seit vier Stunden in seiner Wohnung. Er überlegt, was er machen könnte, um seine Heimkehr noch weiter aufzuschieben.

Er nimmt die Schale der halb reifen Banane, die er gerade gegessen hat, und versucht, sie in den Papierkorb zu werfen. Obwohl der Papierkorb in drei Metern Entfernung steht und der Flug der schlaffen, länglichen Schale schwer zu berechnen ist, trifft er sofort. Er steht auf, nimmt die Schale aus dem Papierkorb, geht zurück zu seinem Platz, setzt sich und wirft noch einmal. Der erste Treffer war nur Zufall. Bei den folgenden 100 Würfen, er zählt im Kopf mit, bis 100, sagt er sich, trifft er nur 21-mal. Bald ist es Mitternacht.

Er ist jetzt ganz alleine im Büro. Es ist ein großer Raum ohne Bilder an den Wänden, im 22. Stock der Europa-Zentrale der amerikanischen Investmentbank Derling. Tagsüber sitzen hier 60 Leute an geradlinig angeordneten Schreibtischen, sechs pro Reihe. Von den Fenstern blickt man weit über London, im Vordergrund stehen die neuen Apartmentblöcke der Docklands mit ihren stählernen Balkonen, die wie tote Rieseninsekten an den Häusern kleben, dahinter läuft endlos, flach Südlondon aus. Platt und ausgedehnt wie ein Pfannkuchen liegt die Stadt unter einem. Er sieht nie aus dem Fenster. Er sitzt in der Mitte des Raums, zu weit weg, und die Arbeit ist nicht so, dass man aufstehen und zum Fenster gehen würde. Sie arbeiten losgelöst von Raum und Zeit. Sie wissen, sie sitzen im zweithöchsten Bankturm der Canary Wharf, aber die einzigen Male, dass ihnen dies bewusst wird, ist, wenn sie daran denken, dass der Turm der Hongkong and Shanghai Banking Coperation nebenan noch höher ist. Es ist ein demütigender Gedanke, der ihnen immer dann kommt, wenn sie ein Geschäft an die Konkurrenz verloren haben: Es gibt Größere als sie.

Er weiß, das Geld schläft nie, es ist auch jetzt wach und hält die City of London, den größten Finanzplatz Europas, am Laufen. Er könnte durch alle 34 Stockwerke der Derling Bank gehen und würde überall noch Kollegen begegnen. Meist wären es *Associates* und *Analysts*, junge Frischlinge mit bleichen Gesichtern, denen unbarmherzige Abgabefristen für ihre Dossiers und Analysen gesetzt wurden, die schon die zweite Nacht ohne Schlaf an ihrem Schreibtisch durcharbeiten, gefesselt von der Angst zu versagen, gefangen vom *buzz*, dem Stress, dem Rausch; dem elektrischen Summen und Brummen der City, das allen hier den Kopf verdreht. Manchen verschafft die City unglaubliche Macht und gigantischen Reichtum. Sehr vielen verhilft sie zur Illusion, mächtig und reich zu sein.

Er spürt den *buzz* im siebten Jahr in London noch oft. Wenn sie das Gerücht hören, die Jungs von Merrill Lynch wollten ihnen den Auftrag ausspannen, für Gas Natural auf dem italienischen Markt ein Energieunternehmen zum Kauf zu finden. Wenn es schnell gehen muss, wenn er noch am Nachmittag zu Gas Natural nach Barcelona fliegt, weil er sofort eine süditalienische Firma, Nettis Gas Plus, im Kopf hat, die passen könnte, die ordentlich geführt ist und unter 150 Millionen Euro zu haben sein sollte. Wenn dann der *Managing Director* aus der Abteilung Fusionen & Akquirierungen anruft – Jungs, *effin' great*, wir haben den Gas-Natural-Auftrag, sie waren sehr beeindruckt von euerer Präsentation, die Idioten von Merrill Lynch haben ihnen zu einer überteuerten lombardischen Firma geraten, Nettis dagegen ist genau das, was sie suchten –, dann kann er das Summen und Brummen fühlen. Er kennt kein besseres Gefühl. Nach einem Tag wie diesem jedoch, allein im Büro, wo nur das Zirpen der Neonlampen zu hören ist, wartet er erst gar nicht darauf, dass sich die Magie einstellt.

Er fühlt sich außer Stande, jetzt Rachel zu sehen, sich neben sie ins Bett zu legen, die Decke sorgsam über sie zu breiten, zu tun, als wäre alles normal – zu spüren, wie ihre warme Hand sich auf seine Hüfte legt, ihr Atem näher kommt und schließlich überall ist, auf ihm, neben ihm, in ihm. Denn zwischen dem Auflegen ihrer Hand auf seine Hüfte und dem Näherkommen ihres Atems würde sie ihn halb verschlafen fragen: »Wie war dein Tag?« Es wird dann nicht mehr als ein gemurmeltes »Gut« von ihm erwartet. Er kann sich nicht vorstellen, dass er dies heute schafft. Er ist nicht gut darin, abzuschalten, Ärger in der Arbeit zu verdrängen, und am schlechtesten ist er darin, die Dinge auseinander zu halten, wenn er gestresst ist; zu trennen zwischen Arbeit und Rachel. Seine Idee ist, erst nach Hause zu kommen, wenn sie schon schläft, wenn sie ihm keine Fragen mehr stellt.

Sie sind seit dreieinhalb Monaten ein Paar. Sie ist Neuseeländerin, 29, in der Unternehmensberatung, in der sie als Chefsekretärin arbeitet, kann sie bereits um 19 Uhr gehen. Sie fährt dann wie selbstverständlich mit der U-Bahn zu seiner Drei-Zimmer-Wohnung in der Marville Road Nr. 11 in Fulham, er hat ihr die Ersatzschlüssel gegeben. Sie haben nie darüber geredet, warum sie sich bei ihm und nicht bei ihr treffen. Als sie einmal andeutete, dass sie gerne aus ihrer Wohngemeinschaft in Clapham ausziehen wolle, wusste er, sie erhoffte sich zur Antwort, dass er sie bitten möge, zu ihm zu ziehen. Er ignorierte die Bemerkung.

Ihre Freundin hatte ihn angesprochen, als er sie das erste Mal in einem Pub in der Innenstadt sah. Er hatte sich nach ein paar unverfänglich höflichen Worten sofort Rachel zugewandt. Sie gefiel ihm auf der Stelle.

Sie ist, wenngleich letztendlich ziellos, so doch intelligent, lebhaft, sinnlich. Sie kann ihr Lächeln langsam, wie in Zeitlupe, wachsen lassen, dann kommt es ihm vor, als fasse ihn dieses Lächeln an, als berühre es seine Haut. Die goldblonden Haare trägt sie halblang. Damals im Pub trug sie eine schwarze, kantige Brille, die sie aber keineswegs hochnäsig erscheinen ließ, wie eckige Brillen das oft tun. Die Brille löste in ihm gleich das Verlangen aus, sie ihr abzusetzen, um zu sehen, wie sie ohne aussehen würde. Heute trägt sie meist Kontaktlinsen. Ihre Kleidung gleicht der von unzähligen Frauen, die in der Londoner Finanzwelt arbeiten, und fällt, findet er, bei ihr doch auf, weil ihr Körper wie geschaffen scheint für den Bürodress, die weißen Blusen und halblangen, cremefarbenen oder grauen Röcke. Sie ist auf natürliche Weise rundlich, ohne dick zu wirken. Sie kämpft um ihr Gewicht, aber, das hat er sich gleich gedacht, als er sie in dem Pub in Soho musterte, sie wird, wenn sie älter ist, mollig werden. Ihre Knochen sind breit und schwer. Heute wird die erste Nacht in ihren dreieinhalb Monaten werden, in der sie nebeneinander, aber nicht miteinander schlafen.

Er hat, seit ihn Heike vor sechs Jahren verließ, viele solcher Beziehungen gehabt. Er beginnt sie jedes Mal wieder mit der Intuition, die Frau fürs Leben gefunden zu haben. Wenn das Gefühl nach Wochen oder spätestens ein paar Monaten verschwindet, nimmt er es nicht tragisch, sondern als Bestätigung, dass er noch nicht in dem Alter, noch nicht so weit ist, ein Familienleben zu führen. Er ist 33.

Er beendet eine Beziehung niemals einfach so, mit einem Schlussstrich, mit einem Satz: »Ich glaube, wir sollten uns trennen.« Auch das ist etwas, was er erst einmal schaffen muss, Beziehungen zu beenden; etwas, was ihn genauso anstrengt, wie früher Handkes Bücher zu Ende zu lesen. Und er schafft es immer wieder, seine Beziehungen einen langsamen Tod sterben zu lassen, ihre Liebe löst sich einfach auf, ohne dass es einen Krach gibt. Irgendwann sehen sie sich einfach nicht mehr. Das ist sein ideales Szenario. Wenn dies nicht klappt, so gelingt es ihm doch zumindest, dass es die Frau ist, die ihn verlässt. Noch nie kam es so weit, dass er aussprechen musste: »Wir sollten uns trennen.«

Er glaubt, dass er es sehr wohl könnte. Aber es muss nicht sein. Es gibt eine Barriere in seinem Kopf, Gefühle auszusprechen, vor allem solche, die Konfrontationen auslösen, und es kostet ihn sehr viel Kraft, über diese Sperre hinwegzukommen.

Als sich das Büro gegen 21 Uhr nach und nach leerte und er zurückblieb, sagte er den Kollegen, er müsse sich auf die Konferenz morgen vorbereiten. Dass er dies tun würde, glaubte er zu dem Zeitpunkt selber noch. Doch er ist zu angespannt. Er kann nach dem Gespräch mit Stoneton, seinem Chef, heute Nachmittag an nichts anderes mehr denken als an die Besprechung morgen in Kiew, aber ihm fehlt die Konzentration, sich in das Thema einzulesen. Er kann bloß immer denken, wie gut er sie wird hinkriegen müssen.

Ein Lappen wäre gut, denkt er, findet in seiner Schublade ein Taschentuch und beginnt, das halbe Dutzend Plexiglaswürfel auf seinem Schreibtisch abzustauben. »Derling Bank acted as sole advisors for Gas Natural SDG S. A. on the acquisition of Nettis Gas Plus. 13. September 2003«, ist auf einem Klotz ins Glas graviert. Es sind die Pokale der Investmentbanker, die nach jedem erfolgreichen Geschäft für sie angefertigt werden. *Tombstones* nennen sie die Trophäen, Grabsteine. Nicht einmal im Sport oder in Diktaturen werden so viele Blech- und Plastikorden verteilt.

Es ist lange her, dass er nachts in der Bank war. Und auch wenn ihm die Situation langsam sogar zu gefallen beginnt, allein im 22. Stock über London, Herr über das ganze Büro, mit ein bisschen Fantasie auch über die ganze City, so wird er nicht in Versuchung kommen, die Nächte von damals zu verklären. Er war Anfänger. 36 Stunden am Stück arbeitete er regelmäßig alle zwei, drei Wochen, wann immer er ein Dossier fertig zu stellen hatte. Man gab ihm das Gefühl, die Nacht durchzuarbeiten sei normal. Immer kam der Moment, an dem er sich selber nicht mehr sicher war, ob er überhaupt noch wach war oder schon schlief, und immer trieb ihn die Angst weiter, die – er weiß das deutsche Wort nicht mehr – *deadline* nicht zu schaffen. Er würde nicht sagen, dass er besonders gut Englisch spricht. Sieben Jahre in London haben bei ihm vor allem dazu geführt, dass er Deutsch schlechter spricht. Oft, wenn er Deutsch redet, fällt ihm das gewünschte Wort partout nur auf Englisch ein, und dann sitzt es in seinem Kopf fest und blockiert alles.

Seit zwei Jahren ist er *Vice President* der Industriegruppe Öl & Gas der Derling Bank, es ist die unterste unter den oberen Positionen. Er sollte nun ein eigenes Büro haben. Es hieß, im Moment sei keines frei. Das war vor anderthalb Jahren.

Was die Arbeit als Investmentbanker betrifft, so macht seine Abteilung alles: Börsengänge, Fusionen, Akquirierungen, Projektfinanzierung, sobald es um Gas- oder Ölfirmen geht, werden sie als Spezialisten hinzugerufen. Er ist in die Industriegruppe hineingeraten, als die Geschäfte 2002 schlecht liefen und seine Abteilung *Fusionen & Akquirierungen* verkleinert wurde. Man bot ihm die Versetzung zu Öl & Gas an, er wusste, was für ein Angebot das war, auch wenn der zweite Teil unausgesprochen blieb: Oder wir müssen Sie entlassen. Er würde sich heute, zwei Jahre später, noch immer nicht als Experte für Öl und Gas sehen, aber er hat gelernt, dass es darum auch nicht geht, sondern darum, so gut wie möglich zu tun, als sei man Experte.

Das heißt nicht, dass er sich nicht bemüht, ein Fachmann zu werden. Es erstaunt ihn selbst, wie austauschbar seine Interessen sind. Als Kind wollte er nichts anderes, als alle Bücher im Wohnzimmer zu lesen. Mit 17 wurde er in die Hockey-Jugend-Auswahl von Hessen berufen, plötzlich hatte er nur noch ein Ziel, er vergaß die Bücher, er wollte Nationalspieler werden. Er trainierte zweimal am Tag, schon morgens vor der

Schule um halb sieben ging er im Grüneburgpark laufen. Er war Torwart, er mochte das Gefühl, dass es auf ihn ganz alleine ankam. Während des Betriebswirtschaftsstudiums machte er ein Praktikum bei Kleinwort Benson, dem Investmenthaus der Dresdner Bank, er spielte noch immer Hockey, wenn er es auch nicht in die Nationalmannschaft gebracht hatte, so doch in die Bundesligaelf des Sport-Clubs von 1880. Aber der Elan war seit dem Praktikum weg. Der Sport kam ihm so klein vor. Die Welt, entdeckte er bei Dresdner Kleinwort Benson, drehte sich um das Investmentbanking, und das Investmentbanking hielt die Welt in Gang. Hoch in den Banktürmen, hinter ihren gläsernen Fassaden wurden täglich Millionen handstreichartig verloren oder gewonnen, wurden im Geheimen Coups ausgetüftelt, um Firmen groß zu machen oder zu zerstören. Mit einer einzelnen Entscheidung ließ sich hier das Leben von Zehntausenden Angestellten auf den Kopf stellen. Er wusste, er wollte nach London, in die City, an den Nabel dieser Welt. Dort sagte man ihm, du bist jetzt für Öl und Gas zuständig, und auf einmal sog er alles auf, den Jahresbericht der Energiepartnerschaft zwischen Österreich und Russland, die Meldungen der Branchendienste über die Privatisierung des rumänischen Erdölkonzerns Petrom, das Gerücht, ein ehemaliger KGB-Topspion namens Wladimir Alganow arbeite nun als Unterhändler auf dem Spezialgebiet Bestechung für russische Energieunternehmen. Er fragt sich, ob er überhaupt irgendwelche natürlichen Interessen hat oder ob man ihm morgen auch sagen könnte, du musst die letzten Geparden retten, und er würde sich für den Schutz der Tiere genauso besessen interessieren wie jetzt für den Weiterbau der Odessa-Brody-Pipeline.

Es ist vierzehn Minuten vor eins auf der digitalen Wanduhr über der Bürotür, neun vor eins auf seiner Armbanduhr. Von seinem Schreibtisch bis ins Büro des Chefs sind es immerhin zwanzig Meter. Wie groß der Raum ist, fällt ihm erst jetzt auf, da er leer ist. Wie Legehühner in der Batterie sitzen sie hier tagsüber. Er geht die zwanzig Meter, er zögert, er hat Angst, was, wenn jetzt ein Laufbote hereinkommt oder eine Putzfrau? Sie werden nicht wissen, dass er nicht auf diesen Stuhl gehört. Er tritt in Stonetons Büro, das in Wirklichkeit eine mit Glaswänden abgetrennte Ecke ihres Großraumbüros ist. Er ist enttäuscht: Es fühlt sich nicht großartig an, auf Stonetons Lederstuhl zu thronen. Er bleibt trotzdem sitzen. Es ist niemand außer ihm da, aber er glaubt, beweisen zu müssen, dass er wirklich keine Angst hat, hier zu sitzen. Hätte er heute irgendetwas anders machen sollen, als ihn sein Chef in den Glaskasten bat?

»Mister Linderoth, Tobias.« Stoneton hat die Angewohnheit, sie mit Nachnamen anzusprechen und dann unmittelbar danach ihren Vornamen zu nennen. Das spiegelt ihr Verhältnis gut wider, zwischen Chef und Untergebenen, die falsche Vertrautheit.

Stoneton ist eine respektable Erscheinung. Er wird Ende fünfzig sein, die dichten braunen Haare hat er seitlich gescheitelt, ohne dass der Scheitel künstlich oder lächerlich wirken würde. Er ist groß, weder dick noch dünn, sondern einfach richtig gebaut. Penibel achtet er auf seine Kleidung, er kauft sich regelmäßig neue Anzüge, auch wenn dies kaum jemand bemerkt. Es sind immer dieselben konservativen Modelle.

Die Abteilung Öl & Gas führt Mister Stoneton schon seit fünf Jahren, ohne dass ihn Öl und Gas weiter interessieren würden. Es heißt, für die Oper empfinde er Leidenschaft. Er gilt als einer der fähigsten Köpfe in der Derling Bank, weil er es versteht, worauf es ankommt: sich mit den richtigen Leuten zu umgeben, sie zu leiten und gewähren zu lassen. Stoneton war es, der ihn in seine Gruppe holte, als ihm bei *Fusionen & Akquirierungen* die Entlassung drohte. Er hat dies am Anfang als persönliche Wertschätzung gesehen. Heute ist er sich nicht sicher, wie sehr Stoneton andere Menschen überhaupt schätzt.

»Tobias«, beginnt Stoneton, als sie beide Platz genommen haben. Hier drinnen, in seinem Büro, wenn die Tür zu ist und sie alleine sind, nennt sein Chef sie manchmal nur beim Vornamen. »Schade, dass wir den Rothöl-Deal nicht bekommen haben.«

»Sehr schade, Mister Stoneton. Wir hatten viel vor, Expansion, neue Marktgebiete, mehr Kunden. Wir hatten alles ausgearbeitet.«

»Ja.« Stoneton zögert. Worauf will er hinaus? Eine Pause entsteht. Er sollte warten, was der Chef zu sagen hat, aber die Stille macht ihn nervös. Er sollte das nicht tun: Er redet weiter. »Es wäre nicht der größte Deal aller Zeiten gewesen, aber natürlich ein sehr prestigeträchtiger, gerade weil es sich um einen Schweizer Konzern handelt.«

Stoneton sieht ihn nun schweigend, mit aufmerksamen Augen an, ohne jede Regung.

»Nun gut, wir können nicht alle Deals kriegen, auch wir nicht.« Er lacht. Er fürchtet, dass es aufgesetzt klingt. »Verlierst du einen, gewinnst du die zehn nächsten, so sehe ich es.« Wer ist er, dass er seinem Chef mit platten Weisheiten kommt? Mit solchen, an die keiner von ihnen beiden glaubt? Geschockt von seiner eigenen Chuzpe, schweigt er; endlich.

»Ja.« Stoneton regt sich nun, er räuspert sich und lehnt sich nach vorne. Er legt beide Vorderarme auf den Schreibtisch und faltet die Hände. Er rückt mit dem Gesicht näher an ihn heran. »Es ist schon der dritte gute Deal, der uns aus den Händen geglitten ist. Drei gute Deals, sehr gute Deals, in zwei Monaten. Denk nur.«

Das stimmt nicht. Er weiß, welche drei Deals Stoneton meint, aber sie haben sie in den zurückliegenden sechs, nicht zwei Monaten verloren, und er kann darin keinen Zusammenhang, keine Durststrecke erkennen. Sie haben in jener Zeit viele ertragreiche Mandate eingeholt, den Kredit über 400 Millionen Dollar, den Staroil bei ihnen aufnahm, die Akquise des polnischen Rohstofflieferanten NAL durch ScotGas, was ihnen ein Honorar von vier Millionen Dollar einbrachte, er könnte Stoneton etliches aufzählen. Das braucht er nicht, und in Wirklichkeit könnte er es in diesem Moment auch nicht. Er ist verwirrt. Denk nur. *Think about it.* Stonetons letzte drei Worte treffen ihn abrupt. Woran soll er denken? Hat er seinen Chef enttäuscht? War das eine Warnung, dass er sich seines Postens nicht sicher sein sollte?

»Nun, aber das ist nicht, worüber ich mit Ihnen reden wollte, Tobias. Sie waren doch vergangenen Herbst in Kiew, um Revagaz zu besuchen?«

»Ja. Ja, das ist korrekt.«

»Was für ein Visum hatten Sie?«

»Was für ein Visum? Warum?« Er tut sich schwer, seinem Chef zu folgen. *Think about it.* Ohne Grund hat das Stoneton nicht gesagt.

»Ich frage nur, weil Sie morgen in aller Früh nach Kiew müssten. Wir haben Ihnen nicht zufällig damals ein Jahresvisum besorgt, das noch gültig ist?«

»Nach Kiew. Warum …« Er befiehlt sich, sich zusammenzureißen. »Doch, ja, ich habe ein Jahresvisum, für Russland genauso wie für die Ukraine. Kein Problem, Mister Stoneton.«

»Sehr gut, es geht um Folgendes.« Während Stoneton ihm mit seiner leicht krächzenden, aber gleichfalls emotionslosen Stimme erklärt, was es mit der Reise in die Ukraine auf sich hat, verschwindet er in einem inneren Nebel. Er nimmt auf, was sein Chef sagt, er speichert es, ohne es zu verarbeiten, in seinem Hinterkopf, hinter der Furcht. In London, Metropole der Höflichkeit, werden die entscheidenden Aussagen in Nebensätzen, in scheinbar leichtfertig hingeworfenen Floskeln verpackt. Oder interpretiert er zu viel hinein in Stonetons Floskel? *Think about it.*

Er kennt die Angst, die ihn gepackt hat. Sie ist eine alte Bekannte. Sie reden nicht darüber in der City. Niemand will zeigen, dass er sie spürt. Sie sprechen vielleicht über den Druck, den der Chef auf sie ausübt, über die Bedrohung, morgen entlassen zu werden. Aber die wirkliche, unausgesprochene, schreckliche Angst kommt nicht von oben. Sie ist in jedem von ihnen drinnen: die Furcht, nicht gut genug zu sein.
Er würde nicht von sich behaupten, dass er viele Stärken hat. Dazu ist er schon zu englisch, als dass er noch in höchsten Tönen von sich selbst denken würde. Außerdem weiß er, dass er nicht besonders intelligent oder wenigstens intellektuell ist. Was er allerdings kann, und zwar besser als die meisten, ist, die Angst zu nutzen. Die Angst treibt ihn auf sein bestes Niveau, auf ein Niveau, das jenseits seiner natürlichen Grenzen liegt. Das war schon als Hockey-Torwart so.
Die Angst vor dem Fehler war immer da, schon am Morgen vor dem Spiel und dann das ganze Spiel hindurch, außer vielleicht beim Siebenmeter. Das war eine der vielen Sachen, die ihn in Peter Handkes Roman *Die Angst des Torwarts beim Elfmeter* verwirrten: Warum hatte der Torwart vor dem Elfmeter Angst? Der Elfmeter, oder eben im Hockey der Siebenmeter, war der einzige Moment im Spiel, in dem er nur gewinnen konnte. Vom Schützen wurde gefordert, dass er ins Tor traf, von ihm, dem Torwart, dagegen wurde beim Siebenmeter absolut nichts erwartet, allenfalls ein Wunder erhofft. Im Rest des Spiels dagegen lauerte in jeder Aktion die Gefahr, einen Fehler zu begehen. Je leichter der Schuss auf sein Tor, desto größer war seine Angst. Vor seinem inneren Auge sah er sich wieder und wieder über den Ball treten oder bei einem läppischen Schuss zu spät reagieren.
Nach jedem Spiel, wenn die Angst und die Anspannung abfielen, hatte er Kopfschmerzen. Aber während des Matchs, wenn es darauf ankam, war er aus Furcht vor Fehlern unglaublich konzentriert; die Angst verlieh ihm eine ungeheure

Wahrnehmung, er sah alles gestochen scharf, die Angst verhalf ihm zu phänomenal schnellen Reaktionen.
Die Londoner City ist auf ihre Angst gebaut. Sie können morgen befördert werden oder heute noch entlassen. Sie können mit Bonusgeldern das Vierfache ihres Jahresgehalts dazuverdienen oder mit ihrem Jahresgehalt kaum auskommen, weil ihnen der erhoffte Bonus verweigert wird. Sie müssen sich immer wieder neu beweisen.
Die Angst, nicht gut genug zu sein, hat jeder.
Er hat sie im Griff, sagt er sich. Er weiß, wie gut er ist. Stoneton hat das Geschäft in der Ukraine zu seiner Probe erklärt. Er wird es exzellent über die Bühne bringen. Er mag jetzt nervös sein, unfähig, konzentriert zu arbeiten oder wenigstens nach Hause zu gehen, in den Alltag überzugehen. Aber morgen in Kiew wird er funktionieren. Er wird, wenn die Konferenz bei Revagaz beginnt, *ganz frei* sein. So nannte er im Hockey immer diesen Geisteszustand: Er nimmt die Außenwelt nicht mehr wahr, er konzentriert sich – *ganz frei* von jeglichen ablenkenden Gedanken – auf seine Aufgabe. Und jetzt sollte er endlich ein Taxi rufen und nach Hause fahren.
Es ist nicht außergewöhnlich, dass er am Nachmittag erfährt, er fliege morgen früh ans andere Ende Europas. 150 Tage im Jahr, mehr als die Hälfte seiner Arbeitszeit, ist er unterwegs, sehr oft weiß er eine Woche zuvor nicht, wohin. Er mag diese unangekündigten Reisen, ihre Spontaneität und Raschheit. Sie bestätigen ihm die Wichtigkeit des Unterfangens.
Er packt die Mappe mit dem Dossier zu Revagaz zusammen, das er sich heute von einem der Analysten hat zusammenstellen lassen. Er wird sich die Berichte eben morgen auf dem Flug anschauen. Im Prinzip hat er die wichtigsten Fakten sowieso im Kopf. Er muss sich dafür nicht anstrengen. Sein Gehirn scheint eigenhändig die Informationen auszuwählen, die es für speichernswert befindet. Ihm scheint die Macht über sein eigenes Erinnerungsvermögen entzogen: Wenn er aus der *Na-*

tional Gallery kommt und sich, weil er sich schon kennt, fest vornimmt, den Namen des Malers nicht zu vergessen, der ihm wirklich gefallen hat, so ist er am Tag danach doch weg, gelöscht. Er liest sonntags im *Observer* konzentriert die zweiseitige Reportage über die Situation im Kosovo, er findet sie hochinteressant. Und beim nächsten Abendessen, wenn er Rachel davon erzählen will, bringt er die Parteien und Politiker heillos durcheinander. Aber die Zahlen und Daten der verdammten Gasfirmen, die vergisst er nie.

Leuchting, das größte Erdöl- und Erdgasunternehmen Österreichs, Marktwert fünf Milliarden Euro, über 6000 Mitarbeiter, bereits Beteiligungen an großen Energiekonzernen in Ungarn und Rumänien, ist daran interessiert, mit dem ukrainischen Gasproduzenten Revagaz eine Tochterfirma zu gründen, um zwei neu erschlossene Gasfelder in der Ostukraine auszubeuten. Revagaz: teilprivatisiert 1998, als die Ukraine vor dem Bankrott stand, 97 Förderfelder, fünf Gasaufbereitungsanlagen in verbesserungswürdigem Zustand, Produktion von jährlich 13,4 Milliarden Kubikmetern Gas und 600000 Tonnen Kondensat, alles in allem eine bescheidene, ineffektive Produktion.

Wenn das Gemeinschaftsunternehmen zustande kommt, verfügt Leuchting, der Gasverkäufer, zum ersten Mal über eigene Quellen. Doch es gibt wenige westliche Unternehmen, die zur Gasgewinnung ausgerechnet in die Ukraine gehen. Die Qualität des Gases dort ist minderwertig, *nasses Erdgas*, verunreinigt durch hohe Anteile von Stickstoff und Kohlensäure, die den Brennwert senken. Und die rechtlichen Sicherheiten sind in der Ukraine noch etwas geringer, die Korruption ist noch etwas größer, als es im Öl- und Gasgewerbe üblich ist. Die Natur hat sich einen Spaß erlaubt und die Rohstoffreserven mit Vorliebe im Boden verrohter Staaten versteckt: Russland, Kasachstan, Iran, Irak, Libyen, Algerien.

Es braucht ihn nicht zu interessieren, was Leuchting an den

ukrainischen Gasfeldern findet. Die Derling Bank hat das Mandat, Revagaz bei den Verhandlungen zu vertreten. So einfach, so gut. Aber er hat ein Problem damit. Er hat im vergangenen Herbst Revagaz im Auftrag einer deutschen Firma begutachtet. Es ging um Probebohrungen auf der Krim. Dann hieß es plötzlich Stopp. Die Deutschen wollten doch nicht in der Ukraine bohren. Er hörte nur Mutmaßungen: Immer mehr ukrainische Ministerien hätten sich eingeschaltet und *Zusatzgelder* verlangt. Er beteiligte sich an den Gerüchten unter Kollegen, ohne dass sie ihn wirklich kümmerten. Es schien für ihn schlichtweg das Ende der Geschichte. Nun taucht Revagaz wieder in seinem Leben auf, und diesmal nicht als mürrisches Gegenüber am Verhandlungstisch, sondern als Klient.

Sein Problem ist, dass er weiß, wie viel toxisches Lösungsmittel bei den Bohrungen von Revagaz einfach in Flüsse gepumpt wird oder aus undichten Schlammgruben im Boden versickert. Wie ernst ein österreichischer Konzern den Umweltschutz nimmt, muss ihm niemand sagen. So sieht er nur einen Ausgang: Die Verhandlungen werden scheitern. Und damit auch er.

Sein Flug nach Kiew geht um 6.15 Uhr von Heathrow. Und wenn er gar nicht mehr nach Hause fährt? Er hat ein zweites Set mit Anzug, Hemd und Krawatte im Büro, für den Fall, wenn er einmal sofort aufbrechen muss. Unterwäsche kann er in Kiew kaufen; ukrainische Unterhosen, das wäre doch mal etwas Neues.

Er sollte dringend schlafen, nicht nur wegen Stonetons ominöser Andeutung ist er so gereizt und gestresst. Er ist übermüdet, er hat die vergangenen Tage schon zu viel gearbeitet. Der Businessplan für die Baseler Rothöl AG, die Investoren sucht, musste unbedingt fertig werden, und dann erfuhren sie, dass Rothöl das Mandat schon an Credit Suisse Boston vergeben hat. Wann immer ein Öl- oder Gasunternehmen an die Börse geht, Kredit braucht oder wie Rothöl expandieren will, wendet es sich an mehrere Investmenthäuser, um schließlich eines als Berater auszuwählen. Er sollte also ans Verlieren gewohnt sein, er sollte wissen, dass auch die Derling Bank nicht jeden Auftrag kriegen kann. Es sollte ihn persönlich schon gar nicht berühren. Die Bank, nicht er, hat ein Geschäft verloren, und morgen schon wird sie zehn andere Geschäfte abschließen. Er schafft es selten, das so zu sehen.

Warum sollte er für zwei Stunden Schlaf nach Hause fahren? Rachel wird sich keine Sorgen machen. Er wird ihr eine Textnachricht vom Mobiltelefon schicken und hoffen, dass sie ihr Telefon ausgeschaltet hat, also von dem Klingelzeichen nicht aufwacht. Sie ist gut zu ihm in solchen Situationen. Sie macht ihm keine Szenen. Sie weiß, dass es zu seinem Beruf gehört.

Sie haben ihr Zusammenleben nach seiner Ansicht ordentlich arrangiert. Jeden Abend um Viertel vor acht ruft sie an, um zu sagen, dass sie jetzt bei ihm zu Hause sei. Sie vergisst nie anzufügen: »Ich freue mich schon, wenn du kommst, Toby.« Meistens fällt es ihm nicht schwer, das Ritual einzuhalten und zu antworten: »Ich freue mich auch schon.« Zwischen 20 und 21 Uhr kann er gehen, er ist jetzt in einer Position, wo er keine *Gesichtszeit* mehr ableisten muss, *face time*, wie sie es nennen: im Büro sein, nur um gesehen zu werden. Wenn er nach 21 Uhr geht, bezahlt ihm die Bank das Taxi nach Hause, er ist nicht doof, er weiß, sie machen das, um ihn länger am Arbeitsplatz zu halten. Aber er sagt sich, er habe doch so viel Arbeit, dass er sowieso so lange im Büro bleiben müsse. Tatsächlich lässt er oft sogar Arbeit liegen, um schneller zu ihr zu kommen. Doch er fühlt sich nicht unter Druck, ihr zuliebe seinen Alltag zu verändern. Das ist ihm wichtig.

Wenn er halbwegs früh kommt, gehen sie manchmal ins Pappa & Ciccia, das italienische Restaurant auf der Munster Road. Sie unterhalten sich lebhaft über das, was er für sich »die

Londoner Themen« nennt. Die generell hohen Preise, die schlechteste U-Bahn der Welt, die Abschaffung der Sperrstunde in den Pubs im nächsten Jahr (es ist immer das nächste Jahr), den neusten Klatsch über den Bruderkrieg zwischen Premierminister Tony Blair und seinem Finanzminister Gordon Brown. »Stell dir vor, nun posaunen sie in der U-Bahn über Lautsprecher im Fünf-Minuten-Takt schon stolz heraus, was selbstverständlich sein sollte: Ladies and Gentlemen, im Moment leisten alle Linien einen guten Service«, erzählt ihm Rachel an solchen Abenden. Er findet, sie hat einen angenehmen Humor und eine gute Beobachtungsgabe.

Sie lebt noch länger in London als er, schon seit neun Jahren. Wie die meisten Ausländer hat jedoch keiner von ihnen beiden die Lust verloren, über die Stadt zu reden. Als ob sie sich mit ihren ständigen Gesprächen über London noch immer permanent beweisen müssten, dass es auch wirklich *ihre* Stadt ist. Sie lesen beide auf der U-Bahn- oder Taxifahrt nach Hause die Lokalzeitung *Evening Standard*, so können sie sich auch über den neusten Film mit Kate Winslet oder das neue Restaurant von Marco Pierre White unterhalten, ohne dass sie den Film oder das Restaurant je sehen müssten. Nach dem Essen machen sie noch einen Spaziergang, der Bishop's Park ist schon geschlossen, die Parks werden in London mit Einbruch der Dunkelheit verriegelt, aber wenn sie die Fulham Palace Road hinunter zur Putney Bridge laufen, haben sie auch einen erhabenen Ausblick auf die Themse. Wie schön London ist, bestätigen sie sich. Die schönste Stadt der Welt. Das ist nicht nur so dahingesagt. Dann gehen sie ins Bett und schlafen miteinander, bis zum heutigen Abend jeden Tag.

Sie haben immer erst Sex, wenn sie sowieso schon im Bett sind. Das heißt nicht, dass er nicht manchmal Lust hätte, sie direkt nach dem Nachhausekommen, noch im Wohnzimmer auszuziehen. Es hat sich einfach so eingebürgert, dass sie immer vor dem Schlafengehen miteinander schlafen, vom ersten Abend an, als er angetrunken vom Pub mit ihr nach Hause ging, das einzige Mal, dass sie zu ihr gingen. Ihr Sex ist lustvoll, wenngleich vielleicht nicht überbordend leidenschaftlich wie etwa mit Jessica, Rachels – welch hässliches Wort – Vorgängerin. Ihn kümmert die fehlende Wildheit nicht. Er muss sich nicht verstellen für Rachel, er muss sich nicht anstrengen, ein anderer zu sein.

Rachel steht neben ihm, und er zeigt ihr, wie er einen Vogel fängt, mit einer zum Lasso gebundenen, dünnen Schnur, es geht ganz einfach. Der kleine Vogel, ein Spatz, zappelt in der Schlaufe, er hängt sich an die Schnur und der Spatz trägt ihn durch die Luft. Er hört den Lärm eines ihnen entgegenkommenden Flugzeugs – dann wacht er auf. Er begreift sofort, dass der Vogelflug nur ein Traum war, aber nicht, wo er ist. Was er im Schlaf für Flugzeuglärm hielt, entpuppt sich als näher kommender Staubsauger. Er beginnt zu begreifen. Er schaut auf die Uhr, 4.14 Uhr, höchste Zeit zu gehen, und kriecht unter seinem Schreibtisch hervor, wo er sich für ein Stündchen schlafen legen wollte.

»Guten Morgen«, sagt er zu der Putzfrau, einer beleibten Frau Mitte vierzig, allem Anschein nach karibischer Abstammung, die ihm mit offenem Mund und auf ihn gerichteter Staubsaugerdüse gegenübersteht, »ich muss zum Flughafen.«

»Selbstverständlich«, sagt die Putzfrau.

Drei

Aus der Hotellobby ruft ihn eine junge Frau an und sagt in klarem Englisch, sie sei Jelena, sie warte hier unten auf ihn. Er antwortet, ja sicher, und legt auf. Seine linke Wange ist sauber und glatt, die rechte voller Rasierschaum. Er wischt mit der Hand den Schaum vom Telefonhörer und geht zurück ins Bad. Er glaubt, dass es ein Scherz war, auch wenn er den Witz nicht versteht. Eine Prostituierte wird es nicht gewesen sein, es ist 13 Uhr in Kiew.

25 Minuten später schließt er sein Zimmer im siebten Stock des Express Hotels ab. Er ist alleine im Aufzug, er kann sich ungestört im Spiegel betrachten. Die noch nassen Haare und das vor Rasiercreme glänzende, reine Gesicht geben ihm eine Frische, die er nicht fühlt. Er tankt Schlaf wie Autobesitzer Benzin: einmal die Woche. Samstags schläft er bis 15, 16 Uhr, dann ist das Reservoir wieder voll. Von Montag bis Freitag leert er es. Es ist erst Mittwoch, und der Zeiger des Schlaftanks neigt sich schon zum roten Bereich. Wie er nur auf die Idee kommen konnte, die Nacht in der Bank zu bleiben.

An der Rezeption sagt die Hotelangestellte, der er den Schlüssel für Zimmer 711 reicht: »Ihr Besuch wartet in der Lobby.« Da sie in der Lobby sind, kann sein Besuch nicht weit sein. Alarmiert schaut er sich um. Er erwartet niemanden.

Vom grünen Ledersofa in der Sitznische blickt ihn eine junge Frau an. Sie hat lange kastanienbraune Haare mit einem die ganze Stirn bedeckenden, gerade geschnittenen Pony, eine lange, dünne Nase und große Augen, oder vielleicht Augen, die momentan weit aufgerissen sind. Er lässt, als sich ihre Blicke treffen, den seinen sofort weiter durch den Raum gleiten und auf dem Aquarium ruhen. Ein Hotel von Fischfreunden, in jedem Stockwerk steht ein Becken. Außer dem Sicherheitsmann wartet niemand mehr in der Lobby. Er ist gezwungen, das Mädchen wieder anzuschauen, denn offenbar ist sie wegen ihm gekommen. Sie steht auf und geht auf ihn zu. Sie ist nach der gängigen Kiewer Mode gekleidet, in einem Kostüm, das ihre dünnen Stelzenbeine praktisch in voller Länge entblößt. Vor ihrem Bauch baumelt ein Mobiltelefon an einer dunkelblauen Kordel. Dazu schwarze Stöckelschuhe, von denen er nicht weiß, ob die Höhe oder die Schlankheit der Absätze ihn mehr beeindruckt. Sie ist sehr nervös.

»Mister Linderoth, ich bin Jelena.« Sie streckt ihm nicht die Hand entgegen, sondern wartet darauf, dass er sie auf die Wangen küsst. Er ist sich auf unangenehme Weise bewusst, dass er noch immer an der Rezeption lehnt. Die beiden Hotelangestellten in den beigen Sakkos, die ihre netten Gesichter blutleer erscheinen lassen, hören jedes Wort. Weil es Englisch ist, verstehen sie zwar vermutlich nur jedes zweite, aber es gibt Situationen, in denen ihn die bloße Anwesenheit von anderen Menschen erstarren lässt.

Seine Regungslosigkeit bringt Jelena vollends aus dem Takt. Sie senkt den Blick auf den Boden. Er müsste jetzt etwas sagen, irgendjemand müsste jetzt etwas sagen. Ihm fällt nichts ein.

»Ich bin Ihre Dolmetscherin.«

Er ruft: »Oh, Gott«, er lacht, so erleichtert wie dämlich, er sagt: »Ich wusste nicht«, und küsst sie auf beide Wangen, so plötzlich, dass es ihr wie ein Überfall erscheinen muss. Das alles in einem Moment. Dann geht er schnurstracks los, zur Sitzecke hinüber. Er macht eine Andeutung, als lege er seinen rechten Arm auf ihr Becken, um zu zeigen, sie solle mitkommen, aber weil sie wie angewurzelt stehen bleibt, hat er plötzlich wirklich den Arm um ihre Hüften und schiebt sie regelrecht nach vorne.

Er entschuldigt sich. Er bittet sie, Platz zu nehmen. Sie haben

Zeit, sie sind viel zu früh dran, er ist für 15 Uhr bei Revagaz angekündigt. Er weiß nicht, warum man ihr sagte, sie solle schon um eins im Hotel sein, ein Missverständnis. Er entschuldigt sich noch einmal. Niemand hat ihm gesagt, dass die Dolmetscherin ins Hotel kommen würde.
Er merkt, wie sich ihr Gesicht unter seinen unaufhörlichen Entschuldigungen verändert. Sie schaut ihn nun geradezu abschätzig an. Sie ist verletzt, dass er einfach aufgelegt und sie eine halbe Stunde hat warten lassen. Und sie glaubt, sie könnte ihn ihre Bitterkeit spüren lassen; sie denkt, sie könnte es sich erlauben, ihn mit ihrer Verachtung offen abzustrafen. So eine kümmerliche Figur gibt er ab.
Er lässt sie gewähren. Er hat ein Bild im Kopf, wie westliche Geschäftsleute in der Ukraine auftreten. Er will nicht in diese Kategorie fallen.
Als er schließlich am Ende seiner konfusen Beschwichtigungen und Erklärungen angelangt ist, ist es kurz still zwischen ihnen. Sie wird Anfang 20 sein. Seine Erfahrung ist, dass russische und ukrainische Frauen älter aussehen, als sie sind. Sie ist hübsch. Hübsch nicht nach den Vorstellungen, wie sie die Modezeitschriften propagieren, sondern schön im Sinne von – in seinem Kopf sucht er das Wort: interessant. Sie schaut ihn an, bemüht, die Geringschätzung im Gesicht zu behalten. Ihre Lippen bleiben zusammengepresst und lang gezogen. Aber ihre Augen suchen ihn neugierig ab.
»Und jetzt?«, sagt sie.
Er schlägt vor, zu Fuß zu Revagaz zu laufen.
Das war seine ursprüngliche Idee gewesen. Er bewegt sich in London zu wenig. Von seinem Besuch im zurückliegenden Herbst weiß er, es dauert nicht länger als 30, 40 Minuten und der Weg führt am Botanischen Garten und der Schewtschenka-Universität vorbei durch einen schönen Teil der Kiewer Innenstadt.
»Zu Fuß?« Sie schafft es nicht einmal, Erstaunen zu heu-

cheln. Ihre Abscheu ist diesmal hundertprozentig echt und sichtbar.

Vielleicht hat sie sich auf einen der westlichen Geschäftsmänner gefreut, von denen er keiner sein will. Auf zwei Tage an der Seite eines Mannes mit Macht und Geld, mit dem sie in wichtige Konferenzen geht, der sie zum Essen in teure Restaurants einlädt, ihr ein ordentliches Trinkgeld gibt – der sie für zwei Tage aus ihrem Alltag rausholt, eben auch aus den ewig überfüllten, von der Körperwärme überhitzten Stadtbussen, und überallhin mit ihr im Taxi fährt. Ist sie so? Wie soll er das wissen?

Ihr Widerwille reizt ihn. »Es ist nicht weit«, sagt er.

Sie überqueren vor dem Hotel die halbe Straße, bis zum Mittelstreifen, der hier ein Fußgängerweg ist. Es ist ein heller Tag, frisch, aber es lässt sich schon ahnen, dass der Sommer in Kiew heiß und trocken wie der Wind aus einem Haartrockner sein kann. Am Straßenrand sitzen auf kleinen Schemeln *Babuschkas,* alte Frauen in dicken Mänteln und Stiefeln, die sie zu allen Jahreszeiten anhaben. Ihr Körper ist längst immun gegen die Härte der Witterung. Er kann nicht sehen, was sie verkaufen, und weiß, dass es kümmerlich ist. Der Verkehr donnert zu beiden Seiten auf mehreren Spuren vorbei. Trotzdem gefällt es ihm auf dem Schewtschenka Prospekt. Er braucht einen Moment, bis er begreift, warum. Die Bäume. Kastanienbäume in voller Blüte reihen sich auf dem Fußgängerweg in der Mitte der breiten Straße aneinander, majestätisch erheben sich ihre Kronen. Sie minimieren die Autos. Tapfer klammert er sich an die Illusion eines gemütlichen Spaziergangs. Penetranter Benzingeruch beißt ihn in der Nase, der undefinierbare Schmutz der Luft trocknet seine Lippen aus.

Das Gehen nebeneinander macht ihnen ihre Rollen wieder klar. Sie ist seine Dolmetscherin. Es liegt an ihm, das Gespräch zu führen. Also gehen sie eine Weile schweigend dahin. Er bewundert, wie schnell und sicher sie sich auf ihren Stöckeln bewegt. Er sagt besser nichts dazu.

»Leben Sie in London?«, fragt sie schließlich.

»Präzise gesagt lebe ich in einer Londoner Bank.«

Eine klassisch londonerische Antwort, selbstverachtend und lustig. Sie schaut ihn ärgerlich an. Nimmt er sie nicht ernst, macht er sich lustig über sie?

»Entschuldigung, ich wollte sagen, ich muss sehr viel arbeiten. Ein doofer Witz.«

»Aha.« Sie sagt Aha, gleichgültig, ein Ausstoß nur, um die Leere zu füllen, um etwas zu sagen. Für ihn allerdings klingt Aha wie eine Bestätigung: *Ja. Ein ziemlich doofer Witz.*

»Und Sie, studieren Sie noch?«

Sie sieht fast noch hübscher aus, wenn sie sich ärgert, mit ihrer gerunzelten Stirn und den zusammengepressten Lippen.

»Ich arbeite schon seit einem halben Jahr für *International Language*. Vergangene Woche habe ich für die Manager von Tesco übersetzt. Ich bin sogar mit ihnen in den Süden geflogen, nach Odessa und Simferopol. Ich war auch schon im Ausland, auf der CEBIT in Hannover.«

»Ich bin aus Deutschland.«

»Aus Deutschland?«

Ihre junge Beziehung, das ist ihm sofort klar, hat einen Tiefpunkt erreicht.

»Ist das ein Problem?«

»Was?«

»Dass ich aus Deutschland bin.«

»Nein!«

»Aha.« Er äfft sie bewusst nach. Es muss ihr klar sein, was sein Aha bedeutet: *Ich glaub dir nicht. Sag mir, was dein Problem mit Deutschen ist.*

Sie seufzt. Sie hat kein Problem mit Deutschen. Sie hatte sich bloß auf einen Engländer gefreut. Ruckartig dreht sie ihren

Kopf von der Straße weg. Einer der alten klapprigen Busse hat beim Anfahren an der Ampel eine Wolke schwärzester Abgase entlassen, es scheint ein direkter Angriff auf sie. Sie legt einen Arm vor das Gesicht, als ob sie es so schützen könnte.

»Ich mag Kiew nicht.«

»Ich schon«, sagt er, es ist die Wahrheit.

»Sie kennen es doch gar nicht!« Er sieht nur noch die letzten Züge der tiefen Empörung in ihrem Gesicht, die zusammengezogenen Augen, Katzenaugen. Schon vertreibt sie den Ärger aus ihrem Gesicht, eine Dolmetscherin, die Angst hat, gegenüber ihrem Arbeitgeber zu weit gegangen zu sein.

Aber sie hat Recht. Er kennt Kiew doch gar nicht. Der Unabhängigkeitsplatz, die Oper, das Goldene Tor – ist das Kiew? Weiß er, wie die Menschen hier leben, wie sie überleben? Er ärgert sich über sich selber. Warum erreicht er, wenn er höflich und humorvoll sein will, immer das Gegenteil?

Sie sind am Ende des Schewtschenka Prospekt angelangt. Sie müssen sehen, wie sie in die Baseina Straße kommen, dass sie in der Unterführung nicht falsch abbiegen; es gebe also einen guten Grund, unauffällig das Thema zu wechseln. Er sollte sie nach Kiew fragen, ihr die Hoheit über ihre Stadt zurückgeben; ihr das Gefühl verschaffen, er wolle von ihr lernen.

Er kann es nicht. Die Wut vernebelt ihm den Kopf. Warum klingt er so rüde und arrogant, er ist doch gar nicht so. Es ist Zorn auf sich, auf niemand anderen als auf sich und seine Unfähigkeit, galant zu sein. Doch er merkt, wie er die Kontrolle über seine Wut verliert, wie sie sich selbstständig macht und sich plötzlich gegen alles richtet: gegen seine verfluchte Arbeit, gegen Stoneton, der ihn hierher schickt, gegen das chronische Unausgeschlafensein, gegen Kiew, was soll er überhaupt hier? Gegen sie. Sie kann nichts dafür. Aber was heißt, sie kann nichts dafür, wer gibt ihr das Recht, so schlecht gelaunt zu sein? *Er* hat sie nicht für 13 Uhr bestellt, *sie* hat am

Telefon nicht erwähnt, dass sie die Dolmetscherin ist, *er* hat sich für das Missverständnis entschuldigt, *sie* ist nur noch mürrischer geworden.

»Schau, wir kommen gleich zu Revagaz, vielleicht ist es besser, wenn wir kurz noch ein paar Fachwörter durchgehen, damit Sie auch alles richtig übersetzen.« Die Brüskheit in seiner Stimme überrascht ihn selbst.

»Aber ich habe einen Abschluss in Business-Englisch.« Sie ist stehen geblieben. »Ich übersetze jeden Tag für englische Manager!« Sie weint fast.

»Entschuldigung«, sagt er. Aber er meint es diesmal nicht. *Sie* verträgt gar nichts, *er* soll sich auch noch dafür entschuldigen, dass er hilfreich gemeinte Vorschläge macht. Er beißt die Zähne aufeinander, um seinem Jähzorn den Weg nach draußen zu versperren. Ihm wird schummrig, es ist ein überraschend angenehmes Gefühl, vor seinen Augen verschwimmt alles und wird schließlich eins, Jelena, die Unterführung, die Passanten – ein einziger bunter Punkt. »Ich«, sagt er, und dann kann er nicht mehr unterscheiden, was er denkt und was er ausspricht: kann nicht auch noch den Seelsorger für übersensible 20-jährige Mädchen spielen; ich ... kann nicht mehr, will auch nicht mehr, heute Kiew, morgen irgendwo, wen interessiert Gas, Öl; Öl, Gas, was ist das für ein Beruf, ein Beruf für die Geier, und am Ende fressen dich die anderen Geier, ich ... will endlich was Nützliches machen, etwas, ich ... schaff's nicht mehr! Schaff's nicht mehr, schaff's nicht mehr.

Er steht schwer atmend in einer niedrigen, nackten Unterführung vor einem kaukasischen Schnell-Imbiss-Restaurant und weiß für einen Moment nicht, wo er ist. Vor ihm steht Jelena. Sie schaut ihn an. Ein Meter ist zwischen ihnen, ein unüberbrückbarer Meter. Sie sind beide nicht mehr fähig, sich zu bewegen, ihre Blicke aufeinander gerichtet, festgefroren. Ahnungslos, was nun kommen soll.

In der Konferenz ist er geistesgegenwärtig, entschlossen. Der Ausbruch liegt hinter ihm. Es bereitet ihm kein Problem, sich auf den Punkt zu konzentrieren. Seine Freunde haben ihn dafür seit jeher bewundert, schon in der Universität, wenn er ankündigte, ich schreibe heute Nachmittag die Hausarbeit, und am Nachmittag war die Hausarbeit geschrieben. Das müsse am Sport liegen, das habe er beim Hockey gelernt, auf den Punkt da zu sein, vermutet sein Vater. Er glaubt das nicht. Diese Fähigkeit, auf Abruf in einen inneren Tunnel einzutreten und nur den hellen Fleck an dessen Ende im Blick zu haben, war schon vor dem Sport da. Er versteht nicht die Bewunderung, die er dafür erfährt. Er findet es normal, das zu können. Im Gegenteil, er hält es für einen Defekt, wenn es jemand nicht beherrscht.
Mit Zufriedenheit bemerkt er, dass Jelena genauso ist. Flink und zusammenhängend übersetzt sie, ohne irgendeine Regung erkennen zu lassen. Er arbeitet gerne mit Dolmetschern. Die Zeit, die sie zum Übersetzen benötigen, gibt ihm einen Vorsprung, sich seine nächsten Bemerkungen zu überlegen. Auch nehmen ihre Unterbrechungen Spannung aus einem Dialog, Spannung, die nach seiner Erfahrung russische oder ukrainische Geschäftsführer aus dem Nichts kreieren.
Sie sitzen nicht in einem Konferenzsaal, sondern im Büro des Geschäftsführers von Revagaz. Auf dem glänzenden Holzschreibtisch steht eine kleine hellblau-gelbe Fahne, die ukrainischen Farben. Rechts von der Fahne, er hat nur noch halb am Tisch Platz gefunden, sitzt der Vertreter von Revagaz' ukrainischer Hausbank, dessen Namen er schon wieder vergessen hat. An Gesichter erinnert er sich immer, aber mit Namen ist er nicht gut. An der anderen Außenseite des Tisches Aleksander, er glaubt, Nesmatschi mit Nachnamen oder so ähnlich, aus der Rechtsabteilung der Firma. Direkt hinter der Fahne Akim Venglinski, der *CFO*, Chief Financial Officer, der Mann, an den er sich am liebsten halten würde. Venglins-

ki hat seinen Master in Boston gemacht. Daneben schließlich, in der Mitte, ihm direkt gegenüber auf einem enormen Ledersessel, der trotzdem zu klein für seine Körpermasse ist, Herr Skoba, Geschäftsführer, *CEO*, Chief Executive Officer, der Chef. Sie sind nun ein Team, die Geschäftsführer von Revagaz haben die Derling Bank beauftragt, ihnen bei dem Verkauf von Firmenanteilen zu helfen. Aber sie verstehen die Partnerschaft nicht, die Sitzordnung am Tisch macht das deutlich: Jelena, er und Dimitri Tosham, der Vertreter aus Derlings Moskauer Büro, wurden gebeten, an der anderen Seite des Tisches Platz zu nehmen, gegenüber.
Er erklärt, was zu tun ist. Sie werden die Bilanzen durchsehen und die Bohrfelder Yuliyivka und Pridorotschne besichtigen, eine lästige Arbeit, sicherlich, aber nötig, um sich einen Überblick zu verschaffen, um Revagaz zu repräsentieren, denn darum geht es, Revagaz mit all seinen Stärken darzustellen, um das Bestmögliche für die Firma herauszuholen. Und er ist zuversichtlich, sie werden zu einem Abschluss kommen, der Revagaz nach vorne bringt, so wie Revagaz überhaupt ein Unternehmen mit Zukunft ist. Denn Erdgas ist der Wachstumsmarkt auf dem Energiesektor. Die im Vergleich zum Erdöl geringe Umweltverschmutzung durch Kohlendioxid wird immer mehr ein Thema. Und der Westen ist abhängig von den Lieferungen aus dem Osten, nicht nur aus Russland, auch aus der Ukraine. Die Erdgasreserven in Westeuropa gehen längst zur Neige, die Niederlande zum Beispiel könnten heute schon nicht mehr ihre Exportverträge erfüllen, wenn sie nicht Gas aus Russland importierten, um damit heimlich ihre eigenen Exportlieferungen aufzufüllen. *Wir sind auf eurer Seite*, sagt er mit jedem Satz. Während Jelena übersetzt, kann er die Gesichter auf der anderen Seite des Tisches beobachten, das gutmütige von Akim, das aufgedunsene, zerknitterte von Skoba, das von einer gelb getönten, übergroßen Brille halb versperrte des Juristen. Er entdeckt in ihnen keine Regungen.

Später wird Derling mit einem ganzen Trupp anrücken. Das Fußvolk der Analysten wird die Firmenpapiere durchgehen. Stoneton und einige andere Direktoren werden mit den Österreichern das Geschäft aushandeln, die Anteile an der Tochterfirma, die Finanzierung, die Fördermengen. Dabei wird er wenig zu sagen haben. Aber er ist der Frontmann. Er ist derjenige, der den ersten Kontakt herstellt, der das Terrain absteckt. Bei ihm laufen die Fäden zusammen. Ihm berichten die Analysten, bei ihm suchen die Direktoren Rat, er muss entscheiden, wie man die Bilanzen am schönsten poliert, wie man die Förderplätze für den Besuch der Österreicher am besten herausputzt. Er möchte nicht sagen, dass er die Kraft und das Potenzial der Firma kreiert, aber durch ihn wird es erst sichtbar. Er muss an alles denken.
Nach einer Stunde bittet Skoba sie, in den Konferenzsaal umzuziehen, er habe zu tun. »Er sagt, es wird ihm eine Ehre sein, Sie zum Abendessen einladen zu dürfen«, übersetzt Jelena Skobas abschließende Worte. Den detaillierten Ablauf der Operation wird er in den kommenden Stunden in Einzelgesprächen mit den anderen drei absprechen. Wichtig ist nur, dass Skoba Vertrauen zu ihm gefasst hat, dass der Ukrainer mit offenen Karten spielen wird. Er hat ein gutes Gefühl, aber er kann es nicht wirklich abschätzen. »Sag ihm, die Ehre, ihn zum Abendessen zu begleiten, wird ganz meinerseits sein«, will er Jelena bitten, aber Skoba bedeutet ihm mit einer wirschen Handbewegung zu schweigen. Der Chef ist noch nicht fertig. Sie schauen ihn erwartungsvoll an, er genießt die Aufmerksamkeit. Skoba, der kein Englisch kann, holt Luft, damit er auch verstanden wird, und sagt auf Englisch zu ihm: »Mister Detective!« Dann lacht er wiehernd. Er denkt, dass es das Beste ist, auch zu lächeln.

In seinem Hotelzimmer denkt er darüber nach, ob das ein Nervenzusammenbruch war, was er heute Morgen erlitten hat. Freitagabends in der Bar unter Bankern reden sie gelegentlich darüber, über die Gefahr zusammenzubrechen, auszubrennen. Nun stellt er fest, dass er auf diesem Gebiet, über das er in den Bars mit Leichtigkeit spricht, nichts weiß. Wie hat er sich einen Nervenzusammenbruch vorgestellt? Die Antwort ist: keine Ahnung. Vage als körperliches Gebrechen; derjenige, den es trifft, würde auf den Boden fallen. Die Vorstellung kommt ihm nun, da er es sich genauer überlegt, unrealistisch vor. Er liegt auf dem Bett, die Krawatte gelockert, die Schuhe an. Er fühlt sich benommen, er spürt ein gleichmäßiges, nicht unangenehmes Surren im Kopf, leise, wie wenn ein Radio auf geringster Lautstärke zwischen zwei Mittelwellensendern eingestellt ist. Aber ist das die Erschöpfung oder nur die Scham darüber, dass er vor Jelena die Kontrolle über sich verloren hat?

Er sieht keine Veranlassung, jemandem von seiner Nervenattacke zu erzählen. Der Vorfall macht ihm keine Angst. Im Gegenteil, wenn er ehrlich ist, dann stimmt ihn sein Ausbruch jetzt, mit dem Abstand von sechs Stunden, auf doppelte Weise zufrieden. Zum einen bewies er doch, dass er feinfühliger ist, als gemeinhin von einem Investmentbanker angenommen. Zum anderen war der Zusammenbruch ein Zeichen, dass er wirklich hart arbeitet. Etwas, was nur den Besten passiert. Eine Auszeichnung.

Im Restaurant Yewpatoria, unweit der Kiewer Oper, ist alles wie erwartet. Das Fleisch wird von Kellnern in Frack und Fliege in Bergen serviert, Skoba redet auf Ukrainisch oder Russisch auf ihn ein, er kann es nicht unterscheiden, Jelena ist nicht da, es ist Männersache. Akim folgt jedem Kommentar des Chefs mit einem zu begeisterten Lachen. Dann kommen die Stripteasetänzerinnen. Skoba zieht eine von ihnen, ein dürres, blondiertes Mädchen mit kleinem Busen und kindlichem Blick, grob an sich heran und drückt sie auf seinen

Schoß. Skoba lacht wie ein Pferd. Ihn machen die Striptease-tänzerinnen nur traurig. Wenn er eine Frau für einen Abend kennen lernen will, geht es doch darum, sie zu erobern. Das ist der einzige Sinn, der Kitzel des Balzens; die Frage: Schafft er es? Wie könnte sich das Jagdfieber bei einer Tänzerin, die bezahlt ist, sich ihm hinzugeben, je einstellen? Der Kellner füllt die Biergläser erneut mit Wodka. Er trinkt in einem Zug aus, er hört Skobas Wiehern, es klingt anerkennend. Er weiß, es gilt ihm. Er sträubt sich dagegen, doch er kann es nicht verhindern: Glück durchströmt ihn. Sie gehören zusammen. Er legt seinen Arm um Skobas Schulter. Der Chef erwidert die Geste.

Vier

Sein Nervenzusammenbruch beeindruckt offenbar nicht nur ihn selbst, sondern auch Jelena. Am nächsten Mittag, als sie eine Pause machen, fragt sie ihn, ob er mitkommen möchte. Sie könnten etwas essen gehen. Er ist überrascht, sogar mehr: Er ist geehrt. Noch eine Auszeichnung.

Zwei Straßenecken weiter gibt es ein kleines jüdisches Restaurant, sie servieren das Essen auf Plastiktellern, aber es ist gut, schmackhaft. Er kennt es von seiner Dienstreise im vergangenen Herbst.

»Wir könnten auch nur etwas an einem Stand kaufen und uns auf eine Treppe setzen.«

Er glaubt zu wissen, was sie mit dieser Bemerkung herausfinden will. »Lass nur, ich lade dich sehr gerne ein«, sagt er.

Sie lacht.

»Warum lachst du?«

»Das erzähle ich dir vielleicht später«, sagt sie.

Er akzeptiert das ebenfalls lächelnd.

Sie kennt die Gerichte nicht, die es bei Makabi gibt. Er sagt ihr, was Tschulent ist, »eine Art Eintopf«, er erklärt ihr, so gut er es kann, was koschere Küche ist, »Milchgerichte dürfen nicht mit den anderen in Berührung kommen, auch die Töpfe, in denen einmal mit Milch gekocht wurde, sind für andere Gerichte unbrauchbar«. Sie ist neugierig, sie genießt es, dass er ihr Erklärungen gibt, es ist nicht zu übersehen. Wie sie ihn anschaut, von der Seite, wissbegierig und glücklich. Sie wählt dasselbe aus wie er. Zunächst Hühnersuppe mit Matzobällchen, dann Tschulent.

Als sie die Suppe fast zu Ende gegessen haben, fragt er: »Warum hast du vorhin gelacht?«

Sie schaut ihn an, sie überlegt, wie weit sie gehen kann.
»Weil du betontest, du würdest mich einladen.«
»Ja, klar, das tue ich.«
»Ich weiß, aber …«
»Aber?«
»Aber es ist doch normal, dass der Mann die Frau zum Essen einlädt.«
Er lacht. »Nun, in England – oder auch Deutschland –, glaube ich, ist das nicht selbstverständlich. Doch ich will mich gerne wie ein richtiger ukrainischer Mann verhalten.«
»Oh, tu das besser nicht!«
»Nein?«
»Nein.«
Irgendwann werden sie seinen Zusammenbruch erwähnen müssen. In den Konferenzen reden sie die ganze Zeit zueinander, ohne miteinander zu reden. Und doch hat er das Gefühl, sie haben sich dabei in den zurückliegenden anderthalb Tagen immer mehr gesagt, mit der Art, wie er sie bat, gewisse Dinge zu übersetzen, mit der Weise, wie sie Akims Aussagen zurückübersetzte; wie sie sich dabei ansahen. Sie übersetzt für alle in den Konferenzen, aber das Gefühl ist: Sie stehen auf einer Seite, gemeinsam Revagaz gegenüber.
»Gestern warst du ein wenig enttäuscht, dass ich Deutscher bin. Du sagtest, du hättest dich auf einen Engländer gefreut. Hast du ein Faible für England?«
»Nein, nicht wirklich. Das heißt, doch, schon.« Es ist nicht einfach zu erklären. »Ich mag England, weil ich nicht wie die anderen ukrainischen Menschen bin.«
»Ich bin mir nicht sicher, ob ich dich verstehe.«
Zum ersten Mal, nachdem sie anderthalb Tage nichts gemacht haben als geredet, erzählt sie ihm etwas. Die anderen – alle in Kiew – schwärmen für Spanien und Italien, Horte der Sonne und Liebe, Länder der Kavaliere und einfühlsamen Liebhaber. Die Geschäftsleute in Kiew bewundern Deutsch-

land, die Alten noch immer Russland, die Dummen schon die USA. England lässt alle in Kiew kalt. Deshalb hat sie es zu ihrem gelobten Land erklärt. England ist keine Leidenschaft, es ist ihre Zweckliebe, ausgewählt, um ihr Anderssein zu dokumentieren.
»Du würdest gut nach London passen. Du bist so lebensfreudig wie die Stadt«, sagt er.
Zu seiner Überraschung schenkt sie ihm für diese Schmeichelei kein Lächeln. Im Gegenteil, sie wird plötzlich ernst.
»Ich glaube nicht, dass ich jemals nach London gehen kann. Mein Mann kann kein Englisch, und er hat einen guten Posten in der Finanzdirektion des Bezirks Kiew. Er will gar nicht weg.«
»Du bist verheiratet?«
»Ja, natürlich.« Sie streckt ihm die linke Hand entgegen, am Ringfinger ein schmaler, schlichter Goldring. Er hätte ihn auch selber entdecken können.
»Aber wie alt bist du?«
»22. Seit vier Monaten haben wir eine gemeinsame Wohnung.«
»Und dann habt ihr geheiratet?«
»Nein, verheiratet sind wir schon seit anderthalb Jahren. Aber solange nur er gearbeitet hat, hatten wir nicht genug Geld, eine Wohnung zu kaufen. Wir wohnten beide noch bei unseren Eltern. Das ist nicht unüblich bei ukrainischen Menschen.«
»Verstehe.«
»Einer der Tesco-Manager war schon 32 und noch nicht verheiratet. Obwohl er schon sechs Jahre mit seiner Freundin zusammenlebte. Er sagte, das sei normal bei Westmenschen. Aber wie kann das normal für die Frau sein? Wie kann sie so lange in der Ungewissheit leben?« Sie stockt. »Du bist verheiratet?«
Er zögert nicht zu lügen. »Geschieden. Ich bin geschieden.«

»In der Ukraine lassen sich auch immer mehr Leute scheiden.«
»Ja.« Es war nicht nötig, sie anzulügen. Es war feige. Warum sagt er ihr nicht die Wahrheit?
»So«, sagt er, »jetzt kommt der härteste Teil der zwei Tage.«
»Was machen wir?«
»Wir müssen ihnen die erste bittere Wahrheit beibringen. Dass sie eine Umweltverträglichkeitsprüfung durch ein EU-Unternehmen auf ihren Bohrfeldern durchführen lassen müssen. Anders wird Leuchting den Kauf nie akzeptieren.«
Sie schweigt. Es interessiert sie nicht. Er hat sowieso mehr mit sich selbst gesprochen. Es hilft ihm, wenn er sich konfliktreiche Sätze selber laut vorsagt, dass er sie, wenn es so weit ist, nur noch wiederholen muss, wie einen auswendig gelernten Satz in einer ausländischen Sprache, die er nicht versteht.
Er hat schon bezahlt, sie können gehen. Auf dem kurzen Weg in die Revagaz-Zentrale hakt sich Jelena bei ihm unter.

Sie sagen es Akim. *Sie* sagen es ihm, nicht er, das ist das Wunderbare, eine Dolmetscherin zu haben, er muss die bitteren Wahrheiten seinem Gegenüber nicht direkt ins Gesicht sagen. »Und dann sage ihm bitte, wir werden leider nicht darum herumkommen, ein Spezialunternehmen aus der EU zu beauftragen, eine Umweltverträglichkeitsprüfung durchzuführen. Die Bestätigung durch das ukrainische Ministerium für Treibstoff und Energie, dass alles in Ordnung sei, reicht leider nicht.«
Akim sagt, das sei nicht sein Bereich, er sei nur für die Finanzen zuständig, darüber müsse Skoba entscheiden oder der *COO*, der Chief Operative Officer. Aber er weiß, warum er es Akim sagt. Und Akim weiß es auch. Akim macht kein Theater, er brüllt nicht los.
»Selbstverständlich«, sagt er und schaut Jelena an, nicht Akim, »aber Akim weiß ja, dass ich Skoba heute nicht mehr sehe

und morgen schon wieder nach London fliege. Es wäre aber gut, wenn – um keine Zeit zu verlieren – bis zu meinem nächsten Besuch die Umweltprüfung schon genehmigt wäre. Akim sollte das bitte mit Skoba oder dem COO abklären.«

Akim sagt, er werde mal sehen.

Den Rest des Nachmittags verbringt er in Sitzungen mit Juristen, Bankern, mittleren Angestellten aus der Geschäftsführung. Es sind professionelle Gespräche. Während er redet, denkt er schon daran, was er als Nächstes sagen wird, um nichts zu vergessen. Die Zeit verfliegt. Als sie sich um 18.30 Uhr verabschieden, scheint es ihm selbstverständlich, Jelena zu fragen: »Gehen wir noch etwas trinken?«

Sie ist schon verabredet. Sie macht einen Anruf auf ihrem Mobiltelefon, dann noch einen, er versteht nichts, sie redet Russisch. Er hat herausgefunden, dass Russisch ihre erste Sprache ist. Als sie auflegt, sagt sie, es sei okay, er komme einfach mit.

»Wen treffen wir?«

»Meinen Mann.«

»Oh.«

»Keine Angst.«

Sie treffen ihn am Hauptpostamt auf dem Unabhängigkeitsplatz. Dazu müssen sie den Kreschtschatik hinuntergehen, den Prachtboulevard der Stadt. Das gibt ihnen noch mindestens fünf, vielleicht auch zehn Minuten zu zweit. Alles hier ist mächtig, die Autos auf dem Boulevard, westliche Luxusmodelle, ihre Scheiben mit schwarzer Plastikfolie beklebt. Vor allem aber die Bauten. Ein gigantischer, pompöser Palast neben dem anderen, Verwaltungsgebäude, Kaufhäuser, steil in den Himmel ragend, den Boulevard in eine Schlucht verwandelnd.

»Man fühlt sich so klein hier.«

»Das war Stalins Idee, als er die Gebäude nach dem Krieg neu errichten ließ.« In ihrer Stimme ist nichts Belehrendes, nichts

Arrogantes. Sie zeigt ihm ihre Stadt. Wenn er seine eigenen Augen sehen könnte, denkt er, sie müssten nun strahlen.
»Du hast in den zwei Tagen gut übersetzt, sehr gut.«
»Das freut mich zu hören. Denn manchmal habe ich übersetzt, ohne aufzunehmen, was ihr spracht. Ich höre dann die Worte wie aus einem Meer und transferiere sie mechanisch, automatisch in eine andere Sprache. Ich muss gestehen, ich finde es nicht sehr spannend, was ihr redet. Magst du denn deine Arbeit?«
»Mögen ist nicht das Kriterium. Niemand *mag* es, im Investmentbanking zu arbeiten. Du machst es für einige Jahre und dann musst du sehen, dass du den Absprung schaffst.«
Er weiß nicht, ob er das wirklich denkt. Oder ob er es sagt, weil er glaubt, sie wolle das hören. Redet er überhaupt zu ihr oder zu sich selbst? Es ist keine neue Entdeckung für ihn: Er ist zerrissen von zwei Sehnsüchten. Einerseits hegt er den Wunsch, anders zu sein; sinnlicher, romantischer, kein Banker, für den Geld und Prestige, mehr Geld und mehr Prestige, die einzigen sichtbaren Ziele sind. Anderseits will er noch extremer sein; nicht ein Banker, sondern der beste – gnadenlos zielstrebig, absolut konzentriert. So aber, zerrissen und unfähig, sich für den einen oder anderen Wunsch zu entscheiden, wird er auf immer ein Banker bleiben, dem die letzte Entschlossenheit fehlt, den die eigenen Zweifel zu oft einholen.
Sehen, dass du den Absprung schaffst. Er wüsste nicht, wohin er springen sollte. Es gibt nichts, was er gerne machen würde, was er lieber machen würde als seinen jetzigen Beruf.
Sie sieht ihn prüfend an. Als überlege sie noch immer, wieweit sie ihm wirklich sagen kann, was sie denkt. Sie sind Freunde jetzt. Er hat keine Hemmungen, den Begriff zu verwenden, wenn sie sich auch erst zwei Tage kennen. Er gehört nicht zu den Leuten, die den Ausdruck *Freund* für ganz besondere Bünde aufbewahren, für jahrelanges gemeinsames Leben,

in dem der eine den anderen aus einem reißenden Fluss gerettet hat oder zumindest der andere dem einen die Frau gestohlen und wieder gelassen hat; Bünde, die es seiner Meinung nach sowieso nicht gibt. Er hat jedenfalls noch nie solch einen Freund gehabt. Er nickt ihr aufmunternd zu. »Was?«, fragt er.

»Ich möchte dich bitten, gut auf dich aufzupassen. Du bist nicht geschaffen für diese raue Geschäftswelt.«

»Weil ich gestern diesen … diesen kleinen Aussetzer hatte?«

»Nein«, sie unterbricht ihn. »Das meine ich nicht. Das war gar nichts, nur der Stress, in einer fremden Stadt zu sein, mit einer fremden Frau an der Seite, mit der die Kommunikation am Anfang nicht so recht funktionierte.« Sie bleibt stehen, manche Sachen sagt man nicht im Gehen. »Du bist anders als die anderen Manager. Weicher.«

»Nun, ich bin sicher anders als Skoba.«

»Das hoffe ich doch. Er ist abscheulich. Ein alter Sowjetmensch. Er glaubt, nur der Name des Staats habe sich geändert, er könne unverändert weitermachen, alle und jeden herumzukommandieren. Über 60 Jahre alt, und das Wort *pozhalusta* hat er immer noch nicht gelernt. Selbst du weißt nach zwei Tagen in der Ukraine vermutlich schon, was es heißt.«

»*Bitte.*«

»Du weißt es wirklich!«

»Nein. Aber ich weiß, welche Wörter Skoba nicht beherrscht. Allerdings, gestern Abend war er nett.«

»Ja, weil ihr betrunken wart. Stimmt es?«

Die Vorstellung, auf ein Taschentuch zu beißen, springt ihm in den Sinn und lässt ihn schaudern. Es ist seine private Vorstellung von Horror: auf ein Papiertaschentuch zu beißen. Das Geräusch und das Gefühl sind unerträglich für ihn. Die Vorstellung kommt ihm oft in den Sinn, wenn er sich für etwas schämt. Als wolle ihn sein Geist mit der Erinnerung an das Taschentuch, auf das er beißt, bestrafen für sein peinliches

Verhalten. Er versucht, das Bild abzuschütteln, Skoba und er Arm in Arm im Restaurant. Zum Glück musste er Skoba heute nicht sehen.

Es wimmelt von Einkäuferinnen auf dem Kreschtschatik, oder besser gesagt: Es wimmelt von In-die-Schaufenster-Blickenden. Er fragt sich, wie viele von ihnen es sich leisten können, etwas in den teuren Boutiquen mit den britischen oder amerikanischen Luxusmarken zu kaufen. Er vermutet, es sind mehr, als er denkt. Viele sind junge Jelenas, wie er sie nennt: Mädchen in kürzesten Röcken und hohen Schuhen. Vielleicht wollen sie den Westen imitieren, vielleicht stellen sie sich so den Westen vor.

»Gefallen dir die ukrainischen Mädchen?«, fragt sie ihn und lächelt wissend, als ob sie gar keine Antwort mehr bräuchte.

»Ihr seid sehr schön angezogen.«

»Das bekommst du in London wohl nicht zu sehen. So kurze Röcke. Ich habe von einem der Tesco-Manager gehört, dass es im Westen üblich sei, sich absichtlich schlecht anzuziehen, *dressing down*. Das finde ich kindisch. Ukrainische Menschen zeigen, was sie haben. Viele der Mädchen hier besitzen zwar nur ein Paar Stöckelschuhe, aber wenn sie rausgehen, ziehen sie sie natürlich an.« Will sie ihn darauf hinweisen, dass sie sich mehr leisten kann, dass sie heute ein Paar weiße, wenn er sich nicht irrt, noch höhere Schuhe trägt? Wenn das ihre Idee war, dann war sie unnötig. Es ist ihm schon gleich heute Morgen aufgefallen.

Weicher. Er vermutet, aus ihrer Sicht war das als Kompliment gemeint. Und er nimmt es auch als solches auf. Es ist nicht gerade etwas, was er unbedingt sein möchte, weicher als die anderen. Aber es kommt darauf an, wer es sagt, merkt er. Was aus dem Mund von Stoneton wie eine vernichtende Einschätzung geklungen hätte, eine Bankrotterklärung, lässt sein Blut in die Ohren strömen vor Glück, als Jelena es sagt. Weicher.

Sie sind zu spät am Hauptpostamt. Ein junger Mann mit breiter, fleischiger Nase, kurz geschorenen, kartoffelschalenblonden Haaren, in einer zu großen und deshalb schlaff von seinen Schultern hängenden schwarzen Lederjacke, steht schon da, neben einem Mädchen mit einer länglichen Tasche über der rechten Schulter, ein Musikinstrument ganz sicher. So, wie sie Jelena anstrahlen, warten beide auf sie.
»Mein Mann Radoslaw«, sagt Jelena, und der junge Mann in der schwarzen Lederjacke tritt vor, um enthusiastisch seine Hand zu drücken. »Er kann kein Englisch«, sagt Jelena, aber Radoslaw scheint daran gewöhnt, sich unter Leuten zu bewegen, mit denen er keine gemeinsame Sprache hat. Er besitzt ein Lächeln, mit dem er alles sagt. Gerade sagt das Lächeln: Tut mir Leid, ich kann kein Englisch, aber wir werden uns verstehen, ich bin nett zu jedem, ich werde es auch zu dir sein.
»Und das ist Larissa.« Er wendet sich dem Mädchen zu. Seine Bewegungen sind spontan und natürlich, es hat nichts Zwanghaftes, nichts Verkrampftes, als er sich vorbeugt und ihre Wangen küsst. Falls Jelena ihn mit Larissas Erscheinen überraschen wollte, so ist ihr dies gelungen. Sie ist groß und schlank, die langen Haare haben dieselbe Farbe wie Radoslaws, wirken aber viel prächtiger. Ihr Haar ist voll und glänzend. Ihre Kleidung fällt auf: keine Stöckelschuhe, kein kurzer Rock. Stattdessen sportliche Freizeitschuhe, die Jeans ist mit großen Stoffflecken, Blumenblüten, bestickt, ein dunkler Rollkragenpullover, darüber ein braun-beiger Mantel. Ihre Augen, dunkel und schmal, sind die einer ewigen Mädchenfrau.
»Du hast mir gar nicht gesagt, dass noch jemand kommt.«
»Du hast nicht gefragt.« Jelena genießt ihren Coup.
»*Poidjom!*«, sagt Radoslaw.
Und wie zuvor sein Lächeln versteht er auch nun, ohne Russisch zu können, was Jelenas Mann will: die Verkrampftheit der Situation lösen. Er schenkt Radoslaw ein Lächeln. In sei-

nem Kopf nennt er ihn schon Rado. Er sollte jetzt etwas zu Larissa sagen, sie in die Gruppe integrieren.
»Sprichst du Englisch?«
»Nicht wirklich.« Ihre Stimme ist kindlich hell, liebenswert.
»Okay.« Ihm fällt nichts mehr ein.
Er ist blockiert. Jelena muss ihn erlösen. Sie sagt etwas auf Russisch. Larissa nickt, Rado lacht ihn an. »Sollen wir etwas trinken gehen?«, fragt ihn Jelena.
Sie gehen zum Kiosk am Eingang zur U-Bahn-Station Unabhängigkeitsplatz. Er ist komplett vergittert, außer dem kleinen Guckloch. Es ist so tief in die Kioskwand gesetzt, dass man sich hinunterbeugen müsste, um dahinter den Verkäufer zu entdecken. Rado redet von oben auf das Guckloch herab. Er denkt, was kauft er, Kaugummi oder Zigaretten, aber dann reicht eine Frauenhand zwei große, geöffnete Bierflaschen aus dem Kiosk und dann nochmal zwei.
Er ist verblüfft. Rado bleibt es nicht verborgen, unter seiner fleischigen Nase lacht er anders als bislang, selbstbewusster, belustigter. Er verteilt die Flaschen. Zuerst die Frauen. Als Rado bei ihm angelangt ist, nickt er ihm zu und lässt einen Schwall russischer Worte über ihm los. Larissa und Jelena schauen ihn an, sein verständnisloses Gesicht, und lächeln beide. Das ist gut, es freut ihn, wenn er etwas für die Stimmung tut, und sei es durch seine unwissentliche Komik.
»Trinken wir hier am Kiosk?«
»Wir nehmen es mit. Wir zeigen dir ein bisschen die Stadt«, sagt Jelena.
Und nun, da er einer von ihnen ist, fällt ihm auf, wie viele Kiewer in kleinen Gruppen mit einer Flasche in der Hand auf der Straße gehen oder stehen. Büroangestellte in ihren Vierzigern, kleine Männerhandtaschen in der Hand, wie er sie sein Leben lang nur auf Schwarz-Weiß-Fotos gesehen hat, in Lederjacken, wie Rado sie trägt. Frauen, junge Mädchen, die einen stämmig, die anderen klapperdürr, fast alle mit kur-

zen Röcken und kräftig geschminkten Augenbrauen, mit Wasser, Limonade oder Bier, aber alle mit einer Flasche in der Hand, flanierend, plauschend, in der heranrückenden Dunkelheit den Feierabend begehend.

»Ist das hier üblich?«

»Das machen wir ukrainischen Menschen so«, sagt Jelena, und Larissa lächelt schon wieder. Rado hat eine Zigarette im Mund. Er raucht, ohne sie zwischenzeitlich in die Hand zu nehmen, sie hängt schlaff in seinem Mundwinkel, ab und an saugt er sie mit den Lippen fest und zieht den Rauch ein. Rado klopft ihm auf die Schultern.

»Du bist ein lustiger Kerl, Rado«, entgegnet er.

Jelena und Larissa lachen laut. »Du hast dasselbe über ihn gesagt wie er über dich!«

»Er heißt übrigens Rad, nicht Rado.«

Sie sind dabei, den Unabhängigkeitsplatz Richtung Norden zu verlassen, als Larissa stehen bleibt und in die andere Richtung zeigt. »Das Konservatorium«, sagt sie, mit dem Rücken zu ihnen.

»Was sagst du?«, fragt er.

»Ich dachte, wir zeigen ihm die Stadt«, sagt sie, Jelena zugewandt.

»Das ist das Konservatorium, die Musikhochschule«, sagt Jelena und zeigt auf ein frisch gestrichenes, weißes Gebäude schräg gegenüber dem Hauptplatz.

Plötzlich glaubt er zu verstehen. Die Tasche auf Larissas rechter Schulter.

»Du studierst dort Musik«, sagt er voll vorauseilender Begeisterung.

Aber es ist schon wieder falsch. Seine Aussage lässt Larissa auf den Boden schauen. Sie schüttelt den Kopf. Er schaut Jelena Hilfe suchend an. »Komm, lassen wir das«, sagt sie. »Lasst uns zum Fluss gehen.«

Davon ist im Westen nie die Rede: wie wunderschön Kiew ist. Sie stehen am Denkmal der russisch-ukrainischen Freundschaft, hoch über dem Dnjepr, Jelena und Rad, Larissa und er. Einer der Arbeiter trägt einen wehenden Kittel, der andere steht mit nacktem Oberkörper da, der eine edel, der andere muskulös, er fragt sich, welche Steinfigur den Russen, welche den Ukrainer symbolisiert. Gemeinsam, jeder mit einer Hand und Leichtigkeit, heben sie das Wappen der Sowjetunion empor. Der Edle, er glaubt, dass er den Russen personifiziert, hat noch die Kraft, mit der anderen, der rechten Hand hinter sich, über den Fluss zu weisen. Sie folgen dem Fingerzeig bis an die Brüstung des Plateaus: Die blühenden Kastanienbäume neben ihnen rahmen den Himmel für sie ein, eine Stadt, auf Hügeln gebaut, fällt vor ihnen steil und grün zum Flussufer hinab. Auf den Inseln sind einzelne Leute, Angler und Spaziergänger, noch schemenhaft zu erkennen in der Abenddämmerung, am anderen Ufer erheben sich kilometerweit ohne Horizont die kommunistischen Wohnblocks. Es mag kein Vergnügen sein, in ihnen zu wohnen, aber von hier, aus der Ferne, sind sie eine Pracht, geometrisch rein in ihrer Anordnung, unbefleckt weiß, imposant in ihrer Unendlichkeit.
Sie schauen schweigend über den Dnjepr, jeder für sich, und doch sind es zwei Kerne, Jelena und Rad, Larissa und er. Sie alle haben auf diese Pause gewartet, um sich mit Anstand zu reorganisieren, als ob es Zufall wäre, rücken Rad und Jelena von ihnen ab, ein paar Meter nur. Es ermöglicht ihnen, ihr eigenes Gespräch zu beginnen. Es ist besser so, es ist für sie alle zu anstrengend geworden, zu viert ohne gemeinsame Sprache. So steht er alleine mit Larissa da.
Er möchte ihr mitteilen, wie schön er ihre Stadt findet. Er fürchtet jedoch, sie könnte seine Preisung als Spott verstehen. Es ist sicherer, wenn er einfach weiter schweigend über den Fluss schaut und ab und an einen Schluck aus der fast schon leeren Bierflasche nimmt.

»Dort drüben wohne ich«, sagt sie schließlich. Er folgt ihrem feinen Zeigefinger über den Dnjepr und in den Norden, wo Hochhäuser stehen, die aus der Distanz genauso aussehen wie die Hochhäuser im Osten und Süden vor ihnen.
»Und? Ist es, ist es nett dort?«
»Es ist das schlimmste Viertel von Kiew. Trojeschtschina.«
»Tatsächlich? So schlimm?«
»Die Leute aus den anderen Vierteln sagen, es sei die schlechteste Gegend. Weil zu uns die U-Bahn nicht fährt. Deswegen kommen Leute aus anderen Vierteln auch nicht zu uns.« Sie macht eine Pause. »Dabei ist es bei uns wie überall. Alle Viertel in Kiew sind gleich, dieselben hohen Häuser, der Rasen dazwischen mit den Kinderspielplätzen, und jetzt gibt es überall neue Supermärkte.«
Er ist überrascht, wie gut ihr Englisch ist. Ihr starker, jedoch weicher Akzent lässt es noch besser klingen. Oder vielleicht ist es auch gar nicht ihr Akzent, sondern ihr weiches Gesicht, das er ansieht, während sie redet, das ihn glauben lässt, sie rede gut Englisch. Er tastet sich langsam vor.
»Du lebst aber ganz gerne dort, in Trejeschina?«
»In Trojeschtschina? Ja, natürlich. Warum nicht?«
»Nur, weil du sagtest, es sei ein schlimmes Viertel.«
»Die Leute sagen das. Weil wir einen großen Markt haben, der in der Hand von Kriminellen ist. Du kannst dort alles kaufen, Fische, Gemüse, Kleidung, Pistolen, Handgranaten, auch Obst. Manchmal klauen sie einem Mädchen, wenn es aus dem Bus aussteigt, das Handy. Aber sie muss es ja auch an einer Kordel um den Hals tragen, sodass man es ihr einfach abreißen kann. Oder jemand wird nachts auf der Straße verprügelt. Wenn mich Jelena besucht, dann bringe ich sie nachts immer zum Bus, wenn du nicht aus Trojeschtschina bist, kannst du nicht nachts alleine herumlaufen. Aber wir haben immer dort gewohnt.«
Sie schaut ihn nicht an, während sie redet. Sie erzählt mono-

ton, nicht gleichgültig, sondern im Tonfall von: So ist es halt. Sie klingt, als ob sie keine Probleme damit hat, dass es ist, wie es ist.

Ein blöder Gedanke: Wie wäre es, einfach hier zu bleiben, Jelena, Rad und Larissa jeden Tag zu sehen? Es muss das Bier sein, auf nüchternen Magen, eine Bieridee. Aber er kann nicht leugnen, dass ihm wohl zumute ist bei dem Gedanken. Er erlebt in London nicht oft solche Abende. Nie, wenn er es genau nimmt.

Er hat noch so viele Fragen an Larissa, jede ihrer Antworten gebärt zehn neue. Bald jedoch wird er stoppen müssen, schon nimmt ihr Gespräch die Form eines Verhörs an. Doch wie soll er dem Gespräch eine andere Wendung geben? Es macht den Anschein, als ob sie ihn nie etwas zurückfragen wird. Sie beantwortet seine Fragen höflich und ausführlich, und wenn er nichts fragt, schweigt sie. Soll er einfach etwas von sich erzählen, und wenn, dann was? Ein, zwei Fragen kann er sicher noch stellen, er muss sie nur anders formulieren, nicht so sehr als Vernehmung, er sollte die Fragen in Feststellungen verpacken.

»Dann wohnst du noch mit deinen Eltern.«

»Alle Studenten wohnen ja praktisch noch bei ihren Eltern, wenn sie aus Kiew sind.«

»Wie sieht dein Zimmer aus?« Er hat schon wieder vergessen, dass er seine Neugierde dezenter befriedigen wollte.

»Mein Zimmer?« Sie lacht, keineswegs verletzt, nur erstaunt.

»Entschuldigung, wenn ich frage. Es interessiert mich nur, wie ihr lebt. Ich weiß doch gar nichts über das Leben in der Ukraine.«

Das scheint sie als Grund für merkwürdige, eindringliche Fragen zu akzeptieren. Sie nimmt wieder ihre gewöhnliche Erzählhaltung ein, mit regungslosem Gesichtsausdruck blickt sie über den mittlerweile von der Dunkelheit verschlungenen Fluss.

»Ich teile mir das Zimmer mit meiner kleinen Schwester

Malina. Sie ist 16. Wladi, unser Bruder, hat ein Zimmer für sich alleine, weil er der einzige Junge ist. Mali hat ihr Bett in der einen Ecke, ich in der anderen, sodass wir beide, wenn wir morgens aufwachen, gleich gut aus dem Fenster in der Mitte des Raums schauen können. Wir lassen die Vorhänge immer auf, nachts. Ich weiß nicht, was möchtest du noch wissen?«

»Nein, nein, ist schon gut.«

Sie gehen. Er muss noch den Marinski Palast sehen. Vielleicht nicht jetzt, in der Dunkelheit, wendet er ein. Jelena allerdings besteht darauf. Sie stapfen wie von ihrer Klasse versprengte Grundschüler durch den finsteren Uferpark, brav in Zweierreihen, Rad und Jelena vorneweg.

Rad sagt etwas, fast brüllt er, ob vom Bier oder wegen der Dunkelheit. Jelena lacht, Larissa lächelt.

»Was sagt er?«

»Du solltest etwas über die Ukraine lernen.«

»Ja, gerne.«

»Was macht ein Ukrainer mit zu vielen Äpfeln?«, fragt Jelena von vorne, ohne sich umzudrehen.

»Keine Ahnung«, sagt er, er weiß, das soll er sagen.

»Er beißt alle an!« Sie lachen, selbst Rad, der nichts verstanden hat und doch wieder alles: Jelena wird seiner Aufforderung gefolgt sein, ihm etwas über die Ukraine beizubringen.

»Es gibt einen Komiker im Fernseher, Verka Serdutschka, der sehr gute Witze über den Volkscharakter der ukrainischen Menschen macht.« Sie müssen näher zu Jelena aufschließen, weil er sie sonst nicht hören kann. »Viele hassen ihn, weil er die Wahrheiten ausspricht, etwa dass wir ukrainischen Menschen sehr neidisch sind.«

»Seid ihr das?«

»Ja, klar«, sagt Jelena, aber er hat Larissa gefragt. »Verka behauptet das«, sagt sie. So viel steht fest: *Verka behauptet das*. Das ist ein Fakt, deshalb kann sie es sagen.

»Was ist das Größte für einen Ukrainer?«, fragt Larissa, er sieht

sie in der Dunkelheit nicht. Aber er weiß, wie sie jetzt lächelt, zaghaft, statt mit dem Mund mehr mit den dunklen Augen, die noch schmaler werden.
»Was das Größte für einen Ukrainer ist?«, fragt er zurück, um sich Zeit für die Antwort zu nehmen, weil es Larissa ist, will er eine Antwort, eine witzige Antwort finden, auch wenn sie nicht die richtige sein wird.
Sie jedoch nimmt seine Wiederholung als Ansporn, selbst zu antworten. »Wenn es beim Nachbarn brennt.«
»Rad möchte wissen, was ihr in England von den ukrainischen Menschen haltet.«
Was soll er antworten? Die Wahrheit? Aber was ist die Wahrheit, gibt es eine spezifische Meinung, die darüber hinausgeht, dass Ukrainer in den Westen kommen und alle möglichen Arbeiten annehmen, um irgendwie Geld zu verdienen?
»Sie sind wie ich«, sagt er schließlich.
»Was meinst du?«
»Ukrainer sind wie wir Investmentbanker: Leih ihnen dein Auto, und wenn du es zurückhaben willst, haben sie es verkauft und sagen: ›Aber, was willst du, ich nehme doch nur fünf Prozent Provision von dir!‹«
Er weiß sofort, der Witz war schlecht. Er sollte selbstironisch klingen. Er hat noch nie einen guten erzählt. Sie lachen trotzdem, aus Anstand.
Der Marinski Palast, in leuchtendem Hellblau gestrichen, wird von Scheinwerfern bestrahlt, ein herrlicher Kontrast zu den schwarzen Bäumen drum herum. Keiner hat besondere Lust, den Palast näher zu betrachten.
Eine U-Bahn-Station ist in der Nähe. Von hier können Jelena und Rad direkt nach Hause fahren. Sie sprechen es nicht aus, er ist alt genug, auch so zu begreifen, dass der Abend vorbei ist. Er versteht es sehr wohl, doch er ist auf ihre Hilfe angewiesen, passende Abschiedsworte zu finden. Er sollte die Souveränität besitzen, die Runde aufzulösen, er ist über zehn

Jahre älter als sie. Doch die Vertrautheit, mit der sie sich in den vergangenen drei Stunden unterhalten haben, weicht von ihm, steif und ungelenk verharrt er vor dem U-Bahn-Eingang. Sie schauen ihn an. Sie wissen auch nicht recht. Nervös retten sie sich ins Russische. Die drei sprechen untereinander, es scheint ihm ein hektisches, hysterisches Gespräch. Jelena richtet sich schließlich mit ruhiger Stimme an ihn, als wäre sie wieder seine Dolmetscherin: »Rad und ich nehmen hier die U-Bahn, wir können direkt nach Hause fahren. Larissa geht noch mit dir zum Unabhängigkeitsplatz, von da findest du ins Hotel, oder?«
»Ja, natürlich, um Gottes willen, Larissa muss sich keine Umstände machen, ich komme schon alleine zurecht.«
Larissa schaut Jelena an.
»Es ist für sie einfacher, wenn sie vom Unabhängigkeitsplatz die U-Bahn nimmt«, sagt Jelena streng. Sie haben versucht, es ihm dezent zu sagen, aber wenn er es nicht kapiert, müssen sie eben so deutlich werden: Er soll Larissa bis zu ihrer Station begleiten.
»Natürlich«, sagt er.
»Gut«, sagt Jelena. Wie sie sich verabschieden, ist immer noch nicht geklärt.
Es ist Rad, wer sonst, der die Lösung, die Erlösung findet. Taub, wie er in ihren Gesprächen ist, ignoriert er die Verkrampfung. Er schlägt ihm auf die Schulter und lacht ihn mit dem breitesten Lachen der Welt an. Er umarmt Rad, es fällt ihm nicht schwer, sprachlos, wie sie sind, haben sie keine Basis, sich nicht zu mögen. »Schön, dich kennen zu lernen.« Weil er nun schon einmal beim Verabschieden ist, erscheint es plötzlich auch leicht, Jelena in den Arm zu nehmen. Zwei Küsse auf die Wangen, er hält sie ein bisschen zu lange im Arm.
»Wir sehen uns«, sagt sie.
»Schneller, als du denkst, und länger, als du denkst, befürchte ich: Das wird kein einfacher Fall, Revagaz.«

Dann ist er mit Larissa alleine.
Die Straßenlaternen geben kein gutes Licht, verleihen aber der Stadt die Atmosphäre der fünfziger Jahre in Brüssel; so wie er sich die fünfziger Jahre in Brüssel vorstellt.
Sie gehen auf breiten Alleen mit Kopfsteinpflaster, die Paläste am Straßenrand beherbergen Ministerien und staatliche Ämter. Sicherheitsbeamte beäugen sie gelangweilt, herablassend, ihre Blicke sagen: Wir schauen euch nur an, weil wir sonst nichts zu betrachten haben. Es ist hier oben auf dem Hügel kein Mensch außer ihnen unterwegs. Er ist unbeobachtet. Er fängt zu reden an, und weil sie ihn nicht unterbricht, sondern nur aufmerksam zuhört, hört er nicht mehr auf. Er erzählt von London, seiner ehemaligen Katze, Igoris, seinem Freund, dass er glaubt, noch nie ein Buch eines Ukrainers gelesen zu haben. Er achtet nicht auf Zusammenhänge und Verständlichkeit, er redet.
Sie erreichen den Unabhängigkeitsplatz von der anderen Seite, unvermittelt. Das weiß gestrichene Gebäude, das nun links neben ihnen liegt, kommt ihm wieder in den Sinn. Kann er jetzt danach fragen?
Er tut es mit sanfter Stimme, aber aus dem Nichts. »Warum studierst du nicht am Konservatorium?«
Er fühlt sich verpflichtet, seine Frage zu begründen. »Du hast ein Musikinstrument bei dir«, er deutet mit einem Nicken auf die Tasche über ihrer rechten Schulter. »Eine Trompete?«
»Eine Klarinette.«
»Du musst es mir nicht sagen.« Ihre Stimme klingt auf einmal so brüchig.
Sie schüttelt den Kopf. Wenn es ihn interessiert, will sie es ihm sagen.
Gegenüber leuchten die schrillen Neonreklamen auf den Häuserdächern. Aber es sind kaum noch Passanten unterwegs.
Sie haben sie nicht genommen.

Sie war sich sicher gewesen, die Aufnahmeprüfung bestanden zu haben. Im Theorietest, sie kann es schwören, hat sie alles gewusst. Ihr Vorspielen, Mozart, Köchelverzeichnis 622, A-Dur, war rein. Besser hat sie das Stück nie gespielt. »Du hörst das. Wenn du Klarinette spielst, hörst du das.« Er glaubt ihr ohne einen Zweifel. Sie würde sich nicht überschätzen. Sie spricht, auch wenn sie über sich selbst redet, nur über Tatsachen.

»Es war so ein Schock für mich, dass sie mich nicht genommen haben. Ich bin einfach immer davon ausgegangen, dass ich auf das Konservatorium gehen würde. Und auf einmal hatte ich nichts. Keine Zukunft.«

»Und«, er merkt, dass er stottert. »Warum?«

»Mein Klarinettenlehrer sagt, Bestechung. Sie sagen, du musst zum Beispiel 10 000 Dollar zahlen, um auf die Schewtschenka-Universität zu kommen. Ich weiß es nicht.«

Gibt es etwas, was er jetzt sagen kann, was nicht in ihrem Schmerz wühlt, was sie tröstet? Er kann nur weiterfragen.

»Aber du spielst noch Klarinette, wie mir scheint.«

»Ich studiere Musik an der Hochschule für Unterhaltung und Zirkus.«

»An der Hochschule für Unterhaltung und Zirkus? Das klingt ja großartig!«

»Was ist daran großartig?«

»Nur der Name, meine ich. Er ist vermutlich noch aus sowjetischen Zeiten, oder? Wenn das Studium nur halb so gut ist wie der Name der Universität ... Wie ist es?«

»Ich wollte Musikerin werden. In einem Orchester. Jetzt mache ich eine Ausbildung zur Musiklehrerin. Damit verdiene ich dann später 500 Hrywen im Monat.«

Er hat die Umrechnung im Kopf. 95 Dollar. Es trifft ihn. Aber er hat kein Recht, sein Mitleid auszudrücken. Morgen früh schon fliegt er wieder nach London, in seine sorgenfreie Welt. Er lässt sie zurück.

»So ist das«, sagt sie, »mein Leben.« Sie lächelt ihn an, um ihn aufzumuntern. Er muss wohl ein zerknirschtes Gesicht machen. »Jetzt nehme ich die U-Bahn, sonst wird es zu spät, ich muss noch in einen Bus umsteigen.«
Sie sind, während sie geredet haben, die ganze Zeit am U-Bahn-Eingang stehen geblieben.
»Schade«, sagt sie.
»Was?«
»Dass wir uns nicht mehr sehen werden.«
»Aber vielleicht, hoffentlich, sehen wir uns schon noch einmal. Ich komme zurück nach Kiew, schon bald.«
»Mach es gut«, sagt sie und drückt seine rechte Hand kurz und doch lange genug, dass er die Berührung nicht vergisst. Ehe er reagieren kann, springt sie schon die Treppen hinunter.
Er denkt so oft, wie gerne er etwas tun würde, etwas *Sinnvolles*, eine Kindermannschaft im Hockey trainieren, sich im Roten Kreuz engagieren, er weiß, irgendwann, wenn ihm die Arbeit Zeit lässt, wird er etwas tun. Ist das der Punkt, damit zu beginnen? Larissa zu helfen.
Er muss rational bleiben. Was soll er denn tun?
Es ist 23 Uhr in Kiew, 21 Uhr in London. Er sollte endlich Rachel anrufen. Das ist eine Tatsache.

Fünf

Er wacht in völliger Dunkelheit auf. Die Sonne kommt selbst jetzt im Frühling erst spät in sein Schlafzimmer, wann genau, weiß er nicht, er ist dann schon immer aus dem Haus. Er schließt die Augen noch einmal und umklammert mit den Händen das Kopfkissen, auf dem er ruht. Die fünf Minuten, die vor ihm liegen, gehören zu den kostbarsten seines Tages. Fünf Minuten, die er Gott sei Dank noch weiterschlafen kann.

Es ist ein ritualisierter Selbstbetrug, den er sich jeden Morgen leistet. Der Wecker, den er in seinem Mobiltelefon programmiert, klingelt um 7.15 Uhr, und es reicht, wenn er um 7.20 Uhr aufsteht. Es sind nur fünf Minuten, aber sie erscheinen ihm in diesem Moment wie die Rettung. Er kann das nicht, munter aufstehen.

Mit geschlossenen Augen und im Halbschlaf lauscht er dem gleichmäßigen Poltern des Wassers, das aus dem Badezimmer kommt. Das Wasser ist sein Bürge, sein Kreditgeber, es gewährt ihm Aufschub, noch ein wenig weiterzuschlafen. Wenn es verstummt, weiß er, gleich kommt Rachel aus der Dusche und wird ihn wecken, richtig wecken, es ist jeden Morgen dasselbe.

»Guten Morgen, Toby, es ist Zeit«, sagt sie sanft, wie eine Mutter, bevor sie ihn auf das rechte Ohr küsst. Auf den Mund kann sie ihn nicht küssen, weil er das Gesicht ins Kissen gegraben hat. Er grunzt.

Sie steht täglich um sieben auf. Sie braucht keinen Wecker, sie besitzt eine innere Uhr, die verlässlich wie ein Zahnrad läuft, sie schleicht aus dem Bett in die Dusche, ohne dass er jemals aufwachen würde. Was er an ihr mag, ist, dass sie ihn immer nur beim Vornamen nennt, nie Sweetie, Darling oder gar Honey.

»Komm, aufstehen, Toby, sonst kommst du zu spät.«
Es ist immer dasselbe, sogar die Worte, die ersten Worte des Tages, sind jedes Mal identisch, und doch hat die Begrüßung des Tages für ihn nichts von ihrer Schönheit verloren, vielleicht hat sie ihre Schönheit sogar erst durch die ewige Wiederholung gewonnen, durch die Gewissheit, morgen wird es wieder so sein. Er hebt den Kopf vom Kissen und schiebt ihn, noch mit geschlossenen Augen, in ihre Richtung, seinen Mund gespitzt und vorgeschoben wie ein Suchgerät. Sie kommt ihm entgegen und sie küssen sich. Er denkt, dass er es eigentlich nicht will.
Er kennt diese Art Attacke, er ahnt, was sie diesmal ausgelöst hat: Der Abend in Kiew über dem Dnjepr hat die diffuse Sehnsucht nach einem anderen Leben geweckt.
Er kennt so viele, die unfähig sind, das eigene Leben zu akzeptieren, die, getrieben von einer vagen, ziellosen Unzufriedenheit, immer etwas anderes wollen. Und die, weil sie nicht wissen, was sie konkret wollen, nur eine immer höhere Stufe des Unglücklichseins erreichen. Die Sehnsucht nach Veränderung ist auch bei ihm ein immer wiederkehrender Besucher – doch hatte er, so schien es ihm, das Problem bislang deutlich besser im Griff als die anderen. Den Traum von einem anderen Leben benutzte er als Antrieb, um seine Ziele in der Bank zu erreichen. Je mehr Ziele er erreichte, desto besser würde sein Leben einmal sein.
Aber etwas ist diesmal anders. Er kontrolliert den Gedanken, ein anderes Leben zu wollen, nicht. Er lässt sich von ihm treiben.
Rachel sitzt noch immer auf der Bettkante, das große, weiße Handtuch hoch bis über den Busen um den Körper gehüllt, während er sich schon ins Bad schleppt.
Sie ruft ihm hinterher: »Hast du eigentlich die Briefe aufgegeben, die ich dir gestern mitgab?«
»Ja, gerne.«

»Ja, gerne? Was soll das heißen? Toby, du hörst mir wieder einmal gar nicht zu!«

Es ist keine Anklage in ihrer Stimme. Sie weiß, dass er es verflucht, morgens zu reden. Sie erwartet deswegen auch keine richtigen Antworten. Sie will nur selber ein wenig reden.

Gegen acht sind sie an der U-Bahn-Station Parsons Green. Er trägt das Erkennungszeichen des modernen Londoners in der rechten Hand, einen weißen Pappbecher, wie ihn bis vor sieben, acht Jahren nur Landstreicher vor sich hertrugen. Er holt sich seinen Milchkaffee zum Mitnehmen auf dem Weg zur U-Bahn bei Starbucks an der Fulham Road. Er frühstückt nie zu Hause. Der Kaffee weckt langsam seinen Geist. Sein Magen wacht erst gegen zehn, elf auf.

Wenn es gut geht, sind es von Parsons Green für sie beide nicht mehr als 45 Minuten zur Arbeit. Es geht selten gut. Die Gründe, warum die Londoner U-Bahn stecken bleibt, sind unerschöpflich. Mit dem Taxi zu fahren spart um diese Uhrzeit nicht wirklich Zeit. Wann immer er es versuchte, kam er erschöpft im Büro an, weil ihn das Gefühl, im Berufsverkehr stecken zu bleiben, entnervte, auch wenn Londoner Taxifahrer permanent ruckartig in irgendwelche Seitenstraßen preschen, weil sie immer eine ganz tolle Abkürzung kennen. Ein eigenes Auto hat er nicht, er hat nie daran gedacht, eines anzuschaffen. London ist keine Stadt, in der man auf solche Gedanken kommt.

Sie können bis Westminster zusammen fahren, dann steigt er auf die Jubilee Line um, während sie bis Tower Hill durchfährt. Aber auf gewisse Weise verabschieden sie sich schon beim Einsteigen in Parsons Green voneinander. In der U-Bahn fahren sie nur noch neben-, nicht mehr miteinander. Die schlimmste Phase der Stoßzeit kommt erst eine halbe Stunde später, doch ob 120 oder 150 Leute in einem Waggon mit 24 Sitzplätzen stecken, macht keinen spürbaren Unterschied.

Er hält sich an der Deckenstange fest, sie sich an seinem Sakkoärmel.
»Gehen wir heute Abend etwas essen, falls du halbwegs früh rauskommst?«, fragt sie, sie flüstert es. Er nickt stumm.
Niemand redet, nicht in dem Sinne, dass er ein richtiges Gespräch führen würde. Der Anstand verbietet es. Aneinander gedrückt, aneinander geworfen zum Teil durch die ratternde U-Bahn, wollen die Londoner weder die unbekannten Mitreisenden mit ihrem Gespräch belästigen noch haben sie ein Interesse daran, ihre Privatunterhaltung vor 100 Zuhörern zu gestalten. Höflichkeit hält diese Stadt zusammen.
Es ist längst eine Stadt, in der die ganze Welt zu Hause ist. Er hat nie aufgehört, darüber zu staunen, wie London hunderttausende Fremde einfach aufnimmt und sie gewähren lässt, ohne Meldepflicht, ohne subtilen Zwang, sich zu verändern. Und das Leben miteinander oder zumindest nebeneinander funktioniert besser als irgendwo sonst, reguliert nur vom kleinsten gemeinsamen Nenner: Achte die Höflichkeit. Es ist das Einzige, was London von einem Fremden wie ihm fordert: dass er die britische Zurückhaltung verinnerlicht. Sein großes Ziel ist es, die Höflichkeit auch noch mit Witz und Schlagfertigkeit zu paaren. An dem Tag, an dem ihm das gelingt, wird er ein vollkommener Londoner sein.
Er kennt Rom, Paris und New York nur oberflächlich, Südamerika und Afrika gar nicht, aber er weiß, London ist das Zentrum. Hier ist alles intensiver, extremer, exzentrischer und trotzdem freundlicher. Deshalb ist London die einzige Stadt, in der es sich zu leben lohnt.
So stolz ist er, Teil dieser Stadt zu sein, dazuzugehören. Er wird richtiggehend rührselig, wenn er über London spricht. Später schämt er sich seiner Gefühle. Sie erscheinen ihm so plump, so banal, kitschig, wie aus einem Hollywoodfilm. Sie führen ihm vor Augen, dass er nicht so feinsinnig ist, wie er gerne sein möchte.

Rachel gibt ihm einen Kuss auf den Mund, flüchtig genug, um das Band der Höflichkeit nicht zu verletzen, das sie mit ihren Mitlondonern in diesem Waggon verbindet. »Bis heute Abend, einen schönen Tag«, haucht sie. Er nimmt den Kuss entgegen, ohne die Lippen zu bewegen. Dann schlängelt er sich vorsichtig zur Tür, um umzusteigen.

Die Station in Canary Wharf ist nur für seine Kollegen und ihn gemacht. Wer nicht in den Banktürmen rundherum arbeitet, hat keinen Grund, hierher zu kommen. Die Station ist keiner von den alten Ziegelsteinbauten, den historischen Kulissen der *tube*, für die Touristen so sehr schwärmen. Touristen würden sich hier zerbrechlich und klein vorkommen: Canary Wharf Station ist eine in die Erde versenkte Zukunftsstadt, in der alles aus glänzendem Stahl, glitzerndem Chrom und vor allem von gigantischen Ausmaßen ist. Denen, die hier arbeiten, bestätigt sie ihre Größe. Nur wenige bleiben während der Fahrt auf der endlos langen, absurd steilen Rolltreppe stehen. Sie marschieren; mit festem, selbstbewusstem Schritt nach oben.

Die große Mehrzahl der jüngeren Banker erscheint ihm attraktiv in ihren Anzügen. Die dunklen Farben des Stoffs bilden einen reizvollen Kontrast zu ihren zu bleichen Gesichtern. Sie sind sich ihrer Ausstrahlung bewusst. Viele haben ihre Haare mit Gel struppelig getrimmt, um verwegener, künstlerischer zu erscheinen. Ihre wachsenden Bäuche, aufgeschwemmt von den vielen schnellen Sandwiches und der wenigen Bewegung, werden noch von Hemd und Sakko versteckt. Er trägt ein dunkelblaues Modell zu einer marineblau-himmelblau gemusterten Krawatte auf weißem Hemd, er findet, die Farben passen zu seinen blonden Haaren. Er bewegt sich sicher in der Masse.

Bevor es aus dem gigantischen U-Bahn-Schacht an die Luft geht, biegt er nach rechts ab. Jeder Bankturm hat einen direkten Zugang von der U-Bahn. Drei Sicherheitsleute, zwei

Männer und eine Frau, stehen davor. Sie sind gekleidet wie Flugbegleiter. Seinen Arbeitsausweis muss er aber nicht ihnen zeigen, sondern in eine elektrische Schleuse halten.
Der Weg direkt von der U-Bahn in die Bank spart ihm Zeit. Deshalb nimmt er den unterirdischen Zugang, auch wenn er sich dabei schuldig fühlt. Von dem Moment, in dem er in Fulham mit der U-Bahn in den Tunnel fuhr, bis zum nächsten Morgen, wenn er wieder aus dem Haus geht, sieht er kein Tageslicht.
Das Summen und Brummen ist schon da, als er um acht vor neun ins Büro tritt. Zwei Telefone singen synchronisiert, immer wenn das eine schrillt, ruht das andere. In der zweiten Schreibtischreihe, wo die Luft-und-Raumfahrt-Gruppe sitzt, reden zwei Kollegen unnatürlich laut, um den Sitznachbarn am Telefon zu übertönen, weshalb der Sitznachbar noch lauter redet.
Igoris dreht sich kurz um und grüßt ihn mit einem angedeuteten Nicken zurück, als er an ihrer Schreibtischreihe entlang zu seinem Platz läuft. Von all den Kollegen hier, den zwölf in seiner Abteilung sowie allen anderen, die er im Haus kennt, würde er Igoris am ehesten seinen Freund nennen. Sie gehen auf Dienstreisen oder freitags nach der Arbeit öfters gemeinsam in eine Bar. Igoris arbeitet erst seit drei Jahren in der City, er ist 26 – oder 27, er weiß es gar nicht genau. Er wurde in erster Linie in die Öl-&-Gas-Gruppe aufgenommen, weil er fließend Russisch spricht. Seine Familie emigrierte aus Litauen, als er ein Kind war. In der Abteilung wird mit Igoris' Kräften rücksichtslos umgegangen. Die Menge der Recherche- und Schreibarbeiten, die ihm aufgetragen wird, richtet sich nicht danach, wie viel er schaffen kann, sondern wie viel Arbeit vorliegt. Es ist das Schicksal aller Analysten, der Frischlinge in der City. Was Igoris allerdings auszubrennen droht, ist nicht die Arbeitslast, sondern der Druck, die Arbeit perfekt zu machen, unter den er sich selber setzt.

Er kann es fühlen, schon wenn er hinter Igoris steht: Dessen Schulterblätter stehen wie Speerspitzen aus seinem Hemd heraus, verkrampft und hektisch hackt er auf den Computer ein. Er hat sich von Anfang an zu Igoris hingezogen gefühlt, er sieht in ihm ein Abbild seiner selbst als junger Banker. Er ist sich nicht sicher, ob Igoris ihn auch als Freund bezeichnen würde.

»Was gibt's, Igoris?«

»Okay. Alles okay.«

»Läuft es, läuft es wie geschmierte Seife?«

»Ja. Ja, ja.«

Er ärgert sich über sich selbst. Seine Worte klingen ungelenk. Sobald er mit Igoris ein Gespräch anzufangen versucht, bekommen seine Sätze einen jugendlichen Ton, einen Ton, der nur falsch sein kann, weil es nicht seine natürliche Sprache ist.

»Nimm es nicht so wichtig, Igoris. Du sitzt ganz verkrampft, du wirst dir noch den Rücken kaputtmachen.«

Kaum strengt er sich an, nicht mehr so künstlich jung zu sprechen, klingt er väterlich alt.

Igoris hat keine Lust, mit ihm zu reden. Es ist offensichtlich. Aber etwas hält ihn bei ihm. Er könnte zu seinem Platz weitergehen, es gibt nichts, was er mit Igoris im Moment besprechen müsste. Aber so, wie das Gespräch bislang gelaufen ist, wäre es eine Niederlage zu gehen.

»Was schreibst du?«

Es ist die Präsentation für ein halbstaatliches russisches Energieunternehmen, dem die Derling Bank einen Kredit anbietet. Er weiß es doch. Igoris sitzt seit drei Tagen an der Ausarbeitung, sie haben regelmäßig darüber gesprochen.

»Immer noch dasselbe.«

»Du kommst voran?«

»Ja, ja.«

Igoris bläst Luft in seine Wangen, presst die Lippen zusam-

men, er lässt die Luft nicht heraus. Er würde gerne explodieren; wenn er sagen dürfte, was er denkt, würde er brüllen: »Lass mich in Ruhe arbeiten, Toby.«
Er sucht nach einem würdigen Ausgang aus der Situation.
»Wenn du Hilfe brauchst, sag Bescheid, Igoris, okay?«
Ein paar Sekunden zuvor wäre dieser Satz ein respektabler Abschluss gewesen, eine versöhnliche Note, die ihm das Gefühl gelassen hätte, mit Igoris, seinem Freund, ein paar nette Worte am Morgen gewechselt zu haben. Nun aber klingt selbst dieser Satz, der einzige ihn zufrieden stellende, anbiedernd und falsch. Denn Igoris muss denken, der Satz sei nicht für ihn bestimmt, sondern für Stoneton, ihren Chef, der aus seinem Glaskasten geeilt ist, der schon neben ihnen steht und diesen Satz auf jeden Fall mitgehört hat.
Stoneton ruft sie alle zusammen, neun Mann und keine Frau, die gesamte Öl-&-Gas-Gruppe, bis auf Alex McClivan und Stonetons Stellvertreter, Mister Charvey, die auf Dienstreise in Zürich sind. Stoneton hat das Jackett ausgezogen, so weit geht er, die Krawatte zu lockern käme ihm nicht in den Sinn. Der Chef schaut einem nach dem anderen von ihnen ins Gesicht. Obwohl längst Ruhe ist, wird jeder Einzelne mit diesem ausdruckslosen Blick gemustert, der alles ausdrücken kann.
British Oil wolle im Iran einsteigen.
Stoneton kann das, eine Nachricht nachhallen lassen. Keine strategische Investition, sondern *big time.* Ein Joint Venture mit dem staatlichen iranischen Energiekonzern, Suche, Förderung und Transport von Erdöl, die ganze Palette, man könne von einem Investitionsvolumen von zwei Milliarden Dollar ausgehen.
Mark Johnstone, ein rothaariger, rothäutiger Mann Ende 30 in derselben mittleren Position wie er, ist der Erste, der nicht mehr an sich halten kann.
Wenn sie den Deal kriegen würden. Honorar, Zinsen, 40 Mil-

lionen sind mindestens drin, und das ist nur kurzfristig gedacht.

Er stimmt in die helle Aufregung und Vorfreude ein. Er erinnert daran, dass sie erst vergangenes Jahr ein Joint Venture, wie es British Oil im Iran plant, für eine amerikanische Firma in Kasachstan abgewickelt haben, und in diesem Augenblick wird ihm bewusst, dass sich seine trotzige Rebellion gegen das eigene Leben verselbständigt hat: Seine Begeisterung ist nur noch aufgesetzt. Er weiß, dies wird in der City das Geschäft des Jahres im Bereich Öl & Gas, ein *Ziel*, das er sich nicht entgehen lassen kann. Und er denkt, er habe mit der Revagaz-Sache genug zu tun, hoffentlich müsse er sich jetzt nicht noch mit dem Iran herumschlagen.

Er überredet Igoris, mit ihm etwas essen zu gehen. Er kann sehen, wie sich sein Freund windet. Starr lässt Igoris den Blick auf dem Bildschirm. Sie haben keine Zeit für Pausen. Das lästige Bedürfnis der Nahrungsaufnahme erledigen sie generell so, dass einer in die Canada Square Shopping Mall hinuntergeht und belegte Brote ins Büro bringt. Sie verstehen es, mit einem Sandwich in der Hand nicht weniger schnell auf dem Computer zu schreiben. Igoris' Widerwille, ihm zu folgen, stachelt ihn an. So barsch fordert er ihn auf mitzukommen, dass es fast schon ein Befehl ist. Seufzend speichert Igoris seinen Report im Computer ab und fühlt nach dem Geld in seiner Hosentasche. Es raschelt und klimpert so, als wäre es genug. »Gleich wieder da«, sagt Igoris zu Xavier, dem französischen Analysten, der neben ihm sitzt und selbstverständlich so tut, als höre er Igoris gar nicht.

Die Lust in ihm, seinen Freund zu quälen, ist noch nicht befriedigt. Sie würden den British-Oil-Deal doch sowieso nicht bekommen, sagt er, als sie bei Birley's Platz genommen haben, einem Schnellrestaurant. Ihr Tisch ist verklebt vom Tee und Senf der vorherigen Kunden. Igoris kaut mit Ruhe weiter an seinem weichen Sandwich. Es ist mit gesalzenem Rindfleisch gefüllt, mit scharfem Senf bestrichen und kostet hier in der Canada Square Shopping Mall fünf Pfund.

»Wochenlang Businesspläne und Strategiepapiere erarbeiten, die halbe Bank wird auf Trab sein, die Direktoren nichts anderes tun, als bei denen rumschleimen, und am Ende geben sie das Mandat doch Greenwich Mosley. Ich habe schon vor Monaten gehört, dass Greenwich Mosley für British Oil die iranische Regierung bearbeitet. Die schreiben das Mandat nur aus, damit sie von den anderen Banken noch ein paar gute Ideen klauen können.«

Igoris mustert ihn nun mit Interesse. »Hast du schlechte Laune?«

»Nein«, antwortet er schlecht gelaunt. Er weiß, später wird es ihm Leid tun, aber er kann sich nicht helfen: Er genießt es, seine Zerstörungswut an Igoris auszulassen.

»Ärger mit Rachel?«

»Nur eine Midlife-Crisis.« In dem Moment, wo er es ausspricht und wenn auch nur als Scherz, geht es ihm schon wieder besser.

»Ich werde niemals den Punkt merken, wenn ich das Midlife erreiche«, sagt Igoris, »weil ich in diesem Beruf permanent in Krise bin.«

So besprechen sie ihre Sorgen. In Scherzen verpackt. Er würde seinem Freund nie offen seine Probleme schildern, er weiht niemanden ein, wenn es ihm nicht gut geht. Er schafft es bestens, sich zusammenzureißen. Eher früher als später wird es ihm auch diesmal wieder gelingen, die unkonkrete Unzufriedenheit mit dem eigenen Leben zu verscheuchen. In der Zwischenzeit hilft es, mit Igoris zu scherzen.

»Nächste Woche in Kiew gehen wir mal richtig aus.«

»In Kiew? Du machst Scherze.«

Aber das hat er ernst gemeint.

»Ich war einen Abend mit der Dolmetscherin und einer ihrer Freundinnen weg, einer Musikerin. Ich stelle sie dir vor.«

»Die Dolmetscherin und die Musikerin. Das klingt wie ein Doppel für uns.«
»Eher weniger. Die Dolmetscherin ist verheiratet. Also für dich wieder einmal nur die Hundehütte.«
»Und für dich die Musikerin?«
Statt zu antworten, lacht er nur.
Ihre Pause dauert neun Minuten. Neun Minuten, die sie sich geleistet haben wie seine Eltern den Urlaub in Perpignan; ein Luxus. Er ist in Spendierlaune. Er gesteht sich noch eine weitere Minute zu, um auf Toilette zu gehen. Igoris demonstriert seine Missbilligung, indem er mit den oberen Schneidezähnen über die unteren kratzt, aber natürlich sagt er nichts. Auf der Toilette hängt eine silberne, digitale Anzeigetafel, wie sie vor der Jahrtausendwende in vielen Städten aufgestellt wurden. Noch 210 Tage stand auf ihnen, noch 117 Tage, 72. Noch 23 Minuten steht auf dieser. Dann kommt der Reinigungsdienst wieder, alle 45 Minuten.
Am Waschbecken schaut ihm ein Mann auf die Füße, blickt schnell wieder hoch, der Mann will nicht unhöflich sein, aber die Neugierde ist größer. Der Fremde schaut ihm abermals auf die Füße. Es dauert eine Sekunde, bis ihm wieder einfällt, dass er zu Anzug und Krawatte Badeschlappen trägt. Er wechselt im Büro immer die Herrenschuhe für Schlappen. Als sie zum Essen hinuntergingen, hatte er vergessen, was er an den Füßen hat.

Er überrascht sich selber mit seinen Gefühlen. Nach Tagen, in denen er in seiner Unzufriedenheit brütet, ist er auf einmal bester Laune. Er spürt eine unwahrscheinliche Freude, nach Kiew zurückzukommen.
Er hat diesmal Igoris dabei sowie Brian Hamilton, einen Amerikaner aus der Abteilung Fusionen & Akquirierungen. Sie landen um 22.30 Uhr in Borispol. Vor dem Flughafengebäude brennen die Straßenlaternen, aber es ist finster, so we-

nig Licht geben sie. Taxifahrer, die nur als breite Schatten aus der Finsternis erscheinen, treten ihnen in den Weg. »Taxi, Sir?«, »*Muschtschina, taksi ne dorago!*«, »Very cheap, Sir, good price«, »Sir!!!«. Sie laufen neben ihnen her. Hamilton schaut auf den Boden, Igoris' Lippen beben. Und er scherzt mit den Taxifahrern, nicht ohne ihnen auf dezente Weise zu verstehen zu geben, dass er hier fast schon zu Hause ist. »150 Hrywen? Da muss ja in einer Woche die Monsterinflation über die Ukraine gekommen sein, komisch, dass wir in London davon gar nichts mitbekommen haben. Aber was sollten wir auch von Geld und Wirtschaft mitkriegen, wir arbeiten in einer Investmentbank.« Er redet zu schnell, die Taxifahrer verstehen ihn nicht, aber er spricht sowieso nicht zu ihnen, sondern für Igoris und Hamilton. Er lässt Igoris mit seinem Russisch gar nicht zu Wort kommen, er regelt das. 120 Hrywen zum Express Hotel.

Im Taxi schweigen sie. So abweisend, gebieterisch ist ihr Schweigen, dass der Fahrer sich gezwungen fühlt, das Radio ganz leise zu drehen. Sie sind müde. Er drängt die Kollegen zu einem gemeinsamen Cocktail an der Hotelbar, bevor sie ins Bett gehen. Hamilton und Igoris warten, bis er sich auf einen der roten Barhocker setzt, sodass sie die Plätze links und rechts von ihm einnehmen können und nicht nebeneinander sitzen müssen. Igoris hat rote Flecken im Gesicht, mollig ist er in den zurückliegenden Monaten geworden. Die wilden schwarzen Locken, die ihm tief in die Stirne hängen, verstärken das Runde seines Gesichts auch noch, genauso wie der Kontrast zu Hamilton, der Ende zwanzig ist, 1,90 Meter groß und schlank, die kurzen braunen Haare sind mit Gel nach vorne getrimmt. Hamilton ist Associate, einen Rang über Igoris.

Er bestellt einen Gin and Tonic. Er wird davon überrascht, dass die beiden nach ihm jeweils nur ein kleines Bier ordern. Hamilton starrt das Aquarium hinter der Bar an. Igoris beißt gedankenverloren am Rand seines Bierglases herum. Außer ihnen und dem Barmann sind nur noch zwei Personen im Raum, ein ukrainisches Paar. Der Mann trägt einen roten Seidenpullover über dem kugelrunden Bauch und unter dem grauen Designeranzug, dazu rote Turnschuhe, die wenigen verbliebenen schwarzen Haare hat er gegelt mit dem Effekt, dass vor allem Kopfhaut zur Geltung kommt. Sie hat sich in ein neongrünes, so kurzes wie enges Kleid geworfen, er würde wetten, wenn sie an der Sonne wären, könnte man die Adern an ihren dünnen, bleichen Armen sehen. Der Mann ist vermutlich Mitte 40, das Mädchen im besten Fall 20. Es hat ihn nichts anzugehen. Doch er kann nicht wegsehen. Sie scheint ihren Freund – oder gar Ehemann? – geradezu anzuhimmeln. Er empfindet Abscheu. Das Mädchen tut ihm Leid. Sie ist eine Geblendete, wovon sie sich nur hat blenden lassen, versteht er nicht, Geld kann doch nicht alles sein.

Um das Schweigen zwischen Igoris und Hamilton zu brechen, erzählt er vom Missverständnis mit Jelena in diesem Hotel, er schildert die Geschichte nach seinem Empfinden durchaus mit Humor und Selbstironie, und selbst ein schlechter Erzähler würde an dieser Anekdote nicht scheitern. Aber hören sie ihm überhaupt zu?

Er trinkt seinen Gin and Tonic abrupt aus, wünscht eine gute Nacht und macht, wie er findet, einen starken Abgang. Er ist gereizt; er fürchtet, Larissa und Jelena werden ihn nicht mehr mögen, wenn er mit diesen beiden teilnahmslosen Brüdern anrückt.

Am nächsten Tag fliegt er am frühen Morgen nach Charkow, wo er die Bohrfelder besichtigen wird. Igoris und Hamilton bleiben in Kiew zurück, um in der Zentrale die Firmenpapiere durchzugehen. *Der Datenraum* heißt unter Investmentbankern der Saal, in dem die Bilanzprüfung stattfindet. Es handelt sich dabei weniger um ein konkretes Zimmer als um einen mythischen Raum, den Ort sagenumwobenen Leidens

für alle Jungbanker. Allein in einem schlichten Zimmer mit nichts außer Regalen voller Ordnern beschleicht sie alle, so verschieden die Charaktere auch sein mögen, früher oder später dasselbe Gefühl: aus dem Datenraum nie mehr herauszukommen. Die Vorstellung, wie Hamilton und Igoris, Katze und Maus, gemeinsam in diesem Raum sitzen, erheitert ihn. Er ist froh, Jelena einen Tag lang für sich alleine zu haben.
Die Bohrfelder erreichen sie in einer einstündigen Fahrt vom Charkower Flughafen südwestwärts in einem Firmenwagen, einem grünen VW Passat, bei dem man keine größeren Anstrengungen unternommen hat, seine Herkunft als Gebrauchtwagen zu verbergen. Der Aufkleber mit der Landeskennung D prangt unverändert an der Heckscheibe. Sie gehen davon aus, dass ihr Fahrer kein Englisch versteht.
»Wie geht es Rad?«
»Gut, sehr gut. Ich hatte gehofft, das Treffen mit dir würde ihn motivieren, endlich Englisch zu lernen. Aber seine guten Vorsätze reichen immer nur bis zum nächsten Treffen mit seinen Freunden.«
»Und Larissa?«
»Larissa? Sie ist okay.« Sie schaut aus dem Fenster. Er folgt ihrem Blick. Die Landschaft erinnert ihn an ein ausgebleichtes Oberbayern. Dieselben braunen Felder und sanften grünen Hügel. Nur die Farben haben keine Kraft, matt das Grün, erschöpft das Braun. Auf einem Acker steht eine Gruppe Bauern, alte Leute allesamt, gebückt über dem verblassten Boden, Harken in den Händen. Das Einzige, was sie erreichen, denkt er, ist, die Vergeblichkeit ihres Tuns zu dokumentieren.
»Sie ist ausgesprochen nett«, sagt er.
»Wer?«
»Larissa.«
»Ja?«
Er sollte es sein lassen. Sie will offenbar nicht über Larissa reden.

Jelena schaut immer noch aus dem Fenster. Aber sie hat ihm doch ihre Freundin vorgestellt, wie kann sie nun wollen, dass er Larissa ignoriert?
»Sie hat mir erzählt, was auf dem Konservatorium passiert ist.«
»Ja?«
»Ich könnte ihr helfen.«
»Du bist in London.«
»Natürlich, du müsstest mir helfen, ihr zu helfen. Solche Sachen lassen sich doch regeln, in der Ukraine.«
»Welche Sachen?«
»Na ja.« Er schämt sich, es auszusprechen. Weil sie ihn in die Ecke treibt, mit ihrer unterschwelligen Aggressivität. Sie tut, als sei er dabei, etwas Unanständiges zu machen. Dabei will er helfen. Warum will sie das nicht verstehen? Er wagt einen Anlauf: »Ich könnte die Sache am Konservatorium regeln, das mit der *Zusatzzahlung*.« Er spitzt den Mund, er scheucht das Wort hinaus, als trage es einen Virus.
Sie drückt die Faust gegen das Wagenfenster und lässt die geschlossene Hand an der Scheibe hinunterrutschen.
»Das regelt es nicht, Tobias.« Sie klingt ruhig, aufgesetzt sachlich. »Ich weiß nicht, ob du das verstehst, aber manche Sachen regeln sich nicht mit deinem Geld.« Vermutlich will sie ihm nicht wehtun, sondern ihn nur endlich zum Schweigen bringen. Dafür geht sie bis zum Äußersten: ihn zu verletzen. *Manche Sachen regeln sich nicht mit deinem Geld: mit eurem Geld, mit eurer westlichen Großkotzigkeit.*
Er ist ihr nicht böse. Er ist verwirrt. Was regelt sich nicht mit Geld? Larissas Zulassung auf dem Konservatorium doch offenbar schon. Larissas Leben, Larissas Glück? Was muss in Ordnung gebracht werden, wozu sein Geld nicht reicht? Weiß er etwas nicht?
»Sehen wir Larissa heute Abend?«
»Wir kommen zu spät nach Kiew zurück.«
»Morgen?«

»Ich glaube nicht.«
Dem hat in den verbleibenden 25 Minuten ihrer Fahrt keiner von ihnen noch etwas hinzuzufügen.

Die Reise ist ein Misserfolg. Der Erfolg, das wird ihm klar, wäre gewesen, noch solch einen Abend mit Jelena, Larissa und Rad zu erleben. So aber betrachtet er die zwei Tage in der Ukraine aus der Perspektive des Enttäuschten. Mit dieser Sichtweise ist es unmöglich, irgendetwas Positives zu entdecken. Der Zustand der Bohrfelder ist gemeingefährlich. Der Leiter der Anlagen, *COO* Andrej Timoschenko, macht ihm das Leben schwer, sie begreifen nicht, dass er *für sie* arbeitet. Sie kennen nur Gegner. An der Umweltverträglichkeitsprüfung wird das Geschäft sowieso scheitern – beziehungsweise daran, dass Revagaz überhaupt keine Umweltprüfung zulässt. Die Finanzen sind in verheerendem Zustand, vermutlich Korruption, er weiß es aber nicht, denn weder Hamilton noch Igoris sehen sich im Stande, ihm Genaues zu erklären. Sie reden nicht mehr miteinander und deshalb fürs Erste auch nicht mit ihm. Es regnet.
Er kann sich deshalb am letzten Abend nicht mit Jelena an das Denkmal über dem Dnjepr setzen, wie er es sich erhofft hat. Sie kennt ein Café in der Nähe des Goldenen Tors, sie war dort einmal mit amerikanischen Geschäftsleuten. Er fragt, wo sie mit ihren Freunden gewöhnlich hingehe. Mit ihren Freunden geht sie nicht aus. »Jedenfalls nicht so«, sagt sie. *Nicht so*? Er ist taktvoll genug, nicht nachzufragen, was sie meint. Er erinnert sich an Larissas potenziellen Monatslohn, 95 Dollar.
Sie haben keinen Regenschirm und eilen deshalb in das erstbeste Café, das sie sehen, als sie aus dem U-Bahn-Schacht am Unabhängigkeitsplatz treten. Das Café ist fast leer, und doch ist wenig Platz. Man hat die sieben, acht großen grünen Sonnenschirme mit der Zigarettenwerbung hineingebracht, um sie vor dem Regen zu schützen, wertvolle, unverzichtbare

Symbole eines jeden Cafés, das in Kiew etwas darstellen möchte. Nun stehen sie, zusammengefaltet und tropfend, wie durchnässte Reiher im Raum und versperren den Zugang zur linken Hälfte des Cafés.

Der Regen steht Jelena. Er gibt ihrem Haar Glanz und sachte Locken, ihrem Gesicht Frische.

Die junge Kellnerin wartet schon mit ausdruckslosem Blick hinter ihm, während er sich im Sitzen aus seinem feuchten Jackett zwängt. Er hätte Lust, einen warmen Tee zu bestellen.

»Du solltest endlich einmal einen ukrainischen Wodka trinken, bevor du schon wieder fährst«, sagt Jelena. Damit wäre das entschieden. Sie rücken auf ihren Stühlen hin und her, um mit ihren feuchten Kleidern nicht am Holz festzukleben. Jelena scheint es zu genießen, in einem der Innenstadt-Cafés zu sitzen, die den Neureichen und den Vorstädtern, die sich einmal etwas Besonderes leisten wollen, vorbehalten sind.

»Und deine beiden Freunde wollten wirklich nicht mitkommen?«

»Meine beiden *Freunde* sind gerade so gut befreundet, dass sie alleine auf ihren Hotelzimmern vor dem Fernseher sitzen, nur um sich aus dem Weg zu gehen.«

»Haben sie sich gestritten?«

»Ich vermute mal. Ich kann dir aber nichts Exaktes sagen. Die beiden reden nicht mehr miteinander, und der Einfachheit halber haben sie sich offenbar entschlossen, gleich mit niemandem mehr zu sprechen.«

»Aber was ist passiert?«

»Soweit ich ihnen folgen konnte, haben sie in den Unterlagen von Revagaz Daten gefunden, die, nun ja, einige Rückschlüsse über die Geschäftspraktiken des Vorstands erlauben. Und offenbar prügeln sie sich nun darum, wer von ihnen die Zahlen entdeckt hat. Zankende Kinder. So ist das im Investmentbanking: Es geht zu wie im Kindergarten.«

»Aber nein. Es ist doch wichtig, wer auf die schlechten Fak-

ten gestoßen ist. Sie sind ja wie Detektive. Und der den Fall löst, muss belohnt werden.«
»Manchmal ist es aber schon sehr kindisch. Dieser krankhafte Ehrgeiz, etwas erreichen zu wollen, besser sein zu wollen als die anderen.«
»Du musst dich für deinen Ehrgeiz nicht schämen. Die Neider, die selber nichts erreichen, reden dir ein, es sei schlecht, nach etwas zu streben. Du darfst dir von ihnen kein schlechtes Gewissen machen lassen. Es ist wichtig, was du tust. Du hilfst mit deinem Wissen einem armen Land wie unserem.«
Ist das ihr Ernst?
»Ich helfe ein paar reichen Kriminellen wie Skoba und Timoschenko, noch reicher zu werden.«
»Und du hilfst dem ganzen Land ein Stück aus der Armut. Skoba und Timoschenko sind Räuber. Sie schneiden sich das dickste Stück von der Torte ab. Aber du hilfst mit, dass die Torten größer und fetter werden, und so wird auch das kleine Stück, das für die ukrainischen Menschen übrig bleibt, größer.«
Aus dem Augenwinkel sieht er die Kellnerin mit dem Wodka kommen. Er ist froh über die Unterbrechung. »Was ist, Tobias?«
»Nichts.«
Er hat ein Schnapsglas voll Wodka erwartet. Stattdessen hat die Kellnerin zwei leere Schnapsgläser gebracht und eine volle Flasche Wodka.
Sie trinken auf ihr gemeinsames Wohl.
»Und auf das von Rad, deinem Mann.«
»Auch auf ihn.« Er hat gehofft, sie würde Larissa hinzufügen. Sie würde ihm einen Anlass geben, seine Hilfe noch einmal anzubieten.
Der Wodka brennt in seinen Lungen. Er ist kein starker Trinker. Er genießt Alkohol nicht, er trinkt ihn allenfalls freitagabends mit Igoris oder Rachel in der Bar, wie um ein Ritual

zu erfüllen. Es geht dann einfach darum, so viel Alkohol wie möglich zu schaffen.
Er füllt die Gläser erneut. Sie lassen sie unberührt vor sich stehen, sie schaut ihn ungerührt weiter an, wartend.
»Ich weiß nicht, Jelena. Du hast doch selber gesagt, ich sei zu weich für die Arbeit.«
»Aber deine Weichheit macht dich zu so einem guten Banker. Ich verstehe nichts davon, was ihr macht. Doch ich kann fühlen, dass du gut bist. Wie du dich ausdrückst, wie du mit den Leuten redest. Außerdem bist du sicher nicht umsonst der Chef von Igoris und Brian.«
»Ich bin kein Chef. Ich bin bloß in einer höheren Position. Aber über mir sind noch einmal etliche Leute in viel höheren Positionen. Ich habe nichts zu sagen.«
»Das weiß ich nicht. Ich denke, dass dich deine Weichheit besonders macht. Bloß, was ich meinte, als ich sagte, du seiest zu weich für diese Arbeit, war: Du wirst dich selber zugrunde richten. Weil du deine Gefühle zu nah an dich heranlässt. Das geht nirgends gut, und schon gar nicht, wenn man mit Geldgeschäften in der Ukraine zu tun hat.«
Das ist er, so beschrieben, wie er sich selbst gerne sähe – falls, was er vermutet, Jelena mit Weichheit Sensibilität meint. Vermutlich fehlt ihr schlichtweg das Wort im englischen Vokabular. Er glaubt wirklich, dass Sensibilität in der City wichtiger ist, als die meisten Banker ahnen. Es kommt auf das *Gefühl* an. Denn hundertprozentig *wissen* wird man in der City nie etwas. Man muss die Entscheidungen treffen, wenn man fühlt, sie sind richtig. Welche Aktien verkaufe ich wann am besten, auf welchen Märkten investiere ich – ist die ukrainische Firma so korrupt, dass ich die Finger davon lasse, oder hat die ukrainische Firma so ein Potenzial, dass ich die Korruption in Kauf nehme? Für solche Entscheidungen braucht es nicht den Intellekt, es braucht den Instinkt. Er muss als Investmentbanker nicht alles rational verstehen. Er muss

schnell, couragiert handeln und mit ein paar Stunden Schlaf auskommen. Intelligente Leute haben keine Ausdauer.
Ob er wirklich so gefühlvoll ist, wie ihn Jelena beschreibt, wie er sich selbst gerne sähe, ist eine andere Frage.
Der Wodka macht sich bemerkbar. Er trinkt noch ein Glas, das achte, die Flasche ist noch immer nicht leer. Er stellt fest, dass er betrunken ist, anders betrunken als freitagabends nach acht Bier oder fünf Gin and Tonic. Dann ist es so, als ob es ihn nicht mehr gebe, er bemerkt nicht mehr, was er tut. Nun ist ihm, als ob es ihn doppelt gebe. Der eine Tobias Linderoth schwimmt, er wird von Wellen hin und her geworfen. Der andere Tobias Linderoth sieht die Dinge klarer und schärfer denn je. Er rätselt, welche Hälfte seiner doppelten Persönlichkeit Jelena wahrnimmt.
»Und du gehst wirklich nie aus?«
»Nicht so.«
»*Nicht so.*«
»Dir wird aufgefallen sein, dass ukrainische Menschen nicht so viel Geld verdienen, um sich ständig im Café eine Flasche Wodka für 15 Dollar zu gönnen.«
»95 Dollar im Monat.«
»So wenig auch wieder nicht, außer den Lehrern. Doch wer wird schon noch Lehrer? In 30 Jahren sind wir ein Land von Dummen und Kranken, weil unsere Beamten so wenig verdienen, dass niemand es sich mehr leisten kann, Lehrer oder Arzt zu werden.«
Er ist unsicher, ob das einer dieser Verka-Serdutschka-Witze oder eine Rede zur Lage der Nation war. Er weiß nicht, ob er lachen oder ernst schauen soll. Er entscheidet sich zu husten.
»Aber wie vergnügt ihr euch?«
»So wie mit dir, als wir am Denkmal der ukrainisch-russischen Freundschaft waren. Wir gehen spazieren und trinken dabei was.«

»Wenn es regnet?«
»Treffen wir uns zu Hause. Früher, als weder Rad und ich noch sonst wer von unseren Freunden eine Wohnung hatte, trafen wir uns in Treppenhäusern, unter Vordächern, Balkonen. Hältst du uns für primitiv?«
»Ich halte euch für erfinderisch.«
Sie hat angefangen, im Plural zu reden, *hältst du* uns *für primitiv*. Sie muss sich bewusst sein, an wen er dabei denkt. Sie muss wissen, dass er es nicht dabei belässt.
»Schau, ich wollte heute Morgen nicht großkotzig klingen, mit meinem Geld prahlen oder sonst was. Aber ich würde Larissa wirklich gerne helfen.«
»Lassen wir das, Tobias.«
»Aber warum?«
»Dies ist ein schöner Abend. Und er soll es bleiben.«
»Du glaubst, ich sei nur ein blöder Westler, der sich eure Freundschaft erkaufen will. Ein Banker, der nur Geld im Kopf hat statt Gefühle.«
»Bitte hör mit solchen Klischees auf, Tobias. Du weißt, dass du so nicht bist. Du weißt, dass wir dich mögen. Es ist aber nun einmal ein Fakt, dass du in London lebst und wir hier. Glaubst du, du könntest einfach mal kurz in unser Leben hereinschneien wie eine gute Fee, uns kurz das Paradies zeigen, Larissa aufs Konservatorium schicken – dich deines Mitleids entledigen, und dann verschwindest du wieder auf Nimmerwiedersehen und lässt uns zurück in unserem gewöhnlichen, primitiven Leben? Was meinst du, wie wir uns dann fühlen?«
»Wie ihr euch fühlt?«
»Bitte, lassen wir es einfach, Tobias.«
»Natürlich, aber, bitte, Jelena, ich verstehe es einfach nicht.«
»Lass uns gehen, ich habe genug.«
»Der Wodka ist noch gar nicht leer.«
»Wir haben schon zu viel getrunken.«
»Es ist noch nicht einmal halb neun!«

»Tobias, ich will mich nicht mit dir streiten.«
Sie gibt der Kellnerin ein Zeichen. Ihm bleibt nichts anderes übrig, als die Rechnung ohne Verzögerung zu bezahlen. Sonst hätte sie sie einfach beglichen.
Sie sprinten die wenigen Meter zur U-Bahn. In der Unterführung ist eine Stadt unter dem Meer entstanden. Jugendliche gehen bei Regen spazieren: Sie stehen zu Hunderten in kleinen Gruppen vor den Schnellimbissen herum, Flaschen in der Hand, und beobachten sich gegenseitig aus den Augenwinkeln. Sie schwatzen ein bisschen zu laut, sie lachen ein bisschen zu schrill. Die niedrige, nackte Decke der Unterführung lässt ihre Stimmen widerhallen. Passanten laufen um sie herum Slalom zu den U-Bahn-Eingängen. Straßenmusikanten spielen gegeneinander an. Babuschkas sitzen in ihren grauen, nassen Mänteln auf den kalten, feuchten Treppen, vor sich auf Zeitungspapier ihr Angebot, kleine Äpfel, fettige Teigtaschen. Er bringt Jelena zu ihrer Linie.
»Sei mir nicht böse.«
Er ist es wirklich nicht.
Er blickt ihr hinterher, wie sie langsam, auf der Rolltreppe stehend, Gehen ist verboten, in der Tiefe verschwindet. Aus der Distanz lächeln sie sich zu, ein Rettungsversuch für einen Abend, der schon verloren ist.

Er wandert durch die Unterführung, die Stadt unter dem Meer. Er vertreibt sich die Zeit, indem er die Schaufenster anschaut und die Preise umrechnet. Die schwarzen Männerhandtaschen gibt es ab 34 Hrywen, 6,40 Dollar, einen Wodka-Flachmann für 13 Hrywen, 2,45 Dollar, eine Pistole für 465 Hrywen, ein Monatslohn für eine Musiklehrerin. Er schlendert weiter, die Straßenmusik wird lauter, aber er erkennt das Instrument nicht. Erst als er davor steht, bemerkt er, dass es eine Klarinette ist.

Sechs

Die Musik hat eine unerwartete Wirkung. Sie bereitet ihm Kopfschmerzen. Es sind zu viele Klänge auf einmal, die sich mit dem Wodka in seinem Kopf vermischen. Er begreift nicht, wie sie das aushält: ihr Klarinettenstück zu spielen, und aus dem Hintergrund wird ihr Vortrag von der Melodie eines Gitarrenspielers sabotiert, der sich nicht einmal 15 Meter entfernt an einem Pfeiler aufgestellt hat. Ist sie beim Spielen in einer anderen Welt, in der sie nur ihre Musik wahrnimmt? Er versucht, sich ausschließlich auf das Klarinettenstück zu konzentrieren, doch sosehr er sich auch bemüht, er nimmt es nur als Teil eines unerträglichen Lärmdurcheinanders wahr. Es pocht in seinem Kopf. Die Gitarre, die Klarinette, die schwatzenden Jugendlichen, das Rauschen der Stadt unter dem Regen.

Er hat sich an die Mauer gelehnt, seitlich neben sie, nur fünf Meter entfernt, aber doch in Sicherheit. Sie wird nicht zur Seite blicken. Sie ist zu sehr in ihr Spiel vertieft, den Blick auf den Boden gerichtet. Ein Passant, über 50, mit großen Regenflecken auf der grauen Anzugsbrust, legt im Vorbeigehen ein Geldstück in ihre am Boden ausgebreitete Klarinettentasche, ohne sie anzuschauen, ohne für ihre Musik auch nur einen Moment innezuhalten. Die Gleichgültigkeit ist allumfassend. Sie blendet ihr Publikum aus, ihr Publikum, selbst ihr zahlendes, beachtet sie nicht. Dagegen erscheinen ihm die Transaktionen im Investmentbanking voller menschlicher, herzlicher Wärme.

Er ist nicht erstaunt, sie zu sehen. Er ist zu betrunken, um überrascht zu sein. Seine Kehle schreit nach Wasser. Sie macht keine wirklichen Pausen, keine Unterbrechungen, die ihm eine

Gelegenheit geben würden, sie zu begrüßen. Nach einem Stück – oder wie sagt man in der klassischen Musik? – setzt sie ihr Instrument kurz ab. Es sind nur ein paar Sekunden, um Luft zu holen, und schon spielt sie wieder weiter. Es dauert über eine halbe Stunde, ehe sie sich vorbeugt und mit einer Hand die Münzen von ihrer Tasche aufhebt. Es sind zwanzig, vielleicht auch dreißig, keine Scheine. Die größte Münze in der Ukraine ist 100 Kopeken wert, 18 Cent. Er wartet, bis sie die Klarinette eingepackt hat.

»Larissa.«

Sie öffnet den Mund und erstarrt. Ihr Gesicht ist errötet.

»Ich war mit Jelena in einem Café. Wir wollten zum Denkmal der russisch-ukrainischen Freundschaft, aber bei dem Regen sind wir in ein Café geflüchtet. Ich habe sie zu ihrer Bahn gebracht und wollte ins Hotel fahren, als ich dich entdeckte. Ich habe dir ein wenig zugehört.« Er weiß nicht, warum, aber sie bringt ihn zum Reden. Sie hat noch kein Wort gesagt, und er klingt schon wieder wie ein Wasserfall. Er weiß, dass er es nicht ist, aber er fühlt sich nüchtern.

»Du spielst sehr schön.«

Sie schaut auf den Boden.

»Ich meine, es wird nicht sehr einfach sein, hier, in diesem Lärm, die Konzentration zu bewahren und sein Lied, also sein Stück, zu spielen.«

»Nein, sehr einfach ist es nicht.« Eine Tatsache.

»Spielst du oft hier?«

»Zwei-, dreimal die Woche. Es ist der belebteste Platz in Kiew, es kommen sehr viele Leute vorbei. Das ist der Vorteil. Und der Nachteil: dass sehr viele Leute vorbeikommen. Viele Leute, die Geld geben – aber leider auch viele Leute, die dich sehen.«

»Ich, ich habe gar nicht so lange zugehört.«

»So habe ich das nicht gemeint. Es macht mir nichts, dass du mich hörst.«

»Nein?«

»Nein.« Wieder eine Tatsache.
»Von wem magst du nicht gesehen werden?«
»Das Konservatorium ist nur 100 Meter entfernt.«
»Du hast Freunde, die die Aufnahmeprüfung geschafft haben?«
»Nein.« Sie lacht. Macht sie sich über sein Unwissen, seine Naivität lustig? »Aus der Musikschule in Trojeschtschina ist niemand auf dem Konservatorium. Es ist mehr der Gedanke, der mich stört.«
»Der Gedanke?«
»Der Gedanke, dass die Studenten vom Konservatorium an mir vorbei zur U-Bahn gehen. Ich sehe sie nicht, ich sehe niemanden, wenn ich hier spiele; wenn ich die Leute anschauen müsste, würde ich es nicht schaffen. Aber ich habe immer diesen Gedanken: Ich sehe die Studenten vor mir, wie sie an mir vorbeigehen, wie sie sich fragen: Ist sie eine von uns? Wie sie sich bestätigen: Nein, ich habe sie nie gesehen, sie geht nicht aufs Konservatorium. *Sie gehört nicht dazu.* Der Gedanke ist so – ich kenne das englische Wort nicht –, aber der Gedanke ist so« – »entwürdigend?«, offeriert er, er formuliert es mehr als Frage.
»Entwürdigend, ja. Ich kenne das Wort zwar nicht, aber ich bin mir sicher, wenn du es sagst, dann ist es das: entwürdigend.«
Sie sollten nicht weiterreden, nicht hier zwischen Tür und Angel, noch immer verkrampft in der Haltung, die sie einnahmen, als er auf sie zukam. Sie, die Klarinettentasche mit beiden Armen gegen die Brust gepresst. Er, die Arme vor der Brust gekreuzt. Sie sollten wenigstens zwei Flaschen kaufen und etwas trinken, selbst wenn sie auf derselben Stelle stehen blieben.
»Was machst du? Musst du nach Hause?«
Es ist ihr offenbar noch gar nicht in den Sinn gekommen: wie es jetzt weitergehen soll. Dass es weitergehen soll.
»Wenn ich um zehn die U-Bahn nehme, bin ich noch vor Mitternacht zu Hause.«

Das gibt ihnen eine Stunde. Er möchte ihr anbieten, ein Taxi für sie zu bezahlen, dann könnte sie länger bleiben. Er wird das allerdings nicht jetzt, sondern erst um zehn vorschlagen. Es wird dann weniger protzig wirken, eher wie eine Notmaßnahme. Er lernt.

»Sollen wir etwas zu trinken kaufen und hier bleiben?«

»In der Unterführung?« Sie sieht ihn mit diesem suchenden Blick an, unter dem er sich zu seinem eigenen Erstaunen wohl fühlt; begehrt.

»Na ja, es regnet. Und – alle scheinen das so zu machen. Sie gehen in der Unterführung spazieren.«

»Aber du bist doch kein Ukrainer.«

»Du meinst, weil ich in England wohne, muss ich durch den Regen spazieren?«

»Nein!«, sagt sie todernst.

Sie kennen sich noch überhaupt nicht: Sie erkennt nicht, wann er einen Witz macht.

»Dann kaufe ich uns etwas zu trinken und wir bleiben hier?«, will er wissen.

»Wenn es nicht zu stark regnet, könnten wir doch draußen spazieren gehen.«

Sie haben ein unterschiedliches Verständnis von starkem Regen. Sie sagt: »Ich mag den Regen, wenn er so fein ist, er putzt die Luft.« Ihn fröstelt es, jeder einzelne Tropfen ist eine Kälteattacke. Sie marschieren, Bierflaschen in der Hand, über die hügligen Hinterstraßen des Unabhängigkeitsplatzes zum Kloster des Heiligen Michael.

Noch nicht einmal ein Auto ist unterwegs. Ein Regenschauer genügt, Kiews Grandezza wegzuschwemmen. Die Stadt ist nur noch eine schwarze, kalte Ödnis. Die Trostlosigkeit des Ostens, wie er sie erwartet hat. Doch sie deprimiert ihn nicht. Er weiß, in den Unterführungen der U-Bahn, unter den Balkonen und Vordächern der Trabantenstädte spielt das Leben.

»Welche Lieder hast du heute gespielt?«

»Ach, das spielt doch keine Rolle, es klingt in dem Lärm der Unterführung doch alles gleich schrecklich. Es ist bewürdigend.«
»Entwürdigend.«
»Die Leute interessiert gar nicht, wie es klingt. Sie geben mir das Geld nicht, weil sie meine Musik mögen, sondern weil sie sich besser fühlen wollen.«
»Das macht ihre Hilfe nicht weniger generös.«
»Es ist kein schönes Gefühl, wenn dir jemand etwas gibt und du weißt, er macht es nur, um sich in einen Edelmann zu verwandeln. Er tut es eigentlich, um sich selbst zu helfen, nicht dir.«
»So ist es nicht: Die Leute helfen dir – auch weil sie sich dann gut fühlen, keine Frage – aber doch ebenso, weil sie sehen, da müht sich eine junge Frau ab, ein paar Groschen zu verdienen; weil sie sich mit dir identifizieren; weil sie wissen, wie schwer du es in diesem Land hast, wo das Recht des Stärkeren das einzige Gesetz ist.«
»Das sind sehr viele komplizierte Gedanken, um sich von ein paar Kopeken zu trennen.«
Er blickt sie von der Seite an. Auf dem Kopf trägt sie eine Plastiktüte, die sie aus ihrem kleinen Rucksack gezogen hat, als Regenschutz. Ihre langen Haare hat sie hochgesteckt, in die Tüte gestopft. Sie ähnelt den geschlechtslosen Helden aus Kinderfilmen, Bruder Löwenherz, Ronja Räubertochter, Momo. Ohne den Kopf zur Seite zu drehen, schielt sie zurück. Sie beginnen fast gleichzeitig zu lachen. Es ist eine natürliche Bewegung, die des großen Bruders im Kinderfilm, dass er ihr den Arm auf die Schulter legt.
Der eiserne Eingang zum Sankt-Michaels-Kloster ist verriegelt. Am anderen Ende des heiligen Geländes, neben der Zahnradbahn, die nach Podil hinunterführt, ist ein kleiner Park, ein Flecken Grün nur. Sie wischen das Wasser mit den bloßen Händen von der Parkbank, so gut es geht. Es muss

schon nach halb zehn sein. Er vermeidet es, auf die Uhr zu schauen.

Sie sitzen nebeneinander, er hat die Hände zwischen seine Beine geklemmt und ist froh, dass ihm gleich eine Frage einfällt.

»Hat das Klarinettenspielen für dich immer noch dieselbe Bedeutung, seit du weißt« – er schafft es nicht, es auszusprechen, es ihr ins Gesicht zu sagen.

»Seit sie mich auf dem Konservatorium nicht genommen haben?«

Er nickt dem Boden zu.

»Ich spiele noch immer genauso gerne und oft wie davor. Es ist ein Instrument, das sich auch sehr gut für traurige Stücke eignet. Wenn ich spiele, übergebe ich der Klarinette meine Stimmung. Die Traurigkeit gleitet von meinen Lippen in die Klarinette und löst sich in den Tönen auf. Und ich bin sie los.«

»Und der Zuhörer hat sie sich eingefangen.«

»Hat er?«

»Ich denke schon, oder? Es gibt wenig, was so ansteckend ist wie ein trauriges Lied. Außer einem traurigen Lied im Supermarkt: Das ist so deprimierend, dass man nur Mitleid mit dem Lied bekommt.«

»Was machst du, wenn du traurig bist?«

Sein erster Instinkt ist zu sagen: Ich bin nie traurig. Er hat große Trauer nicht kennen gelernt, den Tod in der Familie, Krankheit, für immer zerstörte Lebenspläne. Er hat immer Glück gehabt und er weiß, er kann dem Glück vertrauen. Nicht weil er sich sein Glück verdient. An solche Weisheiten glaubt er nicht. Es gibt einfach Leute, die immer Glück haben, und er hat das Glück, dazuzugehören.

»Ich ignoriere die Traurigkeit. Ich arbeite einfach weiter.«

Der Regen wird nicht aufhören. Es ist ein Irrsinn, seelenruhig in einer finsteren Stadt im Park zu sitzen.

»Was war das?« Sie lauschen, aber das Rascheln ist schon nicht mehr zu hören.
»Vielleicht eine Katze«, sagt sie. »Weißt du, dass die Klarinette die Katze unter den Instrumenten ist?«
»Aber sie faucht und kratzt doch nicht?«
»Aber sie kann sich anschleichen. Kennt ihr *Peter und der Wolf* in Deutschland?« Wie optimistisch zu glauben, wenn ein Musikstück in Deutschland bekannt ist, würde er es auch kennen.
»Peter und der Wolf? Natürlich, die Kinder hören es in der Musikschule, also, als ich ein Kind war, haben wir es in der Musikschule gehört.«
»Ein Ukrainer hat es geschrieben, Sergej Prokofiew.«
»Tatsächlich.« Er hält sich selbst fest umschlungen und muss sich anstrengen, damit seine Zähne nicht klappern.
»In dem Stück wird die Katze von der Klarinette dargestellt.«
»Jetzt, wo du es sagst, erinnere ich mich. Ich mag Katzen. Bei meinem ersten Bewerbungsgespräch in einer Bank fragten sie mich: ›Wenn Sie ein Tier wären, was wollten Sie sein?‹ Und ich sagte: eine Katze. ›Aber eine Katze ist doch sehr misstrauisch und hinterhältig‹, hielten sie mir entgegen. Ich sagte: ›Eine Katze kommt überall durch.‹ Die Wahrheit ist, dass ich einfach ›Katze‹ gesagt habe, weil ich das Tier mag. Aber das lernt man schnell in einer Bank, sogar schon beim Vorstellungsgespräch: immer zu tun, als habe man alles ganz genau durchdacht, als habe man alles unter Kontrolle. Wir sind alle große Schauspieler.«
»Warum interessieren sie sich in einer Bank dafür, welches Tier du sein möchtest?«
»Vielleicht, weil sie herausfinden wollen, ob du in der freien Wildbahn überlebst.« Sie schaut ihn ernst an, ein Kind mit einer Plastiktüte auf dem Kopf. Er sieht in ihrem Gesicht, sie versteht ihn nicht. Er braucht darüber nicht enttäuscht zu sein, er sollte mittlerweile wissen, dass Außenstehende die

Finanzwelt nicht verstehen. Wann immer er von seiner Arbeit erzählt, verwirrt oder langweilt er. Er weiß nicht, warum er dachte, bei Larissa würde es anders sein.

»Sie stellen dir in Bewerbungsgesprächen 230 Fragen, von denen sie bereits vorher wissen, du wirst auf keine eine Antwort haben. Drei Leute sitzen dir gegenüber und schießen auf dich ein: Wie viel ist 3336,76 x 4,8? Was war der Wechselkurs der schwedischen Krone zur spanischen Peseta im August 1988? Aus wie vielen Ziegelsteinen bestehen die Häuser in Kiew?«

»Das haben sie dich gefragt: nach den Häusern in Kiew?«

»Nein, das war nur ein Beispiel, das ich mir gerade ausgedacht habe. Sie wollen einfach herausfinden, wie du dich in Stresssituationen schlägst, wie du reagierst, wenn du verloren scheinst. Sie jagen dich durch 15 Bewerbungsgespräche. Vielleicht dient es tatsächlich auch dazu, den Besten auszuwählen. Aber vor allem wollen sie dir reintrimmen, wie groß die Bank ist und wie klein, jederzeit austauschbar du bist.«

»Mir ist kalt.«

Vermutlich ist es einfach nicht interessant, was er zu erzählen hat. Sein Leben.

Er überlegt, seinen Arm um sie zu legen. Aber in dem Moment, wo er es überlegt, kann er es nicht mehr. Was, wenn sie denkt, er habe die ganze Zeit nur das eine im Sinn gehabt und auf die Gelegenheit gewartet? Und was wäre dann das *eine*: sie im Arm zu halten? Sie zu küssen? Mit ihr ins Hotel zu gehen? Er zwingt sich, nicht darüber nachzudenken.

Langsam, als ob es automatisch, ohne ihren Antrieb geschehe, lässt sie ihren Oberkörper zur Seite sinken und landet mit ihrem Kopf an seiner Schulter. Er spürt die plötzliche Wärme ihres Körpers und ihre Plastiktüte. Er hört nichts, nicht einmal ihren Atem. Vorsichtig, um die Absolutheit der Stille nicht zu stören, hebt er seinen Arm, er muss dazu die Schulter drehen, die Plastiktüte knistert. Linkisch legt er den Arm

um sie. Seine Hand ruht kraftlos auf ihrer Schulter. Trotzdem wird die Hand heiß.
Es geht nicht mehr weiter. Sie können sich keine Bewegung mehr erlauben, denn die nächste ist die entscheidende. Jede könnte die falsche sein.
Nadeln und Reißzwecken pieksen ihn in seinem Arm, er spürt seine Hand nicht mehr, sein Arm ist auf ihrer Schulter eingeschlafen. Erwartet sie, dass er etwas sagt, etwas tut?
Das Gute an London ist, dass man nie etwas sagen oder tun muss, um eine Frau zu küssen. Es geschieht einfach. London mag mit seiner unendlichen Höflichkeit wie eine uneinnehmbare Bastion der Unverbindlichkeit erscheinen, ein Ort, an dem die Leidenschaft chancenlos ist. Doch überall in der Stadt, zu jeder Uhrzeit, an jedem Tag der Woche, geben sich die Bewohner der Stadt einander hin, ohne die in Berlin oder Paris übliche Peinlichkeit der Paarung aufkommen zu lassen. Ein zufälliges Gespräch im Park, ein Lächeln im Pub mündet in einen Kuss, ohne dass dabei die Unbefangenheit des Gesprächs, des Lächelns verloren geht. Er hat deshalb verlernt, was man tun muss, wenn es nicht einfach so geschieht. Vielleicht hat er es auch noch nie gewusst.
Die Zukunft beginnt mit einem Niesen. Es ist das Beste, was ihm einfällt, und, angesichts des Regens und der Kälte, auch eine glaubwürdige Reaktion des Körpers. Der Schauspielakt gelingt ihm überzeugender, als er dachte.
»Hast du dich erkältet?«
»Ich hoffe nicht.« Er holt ein Papiertaschentuch aus der Hosentasche, er schnäuzt sich, als ob es das Normalste der Welt wäre, sich die Nase mit einem vor Nässe fast aufgelösten Papiertaschentuch zu putzen. Papierfetzen bleiben an der Nase kleben. Sie wischt sie ihm mit ihren nassen Fingern weg. Die Berührung hat keinen Zauber. Das künstliche Niesen hat sie zurück ins Leben gebracht. Sie tun, als hätte es den langen Moment des Stillstands nicht gegeben.

Später fragt sie: »Wie spät ist es?«
Er schaut auf die Uhr. Sie wüssten auch so, es ist zu spät.
»Nein, es ist schon Viertel vor zwölf!«
»Viertel vor zwölf! Ich dachte, vielleicht halb zehn. Ich kriege gar keine U-Bahn mehr.«
»Und was machen wir jetzt?«
»Ich weiß nicht.«
Wie er nur fragen konnte. Es ist seine Aufgabe, eine Lösung zu finden.
Er überwindet sich. »Also, wenn du nichts dagegen hast, kannst du bei mir auf dem Hotelzimmer übernachten.«
Die Regentropfen klopfen nur noch schüchtern an Larissas Plastiktüte an. Wenn er sie mit ins Hotel nimmt, wird er ihr bei der Aufnahme zum Konservatorium nicht mehr helfen können. Eine gemeinsame Nacht würde seinen guten Absichten die Reinheit rauben. *Dann* das Zusatzgeld für ihre Aufnahme zu entrichten, wäre nur noch ein Akt des schlechten Gewissens. Ein jämmerlicher Vorstoß, die Bande der Nacht aufrechtzuerhalten. Oder gar ein geschmackloser Versuch, sie für die Nacht zu entschädigen.
»Ich meine, in meinem Zimmer ist sowieso ein Doppelbett.«
Überlegt sie? Was denkt sie von ihm?
»Und ich kann natürlich auch auf dem Boden schlafen. Mir macht das nichts aus, wirklich.«
Sie lehnt sich wieder an seine Schulter, aber diesmal hakt sie sich zudem bei ihm unter.
»Was meinst du, Larissa?«
»Nichts.«
»Ich kann dir natürlich auch ein Taxi nach Hause bezahlen, das ist kein Problem. Am Goldenen Tor finden wir sicher eines.«
»Nein.«
Nein? Bejaht sie mit dem Nein, dass sie noch nicht auseinander gehen sollen?

»Kann ich dich etwas fragen?«
»Ja, natürlich.«
»Warum bist du geschieden?«
Sein Schweigen muss ihr vorkommen, als sammle er Kraft, darüber zu sprechen. Seine Gedanken eilen, sie fliegen, aber er findet keine Antwort: Wie um alles in der Welt kommt sie darauf, dass er geschieden sei?
»Hätte es mir Jelena nicht erzählen sollen?«
»Doch, doch. Natürlich. Es ist nur so, dass ich« – ja, dass er was? – »nicht geschieden im Sinne von geschieden bin. Also, ich bin schon geschieden, aber ich war nie verheiratet.« Was ist so schwer daran, es auszusprechen, es *ihr* zu sagen? »Es ist so, dass ich von meiner langjährigen Freundin getrennt bin, von der Frau, die ich eigentlich geheiratet hätte, mit der, wenn wir Ukrainer wären, ich schon lange verheiratet gewesen wäre. Aber weil wir Deutsche sind, hatten wir nicht geheiratet, obwohl wir schon 27 waren, als wir uns trennten, obwohl wir schon Jahre zusammen waren. Ich wollte es Jelena nur vereinfacht erklären, nach ukrainischen Maßstäben erklären, deshalb sagte ich ihr, ich sei geschieden, obwohl ich nicht geschieden bin.«
Sie fragt nicht nach. Er ist sich sicher, dass er es so erklärt hat, dass es niemand versteht.
»Und im Moment?«
»Im Moment?«
»Hast du im Moment eine Frau?«
»Nein. Ich, nein.« Er hat eine Sache aufgeklärt, weil er sie nicht anlügen möchte, nur um daran eine größere Lüge anzuschließen. Er ist müde. Er würde jetzt gerne seine nassen Sachen ausziehen und alleine sein.
»Gehen wir?«
»Wohin?« Seine Frage verdient keine Antwort, das sieht er selbst ein.
Sie gehen nebeneinander, es geht bergab. Er schiebt es auf das

Gefälle der Straße, dass sie wie zwei vorbildliche Londoner nebeneinander hergehen, in Perfektion höflich, distanziert. Bergab ist es unangenehm, Hand in Hand oder Arm in Arm zu laufen.

Der Sicherheitsmann raubt ihm das Selbstbewusstsein. Er trägt die Pistole und die dunkelblaue Uniform unter einer breiten Lederjacke. Er schaut hinaus in den Regen, er schaut, wer kommt, er tut nur seine Pflicht. Aber wenn ein westlicher Gast, der, wenn er sich richtig erinnert, mit zwei männlichen Kollegen seit zwei Tagen hier wohnt, mit einer jungen ukrainischen Frau vor Regen triefend nach Mitternacht eintrifft, glaubt der Sicherheitsmann, er könnte die Maske seiner Professionalität ablegen. Er lächelt ihn an, nur ihn, nicht Larissa. Es ist kein freundliches Lächeln, die hässliche Fratze männlicher Verbrüderung – die Bestätigung, dass er, der Sicherheitsmann, versteht; die Anerkennung, dass er, der Sicherheitsmann, findet, eine hübsche Beute bringe er da ins Hotel.
Er kennt die Regeln, ein selbstsicherer Blick in die Augen des Sicherheitsmannes, ein überlegenes Lächeln, und sie wären vorbei. Stattdessen nimmt er Larissas Hand, er drückt sie so fest, dass es ihr wehtun muss, senkt den Blick und hetzt vorbei.
Er stellt den Wecker auf fünf Uhr, sein Rückflug geht um halb acht. Sie sagt, das sei gut, die erste U-Bahn fahre um 5.30 Uhr. Er zeigt ihr den Ausblick vom Fenster, sie sehen ein paar Lichter in der Dunkelheit, aber tagsüber, sagt er, sehe man von hier aus über den ganzen Schewtschenka Prospekt und den Botanischen Garten. Er fragt, ob sich ihre Eltern nicht Sorgen machen, wenn sie erst um sieben Uhr morgens nach Hause kommt. Sie weiß es nicht. Sie ist noch nie nachts unangekündigt weggeblieben. Ihr Gespräch ist zäh, ungelenk. Und das Problem, dass sie sich nun ausziehen müssen, noch immer nicht gelöst.

Er geht mit seinem Schlafanzug in der Hand ins Bad, und als er wiederkommt, gibt er ihr eines seiner Unterhemden, sein letztes. Er wollte es morgen auf der Rückreise anziehen. Als sie im Bad verschwindet, der Drehschlüssel knackt im Schloss, ergreift er die Chance, sich schon ins Bett zu legen. Dies lässt ihm die Alternative, sich schlafend zu stellen, wenn sie zurückkommt. Er lässt nur das Licht auf ihrer Bettseite brennen. Er hat automatisch die rechte Seite gewählt, weil Rachel die Seite näher am Fenster bevorzugt.

Er liegt auf der Seite, Blick zum Fenster hin, und sieht sie deshalb erst, als sie ins Bett schlüpft, zu ihm. Sie hat nicht nur ihren Slip, sondern auch ihren BH unter dem Unterhemd angelassen, ein gewöhnliches weißes Baumwollmodell. Ihr Busen scheint ihm nicht besonders groß, aber eher groß als klein. Sie knipst das Licht mit einem raschen Griff aus. Er legt sich unverzüglich auf den Rücken.

Er hört sie atmen, sie beide. Er atmet aus, wenn sie einatmet. Sie atmen beide zu laut, wie Leute, die Sport treiben; die noch lange nicht einschlafen können.

»Gute Nacht, Larissa.«

»Es ist das erste Mal, dass ich in einem Hotel schlafe.«

Es sollte ihn nicht verblüffen. Doch es fasziniert ihn, es, er schämt sich ein wenig dafür, erregt ihn. Sie ist *anders*. Ein Mädchen aus der Kiewer Vorstadt, eine Klarinettenspielerin, eine Fremde in seinem Bett. Und er weiß noch nicht einmal, wie alt sie ist.

Er beschließt, am Morgen mit ihr zu schlafen. Es würde ihre Freundschaft auf den Sex reduzieren, wenn sie sich sofort einander hingeben würden, denkt er. Es ist ihm klar, dass er sich etwas vormacht. Er verschiebt den Akt auf morgen früh aus Angst, dass sie ihn zurückweist. Er versucht rational zu bleiben: Frauen sind so. Sie weigern sich, in der ersten Nacht mit ihm zu schlafen, weil man ihnen gesagt hat, das mache man nicht. Aber der erste Morgen ist schon nach der ersten

Nacht. Er überlegt, bei welchen Frauen ihm das so ergangen ist. Ihm fällt keine ein.

Nachts wacht er auf. Sie liegt einen halben Meter von ihm, in derselben Stellung wie vor dem Einschlafen. Ihre Haare riechen wie die feuchte Rinde der Birken am Hockeyplatz in Limburg. Er rückt an sie heran, hält die Augen geschlossen, um vorzutäuschen, er würde im Schlaf handeln, und nimmt ihre linke Hand in seine. Sie lässt es geschehen.

Am nächsten Morgen wacht er mit Kopfschmerzen auf. Seine Nase läuft, er hustet, es scheint mehr als eine Erkältung. Er glaubt, Fieber zu haben. Sein Anzug ist noch immer feucht. Hastig, nur das Nötigste redend, machen sie sich fertig. Als sie zehn Minuten später gehen, blickt er noch einmal kurz in den Raum zurück, ob sie auch nichts vergessen haben.

Sieben

An seinem Schreibtisch hängt, mit einer Reißzwecke an der Trennwand befestigt, ein Farbfoto von Dora. Als er den Posten in der Öl-&-Gas-Gruppe vor zweieinhalb Jahren bezog, war sie seine Freundin, eine braunhaarige Ungarin, die aus einem Dorf bei Szeged kam und in London frei atmen wollte. Sie arbeitete als Zimmermädchen in einem Zwei-Sterne-Hotel, zehn Stunden am Tag, 4,50 Pfund die Stunde. Betten aufschütteln, Staub saugen, den Dreck fremder Leute aus der Welt räumen. Sie sagte, es sei doch nur vorübergehend, und arbeitete schon drei Jahre in dem Hotel. Er liebte ihren sanften Akzent und wusste vom ersten Tag an, das würde nicht reichen. Sie hatten drei, vier gemeinsame Monate.

Das Foto zieht sich von den Seiten her zusammen, es rollt sich in sich zusammen, als wolle es Dora vor den Blicken schützen. Er hat es hängen lassen, weil sein Platz so schöner, persönlicher aussieht als ohne Bild. Manchmal dachte er daran, das Foto durch ein anderes zu ersetzen, von einer neuen Freundin oder vielleicht besser von seinen Eltern oder seinem ehemaligen Hockey-Team. Er vergaß es immer.

Einmal hat er versucht, Dora zu kontaktieren. Er war spätabends im Büro, er schaute ihr Foto an, nicht so wie sonst, sondern er nahm es wahr. Es war genug Zeit seit ihrer Trennung vergangen, über ein Jahr, um sich einzubilden, ihre vier Monate seien wunderschön gewesen. Er schrieb ihr eine elektronische Nachricht, nichts Verfängliches, nur ein paar nette Zeilen. Sie antwortete nie.

So ist es immer. Mit Abstand erinnert er sich gerne an all seine Freundinnen, seine Affären. In den Frauen jedoch lassen seine Trennungen nur Bitterkeit zurück. Nachträglich

fühlen sie sich von ihm betrogen. Nicht mit einer anderen Frau hintergangen. Es scheint ihnen nur aufzugehen, dass sie ihre Beziehung ernster genommen haben als er. Sie glauben zu bemerken, dass er die Liebe, die sie wirklich spürten, nur vorgaukelte. Sie wollen nichts mehr von ihm wissen.
Er rollt Dora auf, ihre Augen sind mädchenhaft grün und werden nie älter werden, ein Mädchen vom Land, für das er für immer die Rücksichtslosigkeit der Großstadt symbolisieren wird. Ein zurückgezogener Finger, und das Foto rollt sich wieder zusammen. Er hat zu tun.
Es lässt sich nicht mehr weiter hinausschieben. Heute Nacht noch will Stoneton ihren Bericht über Revagaz haben, um sich auf die Verkaufsgespräche mit Leuchting vorzubereiten. Er muss sich endlich überwinden, Igoris und Hamilton zu sagen, was sie aus dem Bericht herauslassen werden. Es sollte ihm nicht so schwer fallen, er ist ihnen vorgesetzt.
Das Büro ist, obwohl es beinahe schon 21 Uhr ist, noch fast komplett besetzt. Am Montag müssen sie ihre Bewerbung für das iranische Joint Venture bei British Oil präsentieren. Er bittet Brian Hamilton, zu ihnen in den 22. Stock herunterzukommen, und bedeutet Igoris, ihm auf den Flur zu folgen.
»Was ist los? Weißt du nicht, unter welchem Zeitdruck wir stehen?«
»Ich muss mit euch reden.«
»Und wir müssen schreiben.«
»Darum geht es, Igoris.« Wenn sein Freund zornig ist, kann er es auch sein. Sie stehen vor dem Aufzug. Hamilton rennt fast in sie hinein. Er hat ihre Aufmerksamkeit.
»Die Sache mit Akim Venglinski müsst ihr erst einmal rauslassen.«
»Was?!«
»Das ist nicht möglich, Toby. Ja, wir vertreten Revagaz bei diesem Deal, aber wir dürfen uns deshalb nicht auf eine Ebene mit den Gaunern begeben. Wir würden unseren Ruf riskieren:

Du weißt ganz genau, Leuchtings Leute werden die Finanzen genauso wie wir durchsehen und im Normalfall werden sie genau wie ich auf die ganzen New-York-Reisen stoßen.«

»Was heißt *genau wie du*, Brian?! *Ich* bin auf Akims schöne Spesen gestoßen. Du kannst doch überhaupt kein Russisch, wie willst du denn auf irgendetwas gestoßen sein!«

»Ach, ich brauche Russisch, um New Yorker Hotel- und Restaurant-Rechnungen zu entziffern?!«

»Aber den Zweck der Reisen konntest du nicht erkennen, du hast mich dazugerufen und *ich* habe bemerkt, dass es für Revagaz überhaupt keinen Sinn macht, den Chief Financial Officer nach New York zu schicken.«

»Und wer hat denn seine Kontakte in Amerika angerufen, um herauszufinden, dass keine US-Firma was mit Revagaz zu tun hat?!«

»Das reicht, danke. Ich habe euch schon auf dem Rückflug von Kiew klar gemacht, dass mich nicht interessiert, wer von euch im Datenraum welchen Furz zu welcher Zeit gelassen hat. Der Bericht ist euer gemeinsames Werk und ihr werdet beide dafür angemessenes Lob ernten, *zusammen*, einer nicht mehr als der andere, ist das ein für alle Mal klar?« Wie autoritär er klingen kann, wenn es ihn überkommt. Er hat diesen Zug an sich nie gemocht. Er hat sich nie als Cheftyp gesehen, einer, der andere kommandiert und die Arbeit erledigen lässt. Ein Macher, einer, der allein etwas schafft, das ist seine Rolle, der einsame Cowboy, der von niemandem Hilfe nötig hat.

»Nun willst du uns aber offenbar gerade das Lob stehlen, indem du meine – von mir aus auch *unsere* – Entdeckungen verschweigst.«

»*Vorerst*. Wenn ihr mir endlich die Gelegenheit gebt, auch etwas zu sagen, erkläre ich es euch gerne.«

»Und vielleicht am besten wieder in dem Ton wie auf dem Rückflug von Kiew. Mann, du sahst aus wie jemand, der die härteste Nacht seines Lebens hinter sich hat.«

Igoris' Bemerkung sollte ihn gleichgültig lassen, ein Spruch nur, gut gemeint sogar, um die Spannung zu lösen. Doch er bringt ihn aus dem Takt. Hat Igoris etwas mitbekommen, hat er vielleicht gesehen, wie er am Morgen Larissa zur U-Bahn brachte und zum Abschied küsste, flüchtig zwar nur, aber doch zum ersten Mal auf den Mund? Unmöglich, er küsste Larissa erst vor der U-Bahn, 300 Meter vom Hotel entfernt.
»Wollte ihr nun hören, was ich euch zu sagen habe?«
»Ehrlich gesagt: nein. Aber es ist wohl nicht zu vermeiden.«
Die Tür geht auf. Erschreckt blicken sie in den Aufzug. Er ist leer. Hamilton hat sich gegen den Knopf gelehnt.
»Es ist so: Soweit wir wissen, hat Revagaz zwei Bomben im Keller, Akims Vergnügungsreisen auf Geschäftskosten und die Umweltverschmutzung auf den Bohrfeldern. Das eine – die Umweltsünden, überhaupt die mangelnde Sorgfalt auf den Anlagen – wird Leuchting als Vorwand benutzen, um auf die Führungsrolle in der Tochterfirma zu pochen. Und ehrlich gesagt, davon würden tatsächlich nur alle profitieren. Platzt die andere Bombe, wird Leuchting Akims Mitwirken an dem Joint Venture ausschließen wollen. Das werden die Ukrainer nie akzeptieren. Ihr wisst, wie störrisch sie sind. Was also geschieht, wenn die Österreicher ihren Einstieg an die Forderung knüpfen, Akim ruhig zu stellen? Der Deal platzt.« *Zwei Bomben im Keller*. Der Umgang in der Bank tut seiner Sprache nicht gut. Dabei ist der martialische Ton nur konsequent. Ein unbarmherziger Beruf braucht raue Ausdrucksformen. Wichtig ist nur, dass er weiß, wo der Beruf endet, wann er seine Sprache umstellt.
»Wir haben zwei Möglichkeiten: Wir sind die ehrlichste Bank der Welt und geben das Revagaz-Mandat zurück – und suchen uns dann alle neue Jobs, am besten bei der Caritas. Oder wir versuchen, den Revagaz-Verkauf so gut wie möglich, so ehrlich wie möglich über die Bühne zu bringen.«
Jetzt hat er sie in seinem Bann. Er merkt es an ihrer trotzigen

Haltung. Sie erhalten sie nur noch pro forma aufrecht. Aus ihren versteinerten Gesichtern blicken wissbegierige Augen.
»Also: Wir lassen Akim spüren, dass wir ihm auf die Schliche gekommen sind. Wir garantieren ihm, dass wir ihn nicht auffliegen lassen, mehr noch, dass wir ihm helfen, die Ausgaben seiner New Yorker Reisen in den Bilanzen umzuschichten, auf Dienstfahrten zu den Bohrfeldern zum Beispiel.«
»Wir reden hier von über 180 000 Dollar, Toby. Wie oft muss er nach Charkow fliegen, um dafür 180 000 Dollar auszugeben, achtzigmal am Tag?«
»Und was ist mit den Belegen, den Flugtickets, Hotelrechnungen? Wie wollen wir rückwirkend Belege über 180 000 Dollar beschaffen?«
»Wir reden hier von der Ukraine. Wenn wir Akim klar machen, er müsse Dienstreisen im Wert von 180 000 Dollar erfinden, die glaubwürdig erscheinen oder zumindest nachvollziehbarer als New Yorker Hotelrechnungen, die 7500 Dollar für Champagner beinhalten, wird er das hinkriegen, samt Belegen.«
»Wir sagen es nur, weil du sagtest, wir würden ihm helfen.«
Auf einmal reden Igoris und Hamilton nicht nur miteinander, sondern mit einer Stimme. Ein gemeinsamer Gegner bringt die größten Feinde zusammen.
»Wir helfen ihm, indem wir ihm klar machen, was zu tun ist. Wir geben ihm Ratschläge. Dafür sind wir doch da. Gut. Aber natürlich machen wir das nicht aus einer nicht existenten Freundschaft zu Akim. Er wird sich erkenntlich zeigen müssen. Obwohl ich es ihnen mehrmals gesagt habe, haben sie bis jetzt keine Umweltverträglichkeitsprüfung durchgeführt. Nun werde ich Akim die Pistole auf die Brust setzen. Er wird eine EU-Firma, und zwar die beste, TransCheck aus den Niederlanden, auf die Bohrfelder holen müssen. Vielleicht können die provisorisch irgendetwas reparieren, sodass zumindest die schlimmsten Mängel übertüncht werden, wenn die Ös-

terreicher sie besichtigen. Die Bodenverseuchung werden wir vermutlich nicht in 50 Jahren wegbekommen, aber gut – ich nehme einmal an, dass Leuchting damit geradezu rechnet, wenn sie in der Ukraine einsteigen.« Er klingt wie ein Experte, wenn er so redet, sogar für sich selbst. Eine seiner beeindruckendsten Erfahrungen in der City ist, wie schnell man als Fachmann gilt. Ein gutes Ohr, ein offenes Auge, mehr hat er nicht und damit offenbar doch mehr als die meisten.

»So gewinnen wir alle: Akim behält seinen Posten. Und ihr bekommt am Jahresende einen besseren Bonus, weil ihr mitgeholfen habt, den Deal gut abzuwickeln.«

»Leuchting geht unwissentlich ein Gemeinschaftsunternehmen mit einem betrügerischen Finanzchef ein.« Ihm ist klar, dass Hamilton widersprechen musste, nur des Stolzes wegen, obwohl er ihn überzeugt hat.

»Akim wird die Warnung verstehen. Es wird nicht mehr vorkommen. Was bringt es, aus Prinzip auf Fehlern aus der Vergangenheit herumzureiten, wenn sie nur einer besseren Zukunft im Wege stehen?«

»Stoneton wird nicht mitspielen. Er reitet auf Prinzipien herum.«

»Ich rede morgen mit ihm. Ich werde ihm alles offen sagen, wie es ist, was ihr herausgefunden habt, eure gute Arbeit im Datenraum soll ihm nicht verborgen bleiben. Ich werde ihn überzeugen, dass es so am besten ist. Lasst das meine Sorge sein. Und dann fliege ich am Freitag nach Kiew und regle das mit Akim Venglinski.«

»Du kannst niemals am Freitag nach Kiew, drei Tage vor der Präsentation bei British Oil.«

»Warten wir es ab.«

»Also gut. Aber es war deine Idee.« Igoris' Zeigefinger kommt wie eine Bedrohung auf seinen Bauch zu. Der Aufzug läutet.

»Ich übernehme die Verantwortung.« Er sagt es mit beiden Händen in den Hosentaschen. Hamilton und Igoris hat er für die Idee gewonnen. Wenn er erst einmal in Kiew ist, so hofft er, wird er selbst auch von seinem Plan überzeugt sein.

Er ist nicht auf den Anblick vorbereitet, der ihn zu Hause erwartet. Kein Licht brennt. Er fragt: »Hallo?« in die Dunkelheit hinein und hört keine Antwort. Dann erst schaltet er die Deckenlampe im Wohnzimmer ein. Es ist aufgeräumt, kein Kleidungsstück liegt auf dem schwarzen Ledersofa, dafür auf dem runden Glastisch für sechs Personen die Post von heute, ein großer und ein kleiner Umschlag, ein Brief von seiner Bank, nicht von seinem Arbeitgeber, sondern dem Geldinstitut, bei dem er sein Konto unterhält, sowie ein deutsches Magazin, das er abonniert hat, meistens durchblättert und manchmal sonntags liest. Die anderen zwei Räume, das Schlaf- und Arbeitszimmer, befinden sich in der oberen Etage, wie viele Londoner Wohnungen hat auch seine fast mehr Stockwerke als Zimmer. Im Arbeitszimmer ist sie sicher nicht, deshalb schaut er dort zuerst hinein. Der Blickfang, der Mittelpunkt des Raums, ist das Bügelbrett. Langsam drückt er die Klinke zum Schlafzimmer hinunter, er tritt nicht ein, lässt nur einen Lichtspalt hineinfallen. Sie schläft. Leise zieht er die Tür wieder zu und setzt sich auf die höchste Treppenstufe.
Er denkt an Dora. Wie sie am Ende all die Kleinigkeiten mit ihm abrechnete, die sie bis dahin stumm ertragen hatte. Dass er sie einmal samstagmorgens alleine gelassen hatte, um zum Friseur zu gehen, und erst um fünf wieder nach Hause kam. Sie hatte auf ihn gewartet, er gedacht, sie sei längst gegangen. Dass er ihr eine Postkarte aus Frankfurt schrieb, die just an ihrem Geburtstag ankam, auf der er ihren Geburtstag nicht erwähnte. Er glaubte sich zu erinnern, dass sie ihm das Datum tatsächlich einmal gesagt hatte. Dass er auf einem Fest ihrer Freundin Timea so lange mit einer anderen jungen Ungarin geredet hatte, vor all ihren Freundinnen.
Führt Rachel auch solch eine innere Liste? Ist der Zeitpunkt

gekommen, an dem sie die Anklage eröffnet? Und: Würde es ihn treffen?
Er zieht sich im Arbeitszimmer aus. Er hängt seinen Anzug ans Bügelbrett. Die Unterhose und das Unterhemd lässt er an. Er will nicht riskieren, sie mit dem Lärm zu wecken, den eine Suche nach seinem Schlafanzug verursachen würde. Er hatte gedacht, die erste Nacht, in der sie nebeneinander, aber nicht miteinander schlafen, würde von ihm eine große Willensanstrengung und ein geschicktes Täuschungsmanöver erfordern. Fast ist er enttäuscht.
Kurz darauf, kurz vor Mitternacht, läutet es an der Tür. Zum Glück hat er eine sanfte Glocke, die Chancen stehen gut, dass das Läuten sie nicht geweckt hat. Und wenn, wird sie hoffentlich wieder eingeschlafen sein, bis er ins Bett kommt. Das wird noch mindestens eine Stunde dauern. Er zieht sich nichts über und geht auf Zehenspitzen die Treppe hinunter. Es ist nicht der erste Taxifahrer, der ihn in Unterhose und Unterhemd sieht. Er unterschreibt den Lieferzettel und nimmt das Paket entgegen.
Die City kennt keine Privatsphäre. Sie kommt auch zu ihnen nach Hause. Berichte und Präsentationen, *Information Memorandums*, die die Analysten und Associates spätabends fertig gestellt haben, werden in der Regel direkt im Taxi zu den oberen Bankern gefahren. Damit sie am nächsten Morgen schon Entscheidungen über den Fall treffen können. Die Station in der Bank, wo Studenten die Memoranden ausdrucken, die Power-Point-Vorträge formatieren, ist 24 Stunden am Tag geöffnet. Er stellt sich vor, wie es in diesem Moment auch bei Stoneton und Charvey klingelt, wie Stoneton öffnet, ohne den Schutz seiner gut sitzenden Anzüge, nur im Bademantel, der die graue Farbe seiner Haut nicht verbergen kann.
Der Ruf der Klarinette steht auf dem Titelblatt des Dossiers. Meistens tragen die streng vertraulichen Informationsmemo-

randen Codenamen wie »Projekt Phönix«, »Schwarzes Gold« oder »Operation Troja«, aber diesmal hatte niemand Einwände gegen seinen Namensvorschlag, es fragt noch nicht einmal jemand nach, was das zu bedeuten habe. Bevor er anfängt, die Analyse über Revagaz zu studieren, überfliegt er sie. Geübt in der Kunst, das Wichtigste aufzunehmen, ohne wirklich zu lesen, findet er die entscheidende Stelle sofort. *Unklar bleibt der Zweck von nicht näher definierten Sonderausgaben über 180 000 Dollar in den Geschäftsjahren 2002 und 2003. Dies macht eine Nachfrage erforderlich. Es besteht allerdings zum derzeitigen Zeitpunkt kein Grund zur Annahme, die Gelder seien veruntreut worden.* Gut. Hamilton und Igoris haben ihn verstanden.

Der klarste Sonnenschein weckt ihn am nächsten Morgen, noch bevor der Wecker klingelt. Er braucht einen Moment, um zu verstehen, was passiert ist. Er hat gestern Nacht die Schlafzimmertür gegen ihre Gewohnheit offen gelassen, um das laute Knacken der ins Schloss fallenden Klinke zu vermeiden. Nun fällt durch das Fenster des Arbeitszimmers und durch die beiden offenen Zimmertüren das Licht des Frühlings in sein ansonsten morgens düsteres Schlafzimmer. Er steht noch vor Rachel auf. Eine ihrer Routinen wurde in der vergangenen Nacht gebrochen, schon purzeln alle Gewohnheiten.

»Was ist los? Was ist passiert, Toby?«

»Nichts. Es ist erst zwanzig vor sieben. Du kannst noch ein bisschen schlafen.«

»Aber warum bist du schon auf?«

»Ich muss meinen Koffer packen. Ich fahre nach Kiew. Für dreieinhalb Tage.«

»Über das Wochenende?!«

»Leider. Es lässt sich nicht vermeiden. Es gibt Probleme, der Finanzchef hat sich offenbar ein paar nette Wochenenden in New York auf Firmenkosten gegönnt, die Bohrfelder spucken Gift, und alles wieder mal auf den letzten Drücker.«

»Ich dachte, wir könnten mal wieder ins Kino gehen. Oder ins Theater. Und Katie wollte uns am Samstag sehen, vielleicht könnten wir nach Richmond fahren, dachte sie, das Wetter soll prächtig werden. Schade, ausgerechnet an diesem Wochenende musst du weg, wo wir so viel vorhatten.« Nichts davon hätten sie gemacht. Es fällt ihr nur jetzt ein, wo sie weiß, sie können nichts unternehmen. Sagt sie es, um ihm ein schlechtes Gewissen zu machen?

»Es tut mir Leid. Ich habe auch keine Lust, nach Kiew zu fahren, ausgerechnet nach Kiew. Es ist grässlich.« Er sollte sie jetzt küssen, am besten einen Moment an ihrer Seite auf der Bettkante sitzen bleiben. Er geht ins Bad.

Sie redet weiter mit ihm, als wäre er noch im Raum. »Ich habe dich gestern gar nicht gehört, wie du nach Hause kamst.«

»Du hast schon geschlafen. Ich wollte dich nicht wecken.«

»Ja, ich war furchtbar müde. Bist du sehr spät gekommen?«

»Was hast du gesagt?«

»Ob du sehr spät gekommen bist.«

Er stellt die Dusche an und ruft zurück: »Ich höre dich nicht, wenn ich in der Dusche bin.«

Um Viertel nach acht ist er in der Bank, fünf Minuten vor Stoneton. Der tut trotzdem so, als habe er schon auf ihn gewartet. »Ah, Mister Linderoth, Tobias, kommen Sie bitte kurz in mein Büro«, sagt er, als er selbst erst auf dem Weg in sein Büro ist.

Stoneton nimmt seinen Schlüsselbund aus der Hosentasche und legt ihn auf den Tisch. Vielleicht stört er ihn beim Sitzen. Der Tisch ist wohl geordnet, links steht der Computer, rechts liegen sauber gestapelt Mappen und dicke Berichte, die Mitte ist frei. Stoneton platziert seine Unterarme und Hände in dem Freiraum. Die Vision von gestern Abend kommt ihm wieder, Stoneton im Bademantel, ein grauer, müder Mann, der statt in die Oper zu gehen, zu Hause sitzt und auf den Bericht über ein drittklassiges ukrainisches Erdgasunternehmen wartet. Schaut er, wenn er Stoneton ins Gesicht sieht, in seine eigene Zukunft?

Die Vorstellung vom Chef im Bademantel hilft. Er fühlt sich ihm gegenüber ruhig, selbstbewusst.

»Schön, dass Sie schon da sind, Tobias. Dann können wir schnell die Revagaz-Sache durchgehen, bevor wir uns wieder in die Mutter aller Schlachten stürzen, den Kampf um British Oil.« Stoneton schlägt den Bericht auf, an einer beliebigen Stelle, er schaut hinein, nicht um etwas nachzulesen, sondern um sich zu konzentrieren. »Sehr schöner Bericht. Saubere Arbeit, alles Wichtige drin. Mit einem verwirrend poetischen Codenamen allerdings. Können Sie mir bitte verraten, was es damit auf sich hat: *Der Ruf der Klarinette.*«

»Ich glaube – also, ich bin mir nicht sicher –, die Tochter von einem der Revagaz-Bosse ist eine berühmte Klarinettistin. Der hat sich diesen Namen gewünscht.«

»Und ich dachte, da habe einer zu viele Hitchcock-Filme gesehen oder Bücher von Patricia Highsmith gelesen. Wenn der gute Mann so clever wie fantasievoll ist, sollte seine Firma viel Freude an ihm haben. Nun gut – wie ich dem Memorandum entnehme, handelt es sich bei Revagaz um ein Unternehmen mit enormem Potenzial.«

»Nun, mit Einschränkungen. Die Lagerstätten – wie Sie ja gelesen haben – enthalten nur Sauergas. Aber man geht davon aus, dass die Gasreserven in den beiden Feldern für 50 Jahre reichen. Und da die Ukraine zudem über ein ausgesprochen gutes Netz von Erdgasleitungen verfügt, ist es für Leuchting natürlich ein enormer strategischer Schritt, einen Fuß in den Markt zu bekommen. Die Risiken sind bekannt.«

»Sicherlich.« Stoneton blättert in dem Bericht. Es dämmert ihm: Er hat ihn gar nicht gelesen. War er vielleicht in der Oper und legte das Memorandum nur auf den Nachttisch, überflog es kurz, schon übermannt von der Müdigkeit?

»Über das grundsätzliche Risiko, in der Ukraine zu investieren, brauchen wir nicht zu reden, nehme ich an, Mister Stoneton.«

»Außer Sie wollen mir einen kurzen Einblick in die ukrainischen Sitten geben. Erheiterndes von Land und Leuten höre ich immer wieder mit Freude. Solange es nicht zu viel Zeit kostet.«

»Gerade als ich dort war, las ich in den *Kiew News* wieder einen Bericht über polnische Investoren, die in Lwiw ein Einkaufszentrum gebaut hatten. Als es fertig war, zückten irgendwelche ukrainischen Mafiosi gefälschte Grundstückspapiere und behaupteten: Moment, sie haben auf unserem Grund gebaut. Per Gerichtsentscheidung ließen sie die Shopping Mall konfiszieren. Der Richter war natürlich gekauft. Die Polen konnten nichts machen. Nichts.« Der Fall tut nichts zur Sache. Doch er hat eine Freude an solchen Geschichten. Dies ist kein Kino, das ist die wirkliche Welt, die Welt, von der all seine Frankfurter Schul- und Hockeyfreunde in ihren 40-Stunden-Wochen als Lehrer oder Werbetexter nicht einmal etwas ahnen – die Welt, in der er sich durchschlägt. »Aber Leuchting wird wissen, was sie tun. Dazu brauchen sie uns nicht, und sie haben uns ja auch nicht angeheuert. Es gibt allerdings eine Sache, die uns Sorgen machen sollte, Mister Stoneton, die den Verkauf gefährden könnte.«

»Sie meinen die 180000 Dollar.« Er hat die Stelle sofort gefunden; natürlich, er wäre nicht Chef, wenn er die Kunst des Querlesens nicht meisterlich beherrschen würde.

»Das mit den 180000 Dollar ist eine merkwürdige Geschichte. Aber das wird sich aufklären, keine Sorge, vielleicht ist es nur ein interner Übertragungsfehler in den Abrechnungen.«

»Sicher? Gehört es denn nicht zu den tagtäglichen Wundern der ukrainischen Wirtschaft, dass sich 180000 Dollar einfach so in Luft auflösen?«

»Aber hätten sie es dann nicht geschickter gemacht?«

»Über das Geschick ukrainischer Wirtschaftsbosse zu spekulieren, überlasse ich Ihnen, Tobias.«

»Wir gehen dem jedenfalls nach.«

»Tun Sie es bitte schnell. Nächste Woche möchten wir die Verhandlungen mit Leuchting eröffnen. Sie ahnen sicherlich die Schwierigkeiten, die uns entstünden, falls dabei zutage kommen sollte, dass die Revagaz-Führungskräfte regelmäßig Hunderttausende Dollars in Luft verwandelten. Und falls dann auch noch der Verdacht aufkommt, wir hätten uns ebenfalls als Zauberkünstler versucht, um diese Tatsache wegzuzaubern – nun, ich erspare Ihnen die Vision, was dann passiert, Tobias, Mister Linderoth.«

»Ich bin mir der Gefahr absolut bewusst.«

»Dann weise ich Sie trotzdem noch einmal darauf hin, dass der Ruf von Derling über allem steht. Ich sage es Ihnen offen und ehrlich: Dieses Revagaz-Geschäft ist nicht groß genug, mit dem Feuer zu spielen.«

»Das tun wir nicht, Mister Stoneton. Beziehungsweise deshalb wollte ich Sie gerade fragen, wie wir in der Sache vorgehen, die meiner Ansicht nach die wahre Gefahr birgt.«

»Und das wäre?«

»Die Umweltverschmutzung auf den Bohrfeldern. Was durch Lecks in die Luft gelangt, darüber möchte ich noch nicht einmal spekulieren, aber Sie sollten sich nur einmal die Umgebung ansehen, Mister Stoneton: abgestorbene Bäume, verödetes Weideland. Der Boden rund um Pridorotschne scheint völlig verseucht, sie leiten das Lösungsmittel aus dem Bohrloch in eine nicht abgedichtete Schlammgrube.«

»Das ist bei Bohrstätten im Osten leider nicht ungewöhnlich.«

»Ich dachte, wir könnten TransCheck mit einer Überprüfung beauftragen, ob sich der Ausfluss kurzfristig stoppen oder wenigstens mindern lässt.«

»Wenn Revagaz diese Prüfung bezahlt, sehe ich darin kein Problem.«

»Deshalb würde ich heute gerne nach Kiew fliegen, um mit dem Finanzvorstand darüber zu reden.«

»Heute nach Kiew? Tobias, wir müssen bis Montag eine Präsentation für British Oil fertig haben, wie es sie noch nie im Investmentbanking gegeben hat.«

»Ich würde nur anderthalb Tage fehlen. Freitagabend gibt es einen späten Flug zurück. Die verlorene Zeit würde ich wettmachen, indem ich das Wochenende über arbeite.«

»Tobias: Wir gehen davon aus, dass wir dieses Wochenende wegen der British-Oil-Präsentation alle arbeiten.«

»Ich bin in Kiew jederzeit erreichbar. Wenn es Fragen bei der Ausarbeitung der Präsentation gibt, die ich beantworten kann, bin ich für Sie da. Wenn Telefonkonferenzen anstehen, klinke ich mich ein.«

»Ich bin mir nur nicht sicher, ob der Aufwand gerechtfertigt ist, noch einmal nach Kiew zu reisen. Leuchting rechnet vermutlich sowieso damit, dass sie etliches Geld in die Förderanlagen investieren müssen, um sie umwelttechnisch auf Standard zu bringen. Ich glaube nicht, dass ein paar Liter ausgelaufenes Lösungsmittel sie dazu bringen, das Geschäft platzen zu lassen.«

»Ich denke, wenn TransCheck tatsächlich etwas auf die Schnelle tun kann, hätten wir eine bessere Verhandlungsbasis gegenüber Leuchting. Ein sauberes Unternehmen in der Ukraine hätte ja schon Sammlerwert.«

»Auf die Schnelle – das ist genau das Problem, das ich sehe. Wie Sie sich sicher erinnern, sagte ich Ihnen gerade, dass wir nächste Woche mit Leuchting zu verhandeln beginnen wollen.«

»Ich bin überzeugt, dass TransCheck schon am Montag in Yuliyivka sein könnte.«

»Yuliyivka?«

»Dort sind die Bohrfelder, Mister Stoneton.«

»Ah ja. Unbekannte, geheimnisvolle Orte des Ostens. Nun,

was soll ich sagen, Tobias? Ich kann Sie wohl nicht vom Arbeiten abhalten. Ich fördere fleißige Mitarbeiter immer, wo ich nur kann. Von mir aus, fahren Sie nach Kiew, machen Sie dort, was Sie wollen. Aber kommen Sie mir morgen Abend zurück, und zwar mit guten Nachrichten. An die Arbeit, Tobias, Mister Linderoth.«

Igoris wartet nicht, bis er bei ihm ist. Er ist auf halbem Weg von Stonetons Glaskasten zu seinem Platz, drei Kollegen können sie hören, nichtsdestotrotz ruft ihm Igoris schon zu: »Und?« Er gibt seinem Freund mit der flachen Hand ein Zeichen, sich zu gedulden, bis er in Flüsternähe ist. Aber schon spricht Igoris weiter: »Hast du ihm alles erklärt, auch das mit Akim und den 180 000 Dollar?«

Er überlegt es sich anders. Statt zu Igoris zu gehen, steuert er direkt auf seinen Platz zu. Aus der Distanz streckt er seinem Freund den erhobenen Daumen entgegen.

Acht

Für jemanden, der in Boston promoviert hat, spricht Akim Venglinski ein bemerkenswert schlechtes Englisch. Er beginnt jeden Satz gleich, mit einem gedehnten *well.* So versucht er, Zeit zum Nachdenken zu gewinnen. Doch er nutzt die Zeit kaum. All seine Aussagen klingen ähnlich, denn er beschränkt sich auf zehn, vielleicht fünfzehn Verben. Die Bildung von Nebensätzen vermeidet Venglinski tunlichst.

Er will nicht darüber nachdenken, ob Akim womöglich auch noch sein Universitätszeugnis gefälscht hat. Dass ihm der Gedanke während ihres Gesprächs kommt, lässt sich jedoch nicht verhindern. Sie sind in Akims Büro, die Sekretärin hat Kaffee gebracht, ein pechschwarzes Gebräu, das selbst Akim nicht anrührt.

Er ist zum ersten Mal ohne Jelena. Er findet, es gibt Situationen, bei denen sie nicht dabei sein sollte. Er hatte nicht gedacht, dass es so mühsam werden würde. An dem Abend im Restaurant Yewpatoria hatte Akims Englisch akzeptabel geklungen. Aber damals hatte der Wodka nachgeholfen; damals, der Gedanke bereitet ihm körperliche Schmerzen, waren sie verbrüdert, er und Akim und Skoba.

Ausgerechnet Akim. Ein schlanker Mann, nicht viel älter als er selbst, 37, vielleicht 38. Die schlichte, metallene Brille, ein Kassenmodell nach deutschem Verständnis, hat er für Understatement gehalten, ein bewusstes Tribut an die ukrainische Herkunft, das im Kontrast zu Akims eleganten Designeranzügen steht. Er hätte gedacht, wenn er einem vertrauen könnte, dann ihm. Hätte er es besser wissen können? Ist es tatsächlich wahr, dass es in den Führungsgremien ukrainischer Firmen nur zwei Arten von Geschäftsleuten gibt? Gauner, denen man es ansieht, und Gauner, denen man es nicht ansieht.

Akim surrt immer noch. Seine Stimme ist angenehm behutsam, daran ändert weder sein beschränktes Englisch etwas noch das heikle Thema, das er unversehens aufgebracht hat.

»Akim, in diesem Raum sind nur vier Ohren und zwei Münder, deshalb werde ich ohne Schnörkel mit Ihnen reden: Wir müssen schnellstens die Bohranlagen testen lassen, um zu sehen, was wir vor Leuchtings Besuch noch flicken können.«

»Nun. Ich habe mit Herrn Skoba darüber gesprochen. Wir sehen keinen Grund dafür. Es gibt keine Umweltprobleme. Sie haben das Umweltzertifikat des Ministeriums gesehen.«

»Bitte, lassen Sie uns offen reden, sonst verschwenden wir unsere Zeit nur. Sie wissen genauso gut wie ich, wie viel das Umweltzertifikat wert ist, das ein Staatsministerium einem Betrieb ausstellt, der zu 76 Prozent staatlich ist.«

»Nun. Ich verstehe Sie nicht, Mister Linderoth.«

»Dann lassen Sie mich deutlicher werden, Akim: Meine Leute haben in den Jahresbilanzen 2002 und 2003 etliche Dienstreisen von Ihnen nach New York gefunden. Dienstreisen, die über 180000 Dollar gekostet haben. Dienstreisen, die keinen ersichtlichen Grund hatten.«

Nach Akims Gesichtsausdruck zu urteilen, hat er ihm gerade ein Kompliment für seine schönen Anzüge gemacht; etwas, was ihn immer noch freut, aber auch ein bisschen langweilt.

»Nun. Wir redeten gerade über die Bohrfelder.«

»Und jetzt reden wir über Ihre Dienstreisen. Und ich sage Ihnen, wie beides zusammenhängt: Beides wird das Joint Venture enorm erschweren, um nicht zu sagen: verhindern. Und da es mein Job ist, das Projekt zu den bestmöglichen Konditionen für Revagaz zustande zu bringen, mache ich mir Gedanken, wie wir die beiden Probleme lösen können. Wir könnten Ihnen helfen, die New Yorker Dienstreisen aus der Welt zu schaffen, und Sie helfen mir, einen Bohrfeld-

Check-up durchzuführen. Bevor Sie weiter auf stur schalten, denken Sie bitte daran, was dieses Joint Venture für Revagaz bedeutet: Leuchting würde über 100 Millionen Dollar für die Modernisierung der Bohranlagen einbringen. Das sind Summen – wir reden ja offen –, die Revagaz alleine noch in hundert Jahren nicht aufbringen könnte. Wir reden von einer einmaligen Chance für Revagaz, die Produktion auf ein annehmbares Niveau zu bringen. Akim, wir arbeiten *für Sie*, verstehen Sie das nicht, wir sind auf Ihrer Seite.«

»Das ist sehr nett von Ihnen.«

Zynismus ist das, was er jetzt als Letztes gebrauchen kann. Aber es ist ein Anfang. Akims Haltung verändert sich. Kein *Nun* mehr. Vom Ahnungslosen zum Zyniker, das ist schon mal ein Zwischenschritt in die richtige Richtung. Er kann verstehen, dass es Akim schwer fallen muss, sich selbst als Betrüger zu enttarnen. Er muss ihm helfen, ihm die Sache erleichtern.

»Akim, ich will kein Geständnis von Ihnen. Und ich fordere auch nicht, dass Sie die 180 000 Dollar zurückbringen. Was immer Sie in New York gemacht haben, ist Vergangenheit. Und ich habe übrigens eine konkrete Idee, was Sie gemacht haben: Es gibt im New Yorker Rothendale Hotel einen ukrainischen Angestellten, der Ihnen fiktive Rechnungen über Tausende von Dollar schrieb, zehn Prozent behielt, den Rest wirtschafteten Sie in die eigene Tasche. Geldwäsche auf die leichteste Art.« Er kann es nicht lassen, ihm zu zeigen, dass er nicht dumm ist. Noch während er es erzählt, weiß er, es ist kontraproduktiv. Doch er kann sich nicht stoppen.

»Ich war in New York, um mit einer amerikanischen Firma über eine Kooperation zu verhandeln. Mit GasOn, wenn Sie es genau wissen wollen. Prüfen Sie es nach.«

»Das haben wir getan, Akim. Egal, vergessen wir es. Ich bin nicht hier, um mich moralisch über Sie zu erheben. Ich bin hier, um mit der Realität fertig zu werden – die Realität umzuschreiben, für uns günstiger zu machen, wenn Sie so wollen. Die Sache ist einfach: Sie müssen noch einmal Belege für 180 000 Dollar beschaffen, diesmal allerdings ohne dafür Bargeld aus der Revagaz-Kasse zu nehmen, sondern um die New Yorker Belege zu ersetzen. Ich schlage vor, dass Sie einige Dienstreisen nach Kasachstan und Westsibirien erfinden, das ist glaubwürdig und wird sicher nicht Leuchtings Argwohn wecken. Wir von Derling vergessen, dass wir jemals New Yorker Rechnungen gesehen haben. Und Sie garantieren mir, dass am Montag TransCheck, die Besten auf dem Gebiet, die Bohranlagen auf den Kopf stellen.«

»Ich versichere Ihnen, Mister Linderoth, ich war in New York bei den Leuten von GasOn.«

Er kann sich nicht sicher sein, aber er fühlt, dass Venglinski nun kooperiert. Es ist ein Spiel. Etwas zu sagen und etwas ganz anderes zu meinen. Er fragt sich, wie deutsche Banker, die ihr ganzes Arbeitsleben in Frankfurt verbracht haben, in solchen Partien mithalten wollen. Die deutsche Art, die Sachen korrekt und direkt zu benennen, ist, so sieht er es, eine ehrenwerte Tugend – und im Investmentbanking ein Desaster, ein Rezept zum Scheitern. Er hat in England zu spielen gelernt. Er kennt den Code, er erkennt die Codierungen der Sprache. Es ist keine festgelegte Geheimsprache, es lässt sich nie hundertprozentig benennen, wann ein gemurmeltes *interesting* von Stoneton wahres Interesse bedeutet und wann ein ähnlich gegrummeltes *interesting* meint: »Langweilen Sie mich nicht mit dem Unsinn.« Wer dazugehört, *fühlt* einfach den Unterschied. So war es zum Beispiel eindeutig, wie Stoneton folgende drei Sätze in ihrem Bericht verstehen musste: »Unklar bleibt der Zweck von nicht näher definierten Sonderausgaben über 180 000 Dollar in den Geschäftsjahren 2002 und 2003. Dies macht eine Nachfrage erforderlich. Es besteht allerdings zum derzeitigen Zeitpunkt kein Grund zur Annahme, die Gelder seien veruntreut worden.« Das hieß unzweifelhaft: *Wir haben Belege für die Veruntreuung von 180 000 Dollar gefunden. Wir versuchen es aus der Welt zu schaffen.* Ohne es auszusprechen, gab ihm Stoneton den Auftrag, die Sache zu bereinigen. Wären Rachel oder seine Mutter mit im Raum gewesen, sie hätten Stoneton für einen sympathischen, integren Mann gehalten. Er war aber allein mit Stoneton im Büro. Er verstand, was der Chef meinte, als er sagte: »Dann weise ich Sie trotzdem noch einmal darauf hin, dass der Ruf von Derling über allem steht.« *Überlegen Sie sich gut, was Sie tun. Denn wenn es schief geht, sind Sie dran. Ich werde von nichts gewusst haben, Tobias, Mister Linderoth.*

Er würde sich ohne Zögern als einen ehrlichen Menschen beschreiben. Er verachtet Betrüger wie Akim, ihre billigen Tricks, die Skrupellosigkeit. Aber er ist nicht naiv. Er weiß, dass man immer nur so ehrlich wie möglich sein kann. Das ist sein Ausdruck, er hat ihn sich selbst geschaffen: so ehrlich wie möglich. Und wenn er ehrlich ist, so findet er in dieser grauen Zone zwischen Aufrichtigkeit und Unehrlichkeit seine wahre Erfüllung. Dort, hinter der Linie des Erlaubten, wo sich die wenigsten hintrauen, sind die ewigen Pole seines Lebens am intensivsten, der Kitzel, etwas zu riskieren, und die Angst, sich zu übernehmen, aufzufliegen.

Eine seiner Spezialitäten im Hallenhockey, das sie in den kalten Monaten spielten, war, den gegnerischen Stürmer in die Bande zu knallen, ohne dass die Schiedsrichter Foul pfiffen. Es brauchte dazu nur einen langen Pass der gegnerischen Mannschaft die Seitenlinie hinunter. Der Stürmer jagte dem Ball hinterher, und er rannte mit vollem Karacho aus dem Tor. Er konnte seinen Lauf exakt so steuern, dass er minimal vor dem Stürmer am Ball war. Die letzten Meter schlitterte er über den Boden, es quietschte, wenn seine Schienbeinschoner über das Linoleum rutschten. Er trat den Ball mit dem Fuß weg, und mit dem Körper, dem durch die Schutzkleidung gepanzerten Körper, drückte er mit voller Wucht den ungeschützten Stürmer in die Bande. Oft gab er ihm mit seinem Schutzhelm noch einen Hieb mit. Für alle anderen sah es wie ein Unfall aus. Einmal fiel ein gegnerischer Stürmer, Rechmann von Alster Hamburg, so unglücklich über die Bande, dass er sich den Kiefer brach. Es gab ein großes Aufsehen, Rechmann war Nationalspieler, ein Name. Zum einzigen Mal in seiner Karriere interviewte ihn Peter Panders von der *Frankfurter Allgemeinen*. Es strengte ihn nicht an, Panders zu erklären, es sei ein Unfall gewesen, eine unglückliche Situation. Irgendwie war es ja auch ein Versehen, zum Teil zumindest. Er hatte Rechmann nicht so schwer verletzen wollen.

Er würde es nie jemandem sagen. Aber diese Bodychecks im Hallenhockey verschafften ihm dieselbe Genugtuung wie große Paraden. Er, der Torwart, der sich so oft machtlos und durch die Tore der Stürmer verspottet fühlte, konnte es ihnen, einmal wenigstens, heimzahlen.

So wie er es sieht, muss jeder für sich selber wissen, wo die Grenze ist. Wo die Ehrlichkeit, die möglich ist, aufhört und Unehrlichkeit anfängt. Was das Investmentbanking in der Ukraine betrifft, so macht er sich nichts vor. Dies ist ein weinendes Land im Griff einer verrohten Sippe. In der Theorie will man mit ihr nichts zu tun haben. Wenn man Kollegen von anderen Banken trifft, sagt man: »Uh, Ukraine. Da halten wir uns lieber fern.« In der Praxis ist die Ukraine gegenwärtig das Land mit dem höchsten Wirtschaftswachstum in Europa, zwölf Prozent. Ein Markt, ohne die sicheren Gesetze der Demokratie, mit den Regeln der Wildnis, aber ein Markt. Wer Angst hat, ihn jetzt zu betreten, wird es später bereuen.

Think about it. Stoneton hat ihm, in ihrer codierten Sprache, mit drei Worten den Hinweis gegeben, dass dieses Geschäft eine wichtige Probe für ihn ist. Er hat nicht die Absicht durchzufallen. Er wird sich, da es offenbar nötig ist, auf Akims Niveau begeben. Nicht, dass es ihm Spaß macht. Das heißt,

eigentlich macht es ihm genau das: Spaß. Mit dem Risiko zu spielen.
»Sie kriegen das mit den Belegen hin, Akim, da bin ich mir sicher. In Kasachstan kann man auch den einen oder anderen Dollar lassen – ohne gleich für 7500 *bucks* Champagner zu trinken.«
»Wegen den Tests auf den Bohrfeldern müssten Sie mit Skoba reden, nicht mit mir.«
Er hat ihn. Kein Wort von New York wird noch fallen. Jeder Satz darüber wäre jetzt einer zu viel, eine Demütigung für Venglinski. Schon sind sie wieder seriöse Geschäftspartner, die mit Respekt ihre Zusammenarbeit besprechen. Das sind die Regeln des Spiels.
Er gibt Venglinski bis zur Mittagpause, um Skobas Einverständnis einzuholen. Um 14 Uhr wird er wiederkommen, um gemeinsam den Einsatz einer Testfirma zu organisieren. Er sagt: »Akim« und reicht ihm die Hand. Venglinski drückt sie, überraschend fest und sicher.

Er hat eine Idealvorstellung, wie seine Tage in Kiew ablaufen könnten, deshalb geht er in der Mittagspause zum Unabhängigkeitsplatz. Die Logik sagt ihm, dass es nicht sein kann, dass der Zufall zu groß wäre. Trotzdem ist er enttäuscht, als er sie in der Unterführung nicht findet.
Zu den ungeliebtesten Momenten seiner Dienstreisen gehören die Mahlzeiten. Entweder er verbringt ganze Abende mit Geschäftsführern und Finanzvorständen, vor denen er sich als Autoliebhaber, Fußballfan, Chauvinist ausgibt, nur um irgendeine gemeinsame Ebene zu finden. Oder er sitzt alleine in einer fremden Stadt in einem Restaurant. Niemand sieht verlorener aus als ein Fremder alleine in einem Restaurant. Und niemand, das kann er bestätigen, ist einsamer als ein Fremder alleine in einem Restaurant.
Kiew ist eine gute Stadt für einsame Esser. Den meisten An-

gestellten und Arbeitern fehlt das Geld, in der Mittagspause in ein Restaurant zu gehen. Sie stehen mit einem Imbiss in der Hand auf der Straße. Er kann sich dazustellen. An der Ecke Kreschtschatik/Chmelnyzkogo gibt es einen Stand. Er reiht sich ein in die Schlange, er sieht nicht, was es zu kaufen gibt, die lange Schlange muss als Gütesiegel reichen. Weiter nach vorne gerückt bemerkt er, dass es sich um frittierte Teigtaschen handelt. Er streckt der Verkäuferin drei Finger und eine Zehn-Hrywen-Note entgegen. Aus Ländern, in denen er sich nicht verständigen kann, bringt er immer jede Menge Wechselgeld mit, weil er grundsätzlich mit Scheinen zahlt. So lässt sich der peinliche Augenblick umschiffen, wenn er den Preis nicht versteht, den ihm die Verkäuferin nennt. Er erhält einen Berg Münzen und drei heiße, fettige Taschen in einer Butterbrottüte aus dünnem Plastik. Am Geländer, das Fußgänger vom breiten Kreschtschatik-Boulevard trennt, ist noch ein Platz frei zwischen den Büroangestellten in ihren dunklen Anzügen und schrillen Krawatten, ihren Miniatur-Röcken und Schuhen mit bleistiftdünnen Absätzen. Sie blinzeln in der Frühlingssonne, die Blicke voll konzentriert und offensichtlich sehr zufrieden auf ihr Stadtpicknick gerichtet. Es ist leicht, Leute sympathisch zu finden, wenn man kein Wort von dem versteht, was sie reden. Er beißt in eine der Teigtaschen und zu seiner Überraschung auf eine pinkfarbene Wurst. Nach der ersten Tasche plagt ihn der Magen von der Überdosis an Fett. Aber der Hunger ist größer als das Unwohlsein. Satt und mit Übelkeit kehrt er zu Revagaz zurück.

Die Sekretärin, eine untersetzte Frau mit disproportional großem Kopf, weist ihn mit einem langen Lächeln und einer kurzen Handbewegung ins Büro. Als er die Tür geöffnet hat, dreht er sich überrascht zu ihr um. »Mister Venglinski ist noch gar nicht da?« Sie lächelt wieder nett. Sie versteht ihn nicht. »Mister Venglinski?«, fragt er. Sie deutet erst auf ihn, dann ins Büro. Er leistet ihr Folge, lässt die Tür offen, setzt sich in den

Ledersessel mit der großen Lehne und beginnt, sich in dem Stuhl zu drehen. Er bleibt eine Viertelstunde allein. Er ruft Igoris von seinem Handy aus an. »Ich muss dich zurückrufen!«, ist das Einzige, was Igoris sagt, besser gesagt, er bellt es, ein Befehl aufzulegen, und schon hat Igoris das selber erledigt. Sie merken nicht, dass sie Umgangsformen pflegen, die der Rest der Welt als rüde empfinden würde. Er wählt Charveys Nummer. Nein, es gibt im Moment keine Fragen an ihn wegen des Projekts von British Oil, sagt ihm sein Vorgesetzter. Natürlich nicht, sonst hätte sich das Büro schon bei ihm gemeldet. Er überlegt, wen er noch anrufen könnte. Er ist es nicht gewohnt, untätig zu sein.

Aus fünfzehn werden fünfundvierzig Minuten. Er denkt an die Vorstellungsgespräche mit Berufsanfängern. Man lässt sie absichtlich zwei, drei Stunden warten, um zu sehen, ob die Nervosität sie zerfrisst. Halten Akim und Skoba ihn auf dieselbe Weise gefangen? Wollen sie ihn weich kochen wie Polizisten einen Kleinkriminellen in der Vorabendserie? Er traut es ihnen zu. Er kann sich nicht davon abbringen, die beiden als seine Kontrahenten zu sehen. *Weeell*, Akims Lieblingswort kommt ihm in den Sinn, es wird ihnen nicht gelingen. Wohl macht ihn die Warterei nervös. Doch er weiß, wenn das Gespräch erst einmal losgeht, wird er ruhig sein wie die Themse an einem windstillen Tag.

Bevor er sie sieht, weiß er schon, dass sie gereizt sind. Er hört es an ihren Schritten, eindringlich, schnell, abgehackt auf dem kalten Linoleumboden.

Skoba tritt als Erster ein, der Auftritt einer dramatischen Diva. Seinem umfangreichen Körper voraus fliegen die schwingenden Arme und geballten Fäuste, Zorn zieht eine dicke Trennlinie durch seine Stirn. Er brüllt.

Er lächelt Skoba zu. Nicht alle Leute, die man nicht versteht, müssen einem sympathisch sein. Allerdings fällt es leichter, sie nicht ganz so ernst zu nehmen.

»Sie müssen das nicht übersetzen, Akim. Ich habe schon verstanden. Das Wichtigste jedenfalls: Herr Skoba ist nicht besonders begeistert von unserem Plan. Aber das ist Ihre Aufgabe, ihm die Notwendigkeit der Tests beizubringen.«
Skoba schnaubt, die Arme nun leblos herunterhängend, Pose des abgesetzten Autokraten.
Er lässt Akim und Skoba reden, als ob er gar nicht im Raum wäre. Er hat in den zurückliegenden drei Jahren mehr als einmal in Kasachstan und Russland zu tun gehabt, er kennt die Angewohnheit einstiger sowjetischer Wirtschaftsbosse, schwierige Verhandlungssituationen durch einen plötzlichen Tobsuchtsanfall lösen zu wollen. Sie sind es nicht gewohnt, Folge zu leisten. Sie empfinden es als Erniedrigung, wenn ihnen geholfen wird. Das darf er nicht vergessen. Skoba wirft noch einmal die rechte Hand in die Luft, lässt sie hinuntersausen, um seine gesamte Geringschätzung auszudrücken, und marschiert aus dem Raum.
»Alles in Ordnung, Akim?«
»Kümmern Sie sich um die Tests?«
»Wenn ich die Genehmigung von Revagaz dazu habe, kann ich das übernehmen. Sofort.«
»Mein Telefon steht Ihnen zur Verfügung. Schaffen Sie es in einer Viertelstunde?«
»Ich tue mein Bestes.«
Venglinski verlässt sein eigenes Büro wie ein Verbannter; wortlos.
Er hat van Paauwe gleich am Telefon, ein alter Bekannter mittlerweile. Er hat gute Erfahrungen mit TransCheck gemacht und beauftragt, wann immer nötig, sie nun jedes Mal. Er hat sich nie erkundigt, ob es bessere Spezialisten für Revisionen und Reparaturen von Bohranlagen gibt.
TransCheck kann die Testarbeiten am Montag und Dienstag nächster Woche durchführen. Alles Weitere muss man dann sehen.

Er wartet auf Akim, der pünktlich eine Viertelstunde nach seinem Verschwinden erscheint. Er geht mit ihm alles durch, er schreibt es ihm in Druckschrift auf. Der COO auf den Bohrfeldern ist zu unterrichten, dass TransCheck am Montag kommt. Es ist möglich, wahrscheinlich sogar, dass die Anlage für einige Stunden abgeschaltet werden muss, das ist nun mal nicht zu vermeiden und im besten Interesse von Revagaz. So wie er die Lage überblickt, werden Leuchtings Schnüffler die Bohrfelder frühestens in zehn, vierzehn Tagen besichtigen. Er ist optimistisch, nein, sicher, dass TransCheck die Zeit nutzen kann. »Sie werden sehen, die lassen sich was einfallen, Akim.«
Der Finanzchef schweigt weiter.
»Akim. In ein paar Wochen ist das alles über die Bühne, und Sie sind der Finanzchef eines Unternehmens mit den besten Zukunftschancen. Ich bitte Sie: Hören Sie auf, diesen Nachmittag als eine Niederlage zu betrachten.«
Aber er kann sich nicht helfen. Er selbst sieht diesen Nachmittag wie einen Sieg.

Im Hotel haben die Angestellten ein Fax auf sein Zimmer gebracht. In das kleine Fach für Zimmer 817 an der Rezeption hat es nicht gepasst. Es ist achtzig Seiten lang. Teile des Dossiers für British Oil. Er überfliegt sie auf seinem Bett, in Socken, Unterhose, Hemd und gelockerter Krawatte. Er hatte angefangen, sich auszuziehen, dann begonnen zu lesen und das weitere Ausziehen vergessen. Er hat ein paar Anmerkungen und Änderungen. Er gibt sie am Telefon einem Associate, McClivan, durch. Er ruft Rachel an.
»Wie geht es dir?«
»Gut.« Sie ist gestresst, er kann es hören. Zwischen ihnen gilt die Verabredung, sich nur in dringendsten Fällen bei der Arbeit anzurufen.
»Ich wollte nur schnell Hallo sagen, weil ich heute Abend nicht dazu kommen werde, dich anzurufen. Ich muss mit der

Geschäftsführung von Revagaz essen gehen. Den ganzen Abend über Autos und Fußball reden, kannst du dir vorstellen, wie sehr ich mich darauf freue?«
»Oh, ich bin sicher, ihr findet auch etwas Zeit, um über Frauen zu reden.«
»Du meinst über Margaret Thatcher und ihre Wirtschaftspolitik?«
»Toby, hier läuten die Telefone. Ruf nochmal am Wochenende an, wenn du Zeit hast, okay?«
»Okay, viel Zeit werde ich nicht haben, hier ist noch unheimlich viel zu tun. Aber ich verspreche es.«
Dann wartet er, bis es 18 Uhr ist. Sein Rückflug von Kiew-Borispol nach London-Heathrow ist auf 17.30 Uhr gebucht. Er schaltet den Fernseher ein, er sucht ein ukrainisches Programm oder ein russisches und findet eines mit den Nachrichten. Sie zeigen eine Parlamentsdebatte, mit eindringlichen Rednern und lauten Zwischenrufern, mit anderen Worten: ideal für seine Zwecke. Er stellt den Ton auf laut und wählt die Nummer.
»Ja, hallo, Rebecca. Wie geht es? – Gut, danke, kann ich bitte einmal kurz den Chef haben, es ist dringend.« Er hört die Musik der Warteschleife, Van Morrison, *Real Real Gone*, dann: »Stoneton.«
Er hebt und senkt seinen Atem und bemüht sich, hastig zu sprechen. »Mister Stoneton? Tobias hier.«
»Ja, Mister Linderoth, Tobias. Ich höre Sie kaum, es ist so laut bei Ihnen. Sind Sie auf einem Bazar, handeln Sie nun mit ukrainischen Teppichen?«
»Nein, ich bin auf dem Flughafen. Ich habe den Flug verpasst. Ich habe alles probiert, aber die Verhandlungen mit Revagaz waren so zäh wie erwartet. Wie Sie sich vorstellen können, wollte ich nicht mit leeren Händen abreisen, nur um den Flug zu bekommen.«
»Nun, Mister Linderoth, genau deshalb wollte ich Sie von der

Reise abhalten. Immer dann, wenn nichts schief gehen darf, geht alles schief. Bankers Gesetz. Sie sind sich bewusst, dass wir hier alle wie die Verrückten arbeiten, um die British-Oil-Bewerbung zu Papier zu bringen? Und Sie vergnügen sich auf dem Kiewer Teppichmarkt, der sicherlich auch ein interessanter Marktsektor ist, aber im Moment dann doch eher weniger relevant.«

»Sicher, Mister Stoneton. Aber ich kann Ihnen« – »Tobias?«

»Ja, Mister Stoneton?«

»Ich verstehe Sie kaum. Können Sie nicht wenigstens eine leise Ecke finden?«

Er geht auf die Toilette, die Tür lässt er offen, sodass das Parlament nicht ganz verstummt.

»Besser, Mister Stoneton?«

»In der Tat. Was sagten Sie gerade?«

»Ich sagte, dass ich Ihnen immerhin eine gute Nachricht mitteilen kann. Das mit den 180000 Dollar hat sich aufgeklärt. Sie erinnern sich, die Lücke in der Bilanz?«

»Und ob ich mich erinnere.«

»Das ist geklärt und am Montag beginnt TransCheck seine Tests auf den Revagaz-Bohrfeldern, das sind die besten Spezialisten in der ganzen, weiten Welt. Die Reise war also, vom Verpassen des Flugzeugs abgesehen, ein voller Erfolg.« Er weiß, er muss jetzt weiterreden, er darf Stoneton nicht zu Wort kommen lassen. Er muss ihn totquatschen. »Und was British Oil angeht, so werde ich von McClivan per Fax immer auf dem aktuellen Stand gehalten. Gerade habe ich wieder ein paar kleine Details in der Präsentation ändern lassen. Bei der Telefonkonferenz am Sonntag werde ich mich von Kiew aus einklinken.«

»Was wollen Sie denn noch am Sonntag in Kiew?! Tobias, ich meinte das mit dem Bazar als Scherz. Aber jetzt frage ich mich ernsthaft, ob Sie tatsächlich im Teppichhandel verstrickt sind.«

»Nein, nein. Ich benehme mich anständig, Mister Stoneton. Es ist nur so, dass die Samstagsflüge fast komplett ausgebucht sind. Wir müssten 2000 Dollar für ein Erste-Klasse-Ticket zahlen. Sonntags dagegen könnte ich gegen eine geringe Umbuchgebühr fliegen.«
»Nun, wenn das so ist. Sie sind sich bewusst, dass ich nicht begeistert bin über diese Überraschung, Tobias, Mister Linderoth.«
»Seien Sie versichert, dass es mir gewiss keine Freude macht, noch zwei Tage in Kiew herumzuhängen.«
»Gut. Dann bleiben Sie, wo Sie sind. Ich erwarte Ihre aktive Teilnahme bei der Telefonkonferenz am Sonntag. Für wann, denken Sie, sollte ich den Termin bei Leuchting vereinbaren?«
»Donnerstag oder Freitag wäre gut.«
»Warum so spät?«
»Ich dachte nur, weil Sie doch am Anfang der Woche so viel mit British Oil um die Ohren haben werden.«
»Ich bin entzückt über Ihre Rücksichtsnahme, Mister Linderoth. Ich wünsche Ihnen ein schönes Wochenende in dieser unglaublich lauten Stadt. Auf Wiederhören.«
»Auf Wiederhören, Mister Stoneton.«
Er stürzt aus der Toilette. Seit gut einer Minute läuft im Fernsehen ein Beitrag über grell schreiende Kraniche.
Nur noch ein Erste-Klasse-Ticket für 2000 Dollar. Er wusste, die Lüge würde bei Stoneton funktionieren. Je mehr Geld die Abteilung macht, umso sparsamer wird ihr Chef.
Der lose Zettel befindet sich noch immer in der rechten Innentasche seines dunkelblauen Sakkos, wo er ihn vor sieben Tagen hineingesteckt hatte. Er faltet ihn auseinander und wählt die mit einer kindlichen Handschrift notierte Nummer.
Eine Jungenstimme meldet sich.
»Hallo. Ist Larissa zu Hause?«

Der Junge sagt nichts. Er hört nur, wie der Hörer auf einen Gegenstand aus Holz gelegt wird, vermutlich eine Kommode oder ein Regal. Es dauert, bis der Hörer wieder aufgehoben wird und eine zittrige Mädchenstimme sagt: »Hallo?«

Neun

Danach. Er fühlt, er sollte jetzt etwas sagen, etwas, was alles besiegelt. Er nimmt innerlich Anlauf und währenddessen ihre linke Hand. Sie schließt ihre Finger um seine, wie selbstverständlich. So ruhen sie. Er auf seiner rechten Schulter, ihr zugewandt, das Gesicht an ihren Oberarm gedrängt. Sie auf dem Rücken, kerzengerade, den Blick auf die Decke gerichtet. Die Bettdecke ist auf den Fußboden gefallen. Auf seiner Haut hat sich ein dünner Film gebildet, Schweiß. Ihr Oberarm riecht nach Seife.

Sag ihr etwas!, denkt er.

Aber er hat den Moment schon verpasst. Die Lampen im Raum sind gelöscht. Die Vorhänge sind zurückgezogen, die Laternen des Schewtschenka-Boulevards werfen dünne Lichtstreifen in das Hotelzimmer. Seine Augen haben sich an die unvollkommene Dunkelheit gewöhnt. Wenn er den Blick hebt, ohne den Kopf von ihrem Oberarm zu nehmen, sieht er alles, ohne selbst gesehen zu werden, ihre spitz nach oben stehenden Hüftknochen, ihren wie ein auslaufender See zur Seite gekippten Busen, ihre dünnen Lippen. Noch einmal drängt ihn der Gedanke, etwas sagen zu müssen. Er beruhigt sich: So wie es ist, kann es bleiben. Seine Gedanken beginnen zu wandern, selbstständig, er wundert sich noch, warum er jetzt an ein Gespräch von vor vier Monaten denkt, mit Herrn Marquard, dem Geschäftsführer der Rothöl AG, über Tanklager für Mineralöl. Dann muss er eingeschlafen sein.

Er wird von ihrem Blick wach. Er spürt ihre Augen auf sich ruhen und schlägt deshalb seine auf. Er versucht ihr zuzulächeln. Sie sitzt aufrecht im Bett, den Rücken gegen die Wand gelehnt, ihr Kissen ins Kreuz geschoben, die Arme unter dem Busen gekreuzt, als ob sie ihn stützen müsste. So groß ist er gar nicht, denkt er. Die Dunkelheit ist unverändert.

»Schläfst du nicht?«

»Ich kann nicht schlafen.« Es ist kein Vorwurf in ihrer Stimme, keine Ungeduld, nur die Kraft der Tatsache, an die er sich schon so gewöhnt hat.

»Weil ich schnarche?«

»Nein.« Sie belohnt ihn mit einem Lächeln und streichelt ihm über die Stirn, die Haare, das linke Ohr. Ihre Hand bleibt halb auf dem Ohr ruhen, ihre Finger streichen weiter durch sein Haar. Die Ernsthaftigkeit ist in ihr Gesicht zurückgekehrt.

»Jelena hat gesagt, ich sollte dich nicht mehr treffen.«

Er dreht sich halb auf den Rücken, um sie mit beiden Augen sehen zu können. Sich aufzurichten erscheint ihm außer Frage, eine Anstrengung zu viel.

»So etwas habe ich mir schon gedacht. Wann immer ich deinen Namen erwähnte, wich sie aus, sie wurde geradezu feindselig.«

»Sie sagt, sie sei nur realistisch. Du würdest mich für einen Moment glücklich machen. Und dann fährst du nach London zurück, kommst nie wieder, und ich bleibe unglücklich zurück.«

»Das sagt sie.«

»Ja.«

Jelena hat Recht. Das weiß er. »Aber es muss nicht so kommen. Ich kann dich in Kiew besuchen, immer wieder. Du besuchst mich in London. Ich lade dich ein. Wir könnten zusammen in London wohnen.«

»Nein. Das können wir nicht.«

»Warum nicht? Es gibt gute Musikhochschulen in London, ganz sicher.«

»Ich gehöre nach Kiew.«

»Ich bin aus Frankfurt und lebe jetzt auch in London, glücklich in London. Die Stadt ist gut zu Ausländern. Ich sage ja nicht, dass du morgen mit mir nach London kommen sollst. Wenn du willst, natürlich. Aber wir könnten uns oft sehen, ich könnte an den Wochenenden nach Kiew kommen, du mal nach London, und wenn wir fühlen, es macht Sinn, ziehen wir zusammen.«

Er hat dieses Gespräch mit ihr schon so oft geführt. In seinem Kopf, seinen Gedanken. Und nun wird er trotzdem davon überrumpelt, sagt er all die Sachen, die er nie sagen wollte. *Es macht Sinn.* Wie rational und kühl klingt er? Wie scheußlich?

»Ich kenne niemanden in London.«

»Mich.«

»Und wenn du mich dann eines Tages verlässt?«

»Wollen wir nicht erst einmal versuchen, zusammen zu sein, bevor wir über eine mögliche Trennung reden?« Der Humor hat sich unangekündigt eingeschlichen. Sie nimmt seinen Kopf in ihre Hände, sie legt sich seinen Kopf zurecht, studiert ihn kurz, aber intensiv wie ein Arzt, der die richtige Stelle sucht, um das Skalpell anzusetzen. Sie findet sie und öffnet seine Lippen mit ihrem Kuss. Er ist angenehm überrascht von ihrer Initiative. Sie erscheint ihm älter, reifer als 21-Jährige im Westen. Vielleicht hat er aber auch vergessen, wie 21-Jährige sind. Er zieht sie zu sich herunter, er ist sich bewusst, wohin sie unterwegs sind, und tut nichts dagegen, obwohl er aus Erfahrung weiß, dass er nachts, so aus dem Schlaf gerissen, zu müde ist, einen Orgasmus zu kriegen. Dann wird er ihn eben vortäuschen.

Er hat das Bedürfnis, ihre Beziehung klarer zu definieren, sich des Ausmaßes ihrer Liebe zu versichern, sie in Stein zu meißeln. Sie haben alles miteinander *getan*, aber nichts besprochen. Er braucht nichts von ihr zu hören, kein Bekenntnis, nichts. Er möchte ihr bloß seine Liebe versichern. Nachdem er von Jelenas Ängsten gehört hat, scheint ihm das nötiger

denn je. Aber muss er wirklich etwas sagen? Sprechen seine Gesten, sein Lächeln, seine Küsse nicht für sich? Und was würde er ihr sagen: *Ich liebe dich, Larissa*? Tut er das?
Die Sonne überflutet das Zimmer. Die Bettdecke liegt noch immer auf dem Boden, sein Anzug und der Rest der Kleidung müssen irgendwo dort unten sein, nur das Unterhemd ist bei ihnen im Bett.
»Hast du Pläne für heute?«
»Nein.« Es ist das erste Mal, dass ihre Aussage mehr als eine Tatsache beinhaltet. Sie ist verletzt von seiner Frage. Er sollte Pläne für sie haben.
Er denkt, es leicht wieder wettmachen zu können: »Dann bleiben wir heute den ganzen Tag zusammen?«
»Wenn du möchtest.«
»Das steht ja wohl außer Frage.«

Sie gehen nicht in den Frühstückssaal, dazu fehlt ihm die Dreistigkeit. Zwei Straßen vom Express Hotel entfernt gibt es einen Lebensmittelladen. Die Tür geht schwer, eine Glocke läutet, als sie eintreten. Die Inneneinrichtung hat den Kommunismus überlebt. Es gibt fünf getrennte Theken, eine für Milchprodukte, eine für Fleisch und Wurst, für Brot, für Alkohol, für Süßigkeiten. An jeder Theke bezahlen sie extra, viermal also, Wasser bekommen sie bei den Milchprodukten, Alkohol kaufen sie keinen. Es ist seine Idee, zum Park am Marinski Palast zu laufen. »Wo alles begann«, sagt er.
»War das nicht am Denkmal der russisch-ukrainischen Freundschaft?«
»Am Palast waren wir das erste Mal allein; allein und zusammen. Also, am Palast *fühlte* ich zum ersten Mal, mit dir allein und zusammen zu sein. Jelena und Rad gingen fünf Meter vor uns. Und mir kam es vor, als wären wir in unserem eigenen Raum, in einer Blase, abgekapselt vom Rest der Welt.«
Er überrascht sich selbst mit seiner, wie er findet, poetischen

Betrachtungsweise. Er könnte jetzt weitermachen, klären, wie es zwischen ihnen ist, was zwischen ihnen ist. Dafür, sagt er sich, ist es noch zu früh.

Sie sind nicht alleine im Park. Kinder toben herum und versuchen sich gegenseitig mit Gesten zu beeindrucken, die sie sich bei Erwachsenen abgeschaut haben. Es werden die Arme in die Hüften gestemmt, die Lippen zusammengekniffen, Fäuste geschüttelt. Junge Mütter sitzen auf den Bänken drum herum. Wären die Kinder nicht da und die Blicke nicht so apathisch, er hätte sie für Studentinnen gehalten. Er schließt nicht aus, dass sie das auch noch sind. Abseits von den Bänken, auf dem Rasen, der noch feucht sein muss, übt sich eine Gruppe von sechs Erwachsenen, denen er dem Erscheinen nach keine Gemeinsamkeit zugetraut hätte, in chinesischer Morgengymnastik. Fasziniert schaut er ihren langsamen, teilweise mitten in der Luft sterbenden Bewegungen zu. Im nächsten Moment schämt er sich für sein Erstaunen. In London hätte er dieselbe Gruppe allenfalls mit einem wissenden Lächeln überflogen. Warum ist er so arrogant, automatisch zu denken, chinesische Gymnastik sei hier in Kiew etwas Neues, Außergewöhnliches?

Der Einzige, der dem Klischee vom zurückgebliebenen Osten im Park entspricht, ist er. Ihnen fehlt ein Messer, deshalb reißt er das Brot mit der Hand in Stücke, höhlt es aus und schiebt den Käse in die Öffnung.

»Wirst du Jelena sagen, dass wir uns wieder gesehen haben?«

»Ja.«

»Und sie wird nicht enttäuscht sein?«

»Sie wusste, dass ich dich wieder treffen würde, egal was sie sagt.«

»Tatsächlich?«

»Sie weiß, wie ich denke.«

Er sitzt mit dem Rücken an der Handlehne der Bank und kann ihr Gesicht nicht sehen. Sie hat sich in derselben Blickrichtung vor ihn gesetzt, die Beine auf die Bank gelegt, ihren Hinterkopf an seine Brust. Eine Hand hat er auf ihrem Bauch, mit der anderen hält er das Käsebrot. Er ist nicht mehr geübt in solchen Posen der Jungverliebten. Verliebtsein in London, oder besser gesagt in seinem Alter, ist eine unauffälligere Angelegenheit. Man betrinkt sich, man küsst sich, geht gemeinsam nach Hause, und wenn am ersten Morgen der Rausch vorbei ist, belässt man es fortan in der Öffentlichkeit bei Händchenhalten oder Umarmungen. Weil man sich immer auch ein bisschen schämt, wie alles entstanden ist. Doch er muss sich eingestehen, dass es ihm gefällt, sich wieder wie ein 21-Jähriger zu benehmen. Zumindest hier, wo ihn niemand kennt.

»Und, wie denkst du?« Er kaut an ihrem Ohr.

»Mir macht es nichts aus, dass ich am Montag wegen dir unglücklich sein werde. Es gibt sowieso so viele Tage, an denen ich traurig bin. Dann ist es doch egal, ob noch ein trauriger Grund, ob noch ein paar unglückliche Tage dazukommen. Wichtiger ist, dass ich jetzt glücklich bin.« Er küsst sich vom Ohr vorwärts, bis zu ihrem Mund hinunter. Er hat gelernt, dass Gespräche mit Larissa nicht wie andere Unterhaltungen funktionieren, dass etwas Elementares in ihnen immer fehlen wird: Fragen ihrerseits. Er erzählt mehr über sich als jemals zuvor.

»Es ist nicht so, dass ich nie unglücklich wäre. Gestern zum Beispiel ging ich in der Mittagspause in die Unterführung am Unabhängigkeitsplatz und hoffte, dich dort zu finden. Als du nicht da warst, war ich enttäuscht. Und doch ging die Traurigkeit schon in dem Moment, als ich dich nicht entdeckte, in der Gewissheit auf, dass ich dich dann halt am Abend anrufen und sehen würde. Meine Traurigkeit ist immer nur die Basis für die Zuversicht – ein Indikator, dass die Dinge nun bald besser werden.«

»Mein Bruder Wladimir ist auch so. Er ist der Einzige, den ich kenne, der *hier* so ist.«

»Ich glaube nicht, dass es etwas damit zu hat, wo du wohnst, wie du lebst. Es gibt Millionäre in London, die alles haben, was man nach der Gebrauchsanleitung des Kapitalismus zum Glücklichsein braucht, und die tief deprimiert sind. Und es gibt Leute, die in einem indischen Slum unter Lepra-Kranken leben, niemals genug zum Essen haben, aber glücklich sind.«

»Und es gibt die Mehrheit der Menschen, die zwischen diesen Extremen leben: die mal glücklich, mal unglücklich sind, manchmal ohne Grund, aber meistens wird ihre Stimmung davon beeinflusst, was ihnen geschieht. Und in Kiew passieren vielen Leuten viele Dinge, die sie nicht glücklich machen.«

Er ärgert sich über seine Altklugheit und ist umso mehr bezirzt von ihrer Klugheit. Er fühlt sich, fast wie bei einer Konferenz, unter Druck, in seiner nächsten Aussage scharf und präzise zu sein. Er weicht dem Druck aus.

»Hast du dann nie daran gedacht, Kiew zu verlassen?«

»Die meisten Leute denken ständig daran. Ich nie, nein. Du wirst nur noch unglücklicher, wenn du ständig an das Weggehen denkst und es dann ja doch nie machst. Und die, die gehen? Wir haben einen Onkel aus Ushgorod, in der Westukraine. Er ist Chemiker und arbeitet nun acht Monate im Jahr illegal als Bauarbeiter in Berlin. Wenn er nach Hause kommt, das Auto voll mit deutschen Sachen, und seine Kinder wieder sieht, ist er sicher glücklich. Aber die acht Monate in Berlin?«

Er sieht ihn vor sich, einen gütigen Mann mit akademischem Gesicht und Schwielen an den Händen, in einer Berliner Hinterhofwohnung in einem Zimmer mit fünf anderen Ukrainern auf dem Boden schlafend, vermutlich nicht so unglücklich, wie Larissa denkt. Männerbünde, ihre Fähigkeit, mit ihrer Arbeit, einem Bier und oberflächlichen Gespräch zufrieden zu sein, sind eine Welt, die sich Frauen nicht erschließt.

»Ich bin nicht wie Malina, meine kleine Schwester. Sie sagt, sie wird hier bleiben, weil alle gehen wollen. Sie behauptet, sie wird mithelfen, die Ukraine in ein besseres Land zu verwandeln. Sie ist 16. Ich habe keine noblen Gründe, hier zu bleiben. Ich weiß nur nicht, was ich anderswo sollte. Sagt man *noble Gründe*?«
»Ja, sehr gut. Dein Englisch ist fantastisch, sehr beeindruckend.«
»Das ist es nicht. Aber Jelena spricht es sehr gut, oder?«
»Auf jeden Fall. Davon abgesehen, dass sie ständig von *Menschen* redet, von ukrainischen Menschen, englischen Menschen, Sowjetmenschen statt Ukrainern oder Engländern. Ich sag dir, was du anderswo solltest: in London auf eine Musikhochschule gehen, die dir in Kiew aus unfairen Gründen verschlossen bleibt.«
»Woher weißt du, dass sie mich in London aufnehmen würden?«
Ja, woher weiß er das? Er hat sie einmal, in einer vom Lärmchaos geplagten Unterführung spielen gehört. Und selbst, wenn er ihr zehnmal im Kiewer Philharmonieorchester gelauscht hätte: Er versteht nichts von Musik. Er ist überzeugt, dass sie eine außergewöhnliche Klarinettistin ist.
»Ich fühle das einfach, dass du sehr gut bist.« Zu seiner Überraschung gibt sie sich mit seiner Antwort zufrieden und schmiegt sich wie ein kleines Kind an seine Brust.
»Du brauchst mir keine Zukunft zu versprechen. Ich weiß, dass ich nicht in dein Londoner Leben passe. Ich bin einfach froh, dass du keine Freundin hast und ich wenigstens dieses eine Wochenende mit dir habe.« Ihm wird heiß. Vielleicht weil sie sich so eng an ihn kuschelt? Er hat kein Problem, ihr Rachel zu verschweigen. Denn in diesem Moment sieht er Rachel nicht mehr als seine Freundin, in gewissem Sinne ist sie es doch schon seit einiger Zeit nicht mehr, seit ihn der Widerwille gegen sein eigenes, gewohntes Leben packte. Was

er nicht weiß, ist, ob er auf seiner Einladung nach London beharren soll. Frauen, glaubt er, sagen manche Sachen wie Tatsachen, nur weil sie das Gegenteil hören wollen. *Ich passe nicht in dein Londoner Leben.*
»Aber du könntest mich wenigstens einmal besuchen kommen. Wenn ich dich einlade?«
»Nein.«
»Nein?«
Sie richtet sich auf, um ihn zu küssen. Um 19 Uhr findet im Haus der Gelehrten ein Gitarrenkonzert statt. Sie würde gerne mit ihm dorthin gehen. Sie geht davon aus, dass er dazu auch große Lust hat, weil die Musiker Deutsche sind.

Der Konzertsaal im Haus der Gelehrten macht ihn um Jahrzehnte jünger. Plötzlich ist er wieder Grundschüler. Zunächst ist es der Geruch, die abgestandene Luft vermischt mit dem Moder von gealtertem Holz und dem Duft frischer Farbe, der ihn in der Zeit versetzt. Dann, mit ein wenig Fantasie, der gesamte Saal, der ihm das Gefühl gibt, 25 Jahre danach wieder in der Aula in Frankfurt-Dornbusch zu stehen. Jahrzehntealter, gedunkelter und knarrender Parkettboden, eine notdürftig gezimmerte Holzbühne, Reihen von schlichten Holzstühlen, die frisch gestrichene grüne Decke und die beigen Wände mit den vielen Sprüngen. Sie sind 40 Minuten vor Konzertbeginn da, zu früh und doch schon fast zu spät, um noch einen Platz zu finden.
»So viele Leute«, flüstert er, »hier interessieren sich die Leute noch für klassische Musik.«
Sie schüttelt den Kopf. »Der Eintritt ist frei.«
Um zwanzig vor sieben gibt es keinen freien Platz mehr. Stühle werden hereingetragen. Er geht noch auf Toilette. Es gibt eine Schlange, gleichsam von Männern wie Frauen gebildet, die Tür zum Vorraum der beiden Toiletten steht offen. Zwei junge Mädchen, vielleicht 16, 17, mit roten Flecken auf

den Wangen, liebem Blick, langen blonden Haaren und braven Frisuren, stehen ganz vorne in der Schlange, direkt an der offenen Tür zum Vorraum. Die Frau vor ihnen, in ihren Fünfzigern, mit dunkler Brille, den schweren Körper in schwere, vielschichtige Kleidung gehüllt, ist an der Reihe. Sie tritt in den Vorraum, dreht sich um und knallt die Tür mit voller Wucht zu. Die Mädchen müssen zurückspringen, damit ihnen die Tür nicht ins Gesicht schlägt. Sie kichern.

»Eine *Sowjetmenschin* würde Jelena sagen«, sagt Larissa, als er zurück ist und ihr von der älteren Frau erzählt. »Solche Streits gibt es immer. Die Älteren und Jüngeren leben zusammen in der Ukraine, aber doch in ganz unterschiedlichen Leben.«

Sie hat ein Programm besorgt, ein kopiertes DIN-A5-Blatt. Es stellt sich heraus, dass das deutsche Gitarrenduett ein deutsch-italienisches ist und ihre Darbietung unter anderem ein Stück mit dem Titel *another way to describe monsters, whores and G. (for Michel Houellebecq)* umfasst.

»Aha«, sagt er.

Larissa hebt die Augenbrauen. Sie sieht glücklich aus, auch sie hat rote Wangen, vielleicht ist es die Luft in dem Saal. Er will ihr sein Interesse versichern.

»Ist die deutsche Musik in der Ukraine denn angesehen? Spielst du zum Beispiel auch oft Stücke von deutschen Komponisten?«

»Ja, natürlich. Mozarts Klarinettenkonzert. Oder die Stücke von Carl Maria von Weber und Johannes Brahms. Ich mag Brahms besonders. Weißt du, er hatte eigentlich schon aufgehört zu komponieren, aber das Klarinettenspiel eines Freundes, Richard Mühlfeld, brachte ihn dazu, speziell für Mühlfeld noch ein Konzert für die Klarinette zu schreiben. *Fräulein Klarinette* nannte er Mühlfeld, weil er so süßlich spielen konnte.«

»Und Bach, spielst du auch Bach?«

Sie lacht. »Bach?«

Wenn es ihn nicht täuscht, lacht sie, als ob er einen Witz gemacht habe. Er lacht zur Sicherheit auch.
»Aber zu Bachs Zeiten gab es doch noch gar keine Klarinette.«
Er fühlt, dass er rot wird. Der Beginn des Konzerts erscheint ihm wie eine Rettung. Er wendet sich energisch von ihr ab und blickt konzentriert auf die Bühne.
Ein junger Mann, ganz in Schwarz gekleidet und sichtlich nervös, tritt zwischen die beiden Musiker, die auf den ersten Blick als deutscher Mann und italienische Frau zu erkennen sind. Der deutsche Gitarrist beginnt zu sprechen, er begrüßt das Publikum, er bedankt sich für ihr Kommen, sie kämen gerade von der Münchener Biennale, sie seien froh, dass es jetzt endlich geklappt hätte, hier zu sein, und er macht eine Pause, damit der nervöse Mann für ihn übersetzen kann. Als der Gitarrist sagt, das erste Stück, *Musica immaginata per un quadro di Botticelli*, werde im Einvierteltakt gespielt, stockt der Übersetzer zum ersten Mal. Einvierteltakt? Das Publikum lacht amüsiert und, wie er überrascht bemerkt, geradezu gehässig über die Schwierigkeiten des jungen Manns.
Es ist kein harmonisches Stück, so viel versteht er. Der Vortrag enthält viele Dissonanzen, Tempowechsel. Der deutsche Gitarrist spielt mit seinem ganzen Körper, er legt den fleischigen Kopf schief, als werde er von der Musik ferngesteuert, dann reißt er ihn wieder nach oben. Die ersten Zuschauer gickeln, ohne zu versuchen, ihr kindisches Erstaunen zu unterdrücken. Als die Gitarristen beginnen, mit Schnapsgläsern über die Saiten zu kratzen und mit einem Wasserglas den Hohlraum zuzuhalten, um ihren Instrumenten neue, ungekannte Töne zu entlocken, lachen die Ersten hemmungslos laut auf. Während einer stillen Passage ruft einer aus der siebten Reihe auf Deutsch: »Sehr gut!« Der Saal wiehert vor Hohn. Zwischen dem zweiten und dritten Akt, zwischen *Chitón* und *El Sol No Nos Recuerde*, steigt ein Mann im

Cordsakko, sicher der Verantwortliche des veranstaltenden deutschen Kulturinstituts, raschen Schrittes auf die Bühne, den nervösen Dolmetscher in Schwarz im Schlepptau. »Es ist noch nicht Pause!«, ruft er wie ein Direktor, der glaubt, noch Kontrolle über seine Schüler zu haben. Doch die Zuschauer rennen schon, laut schwätzend und lachend, in Scharen, aus dem Saal. Die beiden Musiker verziehen nicht das Gesicht. Als das Konzert mit dem vierten Akt endet, ist der Saal noch zu einem Viertel gefüllt.

Sie erheben sich von ihren Stühlen. Stehend warten sie, bis die verbliebenen Zuhörer aus den hinteren Reihen an ihnen vorbei zum Ausgang ziehen. Keiner macht eine Geste, sie vorzulassen. Draußen wenden sie sich, ohne sich abgesprochen zu haben, in Richtung Unabhängigkeitsplatz. Larissa schweigt, geduldig auf sein Urteil wartend. Er weiß nicht. Die Wahrheit ist: Er ist bestürzt. Ihm hat die Musik auch nicht gefallen, aber die Reaktion des ukrainischen Publikums erscheint ihm unerhört. Für ihn ist es eine schmerzhafte Offenbarung. Er war davon ausgegangen, dass er im Konzert Leute wie Larissa treffen würde, herzliche, gebildete Leute, die ihm helfen würden, sein Bild von einem grundsätzlich liebenswerten Volk zu verstärken. Nun erscheint ihm seine Idee, erscheint er sich selbst töricht und naiv.

Larissa nimmt es leichter als er.

»In der Ukraine wird eigentlich nur klassische Musik gespielt. Diese modernen Interpretationen sind ungewohnt für sie.«

»Aber muss man sich dann so verhalten? Die armen Musiker.«

»Sie haben sicher nicht das erste Mal in Osteuropa gespielt, sie werden an solche Reaktionen gewohnt sein. Vielleicht sind sie so wie du.«

»Wie ich?«

»Und sehen die Traurigkeit als Basis der Zuversicht. Ein Vier-

tel der Zuhörer blieb immerhin bis zum Ende und schien auch halbwegs angetan. Beim nächsten Besuch in der Ukraine wird es vielleicht schon die Hälfte des Publikums sein.«
Der Unabhängigkeitsplatz taucht unvermittelt vor ihnen auf, schon in Schale geworfen für die Samstagnacht. Die Leuchtreklamen auf den kantigen Steinpalästen glitzern, gegenüber strahlt das gigantische Dnjepr-Hotel in voller Beleuchtung, als ob noch immer im nächsten Moment Ceaucescu auf Staatsbesuch vorbeikommen würde. Der Kreschtschatik ist für Autos gesperrt, die Vorstädter haben sich herausgeputzt und flanieren nun, Eis essend und sich gegenseitig fotografierend, auf und ab.
»Vielen Dank«, sagt Larissa, als sie den U-Bahn-Eingang erreichen, »für diesen schönen Tag.«
»Aber«, er ist so überrascht, dass er nicht mehr überlegt, was er sagt, »kommst du nicht mit zu mir?«
Sie fährt ihm mit ihrem Zeigefinger über die Brust, als ob sie etwas malen würde. Er hält sie im Arm und schaut dem zeichnenden Zeigefinger hinterher.
»Ich muss nach Hause.«
Er möchte wissen, warum. Ob ihre Eltern sie erwarten oder ob sie findet, eine Nacht mit ihm genügt. Oder will sie nur von ihm überredet werden?
»Bist du sicher?«
Sie nickt.
»Okay.«
Sie schweigt.
»Sehe ich dich morgen nochmal?«
Sie nickt. »Rufst du mich aus dem Hotel an, wenn du aufgestanden bist?«

Am nächsten Morgen ist der Frühling in Kiew noch kalt wie der Winter und schon heiß wie der Sommer. Ihm scheint, als schwanke die Temperatur teilweise um zehn Grad auf fünf

Metern. Im Schatten fröstelt ihn, in der Sonne schwitzt er. Er nimmt die U-Bahn an der Universität, er und die stämmige Wärterin in ihrer blauen Uniform und mit der militärischen, überproportional großen Kappe sind alleine auf dem Gleis. Am Kreschtschatik muss er umsteigen, schon bald liegt die Innenstadt hinter ihm. Es fühlt sich an wie eine Expedition. Eine Reise ins wahre Kiew, denn seiner Meinung nach zeigt sich der wirkliche Zustand einer Stadt immer nur in den Vorstädten. Auf den Sitz neben sich hat er die Plastiktüte mit der Kastanientorte und den zwei Wodkaflaschen gestellt. Niemand in dem Waggon hat einen Sitznachbarn, es gibt nicht viele Gründe, die U-Bahn an einem Sonntagmorgen zu benutzen. Trotz der spärlichen Auslastung glaubt er im Waggon schon die Vorstädte sehen zu können: Kein Passagier trägt eine Brille.

Er ist voller Vorfreude und davon angenehm überrascht: dass er kein Unbehagen verspürt, Larissa zu Hause zu besuchen. Es passt zu ihr, zu ihrer Unbefangenheit, dass sie ihn eingeladen hat.

In Petrivka steigt er aus. Der Abfahrtspunkt der Busse ist nicht zu übersehen, Dutzende stehen kreuz und quer, scheinbar ohne Sinn und Ordnung, er sucht den Zettel, auf dem er die Nummern notierte, die ihm Larissa diktierte. 21, 106, 101, 73, 65, in der Reihenfolge, in der sie ihr einfielen. Er findet einen *Maschrutka*, einen blauen Kleinbus mit kyrillischen Buchstaben und einer 106 auf einem weißen Schild hinter der Windschutzscheibe. Er zahlt dem Fahrer einen Hrywnja mit einem Nicken und einer Souveränität, als würde er es jeden Tag machen. Der Fahrer sagt etwas zu ihm. Darauf hat ihn Larissa nicht vorbereitet. Er lächelt und zuckt die Schulter. Der Fahrer wiederholt seine Worte. Er lässt sich einfach auf den ersten freien Stuhl fallen. Der Fahrer sagt nichts mehr. Es dauert über eine Viertelstunde, bis andere Fahrgäste, die draußen in der Sonne warten, einsteigen, und noch ein-

mal fünf Minuten, bis sie losfahren. Er hat eine Ahnung, was ihm der Fahrer sagen wollte.
Das Aussteigen ist einfacher. An der Station, an der er sie sehe, hatte Larissa gesagt.
Sie trägt, wie immer, den braun-beigen Mantel offen, darunter eine hellblaue Bluse mit großem, spitzem Kragen und einen kurzen, dunkelblauen Pullunder, der selbst gestrickt wirkt. Sie sieht aus wie jemand, der keine Ahnung hat, wie schön er ist.
»Ich hoffe, du hast nicht zu lange gewartet.« Er küsst sie, noch während er redet. Ihre Lippen sind weich, aber unnachgiebig; angespannt.
»Kein Problem. Ich habe lieber hier gewartet als zu Hause. Das hätte mich nur nervös gemacht.« Ihre dunklen Augen wandern schnell hin und her, aber vermeiden es, ihn anzusehen.
»Das ist wirklich lieb von dir, dass du mich zu euch einlädst. Eine große Überraschung. Ich hoffe, ich mache deinen Eltern keine Unannehmlichkeiten.«
»Es war die Idee meiner Mutter.«
»Ach so?«
»Ich habe ihr gesagt: ›Mama, er kann kein Ukrainisch, du und Papa, ihr könnt kein Englisch.‹ Aber sie sagte nur: ›Nein, du und Malina, ihr werdet übersetzen, er ist so nett, wir müssen ihn einladen, um ihn in der Ukraine willkommen zu heißen.‹«
»Woher weiß deine Mutter, dass ich nett bin?«
»Sie weiß es nicht. Sie behauptet es.«
»Sie wird enttäuscht sein.« Er hält es für gut möglich, dass er vom Alter ihrer Mutter näher steht als Larissa.
Sie antwortet nicht, vielleicht hat sie ihn nicht mehr gehört, in Gedanken versunken. Sie gehen auf Trampelpfaden an Wohnblocks vorbei, um gleich wieder auf andere Wohnblocks zu stoßen und dann an neuen Wohnblocks abzubiegen. Was auf Fotos beliebiger Ostblocksiedlungen oder vom

Denkmal der russisch-ukrainischen Freundschaft aus wie ein Steinmeer ewig gleicher Hochhäuser aussieht, entpuppt sich als See, in dem kein Ungeheuer dem anderen gleicht. Die Häuser haben ihre Uniformität längst verloren. Manche haben gelb gekachelte Außenwände, manche weiß gestrichene. Bei einem fault das Holz der nackten Fensterrahmen, beim anderen färben große, nasse Flecken den blauen Anstrich dunkel. Manche haben 15 Stockwerke, andere 22. Viele haben Satellitenschüsseln an den Wänden. Ein Haus hat Blumenkästen an einem Balkon. Die Kästen sind leer. Die Fenster im Erdgeschoss sind überall vergittert.
Zwischen den Häusern liegen braune Wiesen, mit viel Erde und ein klein wenig Gras. Jungen in bunten Nylonshirts, auf deren Rücken Nummern und italienische Namen wie Toldo oder Maldini stehen, spielen Fußball. Sie lassen den Ball auf ihrem Fuß tanzen, sie spielen ihn sich routiniert zu. Aber sie laufen keinen Meter.
Neben jedem Hauseingang steht eine modrige Holzbank. Nicht jede Bank ist besetzt, aber wenn, dann ausschließlich von älteren Frauen in ihren ewigen Wintermänteln, die in der Sonne blinzeln, regungslos, schweigend, egal ob sie alleine oder zu mehreren auf der Bank sitzen. Junge Frauen, Mädchen noch, mit Kinderwagen sind die einzigen Punkte, die sich in diesem Panorama bewegen. Er fragt sich, ob hier alle jungen Frauen Kleinkinder haben oder ob Kleinkinder für Leute zwischen 18 und 60 der einzige Grund sind, an einem Sonntagmorgen aus dem Haus zu gehen.
Vor einer schweren Stahltür bleiben sie stehen. Fast durchgehend wurden an diesem Haus die Balkone mit dicker, durchsichtiger Plastikfolie zugeklebt. Wie Wintergärten sehen sie aus, nur dass diese hier als Rumpelkammern benutzt werden. Kartons, Mobiliar, Fahrräder, undefinierbare Blechgegenstände stapeln sich. Wer dort eine Sache herausfischen will, muss den ganzen Schrottberg abtragen.

Der Lift, ein ungeschminkter Blechkasten, in den unter Mühen auch noch ein dritter Fahrgast gepasst hätte, bringt sie zischend nach oben, sie wohnt im 16. Stock.

Während Larissa den Schlüssel im Schloss umdreht, wird die Wohnungstür schon von innen aufgerissen. Ein volles Jungengesicht mit kurzen Haaren mustert ihn neugierig. Dieselben Augen wie Larissa, dunkel und schmal, denkt er, aber sonst tut er sich schwer, Gemeinsamkeiten zu entdecken. Wladimir, vierzehn, so viel weiß er, lässt seinen Blick nicht ab von ihm. »Hallo«, sagt er und streckt ihm betont erwachsen die Hand entgegen, »ich bin Toby.« Wenn er Englisch spricht, nennt er sich Fremden gegenüber Toby, obwohl er Tobias angemessener findet. Er passt sich der Sprache an. Vorsichtig, als sei es etwas Unbekanntes, nimmt Wladi seine Hand. Abrupt dreht sich Larissas Bruder um und ruft in die Wohnung, aus der die Hitze eines Herds und der Geruch von billigem Bratfett dringen: »Mama! Papa, Malina!«

Schneller, als Larissa ihn in die Wohnung schieben kann, stehen vor ihm ein magerer Mann mit ordentlich hoch gekrempeltem Hemd und durchsichtiger Haut, eine Frau mit mildem Gesicht und pinken Gummihandschuhen und ein Mädchen mit Larissas Gesichtszügen, aber volleren Wangen. Die Frau fasst ihn mit ihren Gummihandschuhen herzlich am Arm und redet auf Russisch auf ihn ein, das Mädchen und der Mann stehen dahinter und erwidern sein Lächeln. Unter der gläsernen Haut des Vaters wölben sich die Adern wie ein dunkles Geäst.

»Hallo, ich bin Toby. Vielen Dank für Ihre Einladung. Es ist eine sehr gelungene Überraschung und eine große Ehre, dass ich bei Ihnen sein darf«, er redet gleichzeitig auf Larissas Mutter ein. Die vollen dunkelblonden Haare haben alle drei Kinder von ihr. Der Vater ist schon grauhaarig, ein Silbergrau, wie es über viele Schwarzhaarige in frühem Alter kommt. Er versucht sich an den Nachnamen zu erinnern. Titow.

»Mama«, sagt Larissa und zieht, um ihn nicht vom Gespräch auszuschließen, statt Russisch zu reden an einem der Gummihandschuhe. Mit höherer Stimme als zuvor, aber mit derselben Redegeschwindigkeit antwortet Frau Titow. Ohne sie zu verstehen, ist er sich sicher, was sie sagt. Ihre Ankunft habe sie überrascht und ihr keine Zeit gelassen, die Handschuhe auszuziehen.

Sie zieht ihn am Arm in die Wohnung, er sieht nicht, ob ihre Handschuhe Flecken auf seinem Hemd hinterlassen, weil sie ihre Finger unbeweglich auf seinem Unterarm ruhen lässt. Während er ihr hinterherstolpert, holt er mit seiner freien Hand die Torte aus der Plastiktüte und gibt sie ihr. Die Wodkaflaschen müssen erst einmal bleiben, wo sie sind, weil Larissas Mutter sie nicht mehr annehmen könnte. »Und Wodka«, sagt er und hält die Tüte mit den zwei Flaschen in die Luft. Larissas Vater klatscht in die Hände. Es klingt wie Applaus.

Auf dem Tisch im Wohnzimmer steht bereits das Geschirr für das Mittagessen. Es funkelt. Die Servietten sind aus demselben gelb-weiß gemusterten Stoff wie die Tischdecke und sorgfältig zu Dreiecken gefaltet. Ein Korb mit dicken Schwarzbrotscheiben steht in der Mitte, daneben eine Schale mit *Smetana*, die dickflüssige, entfernt an Sahne erinnernde Creme, die er aus dem Hotel kennt. Als er den feierlich gedeckten Tisch sieht, wird ihm anders zumute. Was geht hier vor? Er weiß, dass er zum Essen eingeladen ist, aber die mögliche Bedeutung, die Konsequenzen werden ihm erst jetzt bewusst. Er ist ein Eindringling. Jelena hat Recht, er kann nicht einfach hereinschneien bei dieser heilen, gutmütigen Familie und dann auf Nimmerwiedersehen verschwinden. Was erwartet Larissas Familie von ihm? Dass dies der Beginn einer ewigen Verbindung zwischen ihnen ist? Wollen sie – er versucht den Gedanken zu stoppen, er will so nicht denken, aber er ist ja schon da, der Gedanke: Wollen sie ihn in ihre Schuld bringen? Und wie muss er sie zurückzahlen?

»Wo stelle ich den Wodka hin, Larissa?«
»Einfach auf den Tisch.« Sie steht hinter einem Stuhl und hält mit beiden Händen verkrampft dessen Lehne fest. Sie hebt ihren Blick nicht, um mit ihm zu reden.
Malina und Wladi dagegen lassen ihre Augen nicht von ihm.
»Sprecht ihr Englisch?«
»Ja«, sagt Malina und lacht verlegen. Wladi zuckt mit den Schultern. Mehr gibt es nicht zu sagen.
Larissas Mutter, nun ohne Handschuhe, bringt Tabletts voller Speisen aus der Küche, kleine Taschen entweder aus Teig oder Kohl, zuletzt auch noch einen riesigen, dampfenden Suppentopf. Er ist erleichtert: Er sieht ein Thema, das Gespräch zu beginnen.
Der Vater legt ihm die Hand auf die Schulter und bittet ihn mit einem sanften Druck, Platz zu nehmen. Selbst jetzt, da es vornehm lächelt, ist das Gesicht von Larissas Vater das Gesicht eines Mannes, der gelitten hat und es still immer noch tut. Die Augen passen sich dem Lächeln des Mundes nicht an.
Es ist Malina, die ihm, unterbrochen von permanenten Rückversicherungen bei ihrer Familie, erklärt, was er gerade isst. Die *Borschtsch*-Suppe, die mit Kartoffeln gefüllten und in Zwiebeln gebratenen Teigtaschen, *Vareniki*, die Kohltaschen mit Fleisch und Reis, *Holubtsi*, mit denen er den gesamten Tisch zum Lachen bringt, weil er zu essen anfängt, ohne sich die obligatorische Tomatensoße darüberzugießen. Larissas Vater hat einen Krug Wasser und zwei große Bierflaschen auf den Tisch gestellt. Den Wodka öffnet Herr Titow erst, nachdem sie beide diese Ehre mit großen Gesten mehrmals zwischen sich hin- und hergeschoben haben. Larissas Vater füllt alle sechs Schnapsgläser, die auf dem Tisch stehen, sie erheben die Gläser, Wladi mit der größten Begeisterung.
»Wir freuen uns, einen weit gereisten Gast bei uns zu haben, den am weitesten gereisten Gast, den wir jemals in diesen

bescheidenen Wänden wähnten«, übersetzt Larissa für ihn den Toast ihres Vaters. »Deutschland ist ein Land, das wir nicht nur für seine enormen wirtschaftlichen und wissenschaftlichen Errungenschaften bewundern, sondern auch für die Wärme und Herzlichkeit seiner Menschen. Auf dass diese Freundschaft, die an diesem Tisch entsteht, lange währen möge! Prost!«
Er muss zweimal schlucken: einmal so, dann den Wodka. Er stürzt ihn hinunter und erhebt sich. Während er redet, sieht er zu, wie Larissas Vater die Wodkagläser wieder füllt, randvoll, Flecken bilden sich auf der Tischdecke. Er bemerkt, wie Herrn Titows Hände beim Einschenken noch zittern von der Erregung der Rede. »Ich danke Ihnen, Herr Titow, und Ihrer wunderbaren Familie, für Ihre generöse Einladung, die mir bestätigt, was ich schon oft in Deutschland hörte: dass die Russen – ich meine, die Ukrainer – das gastfreundlichste Volk der Welt sind. Ich hoffe, nun, ich hoffe, ich werde einmal die Chance bekommen, Ihnen Ihre Freundlichkeit zurückzahlen zu können. Auf Ihr Wohl!«
Besteck klappert, Malina und Wladimir beginnen, untereinander auf Russisch zu reden. Das Zimmer ist warm und behaglich. An den braunen Tapeten hängen Teppiche, bestickte Handtücher, Fotos und zwei Gemälde munter nebeneinander. Das eine zeigt eine gut gefüllte Obstschale, das andere offensichtlich realsozialistische Bauern mit Pferdepflug, Harke und entschlossenem Blick bei der Ernte. Er berichtet von deutschen Sonntagsessen, von Semmelknödeln und Rotkraut. Larissas Vater erzählt, wie sie im Winter am Dnjepr Eislöcher schlagen und angeln, »wir gehen darin sogar baden«, lässt die Mutter übersetzen, »du gehst baden!«, korrigiert Malina, die ihm gefällt: dasselbe mädchenhaft Kokette, das unprätentiöse Selbstbewusstsein wie Larissa, nur jünger. Der Vater ist Ingenieur für Wärmeenergie, aber als er ihm erklärt, er sei hier, um eine ukrainische Gasfirma zu beraten, geht Herr Titow

nicht weiter auf das Thema ein. Larissa übersetzt, ohne selber etwas zur Unterhaltung beizutragen. Er fragt sich, was Herr und Frau Titow von seinem Verhältnis zu Larissa wissen, was sie darüber denken. Er erhält nicht die geringste Andeutung. Um fünf vor vier sitzen sie noch immer im Wohnzimmer, er und Larissa auf dem abgewetzten Stoffsofa mittlerweile, der Rest der Familie noch immer am Tisch. Er hatte gefürchtet, dass der Besuch so lange dauern würde.
»Larissa. Es gibt ein Problem. Ich muss telefonieren.«
»Willst du unser Telefon benutzen?«
»Nein, nein. Ich habe mein Handy dabei.« Der Rest der Familie schaut sie erwartungsvoll an, was sie da so Ernstes zu bereden haben. »Es könnte nur etwas länger dauern, es ist ein Arbeitsgespräch. Es tut mir furchtbar Leid. Es ist mir regelrecht peinlich, den Nachmittag so rüde zu unterbrechen. Aber es ist wichtig.«
»Du kannst in mein Zimmer gehen.«
Sie erklärt ihrer Familie die Situation, er hebt entschuldigend die Hände. Herr Titow wischt mit seiner Rechten durch die Luft, wie um seine Geste wegzuwischen, und reicht ihm eine halb volle Flasche Bier. Er hat keine Zeit für ein wortreiches Hin und Her der Höflichkeit, er nimmt die Flasche und sein Glas mit in Larissas und Malinas Zimmer.
Es ist noch immer ein Kinderzimmer. Auf dem einen Bett ein Bezug mit weißen Sonnen, Monden und Sternen auf rotem Hintergrund. An der Wand ein Poster von einem wild galoppierenden weißen Pferd und eines von einem Schloss, das er nicht kennt. Auf dem Boden vor dem Wandschrank Mädchenkleidung, ein militärgrüner Rollkragenpullover, Jeans, seidene Unterwäsche, die, weil er weiß, wer sie ansonsten trägt, auch so lieblos hingeworfen nicht ohne Reize ist. Die Klarinette in ihrer schwarzen Tasche lehnt daneben am Schrank. »Setz dich«, sagt Larissa und deutet auf das andere Bett, das mit dem orange-gelb gestreiften Bezug. Sie setzt sich

neben ihn. Seine Überraschung muss man ihm ansehen. »Willst du, dass ich gehe?«, fragt sie.
»Nein, nein. Aber ich weiß nicht, es wird sehr langweilig für dich sein.«
»Ich bleibe ein bisschen bei dir.«
Er wählt sich ein, sagt seinen Namen, Tobias Linderoth, Oil and Gas Group, Vice President, die Konferenz ist schon im Gange.
Eaden spricht, sein alter Chef aus der Merger & Acquisition Group, ein rechthaberischer Mann. Er will, dass die Erfahrung der Derling Bank bei solchen Joint Ventures, wie British Oil eines im Iran plant, noch größer herausgestellt wird. »Dass wir schon dort sind, im Iran, in der Region, dass *wir* die persönlichen Kontakte haben, das muss die Schlüsselbotschaft sein.«
»Kommst du nicht durch?«, fragt Larissa. Er bedeutet ihr mit einem Kopfschütteln und Fingerdrehen in der Nähe seines Ohrs, dass er zuhört.
Er meldet sich in den ersten 40 Minuten dreimal zu Wort. Jedes Mal kommt er auf das Ölprojekt in Kasachstan zu sprechen, das sie im vergangenen Jahr in Gang brachten. Er hat nicht das Gefühl, dass irgendjemand auf ihn eingeht. Dass irgendjemand auf irgendwen eingeht. Es geht darum, bestimmte Ideen für sich zu reklamieren, persönliche Erfolge herauszustellen, sich selbst darzustellen. Larissa hat sich auf seinen Schoß gelegt, die Augen geöffnet, er streichelt ihr Haar, schaut auf den Kindertisch am Fenster, schaut weiter, höher, aus dem Fenster auf die gelb gekachelten oder weiß gestrichenen, fünfzehn- oder zweiundzwanzigstöckigen Wohnblocks. *Aber es ist wichtig.* Nie kam ihm seine Arbeit lächerlicher vor. Der Wodka hilft ihm nicht gerade, die Konferenz ernst zu nehmen. Um 15 Uhr und zwölf Minuten Londoner Zeit, 17.12 Uhr in einem Kiewer Kinderzimmer, meldet sich Tobias Linderoth, Oil and Gas Group, Vice President, ab von der Telefonkonferenz.

Die Eltern lassen sich nichts anmerken. Sie müssen eine konkrete Idee davon haben, was Larissa und er über eine Stunde in einem Zimmer gemacht haben, aus dem bis auf drei kurze Monologe nur Stille drang. Er hat nicht die Kraft, Verteidigungsreden, Beschwichtigungsvorträge zu halten. Er fühlt sich müde. Sie reden noch eine Weile, unangestrengt, nett, aber er kann dem Eindruck nicht entfliehen: Es ist vorbei. Der schöne, gemeinsame Tag ist zu Ende. Herr Titow auf dem Sessel mit dem gutmütigen, unterschwellig traurigen Gesicht, Frau Titow, mit ihrem unkritischen Enthusiasmus, Malina, die vielleicht einmal noch hübscher als ihre große Schwester wird, Wladi mit seinem Schalk – er fühlt sich ihnen auf einmal unendlich fremd, genauso fern wie den Kollegen in der Derling Bank, die nun noch immer über iranische Produktionsgrenzen und den Einfluss von steigenden Erdölpreisen auf dem Weltmarkt reden, ohne zu debattieren. Er will einfach weg.

Larissa bringt ihn noch bis zum Hotel. Das heißt, sie fahren gemeinsam mit dem *Maschrutka* und der U-Bahn in die Stadt. Statt am Kreschtschatik umzusteigen, laufen sie das letzte Stück.
Der seichte Wind muntert ihn auf.
»Es war wirklich schön bei euch.«
»Du musst dir keine Gedanken machen. Ich hatte ihnen nur erzählt, dass ich mit Jelena einen netten Deutschen kennen gelernt habe. Sie waren neugierig, dich zu sehen. Sie haben ein gutes Bild von deinem Land und hatten noch nie die Möglichkeit, einen Deutschen zu treffen. Sie wissen von nichts.«
Er weiß nicht, was er sagen soll. »Au, du tust mir weh!«, ruft Larissa. Er hat ihre Schulter eingequetscht. So fest hat er sie an sich gedrückt.

Zehn

Soviel Rachel weiß, hat er ein anstrengendes Wochenende in Kiew hinter sich. Dafür will sie ihn entschädigen. Sie hat Karten für die Halb-neun-Vorführung am Montag in den Riverside Studios reserviert. *Hideous Kinky*, mit Kate Winslet in der Hauptrolle, wird wiederholt. Als der Film vor fünf Jahren in die Kinos kam, hatte er sich lange vorgenommen, ihn zu sehen, aber dann war er plötzlich schon abgesetzt.

Rachel zelebriert ihren Coup. Sie legt sich morgens, als sie aus der Dusche kommt, noch einmal neben ihn und küsst sich seinen Körper hinauf, worauf er mit gespieltem Gegrunze reagiert. Als sie sein Ohr erreicht, flüstert sie, ohne dass der leise Ton ihre Euphorie verdecken kann: »Ich habe dir etwas zu sagen.« Sie weiß um seine Bewunderung für die Schauspielerin. Dass sie so wachsam war, die Wiederholung im Kinoprogramm zu entdecken, dass sie überhaupt so aufmerksam ist, ihm nach dem harten Arbeitswochenende eine Freude zu bereiten, begeistert sie mehr als ihn.

Die Einladung strapaziert ihn. Er hat schon lange aufgehört, private Verabredungen als Vergnügungen zu sehen. Es sind Verpflichtungen. Er hat sich ein Wort dafür geschaffen: *Sozialstress*. Solche Treffen sind nichts anderes als zusätzliche Termine in seinem sowieso schon zu vollen Kalender. Um pünktlich an den Riverside Studios zu sein, muss er spätestens um 19.30 Uhr aus dem Büro. Vorher will er noch Larissa anrufen. Das bedeutet, er muss um sieben die Arbeit beenden. Das geht nicht, ohne in der Bank in Schwierigkeiten zu geraten.

Stoneton und Charvey sind noch nicht zurück von ihrer Besprechung mit anderen Abteilungsleitern. Soweit er gehört hat, war die *Road Show*, die Präsentation bei British Oil am Morgen, ein beachtlicher Auftritt. Die Abwesenheit der Chefs macht es einerseits unmöglich, schon zu gehen. Es ist seine Pflicht zu warten, zu hören, was sie zu berichten haben, ob sie kurzfristig Arbeit für ihn haben. Andererseits macht Stonetons Fernsein das Gehen einfacher. Er braucht es ihm nicht ins Gesicht zu sagen. Er entschließt sich, Larissa statt vom Handy vom Schreibtisch aus anzurufen, so ist er noch eine halbe Stunde länger im Büro. Es ist ein katastrophaler Kompromiss.

Ohne zu verstehen, was er sagt, können die drei Kollegen, die in seiner Reihe sitzen, hören, dass er ein Privatgespräch führt. Dass er so leise redet, verrät ihn. Sich der Mithörer bewusst, spricht er verstockt, einsilbig, so wenig wie möglich mit Larissa.

»Und, wie war dein Tag?«

»Normal. Morgens war ich an der Universität, nachmittags habe ich zu Hause Klarinette gespielt und aus dem Fenster geschaut.«

»Aus dem Fenster geschaut?«

»Nachgedacht.«

Er hofft, dass sie erzählt, dass er nur zuhören müsste. Aber er sieht ein, dass es sie nicht gesprächig macht, wenn er bloß geflüsterte, abgehackte Fragen zur Unterhaltung beiträgt.

»Ich würde gerne am Wochenende wieder nach Kiew kommen, um dich zu sehen.«

Sie sagt nichts.

»Hättest du Lust?«

»Ja, natürlich.«

»Okay. Schau, ich bin noch bei der Arbeit, ich rufe dich wieder an, okay?«

Als er auflegt, hat er das Bedürfnis, das Gespräch zu retten. Er möchte ihr eine elektronische Nachricht schicken oder eine Textnachricht per Handy, nur mit einem Satz: »Telefongespräche sind nicht zum Reden, sondern nur um deine Stimme zu hören.« Aber sie hat weder eine Internetadresse noch ein Mobiltelefon.

Stoneton und Charvey sind noch immer nicht zurück. Der Kinofilm beginnt in 55 Minuten. Er wendet sich an Marco Siviglia, einen ihm gleichgestellten Kollegen.

»Marco, ich habe gerade mit meiner Freundin gesprochen. Es geht ihr extrem schlecht, ich werde dir die Details ersparen, aber sie hat gerade den Notarzt gerufen. Ich fahre sofort nach Hause beziehungsweise ins Krankenhaus, falls sie der Arzt dorthin bringt. Sagst du es bitte Stoneton?«

Er kann fühlen, wie sich Siviglia sträubt. Sein Kollege will nichts damit zu tun haben. Es würde ihm genauso gehen, wäre die Situation andersherum.

»Ich kann es sagen, sicher. Aber du weißt, dass du besser selber auf ihn warten solltest.« Siviglia ist schlecht rasiert, vielleicht sollen die schwarzen Stoppeln auch einen Dreitagebart darstellen. Wie die meisten Italo-Londoner, die er kennt, pflegt Siviglia sein Italiener-Image, obwohl er weder die Sprache seiner Großeltern spricht noch im neapolitanischen Berufsverkehr die Straße überqueren könnte.

»Ich weiß, Marco. Aber verstehst du nicht, dass es Situationen gibt, wo die Regeln außer Kraft treten?«

»Toby, wir brauchen darüber nicht zu streiten. Ich sage dir nur, dass Stoneton erwartet, dass wir alle noch hier sind, wenn er kommt. Aber wenn du darauf beharrst, dann sage ich es ihm natürlich.«

»Mehr erwarte ich doch gar nicht.«

Er schaltet den Computer gar nicht mehr aus, er beeilt sich, auch, um nicht zu spät zu kommen. Vor allem jedoch, um Stoneton nicht mehr auf dem Flur zu begegnen.

Der Film zieht ihn in seinen Bann. Am Anfang versucht er noch, sich dagegen zu wehren. Was er am Kino mag, ist die Möglichkeit, für anderthalb Stunden ungestört nachdenken

zu können. Doch der Film ist zu interessant, Winslet in der Rolle von Esther Freud mit langen, glatten Haaren zu schön, um sich zu fragen, ob er seine Flucht aus dem Büro wird büßen müssen, wie es mit Larissa weitergeht; ob er Rachel verlassen sollte. Er kommt beschwingt aus dem Kino, befreit.
»Ein toller Film. Genau das, was ich heute gebraucht habe. Auf einmal scheint alles, was dir den Kopf zerbricht, so weit weg, so nichtig. Danke.« Er küsst Rachel auf die Wange, wie eine Freundin, nicht seine Freundin. Es wird ihm sofort bewusst, er weiß nicht, warum er es gemacht hat, und schiebt einen zweiten, richtigen, Kuss hinterher. Sie trinken noch etwas im Erdgeschoss, an der Bar der Studios. Er meint, was er gesagt hat. *Auf einmal scheint alles so weit weg.* Sogar Larissa. Könnte er sie und Rachel gleichzeitig als Freundinnen behalten? Pendeln zwischen ihnen, zwischen zwei Leben? Er hat so etwas noch nie gemacht. Er ist guter Laune, er denkt: Ein Investmentbanker hat keine Zeit für zwei Frauen, keine Zeit zu betrügen. Und wen würde er in so einem Doppelleben hintergehen, Larissa oder Rachel? Wer wäre seine Frau, wer die Liebhaberin? Er bestellt einen Preiselbeersaft, der Preiselbeersaft in England ist ausgezeichnet, den gibt es in Kiew nicht. Vom Kino in Hammersmith sind es nicht mehr als 30 Minuten nach Hause. Sie gehen zu Fuß, an der Themse entlang, ein rundum glückliches Paar.

Er ist entschlossen, den Stier bei den Hörnern zu packen. Er wird direkt, wenn er die Bank betritt, zu Stoneton ins Büro gehen und ihm erklären, dass seine Freundin gestern Abend eine Kolik erlitt, dass es Augenblicke gibt, in denen selbst die Arbeit an die zweite Stelle tritt, und dass es ihr Gott sei Dank schon wieder besser geht.
Doch es wird nicht dazu kommen. Er weiß es schon in der U-Bahn. Er sieht es in der *Financial Times*: British Oil plant bahnbrechendes Projekt mit iranischem Staatsbetrieb. Wie

die FT exklusiv enthüllen kann, werden die Verhandlungen über das so prestigeträchtige wie gewinnversprechende Gemeinschaftsunternehmen bereits in Kürze aufgenommen, nachdem die iranische Regierung in jahrelanger Lobbyarbeit, nicht zuletzt von Premierminister Tony Blair, von dem Projekt überzeugt wurde. Greenwich Mosley wird British Oil bei dem Unternehmen beraten. Es ist nur ein Satz im hinteren Teil des Artikels, nicht mehr als eine Zusatzinformation für die Mehrzahl der Leser: Greenwich Mosley wird British Oil bei dem Unternehmen beraten.

Es muss schon festgestanden haben, bevor sie gestern Morgen ihre Präsentation machten. Man hatte ihnen noch eine Außenseiterchance eingeräumt, man hatte sie sich noch angeschaut, aber im Prinzip war die Entscheidung für Greenwich Mosley schon gefallen. Und irgendjemand von Greenwich Mosley hat es natürlich sofort der Presse gesteckt.

Sein Stolz ist verletzt. Doch er kann nicht sagen, dass er über Gebühren traurig ist. Er hat es doch geahnt. Greenwich Mosley ist schon jahrelang hinter den Kulissen an dem Projekt beteiligt. Vielleicht wird British Oil einen kleinen Teil des nötigen Milliardenkredits bei Derling aufnehmen – ihnen ein Trostpflaster geben.

Als er in Canary Wharf aus der U-Bahn kommt, ist er sich sicher: Es kann nur gut für ihn sein. Im Kontrast zu der gescheiterten Bewerbung wird ein erfolgreicher Abschluss der Revagaz-Transaktion umso glänzender wirken.

Wie erwartet gibt es im Büro kein anderes Thema. An diesem einen Morgen zählen keine drängenden Abgabefristen, keine brennenden Termine und auch nicht, ob ein Vice President gestern Abend schon um 19 Uhr nach Hause ging. Dieses eine Mal ist es, als hätte jemand in die Mitte ihres Büros ein Schild in den Boden gerammt. Das Schild ist rot und darauf steht in Weiß: Stop.

Verschwörungstheorien machen die Runde. Es sei vom ers-

ten Tag an klar gewesen, dass Greenwich Mosley den Deal bekomme. Das Ganze sei nur pro forma öffentlich ausgeschrieben worden. Siviglia tritt einen Papierkorb in die Luft, Dossiers, Schokoladenpapier, benutzte Papiertaschentücher segeln durch den Raum. Vergangenen Juni sei ein Foto in der Zeitung gewesen, der Chief Executive von British Oil mit Greenwich-Direktoren in einer Lounge beim Tennisturnier in Wimbledon. Sie hätten es wissen können. Stoneton und Charvey sind den ganzen Vormittag nicht zu sehen. Es heißt, sie seien im 34. Stock; ganz oben. Igoris, von einem der Papiertaschentücher an der Schulter getroffen, versucht, einen anderen Papierkorb über Siviglias Kopf auszuleeren. McClivan und er halten ihn zurück.
In diesem Klima bekommt er den Anruf von van Paauwe. Die Tests in Yuliyivka und Pridorotschne sind abgeschlossen. Die Gaswäsche in der Trocknungsanlage funktioniert – nach ukrainischen Maßstäben – ordentlich. Messungen hätten einen verschwindend geringen Anteil von Schwefelwasserstoff in der Luft ergeben. Wenngleich die Arbeiter in der Grube über Schwindel und Kopfschmerzen klagten. Solche Beschwerden gehörten allerdings schon immer zur Arbeit in der ukrainischen Gasproduktion.
Was tatsächlich ein erhebliches Problem darstellt, ist der Umgang mit der Bohrflüssigkeit. Sie wird auf beiden Gasfeldern wohl schon seit den Probebohrungen einfach in provisorisch ausgehobene Gruben geleitet und versickert im Grund. Der Boden rundherum ist vergiftet. Um die Bohrflüssigkeit ordentlich zu entsorgen, müsste eine Aufbereitungsanlage installiert werden. Das dauere Monate, Jahre. Über die Kosten will van Paauwe erst gar nicht reden.
»Henk, wir haben nicht mehr als fünf Tage.«
»Das ist unmöglich, Toby. Tut mir Leid.«
»Das kann nicht sein.«
»Tut mir Leid.«

»Gut. Wir haben es probiert. Wir können Leuchting nur ehrlich und aufrichtig über die Situation informieren. Sie können in der Ukraine schlecht mit einer intakten, modernen Anlage gerechnet haben, oder?«
»Toby, wenn es diese Anlage in Yuliyivka schon gäbe, bräuchten sie Leuchting nicht. Leuchting wird wissen, dass Millioneninvestitionen auf sie zukommen.«
»Na, wenn du meinst.«
»Die Sache mit der Bohrflüssigkeit ist eine Kinderkrankheit. Du solltest dagegen Erdölanlagen in Sibirien sehen: Da wird das Gas, das mit dem Erdöl zu Tage gefördert wird, einfach abgefackelt, weil die Aufbereitungsanlagen fehlen. Was meinst du, wie viel Ruß und Schwefelwasserstoff da freigesetzt wird? Kommt alles wieder als saurer Regen auf die Erde zurück.«
»Ich will es gar nicht so genau wissen.«
Er bittet van Paauwe, ihm bis zum nächsten Morgen den offiziellen Testbericht zu schreiben. »So vorteilhaft wie möglich, versteht sich.«

Die Präsentation am Donnerstag bei Leuchting ist Routine. Routine in dem Sinne, dass es derselbe Nervenkitzel, dieselbe Stresssituation ist, die er schon Dutzende Male durchmachte. Er hat den Leuchting-Vorstand vor sich und Stoneton, Skoba, Venglinski sowie einen Mann vom ukrainischen Energieministerium hinter sich. Er hält eine kleine Einführungsrede, bevor er das Wort an Venglinski übergibt, aber selbst wenn Venglinski spricht, redet im Prinzip er. Er hat den Vortrag ausgearbeitet. Die deutsche Sprache verfügt über kein Wort, um exakt zu beschreiben, was er in solchen Augenblicken tut. *He performs*. Das trifft es, *to perform*: 1. Arbeit verrichten, leisten, 2. vollbringen, 3. ein Theaterstück, Konzert etc. aufführen, geben, 4. funktionieren. Er leistet, er vollbringt, er führt ein Stück auf. Er funktioniert. Ohne das Gefühl, von diesem einen Auftritt hänge alles ab, ohne die Angst zu versagen, geht das nicht. Nachher ist ihm unendlich heiß, innerlich brennt er, sein Herz jagt das Blut in Flutwellen durch den Körper und es wird Stunden dauern, bis sein Körper begreift, dass der Auftritt längst vorbei ist. Doch in dem Moment, auf den es ankommt, transformiert er den inneren Alarmzustand in äußerliche Souveränität. Er will nicht arrogant klingen. Aber er ist ein Meister der *performance*.

»Es ist unglaublich, wie kaltblütig und überzeugend du das Gegenteil von dem erzählst, was du weißt«, sagt Igoris.

»Danke für die Beschimpfung.«

»Nein, ich meine es zur Abwechslung einmal rundum positiv.« Das weiß er natürlich. Es befremdet ihn jedoch, dass Igoris nach so vielen Jahren in London noch immer völlig frei ist von der englischen Selbstironie. Sie lümmeln auf den blauen Schalensitzen im Wartesaal des Wiener Flughafens herum. Sie warten mit Hamilton und einem anderen Kollegen von Fusionen & Akquirierungen auf ihren Anschlussflug nach London. Stoneton ist mit den Ukrainern in einem der Privatsäle für besonders wichtige Fluggäste verschwunden, zu denen sie beide kein Zutrittsrecht besitzen. Für sie beide ist jetzt Pause im Fall Revagaz. Was nun geklärt werden muss, sind die großen Fragen, Direktorensache: Wie viel Prozent die beiden Firmen jeweils an der Tochterfirma halten werden, wer die Führungspositionen besetzt, die Laufzeit des Vertrages, wohin das geförderte Gas in welchen Mengen fließt, die finanziellen Regelungen; die Schwarzgeldzahlungen. Sie werden in der zweiten Reihe sitzen und zuhören, und in ein, zwei Monaten wird man sie dann wieder nach vorne rufen. Wenn es um die Details des Businessplans geht, um die kleinen Punkte, in denen die Firmen ihre Wut über die Niederlagen bei den großen Fragen ausleben.

Igoris hängt so tief in seinem Schalensitz, dass er gleich herunterrutschen wird. »Wenn man dir zuhörte, bekam man den

Eindruck, Revagaz sei die finanziell solideste Firma östlich von London.«
»Das ist doch auch so – den Bilanzen zufolge.«
»Glaubst du wirklich, Akims Geldwäsche fliegt nicht auf?«
»Die Dienstreisen, die er nun angegeben hat, klingen plausibel, die Belege scheinen echt. Leuchtings Schnüffler werden nicht bis nach Kasachstan und Irkutsk reisen und dort sämtliche Hotelunterlagen durchforsten.«
»Dann denkst du, der Deal klappt?«
»Das Geschäft ist praktisch schon gemacht, Igoris. Und du hast dir einen ordentlichen Teil deines Jahresbonus verdient.«
»Glaubst du wirklich?«
»Natürlich. Leuchting *will* dieses Joint Venture, Igoris. Das war von Anfang an klar. Solche Probleme wie das mit der Bodenverseuchung haben sie einkalkuliert. Sie wissen doch, wo sie sind. In der Ukraine. Im Gegenteil, hast du nicht gemerkt, wie überrascht und erfreut sie klangen, als ich ihnen von den Schwierigkeiten mit der Bohrflüssigkeit erzählte? Diese Ehrlichkeit hat ihr Vertrauen zu uns wachsen lassen, das wird uns und Revagaz bei den Verhandlungen nicht schaden.« Es funktioniert oft, dass er sich mit dem, was er sagt, selbst überzeugt. »Lass uns ein Bier auf das Geschäft trinken, Igoris. Wir haben noch eine Dreiviertelstunde bis zum Abflug.«
»Wenn Stoneton zurückkommt und uns sieht?«
»Dann wird er sich vielleicht dazusetzen und eins mittrinken auf den Erfolg.« Er ist schon aufgestanden und läuft auf das Café zu.
Es passiert ihm immer wieder mit Igoris: dass er vor ihm in die Rolle des selbstgefälligen Älteren verfällt. Er könnte sich selber ohrfeigen dafür.
Als die kleinen Bierflaschen und keine Gläser vor ihnen stehen, zwingt er sich, anders zu sein; ein Freund.
»Morgen fliege ich nach Kiew, Igoris.«

»Wieso? Musst du mit Akim noch was …?«
»Nein, keine Panik. Für wen hältst du mich? Glaubst du, ich lasse mich auf krumme Geschäfte mit solchen Kleinkriminellen ein?«
»So meinte ich das nicht. Ich dachte, es wäre noch etwas zu erledigen. Wegen der Belege oder so.«
»Ich sehe Jelenas Freundin. Die Klarinettistin.«
Zu seiner Überraschung erwidert sein Freund sein kumpelhaftes Grinsen nicht. Stattdessen trinkt Igoris sein Bier aus der Flasche, einen jener Schlucke, die man nimmt, um Zeit zu gewinnen und danach mit anderem Gesicht dazustehen. Das von Igoris ist bierernst.
»Was ist los, Igoris? Hast du was dagegen?«
»Toby. Das ist nicht zum Spaßen.«
»Entschuldigung? Meldet sich hier der mormonische Rundfunk Utahs: Wir wünschen Ihnen ein schönes Wochenende und haben Sie auf keinen Fall Spaß!«
»Ich meine das ernst, Toby.«
»Das sehe ich. Und kannst du mir vielleicht verraten, was mir das Vergnügen deiner Ernsthaftigkeit verschafft?«
Die Nähe von zwei diskutierenden, Bier trinkenden jungen Männern in Anzügen, die zu teuer für sie wirken, ist nicht sehr gefragt. Ihre Tischnachbarn links wie rechts stehen gleichzeitig auf. Igoris ist die Situation unangenehm. Aber sein Freund knickt nicht ein.
»Toby. Bist du dir im Klaren, worauf du dich mit dem Mädchen einlässt?«
»Igoris, es tut mir Leid, aber mich irritiert dein anklagender, moralisierender Unterton gewaltig.«
»In diesem Fall tut es mir außerordentlich Leid, denn ich kann an diesem Ton nichts ändern, *Tobias*. Verdammt, das ist kein Mädchen, das du freitagabends im Clerk's aufgabelst.«
»Du kennst sie doch überhaupt nicht.« *Der Ton. Der Unterton. Tobias.* Es ist eine durch und durch englische Diskussion, die

sie, ein Deutscher und ein Litauer, führen. Mindestens so wichtig wie das Gesagte ist, wie etwas klingt, wie etwas gesagt wird.

»Nein, aber ich kenne die Situation.«

»Die Situation.«

»Bitte stell dich nicht dümmer, als du bist, Toby.«

»Ich bin aber so dumm.«

»So dumm, dass du nicht merkst, was du gerade tust: Das ist die Ukraine, Toby. Wenn du dich dort mit einem Mädchen einlässt, dann geht sie davon aus, dass du es ernst meinst. Dass du vorhast, sie zu heiraten und nach London zu holen.«

Und woher weiß Igoris, dass er das nicht vorhat?

»Larissa ist nicht so.«

»Natürlich nicht! Wie gut kennst du sie? Hast du sie einmal gesehen oder doch schon zweimal, ganze zwei Mal?!«

»Igoris, sie weiß, dass es nur eine Romanze sein kann, ich habe mit ihr darüber geredet.«

»Oh, und sie wird dir sicher die Wahrheit sagen. Wenn du sie fragst: ›Mädchen, du bist dir im Klaren, dass ich in London wohne und du in Kiew, du weißt, dass wir keine Zukunft haben?‹, glaubst du wirklich, sie wird dir dann antworten: ›Ach so, daran habe ich gar nicht gedacht, lass uns lieber alles stoppen‹?«

»Du kennst sie nicht, Igoris. Sie ist besonders.«

»Und genau deshalb solltest du sie in Ruhe lassen: weil sie so *besonders* ist. Sie verdient es nicht, wie ein Spielzeug liegen gelassen zu werden.«

»Wieso bist du dir überhaupt so sicher, dass sie nur ein Spielzeug für mich ist?«

»Weil ich seit zwei Jahren sehe, wie du mit Frauen spielst.«

»Ach, und du?«

»Ich auch, wir spielen zusammen. Argument akzeptiert. Aber darum geht es hier nicht. Es geht nicht um mich. Es geht um dich und vor allem um sie. Um Fairness.«

Fairness, großes Wort, großes Heiligtum der männlichen Hemisphäre. Das hat er noch gebraucht. Er war fast ein Jahrzehnt Leistungssportler, er ist seit beinahe einem Jahrzehnt Investmentbanker. Muss ihm wirklich noch jemand erklären, was Fairness ist? Er ist fair; so fair wie möglich. Aber was Männer meinen, wenn sie von jemand anderem Fairness einfordern, ist, dass er tun soll, was sie wollen.
»Vielleicht ist sie die Frau, die ich hier nie gefunden habe.«
»Die romantische Wilde, was? 20 und unverdorben. Die reine Liebe. Ich sage dir was, dann bring sie doch nach London – und, oh welche Überraschung, plötzlich wirst du merken, dass sie dich gar nicht liebt, dich nie liebte, sondern nur deinen Status. Das bessere Leben, das du ihr eröffnest.«
»Igoris, ich habe keine Ahnung, welche Dämonen das Thema in dir geweckt hat. Ich weiß nicht, ob es irgendwas mit deiner Herkunft zu tun hat, ob du dich als der Schutzengel des gesamten Ostens siehst. Aber ich sage dir ein für alle Mal: Sie ist nicht so, wie du denkst.«
»Ein bisschen früh für ein Bier.«
»Nun, wir trinken nur ein kleines zur Entspannung, nachdem der härteste Teil des Tages hinter uns liegt, Mister Stoneton.«
To perform: 3. ein Theaterstück, Konzert etc. aufführen, geben, 4. funktionieren – 5. eine Rolle spielen, darstellen.
Jetzt muss er nur noch Rachel beibringen, dass er dieses Wochenende schon wieder nach Kiew fliegt.

Elf

Es ist das zweite Wochenende in Folge, an dem ihn seine Eltern vergebens anzurufen versuchen. Jeden Sonntagabend zwischen sieben und neun, ohne dass sie es jemals ausgemacht hätten, melden sie sich bei ihm. Zuerst redet er eine Viertelstunde mit seiner Mutter, danach fünf Minuten mit seinem Vater. Unausgesprochen und doch klar zu vernehmen bleibt ihre Erwartung, er möge endlich tun, was in seinem Alter schon längst getan sein sollte. Heiraten, Kinder zeugen, *ein normales Leben führen*. Nicht einmal vergisst seine Mutter zu fragen, wie es »der jungen Neuseeländerin« gehe. Sie tut es ohne Enthusiasmus, nur um sich zu versichern, dass er immerhin noch eine Freundin hat. Dass wenigstens ein Minimum an Normalität aufrechterhalten bleibt. Für seine Eltern hat sein Liebesleben mit der Trennung von Heike vor sechs Jahren zu existieren aufgehört. Sie war die Erste, die er als Freundin präsentierte. Mit 19 hatte er sie beim Hockey kennen gelernt, ein drahtiges Mädchen mit neugierigen Augen und großen Füßen, ein schneller Linksaußen, die ihre horrenden Selbstzweifel gut hinter ihrer Wohlerzogenheit verbarg. Es gab keinen Grund zu zweifeln, dass er mit ihr das normale Leben führen würde.

Es liegt für seine Eltern außerhalb der Vorstellungskraft, dass er in London solch eine Frau kennen lernen könnte. London ist für sie nur eine Episode, ein Spleen, etwas Vorläufiges – ausgeschlossen, dass ihm in solch einem provisorischen Leben die Frau fürs Leben begegnet. Insgeheim glauben sie, und besonders seine Mutter, denn sein Vater äußert sich in diesen Dingen nicht, wenn er erst einmal nach Frankfurt zurückkäme, würde er wieder zu Heike zurückfinden. Denn für jeden Mann ist eine Frau geschaffen. Es ist nur eine kurzzeitige Verblendung, seine Besessenheit mit der beruflichen Karriere, die ihn und Heike auseinander trieb. Und in diesem Punkt haben seine Eltern sogar halb Recht: Es war seine Entscheidung für die Arbeit, die Heike als Entscheidung gegen sich betrachtete. Am Ende, in ihrem einen gemeinsamen Jahr in London, ihrem Versuchsjahr, wie sie es von Anfang an genannt hatte, kam er keinen Tag vor Mitternacht nach Hause. Er war damals Anfänger, ganz unten in der Bank, er hatte keine Wahl. Und er war damals froh, so viel arbeiten zu müssen. Es war die einfachste Möglichkeit, die Trennung von Heike zu forcieren.

Seine Eltern haben mit 26 geheiratet, mit 27 hat seine Mutter ihn geboren. »Die Zeiten waren nicht so, wir konnten uns kein zweites Kind leisten«, sagten sie. Sein Vater arbeitete bis zum vergangenen Jahr, als sie ihn mit 60 in den Vorruhestand entließen, als Bühnenbildner beim Frankfurter Schauspielhaus, ein städtischer Bediensteter auf Lebenszeit. Seine Mutter überquert noch immer jeden Morgen um 7.33 Uhr zu Fuß die Eschersheimer Landstraße auf der Höhe der Fritz-Tarnow-Straße, pünktlich um Viertel vor acht ist sie im Wöhlergymnasium, wo sie sich bemüht, Frankfurter Kindern auch noch im 21. Jahrhundert Heinrich Böll und Bertolt Brecht als die wichtigsten deutschen Schriftsteller nahe zu bringen und sie über den geologischen Aufbau eines Vulkans aufzuklären. Er glaubt, dass sein Vater sich nie richtig für Kinder erwärmen konnte.

Was würden seine Eltern zu »der jungen Ukrainerin« sagen?

Sie sitzen auf einer Bank im Hydropark an der Dnjepr, vier, fünf Stunden, bevor seine Eltern den zweiten Sonntag in Folge vergeblich versuchen werden, ihn in London zu erreichen. Er hat den Arm um Larissas Schulter gelegt, leger und unbewusst, wie ein Paar, dem solche Liebeszeichen schon zur

Gewohnheit geworden sind. Aus den nahen Wiesen mit dem hohen, wilden Gras strömt der Geruch von feuchtem, angesengtem Holz sowie gegrilltem Fleisch herüber. Autos sind einfach in den Wiesen geparkt. Großfamilien sitzen auf Zeitungen, sie trinken aus Flaschen und essen das Fleisch ohne Teller. Es erinnert ihn an seine Kindheit im Frankfurt der siebziger Jahre, an Sonntage im Schwanheimer Wald, als es bei einem Picknick noch nicht nötig war, die Natur mit tragbarem Gasgrill, Babysitz und komplettem Campinggeschirr zu domestizieren. Trotz des Treibens in den Wiesen um ihn herum kommt es ihm vor, als sitze er im Kino und sehe einen der alten Charlie-Chaplin-Stummfilme. Erst ist ihm nicht ganz klar, warum, dann bemerkt er es: Es ist die Musik. Er kann sie nicht exakt definieren, aber es ist Charlie-Chaplin-Musik. Eine zärtliche Melodie, mit einer traurigen Trompete für die dramatischen Höhepunkte. Die Musik kommt blechern aus zwei grauen Lautsprechern, die notdürftig mit Schnüren hoch an einen Baum gebunden sind. Um den Baum herum ist eine kleine, rechteckige Tanzfläche aus Beton gegossen. So viele Paare tanzen, dass kaum noch Platz scheint, und doch schlüpfen immer wieder neue Paare hinein. Sie haben sich schön gemacht für den Sonntag. Die Männer tragen fast ausnahmslos Hüte, Anzüge mit Anstecknadeln und Krawatte. Die Frauen haben bunte Tücher um ihre Hüte gebunden, Lippenstift aufgetragen, die Lippen zu einem blutroten Strich zusammengedrückt und die Schuhe gewienert; Schuhe mit Absätzen, die nicht ganz so dünn sind wie die der jungen Jelenas in der Innenstadt, aber trotzdem sehr beachtlich. Oft tanzen in Ermanglung männlicher Partner zwei Frauen miteinander, es muss das Schicksal ihrer Generation sein, der Männermangel. Die Tänzer sind 60, 70 Jahre alt. In den Geschichtsbüchern, manchmal auch in den Sonntagszeitungen, die er liest, kommen sie als die verlorene Generation vor. Für sie hat das 20. Jahrhundert noch nicht einmal Oasen der Er-

holung übrig gehabt: die Kindheit im Zweiten Weltkrieg, die Jugend in Stalins Terrorregime, das Arbeitsleben in der sowjetischen Mangelwirtschaft, um ihre Rente gebracht im wilden Kapitalismus der Ukraine. Und hier tanzen sie, mit stiller Zufriedenheit. Sie sehen einfach hinweg über den Krach der Jungen, die vorbeiziehen auf dem Weg in die Wiesen und ihre Kassettenrekorder mit dem russischen Pop absichtlich laut drehen, auf der Suche nach dem alltäglichen Generationenkonflikt. Er muss unbedingt am Montag, wenn er wieder in London ist, seine Eltern anrufen und ihnen sagen, dass alles in Ordnung ist. Vergangene Woche hat er es vergessen.
Er fragt Larissa, ob sie weiter, zum Fluss hinuntergehen. Er möchte sich von den Tänzern entfernen; er hat Angst, sie könnte ihn sonst auffordern, mit ihr zu tanzen. Er hat es nie gelernt. Es ist erstaunlich, dass ein Mensch, der so ungeschickt mit seinem Körper ist, so ein guter Hockeytorwart war. Er hat sich die paar speziellen Bewegungen, die es brauchte, das Tor zu hüten, antrainiert, den rapiden Spagat, das seitliche Springen. Antrainieren, so scheint es ihm, kann er sich beinahe alles. Von Natur scheint ihm kaum etwas gegeben.
»Bei uns in der Familie ging nie jemand tanzen«, sagt er, als sie in sicherer Entfernung der Tanzfläche sind. »Wir gingen immer nur ins Theater. Mein Vater konstruierte die Kulissen, das war sein Beruf. Als ich klein war, ging ich oft direkt nach der Schule zu ihm, er hatte seine Werkstatt im Keller des Schauspielhauses. Am liebsten setzte ich mich in die Garderobe zwischen all die Kostüme, um meine Hausaufgaben zu machen. Aber ich habe nie etwas anprobiert. Das Theater übte keine wirkliche Faszination auf mich aus, davon abgesehen, dass ich in die Garderobe verschwinden konnte und mich niemand sah. Weißt du, was die Wahrheit ist? Das Einzige, was ich mir erhoffte, war, dass ich in der Garderobe verborgen bliebe und so einmal eine nackte Frau sehen würde. Ich war sieben. Leider verstand ich erst viel später, dass ich

nicht in den wirklichen Umkleidekabinen, sondern im Aufbewahrungsraum für die Kostüme hockte. Es ging gar nicht darum zu sehen, wie eine nackte Frau aussah, sondern meinen Freunden erzählen zu können, dass ich eine gesehen hatte. Manchmal frage ich mich, ob sich an dieser kindlichen Denkweise je etwas ändert: Geht es nicht immer nur darum, anderen etwas erzählen zu können, vor anderen etwas darzustellen?«
Er ist verblüfft. Er hatte über das Tanzen sprechen wollen, ohne auf irgendetwas hinauszuwollen. Und es endet damit, dass er Gedanken formuliert, von denen er nicht wusste, dass er sie hat. *Geht es nicht immer nur darum, vor anderen etwas darzustellen?* Er meint das nicht so negativ, wie es vermutlich klingt. Was er sagen will, ist, dass es nicht reicht, mit sich selbst zufrieden zu sein. Ohne die Anerkennung von anderen geht es nicht. Es fällt ihm zu spät ein, um es auszusprechen. Larissa ist schon weiter.
»Jelena hat das auch gesagt: dass viele westliche Geschäftsleute, für die sie übersetzt, versuchen, etwas darzustellen, wie du es nennst: Sie wollen sie beeindrucken mit ihren Gesten und ihren Sprüchen.«
»Ich auch?«
»Das musst du Jelena fragen.«
»Nein, aber findest du, ich versuche, dich zu beeindrucken?«
»Du versuchst es nicht, du tust es.« Er würde gerne fragen, womit. Natürlich versucht er, auch vor Larissa etwas darzustellen. Der anständige, bescheidene Geschäftsmann aus dem Westen. Ist das die Rolle, die er geben will? Und wenn, wie echt ist er in ihr? Er sucht darauf keine Antwort. Anders als bei seinen Frauen zuvor, Rachel eingeschlossen, muss er sich vor Larissa nicht anstrengen, um etwas darzustellen. Er gibt sich vor ihr, so wie es ihm intuitiv kommt, und das ist ein Glücksgefühl, das er nicht kannte. Sich nicht zusammenreißen zu müssen.

Sie sind stehen geblieben und betrachten die zwei Angler, die in schwarzen Gummistiefeln im Fluss stehen. Gegenüber, an den waldigen Ufern der Innenstadt, erhebt sich das heilige Kloster Pecherska Lavra mit seinen zahlreichen goldenen Zwiebelkuppen, und Mutter Ukraine, eine gigantische Kriegerinnenstatue mit Schild und Schwert in den Händen, bereit, das Land zu verteidigen, das anzugreifen schon lange niemanden mehr interessiert. Von hier aus würde keiner auf die Idee kommen, dass die Statue eine Frau darstellt. Beim Blick auf die idyllische Szenerie, die sonnenüberfluteten waldigen Hügel und glitzernden Klostertürme, ließe sich dagegen gerne glauben, die Fische im Fluss seien kerngesund.

»Mein Vater angelt auch.«

»Hier?« Er redet mit ihr, noch halb in Gedanken.

»Nein, in Trojeschtschina gibt es auch einen kleinen Fluss. Es war ja eine Gegend mit Dörfern, Feldern und Wiesen, bevor sie in den Siebzigern und Achtzigern das Wohnviertel aus dem Nichts bauten. Ein Dorf hat sogar überlebt, eingeklemmt zwischen den Wohnblocks. Da laufen Schweine und Hühner herum. Mein Vater angelt in dem Fluss, meine Mutter badet darin. Sie gehen praktisch nie aus Trojeschtschina hinaus.«

»Sind sie dort groß geworden?«

»Die Siedlung gibt es doch noch gar nicht so lange. Nach Tschernobyl sind wir dorthin versetzt worden.«

»Wie? Was meinst du?«

»Weißt du, was in Tschernobyl passiert ist?«

»Selbstverständlich. Jeder weiß das.«

»Ja? Na ja, ich wusste nicht, ob darüber im Westen auch berichtet wurde. Es kommen sicher nicht so viele Nachrichten über unser Land, oder? Die Ukraine ist ja nicht so wichtig.«

»Tschernobyl war aber schon, wie du es so schön sagen würdest, recht wichtig.«

»Wir sind aus Polissya.«

»Woher?«

»Polissya. So wichtig war Tschernobyl wohl doch nicht für den Westen. Polissya ist die Region, in der das Atomkraftwerk lag. Mein Vater war dort Ingenieur. Sie haben uns alle evakuiert, als das Unglück geschah, und nach Kiew gebracht. Etliche Blocks von Trojeschtschina sind nur von Leuten aus Tschernobyl bewohnt. Die Wohnungen waren damals gerade fertig gebaut, und so hat man uns hierher umgesiedelt.«
»Und dein Vater? Ich meine, ist euch etwas passiert?«
»Bis jetzt haben sie nichts Gravierendes gefunden. Wir müssen jedes Jahr eine Untersuchung machen, auch meine Geschwister, obwohl sie damals noch gar nicht geboren waren. Ich war drei, als es passierte. Meine Knochen sind weicher als normal. Ob das etwas mit der Radioaktivität zu tun hat, können mir die Ärzte aber nicht sagen. Sie wissen ja gar nicht, welche Langzeitfolgen das Unglück haben kann. Vielleicht wollen sie es mir aber auch nicht sagen.«
»Fürchtest du dich nicht?«
»Wovor?«
»Vor Krankheiten, die … vor der Zukunft.«
»Ich weiß doch gar nicht, ob ich irgendwelche Folgen spüren werde. Wie soll ich mich vor etwas fürchten, von dem ich nicht weiß, was es ist?«
»Was arbeitet dein Vater heute?«
»Nichts.«
»Nichts?«
»Viele Arbeiter und Militärs aus Tschernobyl wurden in den Vorruhestand geschickt. Sie bekommen eine Sonderrente. Wenn du einmal während der Woche vormittags nach Trojeschtschina kommst, siehst du sie. Sie stehen auf den Straßen zusammen, an den Häuserecken, windgeschützt.«
»Ist er krank?«
»Mein Vater? Nicht körperlich. Sie sagen, es sei im Kopf. Psychisch.«
Einer der zwei Angler schaut misstrauisch zu ihnen hinüber.

Sie starren ihn schon zu lange an. Er nimmt Larissa an der Schulter, sie setzen sich wieder in Bewegung, ein körperlicher Akt, um das Gespräch gewaltsam zu unterbrechen.
»Wir sollten langsam zum Hotel zurückfahren. Sonst verpasse ich den Rückflug. Ich muss noch meine Sachen packen.«
Sie gehen an den weniger gewordenen Tänzern vorbei zur U-Bahn-Station.
»Du musst mich in London besuchen kommen, das musst du versprechen«, sagt er. Und er weiß, wenn sie Ja sagt, wird es kein Besuch, sondern ein Beginn und ein Ende.

Zwölf

Nach seinen Schätzungen hat er mindestens einen Monat Zeit, sich von Rachel zu trennen. Bis Larissa ihn besuchen kommt, muss das erledigt sein, am besten schon einige Zeit vorher. Er weiß aus Erfahrung, dass solche Trennungen nachhallen können, ein Anfall von Rachel, und sie könnte plötzlich bei ihm in der Marville Road vor der Tür stehen, um ihn zurückzugewinnen. Oder sie hat nur etwas vergessen, ein Buch, einen Schal, und schaut unangekündigt vorbei, um es abzuholen. Wenn Larissa da ist, soll es ihr vorkommen, als habe es Rachel nie gegeben. Doch er hat Zeit. Es wird einige Wochen dauern, bis sich Larissa das Visum beschafft. Er kennt sich in dieser Frage nicht genau aus, aber für Ukrainerinnen geht das nicht von heute auf morgen, selbst ein läppisches Besuchervisum nicht, denn jede Ukrainerin soll spüren, dass sie ein Eindringling ist. Zudem stehen Larissa im Juni die Abschlussprüfungen an der Universität bevor und sie sind sich einig, den Besuch für die Zeit danach aufzusparen.

Rational betrachtet, sollte er bei Rachel bleiben und die Liebe zu Larissa auslaufen lassen. Er könnte in immer größeren Abständen nach Kiew fliegen, ihre Verliebtheit würde sich in Wohlgefallen auflösen und irgendwann würde er, abgestumpft, in Gedanken weitergezogen, gar nicht mehr fliegen. Stattdessen würde er bei Rachel bleiben, einer Frau, der Larissas Außergewöhnlichkeit abgeht, die aber ihre Rolle als zweite Geige hinter seiner Arbeit akzeptiert. Die sich seinem Lebensrhythmus anpasst, die die Nischen in seinem Alltag erkennt und sich damit zufrieden gibt, sie auszufüllen. Vielleicht, in der Hockeymannschaft haben sie früher in dieser Art über Frauen geredet, ist Rachel seine Liga. Er ist stolz,

dass er sich wider all diese Rationalität entscheidet. Immerhin, sagt er sich, ist das die Liebe.
Er war allerdings oft genug verliebt, um zu wissen, dass das Gefühl nicht ewig halten muss. Sollte er deshalb nicht gerade in Sachen der Liebe eher dem Verstand als den Gefühlen vertrauen? Doch Vernunft ist etwas für Wissenschaftler, für Leute in dunklen Labors oder staubigen Bibliotheken. Bei den Entscheidungen des Lebens folgt er lieber seinem Gefühl. Er hat nicht darüber nachgedacht, welche Zukunft Larissa und er haben könnten; ob sie eine Zukunft haben. Aber er brennt darauf, Jelena und Igoris sagen zu können: Seht ihr, ihr mit euren rationalen Zweifeln, hier sind wir, ein Paar.

Es ist Donnerstag. Wie an den meisten Tagen nimmt er seine Mittagspause erst am Nachmittag, als sich der Hunger nicht mehr ignorieren lässt. Er fährt mit dem Bagel, belegt mit Lachs und Frischkäse, den er sich im Canada Square Einkaufszentrum gekauft hat, im Aufzug zurück ins Büro. Zufällig steigt Robert Watson aus der Abteilung Fusionen & Akquirierungen mit ihm ein. Keine angenehme Begegnung, Watson weiß, dass er vor zwei Jahren von Fusionen & Akquirierungen zu Öl & Gas abgeschoben wurde. Er beginnt, um beschäftigt zu sein, den Bagel zu essen. Es hilft nichts.
»Du bist doch an der Leuchting-Revagaz-Sache beteiligt?« Watson steht breitbeinig mitten im Aufzug, die Hände in den Hosentaschen seines schwarzen Nadelstreifen-Anzugs, den blondierten Pony mit Gel zu einer mächtigen Tolle hochgeschraubt, wie es zwei Jahre zuvor modern war. Ein unsympathischer Mann, schon auf den ersten Blick, denkt er. Und er kennt ihn auch noch.
»Ja. Ich habe Revagaz durchgecheckt. Warum?«
»Wir führen die Verhandlungen. Es sieht nicht gut aus.« *Wir führen die Verhandlungen.* Watson weiß, dass Öl & Gas genauso in die Verhandlungen involviert ist wie Fusionen & Akqui-

rierungen. Aber *wir führen die Verhandlungen.* Es kommt Watson automatisch von den Lippen; daran gewöhnt, sich immer und überall so gut wie möglich darzustellen.

Es ist nicht der Augenblick, Watson zurechtzuweisen. »Was ist passiert?«

»Ich kann dir nichts Genaues verraten. Aber offenbar hat Leuchting angedroht auszusteigen. Wegen finanzieller Verstrickungen der Revagaz-Leute, du weißt, was ich meine.«

»Ich weiß, was du meinst.«

Er ist erleichtert, als der Aufzug im 22. Stock hält und er sich mit einem Nicken verabschieden kann.

Meint Watson wirklich dasselbe wie er? Kann es sein, dass Venglinskis Geldwäsche doch aufgeflogen ist? Die gefälschten Reisen nach Kasachstan sind plausibel, die Dollarbeträge, um die es geht, nicht wichtig genug, um sie einer peniblen Prüfung zu unterziehen. Er wartet einen Moment im Flur, vor dem Aufzug, bevor er ins Büro tritt. Der Bagel existiert noch zur Hälfte, das gibt ihm den Vorwand.

Unmöglich, dass Venglinski aufgeflogen ist. Dann wäre er schon längst von Stoneton informiert worden. Dann wäre er schon längst mit aufgeflogen.

Das Gerücht hat auch etwas Gutes. Er kann damit Igoris ködern. Das Angebot, im Clerk's mehr zu erzählen, bringt seinen Freund dazu, nach der Arbeit mit in die Bar zu gehen, obwohl Donnerstag ist, ein intensiver Arbeitstag noch vor ihnen liegt. Wirklich regelmäßig, so regelmäßig wie es ihm in Gedanken vorkommt, waren ihre Freitagabende in der Bar nie. Doch in den zurückliegenden Wochen sind die Besuche ganz versiegt, und angesichts seines Vorhabens, die kommenden Wochenenden in Kiew zu verbringen, sieht es mit zukünftigen Freitagen nicht besser aus.

Es ist kurz nach neun, als sie aus dem Büro gehen. Igoris lässt seinen Computer an, das Sakko über dem Stuhl hängen und stellt sein zweites Paar Schuhe so unter den Schreibtisch, dass

man es sofort entdeckt, wenn man an seinem Platz vorbeigeht. Wenn Stoneton gegen halb zehn nach Hause geht, soll er glauben, Igoris sei nur kurz einmal in das Einkaufszentrum hinuntergegangen und komme gleich wieder.
Das Clerk's in der Clerkenwell Road in Farringdon nimmt sich selbst sehr ernst als Bar. Es erlaubt seinen Gästen nicht, sich mit den Getränken vor die Bar auf den Bürgersteig zu stellen, wie es Trinker an diesem milden Frühlingstag überall in London tun; wie es Londoner unabhängig vom Wetter das ganze Jahr über machen. Außerdem will sie der Türsteher nicht hineinlassen. Es herrscht die strikte Norm *No suits*, keine Anzüge. Das ist die Rache der Schlechterverdienenden. In den Tempeln des Vergnügens, wo alles leger und locker sein muss, sind sie die Ausgestoßenen, zu steif und arbeitssüchtig, Stimmungstöter. Er überredet den Türwächter, sie trotzdem hineinzulassen: Sie haben keine Zeit gehabt, sich umzuziehen, sie haben etwas zu feiern, sie sind jeden Freitag hier. Dass Igoris ihm in der Rolle des Türenöffners zusieht, beflügelt ihn.
Es gibt genug Bars, in die sie ohne Hindernisse gelangt wären, Pubs, in denen praktisch nur Investmentbanker verkehren. Sie haben kein Interesse, dort hinzugehen. Im Clerk's, so haben sie sich gegenseitig versichert, *ist es cooler*. Was sie beide meinen, vermutet er, ist: Dort gibt es Frauen. Er geht lieber mit Männern aus als mit einer Frau, doch die Lokale, die seine Kollegen in der City besuchen, deprimieren ihn mit ihrer ausschließlichen Männlichkeit. Etwas muss man doch anschauen, über etwas muss man doch reden können. Wenn an solchen Männerabenden nicht die Aussicht existiert, irgendwann mit einer Frau zu reden, ist es sterbenslangweilig. Er hat eine Vermutung, warum es so wenige Frauen in der City gibt, warum dort so wenige arbeiten. Weil sie ihren Gefühlen nicht vertrauen. Frauen, das ist seine Beobachtung, brauchen Rückversicherungen, ehe sie handeln, Bestätigungen, ehe sie ihren Gefühlen folgen. In der City bekommt die niemand.

In der Sekunde, in der sie das Clerk's betreten, beginnt er zu schwitzen. Die Leute stehen dicht gedrängt. Sie tragen, soweit sie Männer sind, lächerlich schlabbrige Jeans, die schon nicht mehr auf, sondern unter den Hüften hängen, dazu bunte Hemden mit mindestens zwei geöffneten Knöpfen. Er weiß schon jetzt, den Anzug kann er morgen in die Reinigung bringen. Die Bar ist ein langer, schmaler Schlauch ohne Fenster. Weil es keine Tanzfläche gibt, wird getanzt, wo man gerade steht, und dabei ab und an mit dem ausholenden Ellenbogen dem Hintermann das Glas oder die Flasche aus der Hand geschlagen. Er kauft zwei Gin and Tonic. Das Einfachste scheint, sich umzudrehen und mit dem Rücken zur Bar stehen zu bleiben. Direkt vor ihnen tanzen zwei Frauen, hoch aufgeschossen die eine, nicht älter als 27, 28. Ihre mit Glitzer beklebten Handtaschen halten sie fest im Griff.
»Jetzt erzähl schon.«
»Genau weiß ich es auch nicht.«
»Aber du hast doch gesagt, du würdest mir hier alles genau erzählen!«
»Ich kann dir nur sagen, was ich gehört habe: Der Deal droht zu platzen.«
»Weil sie die Sache mit Akim in New York herausgefunden haben?«
»Das nicht. Auch an der Bodenverseuchung scheint es nicht zu liegen. Irgendetwas ist passiert, Igoris.«
»Und ich dachte, du würdest mir verraten, was.«
»Ich habe es nur von Watson von Fusionen & Akquirierungen gehört. Was es sein könnte, wollte ich mit dir besprechen.« Er hat seinen Gin and Tonic schon ausgetrunken. Die kleinere von den beiden jungen Frauen lächelt in ihre Richtung, nicht direkt ihnen zu, aber doch unverkennbar für sie bestimmt. Er kennt das Signal. Es fühlt sich gut an zu denken, *sie interessiert mich nicht.*
»Ich werde Rachel verlassen, Igoris.«

»Ja? Das musst du wissen. Was könnte bloß passiert sein, der Deal war doch schon durch, du hast es selber gesagt.«
»Abwarten. Bis jetzt ist es nur ein Gerücht.«
»Du brauchst nicht den weisen alten Mann zu spielen, auch wenn du deswegen so gerne mit mir weggehst: weil ich dir die Chance biete, dich erfahren und großartig zu fühlen.«
»Was redest du, Igoris?« Er hat sein leeres Glas so hingestellt, dass es sein Freund nicht übersehen kann. Aber weil Igoris noch über die Hälfte von seinem Drink hat, denkt er nicht daran, schon die nächste Runde zu bestellen.
»Ach, nichts.« Aber offenbar ist doch etwas. »Ich bin dir ja dankbar für all deine Hilfe in der Bank, Toby. Manchmal nervt es mich allerdings wirklich: dieses Gefühl, das du mir gibst.«
»Welches Gefühl?«
»Der kleine Junge zu sein.«
»Hey, Igoris –«
»Es ist schon in Ordnung, Toby, ist schon okay. Doch jetzt weihe mich bitte endlich ein: Was ist bei Revagaz passiert?«
Igoris reagiert in jüngster Zeit immer häufiger aus heiterem Himmel aggressiv. Er nimmt es seinem Freund nicht übel. Der Stress in der Bank kann einen leicht zerfressen. Vielleicht muss Igoris auch nur wieder einmal richtig ausschlafen.
»Schau, Igoris, ich habe keine gesicherten Informationen, deshalb wollte ich mich zurückhalten. Aber wenn du es für dich behältst –«
»Natürlich behalte ich es für mich.«
»Revagaz fordert auf einmal, dass Leuchting doppelt so viel wie geplant investiert. 260 Millionen Dollar.«
»Was? 260 Millionen?!«
»Anscheinend. Das ist es, was ich gehört habe.« Er hat es sich in diesem Moment ausgedacht, er hat keinen Augenblick lang darüber nachgedacht.
»Toby, die sind doch verrückt!«

»Nun, sag das ihnen und nicht mir.«
Er bestellt sich selbst noch einen Gin and Tonic. Als er sich wieder umdreht, schaut er kurz durch den Saal. Die kleinere der beiden Handtaschenschwingerinnen nutzt den Bruchteil eines Blickkontakts, um auf sie zuzukommen.
Schon reden sie miteinander, animiert, pointiert. In London, wo die Leidenschaft verborgen in schwarzen, verrauchten Höhlen wie dem Clerk's pulsiert, ist die Begierde ein schnelles Vergnügen. Es gibt kein langsames, abtastendes Kennenlernen. Höchstens ein verklemmtes Ende am nächsten Morgen.
Sie heißen Nikki und Deborah. Kolleginnen in der Anzeigenabteilung des *Guardian*, der seinen Firmensitz in Farringdon hat. Nur ein paar Minuten zu Fuß von der Bar, sagt Deborah. Die Frauen haben sie schon aufgeteilt: Igoris für die Hochaufgeschossene, er für die Kleinere. Während sie mit ihm redet, drängt Deborah ihren Busen an seine Rippen. Er fragt sich, was Frauen damit bezwecken, ob es nur ein Zufall ist, der ihm, auch in der U-Bahn oder im Einkaufszentrum, immer wieder zustößt, oder ob der ihm aufgedrängte Busen jedes Mal ein eindeutiges Zeichen aus dem Londoner Code der Paarung ist.
Er kennt das Spiel der Frauen, es heißt Zwei und Zwei. Die einzige Regel des Spiels besteht darin, dass die eine Freundin nur einen Mann mit nach Hause nimmt, wenn dessen Freund mit der anderen Frau mitkommt. Es tut ihm Leid, aber er wird Igoris die Partie vermasseln.
Er tut es für Larissa. Und, wenn er ehrlich ist, dann tut er es auch, um Igoris zu beweisen, dass er es mit Larissa ernst meint.
»Was war das denn jetzt?«, brüllt Igoris, als sie um kurz nach elf auf der Straße sind, allein, auf der Suche nach zwei Taxis, ein zur Sperrstunde hoffnungsloses Unterfangen. Igoris ist einen Meter hinter ihn zurückgefallen, aber er verlangsamt seinen Schritt nicht. Er spricht über seine eigene Schulter hinweg.

»Ich konnte es einfach nicht machen, Igoris. Tut mir Leid.«
»Aber du hattest sogar die Bessere. Die mit den größeren Brüsten!«
»Darum geht es nicht, Igoris.«
»Nein, worum geht es dann in dieser Welt, wenn nicht um große Brüste?«
»Brüll bitte nicht so, du bist betrunken, Igoris.«
»GROSSE, UNGEHEUERLICHE TITTEN!«
»Gute Nacht, Igoris. Such dir dein Taxi alleine.«
»Warte, Toby. Warte.«
Er hängt ihn ab. Erst an der übernächsten Straßenecke, Clerkenwell Road mit Gray's Inn Road, bleibt er stehen und dreht sich um. Das blaue Hemd mit den feinen weißen Karos seines Freundes ist voller Flecken, die rote Krawatte hängt ihm wie eine hechelnde Hundezunge aus der linken Hosentasche. Sein Freund. Sein einziger Freund. »Toby, *fuckin'* Toby, was ist los?«, sagt er zärtlich.
»Tut mir Leid, Igoris. Ich konnte das heute nicht tun.«
»Aber warum? Was ist heute anders als all die anderen Male? Revagaz? Sag nicht, es ist wegen Revagaz, wegen dem bescheuerten Deal, wegen dem du dir einen Kopf machst?«
»Nein. Es ist … wegen Larissa.«
»Larissa?« Es dauert einen Moment, bis Igoris den Namen Ereignissen und Wissen zuordnen kann.
»Larissa? Verdammt nochmal, ich habe dir doch gesagt, du sollst sie in Ruhe lassen.«
»Und ich habe mir erlaubt, dieses eine Mal deinen Rat in den Wind zu schlagen.«
»Jetzt hörst du mir mal zu.« Er kann Igoris' Atem riechen, es ist alles andere als angenehm. »Was du mit Larissa machst, ist nichts anderes, als was du heute Abend verweigert hast. Du spielst mit ihr. Du bist ein Spieler, Toby, ein Spieler, der alles ausprobieren muss, der alles schaffen, alles erobern muss, und, um deinen Kitzel zu kriegen, muss es immer extremer wer-

den. Reicht es dir nicht mehr, ein Mädchen aus dem Clerk's abzuschleppen, so wie wir es immer getan haben?«
»Igoris, bitte, wir hatten diese Diskussion schon in Wien und –«
»Ich bin noch nicht fertig, Toby. Reicht dir unser Leben nicht mehr, reichen dir die großen Brüste nicht mehr? Muss es jetzt ein Mädchen aus der Ukraine sein – wie neu, wie abenteuerlich, wie *romantisch*. Aber ich werde es nicht zulassen. Du machst sie kaputt mit deinem Spiel, Toby.« Igoris hängt an seinem Sakko.
»Ich meine es ernst, Igoris. Ich spiele nicht. Ich liebe sie.« Er ist selber erschrocken und weiß nicht worüber: dass er nun auch brüllt oder dass er es ausgesprochen hat.
»Du liebst sie, ja? Du liebst sie. Was glaubst du überhaupt? Was glaubst du, wer du bist, Toby, Tobias Linderoth?«
»Igoris, reiß dich zusammen.«
»Simon Le Bon? Oder Rod Stewart? Wer glaubst du zu sein, dass du dir einbildest, dich mit einem 20-jährigen Mädchen einzulassen?«
»21, um genau zu sein.«
»Toby, spar dir für einen Moment all deinen wundervollen, beschissenen englischen Humor. Ich meine es ernst. Schau dich an: Du bist 33.«
»Und? Ich bin also schon ein Opa, ich sollte längst verheiratet sein – eine arme Sau, die immer noch kleinen Mädchen hinterherschaut –, ist es das, was du sagen willst?«
»Erinnerst du dich nicht mehr: wie wir in Kiew am ersten Abend an der Hotelbar saßen, nur wir und dieses ukrainische Paar. Er mit einem roten Pullover zu einem grauen Anzug, eine lächerliche Gestalt, sie mit einem Kleid so klein, dass wir es für eine Badehose hielten. Er 40, sie 20. Erinnerst du dich daran, wie du sagtest: wie widerlich?« Tatsächlich erinnert er sich nicht daran, dass er das gesagt hatte; dass er es aussprach. Er glaubt, er habe es damals nur gedacht.

»Willst du ein Teil eines solchen Paars sein, Toby, willst du das?«

»Igoris, da kommt ein Taxi.« Er schüttelt seinen Freund ab und streckt den Arm aus. Das gelbe Licht auf dem Taxidach, das Signal der Bereitschaft, erlischt schon, während der Wagen vor ihnen an den Straßenrand rollt. Er öffnet die Hintertür und bleibt wie ein hilfsbereiter Chauffeur dahinter stehen, wartend, dass sein Freund einsteigt. Er überlässt Igoris das erste Taxi.

Rachel ist noch wach. Sie sitzt im Bademantel auf dem Sofa im Wohnzimmer, die nackten Beine hochgelegt, und wirft ihm zur Begrüßung nur ein kurzes Nicken zu. Er nickt zurück. Sie ist am Telefon. Er hört kurz hin, »dieser Film ist hier noch gar nicht angelaufen, kommt mir vor«, er versteht: Sie spricht mit Neuseeland, vermutlich ihre Schwester, dort ist es wohl schon Morgen. Er mag es nicht, wenn ihm jemand beim Telefonieren zuhört, so nichtig das Gespräch auch ist, und geht davon aus, dass es anderen genauso geht. Er fängt Rachels Aufmerksamkeit ein, zeigt auf sich, dann auf die Treppe, sie nickt noch einmal, und er geht hoch ins Schlafzimmer. Er ist froh, dass, wenn sie auflegt und zu ihm ins Bett kommen wird, er noch jemanden zum Reden hat in dieser Nacht; jemanden, der nett zu ihm ist, der ihm versichert, dass er kein spielsüchtiges Monster ist.

Er weiß nicht, wie lange es dauert, bis Rachel in der Tür steht. Wenn er im Bett liegt, selbst wenn er wach ist, verliert er das Zeitgefühl. Sie streift sich den Bademantel ab und stöhnt, ach, ihre Schwester, immer dieselbe Leier. Er kann in der Dunkelheit ihre Formen erkennen, die runden Schultern und schweren Hüften, vielleicht kann er auch nichts sehen und weiß einfach, wie ihre Formen sind. Sie trägt nur einen Slip. Sie wird ihn, wenn sie nun mit einem Schwung ins Bett kommt, irgendwo im Gesicht küssen, wo sie ihn gerade er-

wischt. Er wird die Decke hochheben, sie wird sich an ihn schmiegen und er wird die Decke sorgfältig herunterlassen, aufmerksam, dass sie Rachel auch vollends bedeckt. Es ist beruhigend, sich solcher Routinen sicher zu sein.
»Du riechst nach Rauch.«
»Und Alkohol, befürchte ich. Ich war mit Igoris noch im Clerk's.«
»An einem Donnerstag. Sag nicht, ihr werdet jetzt wilde Jungs.«
»Nein, nein. Wir hatten etwas zu besprechen. Und weil ich, weil ich – Rachel, ich muss morgen Abend schon wieder nach Kiew.«
Sie hält ihn immer noch umschlungen, aber die Wärme entweicht aus ihrer Umarmung. Starr und kalt hängt sie an ihm. Sie warten, dass der jeweils andere etwas sagt.
»Toby –«
»Ich weiß, es ist ein bisschen viel in letzter Zeit. Aber es ist nicht leicht in der Ukraine, da tauchen so viele Schwierigkeiten auf, und unter der Woche ist im Büro so viel zu tun, dass –«
»Toby.«
Er verstummt. Er weiß, was immer jetzt kommt, wie schmerzhaft es auch sein wird, er muss es über sich ergehen lassen. Es ist in seinem eigenen Interesse. Möge das Ende beginnen.
Das Leben fließt in ihren Körper zurück, sie klemmt ihr linkes Bein zwischen seine beiden und streichelt seine Brust.
»Bitte sag mir die Wahrheit: Sind diese Kiew-Reisen nur Erfindungen? Verbringst du die Wochenenden in Wirklichkeit mit einer Frau in einem luxuriösen Hotel im West End?«
»Rachel, nein, wie kommst du darauf. Um Gottes willen. Ich zeige dir die Flugtickets, die Hotelrechnungen, ich meine natürlich die Kiewer Hotelrechnungen. Ich bringe sie dir morgen aus dem Büro mit.«
Ihre Hand kreist unaufhörlich weiter über seine Brust, heftig, anmutig, als ob sie mitten in einem Liebesspiel wären.

»Das brauchst du nicht. Ich habe auch nicht ernsthaft gedacht, dass du eine Liebhaberin hast. Katie meint es. Aber ich sagte ihr schon, dass ich es nicht glaube. Weil ich doch deine Liebhaberin bin. ›Verheiratet mit seiner Bank‹, sagte ich ihr. Toby, ich habe immer akzeptiert, dass dir deine Arbeit wichtig ist. Aber es muss ein Limit geben. Lass mir wenigstens, was jeder Liebhaberin zusteht: die Wochenenden.«

»Schau, Rachel, es ist wirklich nur die Ausnahme, dieser Fall in der Ukraine –«

»Es geht nicht um diesen Fall. Toby, es geht darum, dass dir bewusst sein muss, dass du eine Freundin hast.«

»Natürlich.« Das Schlimme ist, dass sie ihn nicht angreift, dass sie nicht brüllt und tobt. Sie will nur eine Aussöhnung, sie will ihre Freundschaft neu beleben. Sie könnten nach dieser Aussprache besser denn je miteinander zusammenleben. Ein reinigendes Gewitter. Aber er darf nicht nachgeben. So gerne er jetzt alles in Wohlgefallen auflösen würde – dies ist seine Chance. Jetzt muss er einen würdigen Abschluss finden.

»Rachel, ich habe darüber nachgedacht.«

Die Hand auf seiner Brust kreist noch immer, aber plötzlich – oder kommt ihm das nur so vor – schneller, hektischer, als würde sie nicht mehr streicheln, sondern rubbeln.

»Ich bin wirklich gerne mit dir zusammen und jedes Mal in Kiew habe ich ein schlechtes Gewissen, wenn ich daran denke, wie du nun alleine in London bist, alleine mit deinen ganzen schönen Plänen, die du für unser gemeinsames Wochenende hattest. Aber« – er richtet sich auf, ihre Hand fällt von ihm, plumpst einfach von der Brust wie ein Apfel von einem schiefen Tisch. Er lehnt den Kopf gegen die Wand – »meine Arbeit ist nun mal so. Ich sehe nicht, wie wir anders leben könnten. Wenn du das möchtest, anders leben, dann« – er beendet den Satz nicht. Er glaubt, dass er schon alles gesagt hat. Sie bewegt sich nicht. Er hört sie atmen, tief und gleichmäßig, unverändert. Als könnte so einfach alles weitergehen.

»Das ist die Wahrheit«, schiebt er hinterher, um die Stille zu überbrücken. Aber die Stille verweilt.
Er bleibt halb aufgerichtet sitzen, sie liegt neben ihm, auf dem Bauch, das Gesicht in die Matratze gedrückt. Sie atmet gleichmäßig, wie eine Schlafende. Er rutscht langsam hinunter ins Bett und tut dasselbe wie sie, er stellt sich schlafend. Irgendwann, viel später, auch wenn er nicht weiß wie viel, hört er sie. Sie weint. Er bewegt sich nicht. Nur die Augen und Fäuste presst er fest zusammen, so fest er kann.

Nun, da die Dinge ins Rollen gebracht sind, müsste es doch automatisch weitergehen. Aber es geschieht nichts. Am Freitagmorgen gehen Rachel und er gemeinsam zur U-Bahn. Sie erzählt von den beruflichen Schwierigkeiten ihrer Schwester Tracy, die selbstständige Architektin ist und keine Aufträge erhält, er kauft auf der Fulham Road einen Kaffee, sie halten sich nicht an der Hand, das ist der einzige Unterschied gegenüber anderen Tagen. Beim Aussteigen an der Canary Wharf begegnet er Igoris und sie diskutieren darüber, ob sie Stoneton mit dem Gerücht über die Revagaz-Verhandlungen konfrontieren sollen, wobei ihnen bewusst ist, dass sie es niemals tun werden. Von gestern Abend auch hier kein Wort. Themen der Nacht sollen da bleiben, wo sie hingehören: in der Dunkelheit.
Mit den Menschen, die ihm am nächsten stehen, Rachel und Igoris, hat er unausgesprochen den Pakt geschlossen, dass sie über Gefühle füreinander, Gedanken übereinander, über das, was zwischen ihnen ist, am besten nicht reden. Er weiß, dass dies an ihm liegt. Rachel und Igoris haben es versucht. Am Anfang haben sie ihm ihre Gefühle mitgeteilt, und immer mal wieder, wie gestern Nacht, bricht es aus ihnen aus. Sie versuchen mit ihm zu reden, wie das nach ihrer Vorstellung normale Freunde machen. Sie haben lernen müssen, dass er so normal nicht ist.

Am Nachmittag ergibt sich unerwartet eine Gelegenheit, Stoneton nach Neuigkeiten in Sachen Revagaz zu fragen. Der Chef eilt aus seinem Glaskasten und zieht sich im Gehen das Sakko an. Weil es am Ärmel klemmt, bleibt Stoneton kurz stehen, unmittelbar hinter der Schreibtischreihe, in der er sitzt. »Ich bin die nächste Stunde oben im 25. Stock bei Fusionen & Akquirierungen. Wenn aber etwas Wichtiges sein sollte, können Sie mich jederzeit anrufen.« Stoneton sagt es nicht direkt zu ihm, sondern einfach in den Raum hinein. Aber er steht hinter seinem Schreibtisch.

»Geht es um Revagaz, Mister Stoneton? Dann würde ich mitkommen – ich meine, wenn Sie es wünschen.« Er findet, es hat nichts Anmaßendes, das zu fragen, nicht in der Beiläufigkeit dieser Situation.

»Danke, aber das ist nicht nötig, Mister Linderoth, Tobias. Es sind nur ein paar Dinge zwischen den Abteilungen abzustimmen. Keine Sorge, ich halte Sie auf dem Laufenden, falls wieder ein neues Stück geboten wird in diesem ukrainischen Theater.« Stonetons Arm hat seinen Weg in das Sakko gefunden. Es gibt keinen toten Moment mehr zu überbrücken und deshalb auch nichts mehr zu sagen.

In diesem ukrainischen Theater. Bedeutet das, dass der Deal tatsächlich feststeckt? Oder dass Stoneton nur etwas Unverbindliches, irgendetwas Flottes sagen wollte?

Nichts geht automatisch weiter.

Erst in der Sonntagnacht, als er aus Kiew zurückkommt, bemerkt er, dass die ganze Zeit etwas vorangegangen ist. Die Ersatzschlüssel zu seiner Wohnung liegen auf dem Wohnzimmertisch. Er eilt die Treppe hinauf ins Schlafzimmer und öffnet den Kleiderschrank. All ihre Sachen sind weg. Er sucht überall, im Wohnzimmer, auf dem Kissen im Bett, an der Küchentür, aber er findet keine Abschiedsnotiz von ihr.

Dreizehn

In dem fensterlosen Einkaufszentrum am Canada Square soll es alles geben, auch Idylle. Vor dem Eingang zum Waitrose-Supermarkt steht deshalb ein Springbrunnen. Nachdem er mehrere Orte ausprobiert hat, ist er zur Einsicht gelangt, dass der Brunnen der beste Platz für seine Gespräche mit Larissa ist. Wenn er sich auf den abgerundeten Rand des Brunnens setzt, hat er das beruhigende Gefühl, dank des Wasserplätscherns könne kein Passant seinem Telefongespräch lauschen. Jeden Tag um 15 Uhr, 17 Uhr Kiewer Zeit, setzt er sich an den Brunnen. Er ist erstaunt, wie leicht sich solch eine Routine auch in seinem Beruf einhalten lässt, wenn man nur will. Ihre Gespräche dauern immer zwischen zehn und zwölf Minuten und enden jedes Mal mit der schönen Gewissheit: »Dann sprechen wir uns morgen wieder.« Manchmal fühlt er sich danach so beschwingt, dass er sich trotz der Schlange an der Kasse noch die Zeit nimmt, bei Dino's einen Bagel zu kaufen. Ansonsten beschränkt er sich auf ein pappiges Käse-Sandwich. Das gibt es in einem Kiosk direkt neben dem Brunnen.

»Nächste Woche habe ich den Termin bei der britischen Botschaft, um das Visum zu beantragen«, sagt sie, während er ein klein wenig nach vorne rutscht, damit sein Rücken nicht vom Brunnen besprenkelt wird. Er hat ihr eine offizielle Einladung schicken müssen, in der er versichert, Larissa Titow bei sich aufzunehmen und für alle notwendigen Kosten während des Besuchs aufzukommen. Es ist nur ein bürokratischer Schrieb, eine Formalie. Und doch hatte er, während er den Brief aufsetzte, eine Vision. Er bildete sich die vorwurfsvollen Blicke britischer Botschaftsmitarbeiter ein: *Aha, Sie holen sich ein Mädchen aus der Ukraine ins Haus. So einer sind Sie.*

»Hast du denn nun schon einen genauen Termin im Kopf, wann du kommen möchtest? Je früher ich es weiß, desto besser, dann kann ich mir vielleicht freinehmen.«
»Ich dachte, wenn ich vielleicht vom 1. Juli bis 5. August komme.«
Er denkt nicht einmal, dass sie sich versprochen hat. Dazu hat sie sich zu klar ausgedrückt: *vom 1. Juli bis 5. August.* Er dachte an ein verlängertes Wochenende.
»Ich fürchte, dass ich mir nicht die ganze Zeit freinehmen kann, aber ich versuche so viel Urlaub wie möglich herauszuschlagen.«
»Also, am 1. Juli würde ich losfahren. In London wäre ich dann am 3. Juli. Ich habe mich schon erkundigt, die Busse fahren hier nachts weg und kommen zwei Tage später mittags in London an.«
»Die Busse? Larissa, ich schenke dir doch –«
»Der Zug ist viel, viel teurer und auch nicht schneller, weil man mindestens dreimal umsteigen muss.«

An dieses Gespräch muss er denken, als er am Flughafen Heathrow in der Ankunftshalle des Terminal 1 steht. Er trägt ein dunkelblaues T-Shirt und eine gleichfarbige Hose aus feinem Stoff, aber nicht zu smart. Es fällt ihm nicht ein, wann er das letzte Mal so intensiv darüber nachgedacht hat, was er anziehen soll. Er hat einen Strauß Blumen gekauft, Margeriten, der Blumenhändler war skeptisch, aber er ließ sich nicht umstimmen. Rosen erschienen ihm zu plump. Jetzt erscheinen ihm die Margeriten zu banal. Er ist zu früh dran, eine Viertelstunde vor Ankunftszeit, und sicher wird der Flug Verspätung haben.
Der Flughafen ist sehr englisch, in dem Sinne, dass er nicht schön ist. Er ist noch nicht einmal praktisch. Er funktioniert. Das ist der Anspruch, der in London an öffentlichen Transport, an Gebäude oder auch an die Wasserhähne zu Hause

gestellt wird: Es muss nur ganz ordentlich funktionieren. Es muss *reichen*. Ihm ist das sympathisch: das Beschränken auf das Mindeste. Solange es geht, ist es gut. Ob der Wasserhahn tropft oder nicht – das Wasser fließt doch. Oder ist ihm diese englische Gleichgültigkeit gegenüber der Perfektion nur sympathisch, weil er danach strebt, ein Londoner zu werden, aufgenommen zu werden? Findet er deswegen alles gut, was in London passiert?

Er sieht sie sofort. Sie ist viel zu warm angezogen, mit einem khakifarbenen Rollkragenpullover, womöglich aus Wolle, einem beigen Rock und hohen hellbraunen Stiefeln, die nur die Knie frei lassen. Den Mantel trägt sie in der Hand. Sie hat ihre besten Sachen angezogen, denkt er, für ihn. Er hat noch nicht mit ihr gerechnet, so pünktlich, mitten in einer Gruppe von Spaniern, ein blonder Blickfang in einem dunklen Heer. Er rempelt einen der Spanier an, einen Jungen mit Ringen in Nase und Lippe und merkwürdiger Frisur. Er entschuldigt sich, ohne zu stoppen.

Er hält sie eine Ewigkeit. Er küsst sie nicht einmal, er hält sie nur in den Armen, seine Blumen auf ihrem Rücken. Ab und an schaut er hoch, er registriert sogar die Leute hinter ihr, von denen nun einige wie Ukrainer aussehen, die breiten Wangen, Lederjacken, Trainingsanzüge. Dann senkt er seinen Kopf wieder in ihr Haar. Sie riecht, wie immer, nach Seife.

Er hat für die ersten 16 Tage ihres fünfwöchigen Besuchs freibekommen. Vielleicht können sie ein paar Tage nach Frankreich oder gar Deutschland fahren; sie sind geradezu gezwungen, zumindest nach Belgien zu reisen, nachdem sie auf sein Drängen hin schon die Prozedur auf sich genommen hat, auch noch ein Besuchervisum für die Länder des Schengener Abkommens zu erhalten. Fünf Wochen Urlaub erscheinen ihm zu lange, zu kostbar, um nur in London zu bleiben. Dabei, da macht er sich nichts vor, geht es in diesen fünf Wochen doch nur darum: zu sehen, ob sie in einem gemeinsamen

Londoner Leben zurechtkämen. Dies ist ihre Generalprobe. Er weiß, dass sie genauso denkt. Er findet es bereits in der wie gewohnt heftig schwankenden und ruckenden U-Bahn von Heathrow nach Hammersmith heraus.

»Wo hast du denn deine Klarinette?«, fragt er, ihr einziges Gepäck mit den Augen taxierend, einen abgewetzten schwarzen Kunstlederkoffer ohne Räder.

»Ich habe sie zu Hause gelassen.«

»Ach so?«

»Ich dachte, ich nehme nichts aus meinem ukrainischen Leben mit, um herauszufinden, ob ich fern davon zurechtkomme.«

Er sagt nichts. Doch er ist ein klein wenig enttäuscht. Er hatte sich ausgemalt, wie er von der Bank nach Hause kommen und sie spielen hören würde, oben in seinem Arbeitszimmer mit dem Bügelbrett. Was würde er zurücklassen müssen, wenn er für fünf Wochen in die Ukraine ginge? Nichts, ist sein erster Gedanke, und nach einem kurzen Überlegen fällt ihm noch immer nichts ein außer *meinen Alltag, mein Leben*. Es gibt offenbar nichts Konkretes, keine Leidenschaft, auf die er nur schlecht verzichten könnte.

»Wie heißen diese Blumen auf Englisch?«, fragt sie und steckt ihre Nase tief in die Margeriten, obwohl ihr penetranter Geruch die ganze U-Bahn erfüllt.

»*White ox-eyes.*«

»Weiße Ochsenaugen?«

»Ja. Sehen sie nicht so aus?«

»Nein.« Er merkt, wie viele Mitreisende im Waggon ihnen heimlich zuhören. Angesichts Larissas trotziger Ehrlichkeit entwischt ihnen ein verhuschtes Lächeln, sogar dem Mann gegenüber, der vorgeblich mit aller Ernsthaftigkeit der Welt den in voller Spannbreite vor ihm ausgebreiteten *Evening Standard* liest.

»Sind Ochsenaugen in England – oder in Deutschland – Blumen für einen besonderen Anlass?«

Wenn er geistesgegenwärtig wäre, würde er ja sagen, würde er die Margerite zum Symbol des einmaligen Moments erklären. »Äh, nein, ich glaube nicht«, sagt er. »Sie gefallen mir einfach.«

»Das ist gut«, antwortet sie und lässt offen, ob sie ihr auch gefallen. Doch er ist mit der Antwort zufrieden. Es ist gut.

Als sie in seiner Wohnung sind, packt sie aus, was sie ihm mitgebracht hat. Ihm ist unwohl angesichts dieses Augenblicks. Zu oft haben ihm die Geschenke seiner ehemaligen Freundinnen mit einem Schlag verdeutlicht, dass sie nicht zusammenpassen. Larissa holt vorsichtig sauber gefaltete und sorgfältig zusammengelegte Blusen, zwei Röcke, die Jeans mit den aufgenähten Blumenblüten aus dem Koffer. Sie hat sein Geschenk durch die Kleidung auf dem Flug gepuffert. Schließlich hält sie eine weiße Plastiktüte in den Händen.

»Für dich.«

»Vielen Dank.«

In der Plastiktüte ist ein unförmiger Ballen in Aluminiumfolie.

»Am besten packst du es in der Küche aus.«

Er legt die Tüte auf die Anrichte. Er nimmt den Klumpen aus der Plastiktüte und wickelt die Aluminiumfolie auf. »Oh«, sagt er. Er blickt auf einen Brei von etwas Essbarem, etwas, was jedenfalls einmal essbar war.

»Oh, nein, es ist alles zermantscht!«

»Was – was *war* es?«

»*Vareniki.* Du hast sie doch so gerne gemocht, als du bei uns zum Mittagessen warst.«

Sie solle sich keine Gedanken machen, sagt er. Die Absicht zählt.

Sie essen zum Abendbrot in seinem Wohnzimmer aufgewärmten Mantsch aus Teigtaschen und Kartoffel-Pilz-Füllung und trinken Leitungswasser dazu. Es schmeckt vorzüglich. Eines der besten Geschenke, die er je bekommen hat. Ab und an beißt er auf etwas Süßes, etwas, was überhaupt nicht in den wohlig deftigen Geschmack des Mantsches passt.

»Komisch, plötzlich schmecke ich etwas wie – wie Birne, scheint mir.«

»Das war der Nachtisch.«

Vier *Vareniki* waren mit Apfel gefüllt.

Außer den *Vareniki* hat Larissa noch zwei braune Fläschchen mit einer Kräuterlösung gegen Rückenschmerzen mitgebracht. Es ist die Kreation eines Nachbarn, der sie auf dem Markt in Trojeschtschina mit beachtlichem Erfolg für fünf Hrywen pro Fläschchen verkauft. Der Nachbar hat von dem großen Rückenleiden des westeuropäischen Büroproletariats gehört. Er möchte, dass Larissa die Proben englischen Pharmaunternehmen anbietet. Sie erzählt ihm davon lachend und doch erwartungsvoll. Sie ist sich nicht sicher, was das Rückenleiden in England betrifft – vielleicht sind die Leute tatsächlich so verzweifelt, dass sie ein alternatives Mittel aus fernen Ländern zumindest probieren wollen? Er sagt, er kenne einen Apotheker in Frankfurt, dem werde er mal ein Fläschchen schicken. Er sieht keinen Grund, sich über den Nachbarn lustig zu machen.

Für den Nachtisch findet er eine Packung Schokoladenkekse im Küchenschrank. Er ist es nicht gewohnt, zu Hause zu essen, es ist ihm daher auch nicht in den Sinn gekommen, für ihren Besuch einzukaufen. Mit Zufriedenheit registriert er, wie sie herzhaft die Hälfte von einem Keks abbeißt. Frauen, die an Süßigkeiten herumnagen, von ihrem schlechten Gewissen am Genießen gehindert, machen ihn nervös.

»Hast du immer alleine in dieser Wohnung gewohnt?«

Zuerst glaubt er, dass es eine verschlüsselte Frage ist, um herauszufinden, wann er das letzte Mal eine Freundin hatte. Dann fällt ihm ein, dass Larissa zu geradlinig ist, um gezinkte Fragen zu stellen.

»Findest du sie zu groß für mich?«

»Nicht *zu* groß. Aber sie wirkt nicht wie eine Wohnung, die jemand kauft, der alleine lebt.«
»Ich habe sie damals gekauft, als ich mit Heike nach London zog, mit der *Geschiedenen*.«
Er hat nie daran gedacht, die Wohnung oder zumindest die Einrichtung zu wechseln, weil sie ihn zu sehr an Heike erinnere. Er kann nichts Störendes daran finden, mit Dora, Jessica, Rachel und nun Larissa in einem Bett zu schlafen, das er für Heike und sich gekauft hat. Ein Bett ist ein Gebrauchsgegenstand und keine Erinnerungsstätte. Und dieses Bett, *Maulier*-Design mit einer dünnen, harten Matratze, ist nach all den Jahren noch immer gut.
Wenn der Trennung von Rachel etwas Unbefriedigendes anhaftet, dann nicht, dass er in seiner Wohnung noch öfters an sie erinnert wird, obwohl nun bereits Larissa gekommen ist. Sondern dass die Trennung nie ausgesprochen wurde. Er mag in dieser Sache konservativ sein, aber er würde sich wohler fühlen, wenn sie formal, *offiziell*, einen Schlussstrich gezogen hätten. Er weiß, dass dies seine Aufgabe gewesen wäre. Er hätte Rachel anrufen müssen, nachdem sie seine Reise nach Kiew nutzte, wortlos aus seiner Wohnung, aus seinem Leben zu verschwinden. Das Vorhaben, sich bei ihr zu melden, hat er lange mit sich herumgetragen. Doch er hat immer einen Grund gefunden, es gerade an diesem Tag nicht durchführen zu können. Schließlich war es zu spät. Für alles bleibt einem nur eine bestimmte Zeit, und spätestens zwei Wochen nach Rachels Verschwinden war seine Zeit abgelaufen, die Beziehung mit Anstand formal zu beenden. Er hatte sich schon als Feigling entblößt.
Er geht mit Larissa gleich am ersten Abend auf denselben Wegen spazieren wie früher mit Rachel, durch die Fernhurst Road und die Wardo Avenue zum Fluss. Er glaubt, ihr teilweise dieselben Erklärungen zu geben wie Rachel auf ihrem ersten Spaziergang, »Fulham Palace war einmal der Sitz des

Bischofs« oder »Als ich einmal hier an der Themse stand und den Regen auf das Wasser fallen sah, begriff ich, dass London einmalig ist – wenn einem sogar der Regen gefällt«. Früher dachte er, es müsse nichts Langweiligeres geben, als Lehrer oder Fremdenführer zu sein und immer wieder dasselbe zu erzählen. Heute weiß er, dass es kaum etwas Schöneres gibt, als Situationen oder Sätze zu wiederholen – und zu merken, es gelingt einem besser als beim vorherigen Mal, die Situation zu gestalten, die Sätze zu formulieren. Wieder einmal fühlt er sich bestätigt, dass es im Umgang mit anderen Menschen vor allem darum geht, etwas darzustellen: Waren die Spaziergänge mit Rachel nur die Proben, und ist dies der wirkliche Auftritt?

Er fasst sie so oft an, wie er nur kann. Wenn er ihr etwas zeigen will, nimmt er ihre Hand oder berührt sie an der Schulter. Meistens allerdings sucht er noch nicht einmal nach einem Vorwand, sie zu berühren. Vor allem fühlt sie sich jung an. Er weiß, es ist kindisch, aber er kann es nicht lassen, sie zu vergleichen: Was hat Larissa, was Heike, Dora oder Rachel nicht hatten? Warum kann er ihr Gedanken und Gefühle mitteilen, die ihm bei jedem anderen Menschen nicht aus dem Mund kamen? Er findet keine Antworten. Er ist einfach glücklich, dass es so ist.

Es gefällt ihm, ihr London zu zeigen. Das gibt ihm das Gefühl, es ist *seine* Stadt. Was er ihr auch zeigt, so scheint es ihm, weckt ihr aufrichtiges Interesse. Ernsthaft lauscht sie seinen Erklärungen. Selten kommentiert sie das Gesehene, als ob ihr das nicht zustünde. Es ist die erste Auslandsreise ihres Lebens. Abends, während sie im Badezimmer ist, sitzt er nackt im Bett und überlegt, mit dem *Rough Guide London* auf dem Schoß, wohin sie am nächsten Tag gehen könnten. Er macht sich Notizen, er will nichts vergessen. Er war schon in so vielen Städten und merkt nun, dass er eigentlich gar nicht weiß, wie man das macht: eine Stadt besichtigen.

Er klammert sich an den Reiseführer. Vom alten königlichen Observatorium auf dem Hügel im Greenwich Park soll man einen schönen Blick über die City haben. Er glaubt, der Blick über die Stadt könnte sie vielleicht entfernt an ihren Lieblingsplatz in Kiew erinnern, das Denkmal der russisch-ukrainischen Freundschaft.
Der Park fällt in sanften Hängen vom Observatorium ab. Sie setzen sich ins Gras, die Rücken an eine alte Eiche gelehnt. Vor ihnen breitet sich die Stadt aus, die Themse und dahinter Apartmentblocks und einige wenige Bürotürme, Canary Wharf.
»Dort arbeite ich.«
»Dort arbeiten sie nun ohne dich.«
Er liest noch immer jeden Tag die *Financial Times*, er verspürt einen Drang, Igoris anzurufen und zu fragen, was gerade passiert, ob es in Sachen Revagaz etwas Neues gibt, und von Zeit zu Zeit, wenn sie in der U-Bahn sitzen oder durch die Straßen spazieren und er gerade nichts erklären muss, wandern seine Gedanken beliebig zu erfolgreichen Geschäften, die er vor zwei, drei Jahren für Derling abgeschlossen hat, oder zu Superdeals, die nur in seiner Fantasie entstehen. Grundsätzlich jedoch fehlt ihm die Arbeit weniger, als er dachte. Es gibt wirklich viele Momente, in denen er die Bank voll und ganz vergisst; Augenblicke, in denen er überzeugt ist, er brauche die Arbeit gar nicht.
»Ich finde, der Park und der Blick von hier erinnern ein klein bisschen an Kiew.«
»An Kiew?«
»Na ja, schau, auch von hier sieht man über den Fluss und dahinter die Apartmentblocks genau wie in Kiew beim Blick vom Denkmal unserer beiden Freunde, dem angezogenen russischen Arbeiter und dem halb nackten ukrainischen Arbeiter.«
»Du denkst auch, die Statue des Manns mit nacktem Ober-

körper stellt den Ukrainer dar? Ich auch. Er wirkt naiver, jedoch auch gutmütiger als der russische Arbeiter. Aber du hast ein zu gutes Bild von Kiew, Toby. Ich sehe von hier aus nur alles, was es in Kiew nicht gibt: kräftige Farben, Sauberkeit und Ordnung.«

Seine Einlassung erscheint ihm augenblicklich peinlich. Naiv. Er fühlt noch immer Druck, sie beeindrucken zu müssen. Er zieht sie zu sich herüber, um sie lange genug zu küssen, damit danach sein beschämender Kommentar vergessen ist.

Ihre Rollen sind noch immer klar definiert: Er ist der Aktive, sie die Passive, Gärtner und Blume. Sie antwortet auf jede seiner Berührungen, auf jeden seiner Küsse, aber kaum einmal geht die Zärtlichkeit von ihr aus. Er fragt sich, ob sie ihre Zurückhaltung mit der Zeit überwinden wird oder ob es immer so bleiben wird – weil er immer der zwölf Jahre Ältere bleiben wird.

Er liegt auf dem Rücken. Über ihm sind ihre Haare, die knorrigen Äste der Eiche, das Weiß des leicht bewölkten Himmels und ihre schwarzen Augen.

»Machst du dir nie Gedanken darüber, dass ich zwölf Jahre älter bin als du?«

»Nein.«

Er wartet. Diesmal wird er sie nicht damit davonkommen lassen, nur die Tatsachen auszusprechen.

»Was willst du hören?«

»Das, was du denkst.«

»Das habe ich doch gesagt: Nein, ich denke nicht darüber nach, dass du älter bist. Es kümmert mich nicht. Ich liebe dich einfach.«

Sie sagt es nicht, wie Liebeserklärungen klingen sollten. Sie sagt es beiläufig, in ihrem gewohnten *Ton der Tatsachen.* Von den Farben über ihm, dem Blond, dem Schwarz, dem Weiß und dem Dunkelgrün, kommen das Blond und das Schwarz unvorhergesehen auf ihn zu, so nah, dass er die Augen schlie-

ßen muss. Er spürt die Weichheit ihrer Lippen und denkt noch: Schaut jemand zu?
Danach hat er keine Hemmungen mehr. Er glaubt, nun über alles mit ihr reden zu können. Er nimmt Anlauf, er hat den Satz im Kopf – und fragt: »Gefällt dir London?«
»Es ist anders, als ich dachte.«
»Anders?«
»Ich dachte, ich würde viel mehr Ukrainer treffen.« Ihr Kopf liegt auf seiner Brust, sie sehen beide dieselben Eichenäste. »Jetzt komme ich mir deswegen doof vor. Über zehn Millionen Leute leben in London, wie konnte ich denken, an jeder Ecke würde ich Ukrainern begegnen? Aber als ich in Kiew erzählte, ich würde nach London fahren, kannte jeder jemanden, der hier lebt. Deshalb habe ich mir vorgestellt, man würde sie überall sehen. Ich bin froh, dass es nicht so ist.«
»Froh?«
»Sie sind ein trauriger Anblick. Du musst das wissen.«
Er weiß es nicht. Er hat nie einen Ukrainer in London gesehen, nicht bewusst. Aber natürlich weiß er, was sie meint. Die müden Gesichter, die rot unterlaufenen Augen, die sackförmigen Trainingsanzüge. London muss voll von ihnen sein. So viele Hemden wurden gereinigt, so viele Pizzas gebacken, auf so viele Kinder wurde aufgepasst, wenn sie abends aus ihren Banken kommen. Jeden Donnerstagmorgen, wenn er ins Büro fährt, lässt er einen Briefumschlag mit 18 Pfund auf dem Wohnzimmertisch liegen, manchmal, wenn er kein Kleingeld hat, auch eine Zwanzig-Pfund-Note. Abends, wenn er zurückkommt, ist das Geld weg und die Wohnung sauber. Seine Putzfrau heißt Monika, kommt aus Lublin in Ostpolen und ist schätzungsweise so alt wie Larissa.
»Kann ich dich etwas fragen, Toby?«
»Natürlich, das weißt du doch: Du kannst mich alles fragen, auch wenn ich das meiste nicht weiß.«
»Damals, als wir mit Jelena und Rad durch den Park am

Dnjepr-Ufer spazierten, wollte Rad wissen, was die Engländer von den Ukrainern denken. Statt zu antworten, machtest du nur einen Witz. Du wolltest uns schützen: Du wolltest nicht, dass wir wissen, wie man auf die Ukrainer in London herabschaut – wie du vielleicht selber auf die Ukrainer herabgeschaut hast, bevor du uns kanntest. Stimmt es?«

»Nein.« Er sagt es und beginnt dann erst nachzudenken.

»Larissa, die Wahrheit ist – und vielleicht ist das schlimmer –, dass ich und vermutlich die meisten im Westen uns überhaupt keine Gedanken machen über die Ukraine und die Ukrainer. Man ahnt, dass es in London eine parallele Welt gibt, in der Ukrainer oder Rumänen zu zehnt in einer Zwei-Zimmer-Wohnung hausen und sich in trostlosen Jobs für ein lächerliches Gehalt die Gesundheit ruinieren. Man sieht diese Leute, an der U-Bahn-Station in Hammersmith oder in den Straßen von Shepherd's Bush, in ihren von Öl und Farbe verschmierten Jacken, mit den platt und ungeordnet am Kopf klebenden Haaren und den allzeit geöffneten Händen, weil an ihnen schmerzende Schwielen wachsen. Aber man nimmt sie nicht wahr.«

»Ich glaube, deswegen könnte ich nie in London leben. Weil ich immer zu dieser Gruppe gehören würde. Für die Engländer wäre ich immer eine von denen, eine aus der heruntergekommenen, überbevölkerten Zwei-Zimmer-Wohnung. Eine von denen, die man nicht sieht.«

Er rollt sie von seiner Brust. Sie bleibt einfach, so wie sie hingerollt ist, auf dem Rasen liegen. Er richtet sich auf, nimmt ihr Gesicht in seine Hände und dreht es so, dass sie ihn ansehen muss. Ihre Augen sind wachsam, aber ihre Nasenflügel aufgeblasen, ihre Zähne zusammengepresst. »Larissa, nein. Du würdest auf eine Musikhochschule gehen, du würdest andere Musiker als Freunde haben, du würdest in einer Stadt leben, in der es nur eine Nationalität gibt: Wir sind die *Nation of London*. Dies ist nicht Berlin oder Paris. Dies ist die geheiligte Stadt der Ausländer. Natürlich, nicht jeder schafft es, aber hier *kann* jeder zu Hause sein.« Dies ist sein Glaubensbekenntnis. Er weiß, es ist seine privilegierte Sicht. Wenn er es hier nicht geschafft hätte, könnte er nach Frankfurt in eine sichere Existenz zurückkehren. Was aber würde seine Putzfrau Monika dazu sagen? Wenn sie es hier nicht schafft, dann hat sie es nicht geschafft. Für sie gibt es kein Zurück. Wäre es für Larissa nicht genauso? Doch sie müsste gar nicht zurück. Sie würde ihn und somit London für immer haben.

»Selbst wenn ich mit dir leben würde, wenn ich ein wunderschönes Leben führen würde – ich würde immer unter der Bedrohung leben, dass du mich jederzeit aus deinem Leben verstoßen könntest, hinab zu meinen Landsleuten in das unsichtbare London. Vielleicht würde es nie so weit kommen, vielleicht würden wir für immer glücklich zusammen leben. Aber das unangenehme Gefühl, verstehst du, würde immer bleiben: dass ich nur durch deine Gnade hier bin.«

»Larissa, wir haben doch kein Verhältnis von Sponsor und Künstlerin, sondern von« – nun muss er es sagen. Er flüstert. Wenn er selber nicht hört, was er sagt, glaubt er, dann ist es so wie gar nicht gesagt. »Wir, na, du weißt schon.«

»Im Moment sind wir nur zwei Verliebte, die die Realitäten nicht sehen wollen. Aber irgendwann könnten wir nicht mehr wegschauen: Du müsstest mich heiraten, obwohl du erst anfängst, mich zu kennen.«

»Weil du sonst nicht die Aufenthaltsgenehmigung bekommst, ich weiß.«

»Nicht nur deshalb. Wenn ich so einen Schritt mache, müsste ich mir deiner Liebe schon sicher sein können.«

Sie sagt es in jenem spaßigen Ton, bei dem klar ist, dass es ernst gemeint ist. Er würde gerne das Thema wechseln. Um das einzuleiten, küsst er sie.

Die Käsebrote, die er mitgebracht hat, sind pampig geworden. Dadurch, dass er sie wie ein festliches Picknick auf dem ausgerollten Küchenpapier ausgebreitet hat, wirken sie nur noch kümmerlicher. Er spürt, wie der Enthusiasmus bereits aus seinem Körper entwichen ist. Er ist kalt und traurig, enttäuscht von sich selbst. Nichts gelingt ihm, noch nicht einmal, schmackhafte Käsebrote zuzubereiten. Er war sicher, *ihr* alles sagen zu können, und schon wieder ist er zu Eis erstarrt, als er die Worte, die er schon im Kopf hatte, sprechen sollte. *Wir, na, du weißt schon.* Bis zu einem gewissen Grad kann er durch Gesten und Taten seine Verstocktheit wettmachen. Irgendwann jedoch muss er sich überwinden, muss er es schaffen, auszusprechen, was er für sie fühlt. Sonst wird er sie verlieren.

»Morgen, dachte ich, könnten wir vielleicht einen Ausflug zum Schloss Windsor machen. Der Park dort ist voller Schätze, die die Engländer aus ihrem Empire angeschleppt haben und für die in ihren Museen kein Platz war. Das Schloss ist auch sehr schön – glaube ich.« Er kennt es gar nicht.

»Weißt du, dass ich Reisen ins Ausland immer mit einem deutschen Schloss verband?«

»Ein deutsches Schloss? Welches?«

»Ich weiß nicht mehr, wie es heißt. Wir bekamen von meinem Onkel, der in Berlin arbeitet, einmal ein Poster von einem deutschen Schloss geschenkt. Malina und ich hängten es in unserem Zimmer auf, und oft, wenn mein Blick zufällig darauffiel, dachte ich, ohne es wirklich zu meinen: Einmal werde ich dorthin fahren.«

»Und du weißt wirklich nicht mehr, wie das Schloss hieß?«

»Wenn du mir den Namen sagen würdest, könnte ich ihn vielleicht wiedererkennen. Du musst das Poster doch gesehen haben, als du in meinem Zimmer telefoniertest.« Er kann sich vage erinnern, nicht so sehr, wie das Schloss aussah, sondern daran, dass er es nicht kannte.

»Schloss Neuschwanstein?«

»Ja! So hieß es. Sag es nochmal.«

»Schloss Neuschwanstein.«
»Ganz sicher. Das ist es. Wie hast du es auf Anhieb gewusst?«
»Na ja, es ist nicht besonders schwer zu erahnen, welche deutschen Schlösser es bis in ukrainische Mädchenzimmer schaffen.«
»Es ist berühmt?«
»So berühmt wie Tschernobyl.«
»Und ich dachte, Malina und ich hätten es für uns alleine. Unser Schloss.«
Er wickelt die zwei übrig gebliebenen Käsesandwiches wieder in das Küchenpapier ein und steckt sie rabiat in den Rucksack, damit sie endlich aus dem Blick verschwinden.
»Möchtest du es sehen?«

Vierzehn

Schloss Neuschwanstein ist gar nicht Schloss Neuschwanstein, stellt sich heraus.

»Bist du sicher?«

»Natürlich. Das Schloss auf unserem Poster ist ein längliches, geducktes Gebäude mit einer smaragdfarbenen Kuppel und einem gepflegten Garten davor. Und das hier – ist genau das Gegenteil.«

»Aber ich hatte dir doch den Namen genannt, und du sagtest, ganz sicher, das sei es: Schloss Neuschwanstein.«

»Dann habe ich mich offenbar geirrt. Für mich klang es so wie der Name des Schlosses in unserem Zimmer. Aber vielleicht klingen für mich alle deutschen Wörter auch einfach nur gleich. Lang und fremd.«

»*Autobahnausfahrt*: Hieß es vielleicht so, das Schloss auf deinem Poster?«

»Kann sein.«

»Okay. Vielleicht hätten wir doch lieber Windsor Castle ansehen sollen. Das wäre nicht ganz so weit gewesen.«

»Aber dieses Schloss hier ist viel hübscher als das auf dem Poster.«

Er ist sich nicht sicher. Schloss Neuschwanstein ist auch für ihn ein überwältigender Eindruck, ein Sandkastenpalast mit verspielten Zinnen und Türmen, so plötzlich aus dem Allgäuer Wald aufgetaucht. Aber gilt es nicht als kitschig, muss er es nicht geschmacklos finden? Er hat gelernt, sich auf Gebieten, auf denen er sich nicht auskennt, mit Meinungsäußerungen zurückzuhalten, um sich nicht zu blamieren. Außer dem Hockeytorhüten und Investmentbanking gibt es nicht viele Bereiche, in denen er sich auskennt.

Da sie schon einmal hier sind, besichtigen sie das Schloss. Als sie die Eintrittskarten erstehen, gibt es einen kurzen kritischen Augenblick. Die Frau an der Kasse fragt sie in grammatikalisch einwandfreiem, erkennbar auswendig gelerntem Englisch, ob sie an einer Führung teilzunehmen wünschten oder einen Audio-Führer wollten. Er antwortet, sie bräuchten keine Führung. Aber wie sollten sie denn etwas lernen, protestiert Larissa. Instinktiv will er aufbrausen: Er gehe nie auf Führungen. Er kann sich zügeln, und die Situation klärt sich von selbst, als ihnen die Kassenfrau erklärt, eine Führung sei im Eintritt von neun Euro inbegriffen, entweder sie würden die Hörgeräte nehmen oder sich um halb zwölf der nächsten Führung in englischer Sprache anschließen. Er bedankt sich auf Deutsch und lächelnd. Doch er fragt sich, ob er es immer schaffen wird, runterzuschlucken und Meinungsverschiedenheiten mit Larissa gar nie aufkommen zu lassen. Wäre es nicht besser, schon jetzt, von Anfang an, Probleme anzusprechen, um Larissa nicht später desillusionieren zu müssen?
Er hat eine tiefe Abneigung gegen Touristenführungen. Sie geben ihm das Gefühl, doof zu sein, Teil einer trägen, tumben Masse. Als sie in das Schlafzimmer von König Ludwig II. von Bayern eintreten, merkt er, wie dumm er war, dies zu glauben. Ohne Führung wäre er blind durch das Schloss gelaufen, ohne etwas zu erfahren. So dagegen hört er von Ludwig, dem *Kini*, der in Neuschwanstein vor der Wirklichkeit floh. Er hat nicht viel mehr als ein belustigtes, erstauntes Kopfschütteln übrig für diesen Mann, der offenbar nur noch in seinem Inneren und in der Musik seines Hofkomponisten Richard Wagner lebte. Doch es gibt etwas, das ihn an Ludwig beeindruckt. Die Radikalität, mit der dieser sich in seine Fantasiewelt einschloss. Das ist es, was seiner Meinung nach mehr als alles andere besondere Menschen auszeichnet: absolute Konsequenz, sich kompromisslos dem Extremen zu verschreiben. Am Ende schlief Ludwig II. den ganzen Tag und lebte

nachts, wenn die Gefahr gering war, der Wirklichkeit zu begegnen.

Mehr als das Schloss sieht er sich die anderen Touristen an. Er bildet sich etwas ein auf seine Fähigkeit, Menschen ihre Nationalität ansehen zu können. Das hat er in London gelernt. In einer Stadt, in der die Frage *Where are you from?* zwangsläufig zur Standardbegrüßung gehört, ist es eine Kunst, nicht mehr fragen zu müssen, sondern schon zu wissen: *You are from Italy, aren't you.* Er hat kein Patentrezept, es können die Augenbrauen, die Kleidung, eine Geste sein, er kann nicht sagen, woran er immer und überall die Nationalität erkennt. Das Ehepaar neben ihm zum Beispiel ist aus Norwegen, weil sie die gleichen, rot-weiß karierten Hemden anhaben, so wie nur skandinavische Ehepaare die gleichen Hemden anhaben, aber wären sie Schweden, hätten sie nicht solche knolligen Nasen, wären sie aus Dänemark, wären ihre Gesichtszüge weicher, wären sie aus Finnland, sähen sie ganz anders aus.

Er weiß, dass es einen noch nicht zum besseren oder zumindest interessanteren Menschen macht, wenn er aus Norwegen oder Italien kommt. Und doch haben ihn Ausländer schon immer angezogen, ausländische Frauen, um präzise zu sein. Als Jugendlicher sprach er ihnen etwas Geheimnisvolles, etwas Besonderes zu. Würde es ihm gelingen, eine von ihnen zu erobern, so wäre dies, wie eine höhere Stufe zu erreichen. Er besaß eine konkrete Rangliste. Französische Frauen waren ganz weit oben, weil er sich vom Schüleraustausch an ein kurzhaariges Mädchen aus dem Elsass erinnerte und französische Frauen grundsätzlich als schwierig galten. Australische Frauen standen sehr hoch in seinem Kurs, weil sie so unkompliziert, kumpelhaft, das Gegenteil von Französinnen sein sollten. Über allem aber standen die Niederländerinnen, weil sie mit der Haarfarbe märchenblond gesegnet und selbstbewusst waren und vor allem die besten Hockeyspielerinnen. All das änderte sich, als er nach London zog. Engländerinnen,

bis dahin eher gering geschätzt, wurden zu seiner Besessenheit. Wenn er es schaffen würde, eine Einheimische zu heiraten, wäre er seinem Ziel, als echter Londoner durchzugehen, unzweifelhaft nahe. Ein Problem ist, dass ihm die meisten Engländerinnen nicht besonders gefallen, ihre Art, mit künstlich hoher Stimme zu reden und immer alles peinlich zu finden, lässt ihn erstarren. Ein größeres Problem ist, dass er Engländerinnen nicht gefällt. Er versteht es nicht, ihnen die Witze und Komplimente zu liefern, die sie von einem Mann erwarten. Unter den zirka 30 Liebschaften in seinen sieben Jahren in London finden sich nur zwei Affären mit Engländerinnen, beide währten nur eine Nacht. Die eine stellte sich am nächsten Morgen schlafend, als er ihre Wohnung verließ. Die andere gab ihm eine falsche Telefonnummer. Doch er wusste eine Lösung: Er würde eine Schottin heiraten. Schottinnen waren warm und herzlich, und wenn sie redeten, in ihrem Akzent, der sanft-rau war, so wie Soßen süß-sauer sein konnten, stockte ihm der Atem. Ukrainerinnen waren in seinen Träumen nie vorgekommen.
Sie verbringen den Nachmittag nach der Schlossbesichtigung am nahen Alpsee und fahren gegen Abend los, ohne zu wissen, wo sie hinwollen. Neuschwanstein war das einzige Ziel ihrer Reise. Auch nach drei Tagen auf kontinentaleuropäischen Straßen fühlt er sich in seinem englischen Mietwagen mit dem Fahrersitz auf der rechten Seite noch unsicher. Auf der Autobahn, wo er bloß anderen Wagen hinterherfahren muss, ist es kein Problem, aber hier auf der Landstraße nach Füssen kommt er jedes Mal, wenn er abbiegt, durcheinander: Auf welcher Straßenseite muss er sich gleich wieder einordnen? Panik überfällt und blockiert ihn. Larissa sagt nichts. Entweder sie merkt nichts von seinen Schwierigkeiten, im Rechtsverkehr zurechtzukommen, oder sie meint es gut mit ihm.
Er möchte ihr das bayrische Land zeigen, ist aber gleichzeitig

zu träge, eine besondere Route herauszufinden. So fahren sie planlos auf breiten Bundesstraßen durch gewöhnliche süddeutsche Landschaften dahin, Ackerbau, kahle Tannenwälder und schmucklose Neubaudörfer, milchig eingetrübt vom triumphalen Abendlicht. Es ist noch immer sein Land, mehr denn je, seit er weggegangen ist. Trotzdem hofft er, hier nie mehr zu leben. In Deutschland zu leben ist keine Leistung, nach Deutschland zurückzukehren wäre noch schlimmer: eine Niederlage. Das Eingeständnis, es in London nicht geschafft zu haben.

Sie reden nichts. Nachdem sie den ganzen Tag im Freien waren, betäubt sie die abgestandene Autoluft. Wie sehr sie in diesem Moment zusammengehören: auf einer bayrischen Provinzstraße allein im Auto, abgeschnitten vom Rest der Welt, eingehüllt ins eigene Schweigen – sich ihrer selbst schon so sicher, dass sie nicht einmal mehr miteinander reden müssen.

Es ist schon eine Weile dunkel, als sie sich entschließen anzuhalten. Der nächste Ort, den sie erreichen, ist Donauwörth.

Hier fließt die Wörnitz in die Donau, das einzige der vier historischen Stadttore, das noch steht, ist pink gestrichen, und Unterkunft gibt es im Gasthaus Goldener Hirsch, im ersten Stock über dem Restaurant. Als Larissa in der Dusche ist, eine Badewanne hat ihr Zimmer nicht, kann er sich nicht mehr zurückhalten. Drei Tage hat er sich enthalten, aber es ist ein sinnloses Spiel mit sich selber, nicht besser als die lächerlichen Versuche von Frauen mit Normalgewicht, Diät zu halten. Was soll das? Er sollte akzeptieren, wie er ist – dass er auch im Urlaub an die Arbeit denkt. Also ruft er Igoris an.

In London ist es kurz nach 21 Uhr, sein Freund müsste eigentlich noch im Büro sein. Nachdem das Telefon einmal geläutet hat, nimmt Igoris ab.

»Ich arbeite noch«, sagt er anstatt »Hallo«.

»Was gibt's Neues?«, fragt er ebenso unvermittelt zurück. Es ist nur ein Telefongespräch, aber es geht darum, den anderen

in die Rolle des Passiven zu drängen, es geht, wie immer, um Macht.
Doch dieses Mal gibt es sogar eine Antwort auf seine Frage. Es gibt etwas Neues.
Das Revagaz-Geschäft ist geplatzt. Er sieht noch, wie Larissa aus dem Bad kommt, ihre Nacktheit noch nicht einmal mit einem Handtuch verbergend. Doch sie geht ohne innezuhalten an ihm vorbei, um das Bett herum auf die andere Seite. Sie muss an seinen verbissenen Lippen gemerkt haben, dass er keine Aufmerksamkeit für sie hat.
Stoneton hatte schon seit längerem genug von den Scherereien mit den Ukrainern, aber Charvey und Eaden haben noch beharrlich versucht, Wogen zu glätten, Brücken zu bauen. Am Morgen kam das Fax von Leuchting, es ging sogar schon an die Börsenaufsicht in Wien: Die Leuchting AG, Graz, und der Energieproduzent Revagazvydobuvanya SC, Kiew, sind einvernehmlich darüber eingekommen, dass ein geplantes Gemeinschaftsunternehmen auf zwei neu erschlossenen Gasfeldern nahe Charkow zum derzeitigen Zeitpunkt nicht wünschenswert erscheint.
Der Börsenwert von Leuchting stieg nach Bekanntgabe der Meldung um 1,72 Prozent.
»Aber warum?«
»Weil Revagaz von vorne bis hinten korrupt ist.« Er kann hören, welchen Spaß es Igoris macht, ihm die Nachricht so drastisch wie möglich zu verkaufen. Sein Freund hat die Informationen, hat die Macht, ihn zappeln zu lassen.
»Venglinski?«
»Ach was. Toby, die Sache ist *viel größer*, als du dir jemals ausmaltest.« *Ach, und du hast sie von Anfang an durchschaut*, denkt er. Aber er sagt nichts, natürlich nicht.
»Die Umweltbelastung auf den Bohrfeldern war nie ein Thema und Venglinski mit seinen New Yorker Pupsern ist bei Revagaz der ehrlichste Angestellte überhaupt.«

»Igoris, ich rufe aus Deutschland an, mache es bitte nicht so spannend.«

»Oho, ich vergaß, der Herr ist auf Flitterwochen, was? Die Kollegen im Büro, die für ihn die Arbeit erledigen müssen, hat er schon so gut wie vergessen – aber wenn er sie braucht, dann müssen sie sofort springen, zack zack, vielen Dank.«

»Igoris, ich hau dir eine runter, wenn ich dich wiedersehe. Was ist los?«

Aus dem Augenwinkel sieht er, wie ihn Larissa erstaunt und, wenn er es richtig sieht, befremdet anblickt.

»Im Staatsministerium für Energie und Rohstoff wollten einige Herren ein paar Koffer voller Dollar, ehe der Deal über die Runden ginge. Die Rede ist von insgesamt zwei Millionen Dollar Schmiergeldern. Und am Ende wollte einer von Revagaz' Hausbank auch noch die Hand aufhalten. Ich hab es von Siviglia gehört, der weiß es von Fusionen & Akquirierungen. Das konnte Leuchting nicht mitmachen. Nicht mal so sehr wegen der Summe. Aber wenn das herauskäme, dass sie im großen Stil Leute schmieren. – Toby?«

Er hat nichts mehr zu sagen.

»Bist du noch da, Toby?«

»Und – das ist sicher?«

»Die Meldung ging schon an die Börse, an die Nachrichtenagenturen, in die Welt. Es ist vorbei, Toby.«

»Okay, Igoris.«

»Toby?«

Er hat schon aufgelegt.

Er sagt Larissa, sie gingen sofort essen. Er müsse davor bloß auch noch ins Bad. Ihm ist nicht danach zu duschen, doch er hofft, dass das stete Rauschen des Wassers seine Gedanken klärt.

Was bringt es, seine Arbeit exzellent zu machen, wenn dann doch andere alles zerstören? Die Machtlosigkeit des Einzelnen spürte er schon beim Hockey zu oft. Er konnte die kühns-

ten Paraden hinlegen, drei Minuten vor Ende des Spiels patzte ein Verteidiger und sie verloren 0:1. Er hat den Revagaz-Deal nach seiner Einschätzung sorgfältig auf den Weg gebracht, mit genauso viel Fingerspitzengefühl wie Wachsamkeit und Autorität die Gefahren kommen sehen und frühzeitig eliminiert. Und was für einen Unterschied macht das nun? Der Fall Revagaz war seine Prüfung. Aber wer nimmt den exzellenten Torwart noch wahr, wenn das Team 0:6 verliert? Er weiß, warum er als Junge oft daran gedacht hat, zur Leichtathletik zu wechseln, 1500-Meter-Läufer zu werden, wo es eine Stoppuhr gibt, die exakt misst, was du ganz und gar alleine geschafft hast. Am glücklichsten wäre er, wenn er mit niemandem zu tun hätte, wenn er sich auf niemanden verlassen müsste. Wenn er ganz alleine auf der Welt wäre. Das Problem damals, als er über einen Umstieg zur Leichtathletik sinnierte, war bloß, dass er das Laufen hasst.
Larissa ist schon angezogen, als er aus dem Bad kommt. Ihre von der Nässe verdunkelten Haare scheinen dieselbe Farbe wie die Augen angenommen zu haben. Es gibt ihr etwas Verwegenes. Er ist ruhig, wieder im Gleichgewicht, bereit weiterzukämpfen.
»Ich muss noch kurz einen Anruf machen«, sagt er, »ganz kurz« und verrät ihr nichts.
»Mama? Hallo, Tobias ist hier. Geht es gut, ja? Ganz kurz nur: Ich bin mit einer Freundin gerade zufällig in Deutschland. Sollen wir morgen Abend bei euch vorbeikommen?«

Er schämt sich, dass er *mit einer Freundin* gesagt hat. Die Entschlossenheit, Larissa seinen Eltern vorzustellen und somit – auch vor sich selbst – seine Liebe zu manifestieren, hat ihn noch so weit getragen, dass er tatsächlich zu Hause anrief. Und dann hat ihn die Tollkühnheit wieder einmal auf halbem Weg verlassen. Er ist immer nur halb-radikal, bloß semi-konsequent. Das ist sein größtes Problem.

Doch als er am nächsten Tag in die Grillparzerstraße einbiegt und hindurchfährt, denn es gibt keinen Parkplatz, versteht er das eigene Verzagen. Der Anblick der altbekannten Gegend nimmt ihm die Selbstsicherheit. Vielleicht war es genau richtig, Larissa als *eine* Freundin anzukündigen, vielleicht wird sie ja doch nie mehr sein; vermutlich werden seine Eltern ihr skeptisch gegenüberstehen, einem Mädchen aus der Ukraine. Er ist wieder zu Hause und deshalb wieder Kind.
Die Grillparzerstraße wird von majestätischen Bäumen gesäumt, die sich aus den Gärten der Stadthäuser über den Bürgersteig beugen. In die Innenstadt sind es nur fünf Minuten, aber die Hunderttausenden, die nur zum Arbeiten in die Stadt kommen und sich ihr schiefes Bild von ihr machen, werden dieses Frankfurt nie sehen, das Frankfurt der Frankfurter, vorlaut, keck, mit Freude immer ein wenig schlecht gelaunt. Er hätte den Besuch gerne schon hinter sich.
Sein Vater hat den Tisch auf dem Balkon bereits gedeckt. Dunkelblaue Plastikunterleger, zwei Gläser pro Person, die weißen Stoffservietten in gläsernen Ringen zusammengerollt, Apfelsaft im Pappkarton. Sie scheinen guter Laune, erfreut, ihn zu sehen. Er fragt sich, ob sie älter aussehen als bei seinem letzten Besuch an Weihnachten. Er kann es nicht sagen. Sein Vater hat sich schlecht frisiert, vielleicht sind die Haare auch nur beim Tischabwischen und Balkonaufräumen durcheinander geraten, Strähnen des zunehmend farblos werdenden Haars hängen ihm in die Stirn, er scheint es nicht zu bemerken. Doch es passt zu seiner Erscheinung, ein schlanker, aber scheinbar noch immer kräftiger Mann im grauen Polohemd und schwarzer Stoffhose, barfuß. Seine Mutter hat mädchenhafte rote Wangen, vielleicht vor Freude oder von der Hitze des Backofens. Sie hetzen hin und her zwischen Küche und Balkon, er versucht vergebens, ein Gespräch in Gang zu bringen, Larissa und er stehen steif im Wohnzimmer, vor der Wand mit den Bücherregalen, zwei Störenfriede inmitten

der Aktivitäten seiner Eltern. Erst als alles bereitet ist, scheinen seine Eltern sie wirklich wahrzunehmen.
»So«, sagt sein Vater. »Setzt euch.«
»Englisch, bitte, Papa.«
»Jürgen, warum hast du denn den Apfelsaft im Karton rausgestellt? Wir haben doch den Krug. Wie das aussieht.«
Sie haben das Glück, dass ihr Balkon als Einziger an der Hinterseite des Drei-Parteien-Hauses liegt. So sitzen sie ungestört über dem kleinen Gemeinschaftsgarten mit seinem gepflegten Blumenbeet und dem alten Apfelbaum. Seine Mutter serviert den brutzelnden Fisch mit gegrillten Tomaten, sein Vater schenkt Weißwein ein. Bei Salat und Kartoffeln können sie sich selbst bedienen. Er sitzt neben Larissa, sie sitzen seinen Eltern gegenüber. Wie in den Filmen, denkt er, in denen jemand sagen muss: *Wir haben euch etwas zu sagen.*
Der Fisch – Wolfsbarsch, sagt seine Mutter – ist vorzüglich, fest und doch saftig. Bei anderen Gelegenheiten würde er ihn genießen.
Er versucht, ruhig und besonnen zu essen, sich von der inneren Unruhe nicht nervös machen zu lassen.
»Das ist eine nette Überraschung, dass du, ich meine, ihr hier aufgekreuzt seid.« Seine Mutter schaut Larissa an, die mit einem Lächeln antwortet.
»Englisch, bitte, Mama. Larissa versteht kein Deutsch.«
»Ach, natürlich. Das ist eine Überraschung, dass ihr zu uns gekommen seid.« Das Englisch seiner Eltern ist so, dass er sich wünscht, sie nie in diese Situation gebracht zu haben.
»Ja, ich, ich dachte, ich überrasche euch. Ich zeige Larissa Deutschland, damit sie sieht, wo ich herkomme.«
»Natürlich, sie kennt es ja gar nicht. Aus Neuseeland sind Sie, nicht wahr?«
Larissa schaut ihn an.
»Nein, sie ist aus der Ukraine.«
Sein Vater, der gerade ein Stück Fisch in den Mund schieben

wollte, bringt die Gabel auf der Höhe seines Kinns zum Halt und schaut mit offenem Mund Larissa an. Seine Mutter blickt ihn an. Niemand sagt etwas, und er hat auch keine Lust, etwas zu sagen.

Das Gespräch wird besser, was nach diesem Beginn vielleicht auch nicht so schwierig ist. Er erzählt von König Ludwig II., von der Arbeit in London, sein Vater erzählt von den finanziellen Problemen der Stadtverwaltung, dass er beileibe nicht der Einzige ist, der in den Vorruhestand geschickt wurde, und dass es fantastisch ist, nun so viel Zeit zu haben; er lese endlich wieder. Er kann sich nicht erinnern, dass sein Vater früher gerne gelesen hat. Larissa sagt kaum etwas, nur wenn sie gefragt wird, und dann meist nicht mehr als zwei, drei Sätze, das Nötigste. Es überrascht ihn nicht. Er weiß, wie sie ist und welche Überwindung es sie kostet, überhaupt etwas zu sagen. Und doch würde er sie am liebsten mit dem Ellenbogen anstoßen. Spürt sie nicht, wie wichtig es ihm ist, dass seine Eltern einen guten Eindruck von ihr bekommen?

Seine Eltern lassen sich nicht anmerken, was sie von Larissa halten. Sie sind zu höflich, um sie auszufragen, vielleicht auch zu peinlich berührt nach ihrem anfänglichen Fehltritt mit der Neuseeländerin, zu verwirrt, dass auf einmal eine bildhübsche, offensichtlich erstaunlich junge Ukrainerin bei ihnen auf dem Balkon sitzt.

»Und Sie leben auch in London?«, fragt sein Vater.

»Nun«, Larissa sieht ihn an.

»Neuerdings«, antwortet er für sie.

»Neuerdings?«

»Noch nicht so lange.«

Seine Eltern warten. »Papa, wir haben uns in der Ukraine kennen gelernt, solche Dinge passieren, okay? Und nun wohnt Larissa bei mir in London. Was ist so schlimm daran?« Es tut ihm augenblicklich Leid. In London, fern von ihnen, denkt er so oft voller Liebe an seine Eltern. Doch wenn er sie besucht,

kann er ihnen im besten Fall mit Höflichkeit begegnen. Öfters braust er auf. Er kann es nicht erklären, außer damit, dass Kinder nicht dafür geschaffen sind, liebevoll mit ihren Eltern umzugehen.
»Entschuldigung, Tobias. Ich finde gar nichts schlimm daran. Ich habe mich nur dafür interessiert, wo Larissa wohnt. Keine Angst, ich werde mich nicht in deine Angelegenheiten einmischen. Du wirst schon wissen, was du tust.«
Seine Mutter verteilt den Rest des Fischs. Er hat keinen Hunger mehr, lässt sich aber trotzdem noch geben. Es scheint ihm notwendig: zu zeigen, dass es ihm schmeckt.
»Das Essen hat mir sehr gut geschmeckt«, sagt Larissa auf einmal, unaufgefordert, in die Stille hinein, als sie wenig später, satt und daher träge, in der heißen Dunkelheit des Frankfurter Sommers auf ihren Stühlen hängen. Es ist nur ein nüchterner Satz, nicht viel, vielleicht nur angebracht, und doch erscheint ihm ihre höfliche Anmerkung voll überbordender Generosität. Ein Bekenntnis zu ihm und seiner Familie.
»Ich bin sehr glücklich, dass du so eine nette Frau kennen gelernt hast, Tobias.«
»Englisch, bitte, Mama.«
»Nun, das darf ich doch wohl auf Deutsch sagen.« Seine Mutter giggelt, ihm fällt auf, dass die Flasche Weißwein leer ist.
Sie haben in seinem ehemaligen Kinderzimmer das Bett für ihn und das Sofa für Larissa bezogen. »Ich wusste ja nicht«, sagt seine Mutter. »Du sprachst von *einer* Freundin.«
Das Zimmer dient heute seiner Mutter als Büro. Sie hat ihre Schulbücher in die Regale gestellt, ihre Papiere und Akten liegen ordentlich gestapelt auf dem Schreibtisch, und ansonsten ist alles wie damals, als er 19 war. Seine wenigen eigenen Bücher, Graham Greene, John LeCarré, an der Wand ein Poster der Golden Gate Bridge mit einem einsamen Spaziergänger, auf dem Nachttisch ein gerahmtes Foto von ihm nach

einem Spiel, keinem gewöhnlichen Spiel, sondern dem 4:1 über Rot-Weiß Köln, mit dem sie sich für das Endspiel der Deutschen Hallenhockey-Meisterschaft 1990 qualifizierten. Seine Haare sind dunkel vom Schweiß auf dem Foto, er hat den Schutzhelm gerade erst abgenommen, und seine linke Gesichtshälfte ist verdeckt von Heike, die ihm einen Kuss auf die Wange gibt, weil sie seinen Mund nicht erreicht.
Larissa schaut das Bild an, ohne etwas zu sagen. Er hört, wie der Lichtschalter im Flur klackt, die Schlafzimmertür seiner Eltern zufällt. Dann ist es still und dunkel in der Wohnung.
»Deine Eltern sind sehr nett.«
Er umfasst Larissa von hinten und sucht ihren Busen.
»Warum hast du deinen Vater so angefahren?«
»Ich weiß nicht. Ein Moment der Unbeherrschtheit. Es hat nichts zu bedeuten. Sie mögen dich.«
»Ja?«
»Ja.«
Er zieht ihr das T-Shirt gekonnt, in einem Zug, aus. Ein Bett ist ein Bett, ein Gebrauchsgegenstand, hat er unlängst einmal gedacht. Er lag falsch, merkt er, als sie in sein Kinderbett schlüpfen, von seinen Eltern nur durch eine Wand getrennt. »Warte mal«, flüstert er und streckt die Hand aus, als müsste er sich vergewissern, dass seine Uhr und sein Mobiltelefon auf dem Nachttisch liegen. Dabei dreht er schnell das Foto um, weg von ihnen.

Fünfzehn

Knapp vier Monate später sehen seine Eltern Larissa wieder. Sie kommen zu ihrer Hochzeit nach Kiew.
Sein Vater schaut sich mit zusammengekniffenen Augen um, seinen Rollkoffer in der linken, seine Mutter an der anderen Hand, als sich hinter den Zollkontrollen am Flughafen Borispol die elektrische Schiebetüre für sie öffnet, so effekthascherisch wie für Zirkusstars der Vorhang zur Manege, und sie in den Ankunftsbereich treten. Er hat seine Eltern schon lange nicht mehr sich anfassen sehen. Larissa winkt ihnen, sein Vater wirft den Kopf nach hinten, einen Laut des Wiedererkennens ausstoßend. Sie wirken entschlossen, sich nichts anmerken zu lassen.
Gedrängt sitzen sie im Taxi nach Trojeschtschina, Larissa auf dem Beifahrersitz mit angezogenen Knien, um ihnen auf der Rückbank etwas Beinfreiheit zu gewähren, er zwischen seinen Eltern, die gefütterte, schwere Lederjacke seines Vaters und der Wollmantel seiner Mutter hängen ihm auf dem Schoß. Sein Vater lässt die schwarzen Fingerhandschuhe an, obwohl die Autoheizung auf vollen Touren läuft. Nach einer Weile wischt sein Vater mit dem Handschuh den Beschlag von der Seitenscheibe. Verschmiert sind die Wohnblocks der Peripherie zu erkennen, anders als im Sommer sehen sie nur noch monoton grau aus. Der erste Novemberschnee war schon halb weggeschmolzen und ist in den jüngsten zwei Tagen wieder gefroren. In dreckigen Haufen liegt er am Straßenrand und bildet mit den Wohnblocks und dem Himmel ein Einheitsgrau. Es sind fünf Grad unter null. Ein Gespräch will nicht recht in Gang kommen.
»McDonald's!«, sagt sein Vater, und der Fahrer, glücklich, etwas

zu verstehen, entgegnet »McDonald's, Hamburger« und zeigt auf das Restaurant in knalligem Rot vor den Wohnblocks.
»Wo die Armut ist, ist McDonald's nicht weit. Das also ist der Zipfel, den man den Leuten hier hinhält und sie glauben macht, es sei der Westen: Billigrestaurants.«
»Schade, dass ihr nicht im späten Frühling kommen konntet, Papa, dann ist Kiew wunderschön. Die Kastanienbäume blühen, die Leute baden im Fluss.«
»Nun, wir konnten es uns ja nicht aussuchen, wann wir kommen, nicht wahr?«
Sein Vater hat sich von ihm abgedreht und starrt unverändert aus dem Fenster.
Sein Herz rutscht tief: Seinem Vater ist zuzutrauen, dass er ihn in Kiew blamiert; es steht sogar zu befürchten, dass er sich seines Vaters wegen wird schämen müssen. Nicht, dass er ihm böse Absicht unterstellen würde. Es ist nur so, dass sein Vater nie lernen wird, wann er seine durchaus interessanten und richtigen Bemerkungen machen darf und wann nicht. Am liebsten wäre es ihm, wenn sein Vater in seiner Nähe überhaupt keine Bemerkungen machen würde.
Sie erreichen Trojeschtschina nach gut einer Stunde. Larissas Eltern haben darauf bestanden, dass seine Eltern bei ihnen zu Gast sind. Malina schläft auf einer Matratze bei Wladimir im Zimmer, Larissa bei ihm im Hotel Express, so ist das Mädchenzimmer frei. Als sie im 16. Stock aus dem Aufzug treten wollen, geht die Tür wie von selbst auf. Ihr Blickfeld wird ausgefüllt von Herrn und Frau Titow. Unter einer Flut von russischen Worten öffnet Larissas Mutter ihre Arme, bewegt sich aber nicht vom Fleck. Sie hat sich schwere, goldene Ohrringe mit hellblauen Edelsteinen angesteckt. Ihr Mann lehnt hinter ihr am Türrahmen und steckt die Hände so tief in die Hosentaschen, dass es seine Schultern zusammenzieht. Sein Vater begreift, dass von ihnen erwartet wird, auf Larissas Mutter zuzugehen. »Guten Tag, Sie müssen Larissas Mutter sein.

Wir freuen uns sehr, hier zu sein und Sie kennen zu lernen«, seine deutschen Worte mischen sich mit ihren russischen, aber damit kommt er nicht davon: Eine Geste, ein körperlicher Kontakt wird von ihm erwartet. Vorsichtig nimmt sein Vater die rechte von Frau Titows ausgestreckten Händen. *Mein Gott, Papa, bitte*, denkt er, aber er wäre vermutlich genauso in dieser Situation, so steif und verkrampft.
Larissas Mutter löst die Situation auf ihre Weise. Sie zieht seinen Vater rustikal an ihren Busen, dort hängt er eine kleine Ewigkeit, ein Flamingo mit gebrochenen Flügeln, und schaut ängstlich hinunter auf die zwei Köpfe kleinere Frau. Hinter der Aufzugtür steigt ein herzhaftes Lachen auf, Wladimir springt hervor, begeistert über seinen Coup, die Aufzugtür wie von Geisterhand geöffnet zu haben. Er legt den Arm um Wladis Schulter, froh, sich anlehnen zu können.
Ein Wodka muss getrunken, ein Toast ausgesprochen werden, »auf die Herzlichkeit unserer Kinder, die uns hier und heute zusammengebracht hat«, die bestickten Handtücher an der Wohnzimmerwand müssen bewundert und die Mitbringsel ausgepackt werden, eine Rosenthal-Teekanne, ein Weißwein vom Rheingau, symbolisch wie die Landjäger-Wurst, für die Kinder ein Paar Stöckelschuhe und ein dunkelblauer Dufflecoat. Dann ist er für einen Moment mit seinen Eltern alleine. Er hilft ihnen, das Gepäck in das Mädchenzimmer zu schaffen. Die beiden Betten sind zusammengerückt, frisch gemacht mit einem cremefarbenen, mit Rüschen bestickten Bezug. Sein Vater öffnet den Koffer, seine Mutter den Kleiderschrank, um zu sehen, ob sie dort etwas hineinlegen können. Er setzt sich auf das Bett, den Blick auf das Poster von Schloss Sanssouci zu Potsdam.
»Ich weiß, dass ihr euch meine Hochzeit vielleicht nicht so vorgestellt habt«, sagt er unvermittelt.
Sein Vater beginnt genauso jäh, eifrig im Koffer zu wühlen. Seine Mutter dreht sich zu ihm um.

»Tobias, wir haben uns gar nichts vorgestellt. Wir sind sehr glücklich für dich, dass du so eine nette Frau gefunden hast, und auch noch mit einer so herzlichen Familie.«

»Na ja«, sein Vater hebt ein weißes Hemd mit Haifischkragen aus dem Koffer, schaut es an, als ob er es noch nie gesehen hätte, und legt es dorthin zurück, wo es war. »Es ist natürlich keine normale Hochzeit. Also, na ja, du weißt sowieso, was ich meine. Wichtig ist nur, dass du dir bewusst bist, dass so eine Hochzeit auch Konsequenzen hat.«

»Papa –«

»Nein, nein, ich kritisiere dich nicht, Tobias. Versteh mich nicht falsch. Wir haben nichts gegen Larissa, im Gegenteil, ganz im Gegenteil. Aber, du weißt, dass sie aus einer armen Familie aus einem armen Land kommt und von dir erwartet wird, nun für sie zu sorgen.«

»Was willst du damit sagen, Papa? Dass sie nur mein Geld liebt? Dass ich ihre ganze Familie durchfüttern muss? Ist es das?«

»Um Gottes willen, Tobias. Alles, was ich sage, ist, dass du dir deiner Verantwortung bewusst sein solltest. Larissa kommt wegen dir, nur wegen dir, nach London. Da ist es nur normal, dass du für sie aufkommst.«

»Was dein Vater sagen will, ist, dass es ein anderes Verhältnis ist, als wenn du eine Deutsche geheiratet hättest, die auch einen festen Beruf, ein festes Einkommen gehabt hätte. Du hast eine andere Verpflichtung gegenüber Larissa. Und sie ist doch noch so jung.«

»Und deshalb wird sie mir in drei Jahren weglaufen? Wenn ich ihr erst einmal das Leben im Westen ermöglicht habe?«

»Tobias, bitte. Du überinterpretierst alles, was wir sagen, gerade so, als ob wir grauenhafte Snobs wären. Du weißt genau, dass wir nicht so denken. Dein Vater hat halt einfach ein paar Bedenken, weil alles so schnell ging.«

»Nicht nur ich, schieb es nicht auf mich: Du hast die gleichen Bedenken, Lisa!«

»Schön. Dann kann ich eure Sorgen mit Freude zerstreuen: Wenn ihr glaubt, Larissa sehe mich als Fluchthelfer in den Westen, dann kennt ihr sie sehr schlecht. Und was mich betrifft, so liebe ich sie mehr, als ich Heike je geliebt habe, wenn es das ist, was euch bedrückt: dass ich nicht Heike heirate.«
»Ach, Tobias, diese Hoffnung haben wir schon vor Jahren aufgegeben.«
»Deiner Mutter war Heike sowieso nie recht.«
»Was sagst du, Jürgen!«
»Das hast du doch immer gesagt – wenn sie von deinem selbst gebackenen Kuchen die Hälfte übrig gelassen hat.«
Er weiß nicht, warum, aber er muss lachen. Er steckt seinen Vater an, weshalb, wenngleich unschlüssig, auch seine Mutter einstimmt. Sie lachen noch immer, als Larissa ins Zimmer kommt, um nachzusehen, was los ist. Er hat mit seinen Eltern noch nie so gelacht.
Er will nicht daran zweifeln, dass Larissas Liebe *echt ist*. Und doch hat er Ängste. Was ihn vor allem umtreibt, ist die Sorge, dass er schon bald auch mit Larissa an den Punkt kommen könnte, an den er bislang noch mit allen Frauen gelangte: an dem er mit ihr nichts mehr recht zu reden hat. An dem sie ihn langweilt und sicher auch er sie. Und dann steht da noch als ungeklärtes Fragezeichen der Altersunterschied im Raum. Er ist realistisch genug, vor der harten Wahrheit nicht die Augen zu verschließen: Er ist, ohne sich selbst schmeicheln zu wollen, jung geblieben und jung aussehend für einen 33-Jährigen. Wie aber wird es sein, wenn er die 40 überschritten hat?

Er hält es für möglich, dass Larissa die Einzige ist, die sich über die Hochzeit freut, wirklich freut. Was die Trauzeugen betrifft, so haben sich Jelena und Igoris von Anfang an klar geäußert. Die Meinung seiner, aber auch von Larissas Eltern, kann er nicht eindeutig abschätzen. Aber er glaubt nichts Falsches zu behaupten, wenn er sagt, dass sie die Hochzeit

nicht *ideal* finden. Vor allem die Vorstellung, Larissa zu verlieren, trübt die Freude ihrer Familie. Nach London zu ziehen bedeutet aus ihrer Sicht, zu verschwinden im Nichts. Und er? Wäre es nach ihm gegangen, hätten sie nach einem Schlupfloch gesucht, einer Lücke im System, die es Larissa vielleicht doch ermöglichte, als Ukrainerin auch ohne Eheschein an seiner Seite in London zu leben. Er hat ihr diesen Vorschlag nie gemacht. Er weiß, dass es so ausgesehen hätte, als wolle er sich die Option offen halten, leicht aus ihrer Beziehung herauszukommen, falls sie in Schwierigkeiten gerät. Er akzeptiert, dass er Gleiches mit Gleichem bezahlen muss: Larissa gibt ihr Leben auf, um für ihn nach London zu kommen, also muss er ein vergleichbares Opfer bringen. Die Heirat ist der einzige mögliche Beweis seiner ernsten Absicht.
Wer ihre Hochzeit am allerwenigsten toleriert, daran besteht kein Zweifel, ist *man*. Es wurde ihnen in den zurückliegenden Monaten auf ukrainischen, deutschen und britischen Behörden unmissverständlich zu verstehen gegeben: *Man* will solche Ehen nicht, man misstraut ihnen oder empfindet sie zumindest als lästig. Um heiraten zu können, obwohl sie nicht aus ein und demselben Land stammen, wird von ihnen ein internationales Ehefähigkeitszeugnis verlangt, in der Sprache der Behörden besser bekannt als *Superintendent Registrar's Certificate of No Impediment to Marriage Pursuant To the Marriage with Foreigners Act 1906*. Die Länge des Begriffs ist ein ernst zu nehmender Hinweis auf das Ausmaß der Anstrengungen, die nötig sind, das Papier zu erhalten. Geburtsurkunden, Aufenthaltsbescheinigungen, Familienstandsnachweise, Reisepässe müssen nach ISO-Norm übersetzt werden und sowohl von der Bezirksverwaltung des *Kyivska Oblast*, dem ukrainischen Außenministerium als auch der Konsularabteilung der Deutschen Botschaft beglaubigt werden. Für jeden Termin ist eine Anmeldung notwendig, und während im Außenministerium 200 Hrywen den Prozess beschleunigen, wird auf der Deut-

schen Botschaft erst einmal eine Bestätigung seiner Heimatbehörde, der Stadtverwaltung in Frankfurt, erwartet, dass eine Ehe wirklich ernsthaft angestrebt werde.
»Das braucht nur ein Laufzettel vom Standesamt in Frankfurt zu sein, nicht mehr«, sagt der Beamte in der deutschen Vertretung an der Chmelnyzkogo Straße, ein gut gelaunter Mann Ende 30, mit vielen kleinen Seehunden auf seiner schwarzen Krawatte und einem grellblauen Hemd, das auf dem schwabbelig weichen Oberkörper spannt. Aber sie wollten doch in Kiew, nicht in Frankfurt heiraten, protestiert er. Das spiele keine Rolle, erst einmal brauche es die Bestätigung aus seiner Heimatstadt. Und so vergehen wieder neun Tage, bis seine Eltern den Laufzettel in Frankfurt besorgt haben und Larissa einen neuen Termin auf der Botschaft arrangiert. Mit ihren Ehefähigkeitszeugnissen dürfen sie schließlich auf dem ZAGS, dem ukrainischen Standesamt am Peremohy Prospekt, um einen Heiratstermin bitten, mit dem beglaubigten Heiratstermin auf der Britischen Botschaft um ein EAA *Family Permit* anfragen, das Larissa den Aufenthalt in London erlauben würde. Wie bei fast allen Terminen ist auch hier ein persönliches Erscheinen unabdingbar. Denn *man* muss sich von der Wahrhaftigkeit ihrer Absichten überzeugen.
Anfang Oktober, freitags, stehen vor der britischen Visastelle die Leute dicht zusammengedrängt unter bunten, billigen Regenschirmen die Hlybotschytska Straße hinunter für ein besseres Leben Schlange. Noch nie hat er so bildlich gespürt, dass er in dieser Welt auf der Seite derer steht, die es besser haben. Larissa und er überholen einfach die regungslose Schlange der Illusionisten mit Regenschirm, die für ein Visum anstehen. Die Reihe derer, die westeuropäische Verwandte oder Ehepartner haben und deshalb nur ein *Family Permit* benötigen, beschränkt sich auf ein halbes Dutzend.
Der zuständige Sachbearbeiter sieht aus wie einer der Engländer, die sich jeden Samstag im Pub *The Dove* an der Ham-

mersmith Bridge zum Tauschen von aufgepieksten und konservierten Schmetterlingen treffen. Vor sich auf dem Schreibtisch hat er eine hohe, schlanke Tasse Tee stehen, ein bisschen Milch ist auf den Tisch getropft. Er trägt ein gelbes Hemd unter einem fusseligen braunen Pullover mit V-Ausschnitt.

»Hallo, Frau«, er schaut auf seinen Terminkalender, »Titow. Herr Linderoth. Freut mich, Sie zu sehen. Setzen Sie sich. Haben wir unser VAF*1* bereit?« Sie nehmen ihm gegenüber auf zwei eckigen Stühlen mit abgewetzten braunen Polstern Platz, bei denen ihm der Gedanke kommt, der Schmetterlingsmann könnte sie selbst ausgewählt haben. Larissa reicht ihm das ausgefüllte Formular. VAF*1-non settlement* ist das Dokument, mit dem Familienmitglieder aus Nicht-EU-Staaten den Antrag auf ein Leben in Großbritannien stellen. Es verdeutlicht schon in Sektion 1, wie es um ihren Status steht: Sie können sich nur um ein Visum als *Visitor*, nicht als *Resident* bewerben. Sie bleiben Gäste, abhängig von ihrem Ehepartner.

Der Schmetterlingsmann überfliegt Larissas Formular. »Sehr gut, sehr gut«, nuschelt er. Liest er dabei gerade ihre Antwort auf die Frage *Wie viel Geld für Ihren Aufenthalt in Großbritannien steht zur Verfügung?* oder ist er erst bei Punkt 5.5., *Haben Sie Freunde in Großbritannien?* »Alles wunderbar, Miss Titow, Mister Linderoth, beinahe sollte ich schon sagen: Misses Linderoth. Nichtsdestotrotz muss ich Ihnen einige persönliche Fragen stellen.« Er umschließt seine rosa Tasse mit beiden Händen. Ihnen hat er keinen Tee angeboten. »Sie sind sicherlich darüber informiert, dass es gerade bei Ehen zwischen westlichen Männern und Ukrainerinnen wiederholt zu Heiratsschwindel kommt, zu Scheinehen. Um solch einen Fall auszuschließen, beantworten Sie mir bitte nach bestem Gewissen folgende Fragen.«

»Natürlich«, sagt er ergeben und denkt, wie nett Scheinehe auf Englisch klingt: *marriage of convenience*. Heirat aus Bequemlichkeit.

»Seit wann kennen Sie sich?«

»Seit fast einem Dreivierteljahr.«

»Entschuldigung, ich frage nicht Sie, Mister Linderoth, sondern Miss Titow.«

»Aber –«

»Die Familienerlaubnis, die Sie beantragen, ist für Miss Titow, daher muss ich mich an sie wenden. Ich hoffe, Sie verstehen. Seit wann kennen Sie sich, Miss Titow?« Die Stimme des Schmetterlingsmanns hat sich geändert. Sie ist sachlich geworden, kräftig. Eisern und eisig.

»Seit einem Dreivierteljahr.«

»Nicht sehr lange.«

»Nun« – Larissa lacht. Er ist zu erschlagen, um etwas einzuwenden. Mit offenem Mund schaut er zu, wie der Schmetterling aufgespießt wird.

»Nicht sehr lange, sagte ich, Miss Titow.«

»Ja, aber wir müssen jetzt schon heiraten, sonst könnten wir gar nicht zusammen in London leben.«

»Das ist der einzige Grund, aus dem Sie heiraten?«

»Ja – nein. Natürlich auch, weil wir uns lieben.« Sie ist rot geworden. Ihre Augen hat sie auf die Milchflecken geheftet.

»Herr« – ihm fällt ein, dass er den Namen des Schmetterlingsmanns vergessen hat oder nie wusste.

»Barclay, Mister Linderoth. Und ich verstehe, dass Sie einige meiner Fragen für *sehr emotional* halten. Aber es ist meine Pflicht. Ich bitte Sie also, noch einmal zu schweigen. In fünf Minuten ist alles vorüber. Wie haben Sie sich kennen gelernt, Miss Titow?«

»Auf dem Unabhängigkeitsplatz.«

»Natürlich. Und *wie* haben Sie sich kennen gelernt?«

»Eine Freundin hat uns vorgestellt.«

»Ihre Freundin hat für dieses Bekanntmachen kein Geld von Ihnen erhalten?«

»Nein!«

»Sie haben keinerlei Dienste von Partnerschaftsvermittlungen in Anspruch genommen?«
»Aber nein!«
»Wann hat Ihr zukünftiger Mann Geburtstag, Miss Titow?«
»Aber warum?«
»Sagen Sie es mir einfach.«
»Am 8. April.«
»Sie behaupten, sich seit einem Dreivierteljahr zu kennen. Sie sehen sich nicht heute, hier bei mir, zum ersten Mal?«
»Natürlich nicht!«
»Und Sie haben sich in dem zurückliegenden Dreivierteljahr wie oft gesehen?«
»Das, das müsste ich nachzählen.«
»Nur ungefähr, Miss Titow, das reicht mir schon.« Es ist vorüber, er kann es fühlen, der Schmetterlingsmann ist wieder der leicht zerstreute, höfliche Mann, der sie begrüßte.
»Ungefähr fünfzehnmal.«
»Danke, Miss Titow. Es sind gar nicht mal so sehr die Antworten, gar nicht mal so sehr, was Sie sagen. Man fühlt, wenn jemand tatsächlich aus Liebe heiratet.« *Man.*
Als sie die Visastelle verlassen, wartet Larissa nicht auf den Aufzug. Sie hetzt die Treppen hinunter, er rennt ihr hinterher. »Larissa, warte, du wirst ganz nass werden, ich habe den Regenschirm.« Erst 50 Meter von dem kahlen Bürogebäude entfernt, auf der anderen Straßenseite von der langen Schlange bleibt sie stehen.
»Alles in Ordnung?« Er hält den Schirm über sie. Sie tritt mit der Spitze ihres rechten Schuhs auf den Asphalt ein. Erst als er seine Hand auf ihre Schulter legt und noch einmal nachfragt, »Larissa?«, schaut sie ihn an.
»In was für ein Land bringst du mich?«

Die eigentliche Hochzeitszeremonie ist wie ein Endspiel um die Deutsche Hockeymeisterschaft. Später einmal wird er sich sicher daran erinnern, wie schön und aufregend es war, seine Erinnerung wird ihm vortäuschen, wie *einmalig* alles war. In dem Moment, in dem es tatsächlich über die Bühne geht, jedoch wünscht er sich nichts sehnlicher, als dass es endlich vorüber wäre.

Es ist Freitagmorgen, zwei Tage nachdem er seine Eltern vom Flughafen Borispol abgeholt hat. Das ZAGS am Peremohy Prospekt ist ein geducktes Gebäude, dessen schräges Dach fast vom Boden weg steil nach oben führt und dem Haus so die Form eines Triangels gibt. Hier werden die Ehen mit einem ausländischen Partner geschlossen. *Bermudskij Treugolnik* nennen die Kiewer das Haus wegen seiner merkwürdigen Form, Bermudadreieck. Wer hier verschwindet, sind ihre Frauen. Denn es sind praktisch nur Frauen, die Ausländer heiraten, die von Ausländern geheiratet werden wollen. Die überwiegende Mehrzahl von ihnen trägt die Haare lang; junge Frauen mit Kurzhaarschnitt sind in der Ukraine keine richtigen Frauen.

Sie sind eine kleine Hochzeitsgesellschaft, und doch passen sie kaum in das Büro des Standesamtes. Igoris, der Larissa zum ersten Mal sieht, und Jelena flankieren sie, den Rest – seine Eltern, Larissas Familie samt einem Paar Großeltern und einem Onkel mit Ehefrau, Rad sowie eine Freundin von Larissa, eine Posaunenbläserin, Inna – kann er nicht sehen. Er sieht den ukrainischen Standesbeamten an und hört die Worte des Übersetzers, eines feierlichen jungen Manns mit blauem Anzug und glänzend roten Pickeln, nur wie ein fernes Echo. Er lässt die Sätze an sich vorbeirauschen, in der Hoffnung, dass es so schneller vorbei ist.

Larissa trägt einen braunen Rock aus feinem Wildleder und eine weiße Bluse, die sie beide im Juli in London gekauft haben, ohne daran zu denken, dass es sich hierbei um Hochzeitskleidung handeln würde. Er wollte ihr noch kurz vor der Hochzeit in Kiew etwas Besonderes, etwas Feierlicheres be-

sorgen, aber sie weigerte sich. Etwas Spezielleres könne sie nicht finden. Er trägt einen schwarzen Anzug und eine dunkelgraue Krawatte. So könnte er genauso gut auch auf eine Beerdigung gehen, denkt er.
Den entscheidenden Moment verpatzt er. Es ist nicht seine Schuld. Er merkt, dass ihn alle erwartungsvoll anschauen, deshalb schaut er den Übersetzer fragend an. Ihm scheint, dass der junge Mann vergessen hat, ihm etwas zu sagen. Der Übersetzer wird nur rot unter seinem Blick und drückt seine Daumen gegeneinander. »Du sollst mich küssen«, flüstert Larissa, aber doch laut genug, dass Malina anfängt zu kichern und dann der ganze Hintergrund lacht. Der Standesbeamte und der Übersetzer schauen umso ernster. Er küsst seine Ehefrau zum ersten Mal, so wie es nicht vorgesehen und deshalb umso angebrachter für ihre nicht vorgesehene Ehe ist: mit einem Lächeln auf den Lippen. Die Gäste eilen zur Gratulation nach vorne, sein Vater hält sich hinten, aus Höflichkeit, scheint ihm. Sie sind zu wenige, als dass sich eine ordentliche Schlange bilden würde, und zu viele, um ein Chaos zu vermeiden. Als Rad eine Flasche Sekt öffnet und Larissas Vater Gläser verteilen will, weist sie der Standesbeamte mit einer Handbewegung aus dem Zimmer. Als wolle er lästige Fliegen verscheuchen.
Schneeregen hat eingesetzt, als sie wieder auf die Straße treten. Die Temperatur tanzt um den Gefrierpunkt, was vor Tagen einmal eine weiche weiße Decke war, die sich über die Stadt legte, ist nun nur noch unappetitliche braune Matsche auf den Straßen. Die Reifen der Autos zischen, während sie den Schneebrei zur Seite spritzen. Eine Gruppe Jugendlicher hastet vorbei, ganz in Orange gekleidet, er erkennt die Kleidung wieder und muss innerlich lachen: Wer hätte gedacht, dass einmal Revolutionäre in Kiew in den Uniformen deutscher Müllmänner daherkommen? Sie sind nur einen halben Kilometer entfernt vom Unabhängigkeitsplatz, dem Epizen-

trum der *orangen Revolution*, wo Hunderttausende der korrupten Regierung zurufen, endlich zu verschwinden. Er ist dankbar für die Revolution und das schlimme Wetter. So sind wenige Passanten auf der Straße vor dem Standesamt, und die wenigen zwingt der schräg in ihre Gesichter trommelnde Schneeregen, auf den Boden zu blicken. Niemand beachtet sie. Erst als sie mit der Taxikarawane vor dem Wohnblock in Trojeschtschina halten, lässt es sich nicht mehr vermeiden, dass *man* auf sie blickt. Larissas Mutter, die mit ihnen im Wagen fährt, besteht darauf, dass der Fahrer sie mit lautem Gehupe ankündigt. Für die folgenden Wagen klingt es wie ein Befehl, es gleichzutun. Aus den Augenwinkeln sieht er beim Aussteigen alte Gesichter hinter den Fenstern. Unter dem Vordach im Wohnblock gegenüber steht eine Gruppe von vier, fünf kurz geschorenen Jugendlichen, die Hände in die Hosentaschen geschoben, die Schultern hochgezogen, und starrt ihn an. Die Blicke sollten ihm egal sein und doch bildet er sich ein, ihre Gedanken lesen zu können. Die Augen niedergeschlagen, huscht er schnell in das Haus.

Die Wohnung dampft schon bald. Seine Eltern gestikulieren mit Larissas Großmutter, er ist zu weit weg, um zuzuhören, aber von der anderen Seite des Wohnzimmers wirkt es wie ein echtes Gespräch, das die quadratische, kleine Frau auf Russisch und seine Eltern auf Deutsch führen. Er hätte seinen Eltern solches Geschick, solche Gelassenheit nicht zugetraut. Herr Titow – von seiner Frau dazu abkommandiert, so viel kann er auch ohne ein Wort Russisch verstehen – verteilt Wassergläser voller Wodka, »*Samogon*«, sagt Larissas Vater. »Selbst gemacht«, erklärt Larissa. Er glaubt, es spüren zu können. So etwas Bitteres hat er noch nicht getrunken. Seine Haare im Nacken sind klatschnass, aber nicht mehr vom Schneeregen. Es ist heiß wie in einer Sauna.

Wie Laufboten pendeln die Mutter, Malina und Wladimir zwischen Küche und Wohnzimmertisch und bringen so vie-

le Teller voller Teigtaschen, gefüllter Paprika, Krautrouladen, Würste, Speck, Pfannkuchen, Kartoffeln, Sardinentoasts, Gemüse, Pilze und schließlich Fleischberge, dass auf dem Tisch kaum noch Platz für die Essteller bleibt.
»Schau, wie nett sich meine Eltern mit deiner Großmutter unterhalten, obwohl sie sich gar nicht verstehen können.«
»Ja«, sagt Larissa und schaut hinüber, »meine Oma hat noch Deutsch in der Schule gelernt.«
»Ach so.« Er ist ein wenig enttäuscht.
Sie sitzen zu siebzehnt um einen Tisch, der für maximal acht Personen gedacht ist. Den meisten steht der Schweiß auf der Stirn. Von zwei Tischnachbarn kann immer nur einer essen, weil sich sonst die Ellenbogen in die Quere kämen. Was ihn überrascht, ist, dass er auf einmal überhaupt nicht mehr angespannt ist. Ihm ist, er weiß nicht, warum, so leicht zumute. Larissas Vater klopft mit einer Gabel gegen ein Wodkaglas und steht auf.
Er hat vor Tagen kurz einmal daran gedacht, dass es wohl Reden geben würde. Er hat den Gedanken schnell genug weggewischt, aber nun kann er ihm nicht mehr ausweichen. Er umfasst Larissa an der Schulter und zieht sie an sich heran, er hält es für möglich, dass es den meisten wie ein Liebesbeweis erscheint. Er selbst weiß es besser. Bei manchen Situationen ist es egal, wie alt man ist, sie werden einem immer peinlich sein.
Malina übersetzt die Rede.
»Liebe Gäste, liebe Familie, liebe neue Familienmitglieder, liebes Brautpaar.« Bei aller Lebhaftigkeit sieht Larissas Vater aus wie immer, traurig. Was Larissas Eltern wohl wirklich von ihm denken? Werden sie sich auch aus den wenigen Fakten, die sie kennen, ein komplettes Bild von ihm zusammengereimt haben, so wie er sich ein Bild von ihnen entworfen hat? Von diesem in stiller Trauer vor sich hin lebenden Ingenieur für Wärmetechnik, in den Vorruhestand geschickt, aus dem

Blickfeld geschafft, damit er und Hunderte andere Arbeiter die Nation nicht an ihren Makel erinnern, Tschernobyl. Der sich von diesem Leben, von diesem Land nur noch das Mindeste zu erhoffen wagt: seine Kinder in seiner Nähe gesund und zufrieden groß werden zu sehen. Doch wie der Vater da steht, erhoben am Tisch, und redet, hat etwas die unterschwellige Melancholie seines Gesichts gemildert. Allein schon, wie rot die Ohren leuchten. »Ich bedanke mich bei euch allen auf das Herzlichste, dass ihr an diesem besonderen Tag zu uns in unser bescheidenes Heim gekommen seid. Der Tag, an dem seine Tochter auf eigenen Füßen in die weite Welt geht, ist für keinen Vater ein leichter, und besonders nicht, wenn es das älteste von drei Kindern ist, ihm also noch zwei solcher Tage ins Haus stehen.« Gelächter. »Und vor allem, wenn sie so weit geht, bis nach London.« Das Schweigen ist so abrupt, dass es Herrn Titow aus dem Konzept wirft. »Nun gut. Ich bin nicht zum Reden geboren, ich bin aus einer Zeit, in der anders geredet wurde. Aber ich bin froh, dass die Ehe unserer Kinder, die wir heute feiern, eine Grenze niederreißen wird und Teil einer Freundschaft zwischen Völkern wird, denen es nicht immer vergönnt war, so friedlich miteinander zu leben. Auf das Brautpaar! Auf Tobias und Larissa! Auf unsere deutschen Gäste!« Ein Echo erklingt, ein Kanon, unstimmig, aber doch voller fester und freudiger Stimmen. Larissas Vater küsst, das Gesicht nun so rot wie zu Beginn der Rede die Ohren, seine Tochter und umarmt ihn so fest, dass er beim Versuch aufzustehen in den Stuhl hinuntergedrückt wird. Über Herrn Titows Schulter hinweg sieht er, dass es noch schlimmer kommt. Sein Vater ist schon aufgestanden.

»Lieber Herr Titow, liebe Frau Titow, liebe Gäste, liebe Larissa, lieber Tobias.« Sein Vater hat einen Zettel in der Hand und offensichtlich Schwierigkeiten, ihn zu lesen. Er holt Luft, aber starrt auf das Blatt, ohne weiterzureden. »Ich will mich, nach dieser exzellenten Rede, kurz fassen.« Das brüchige

Englisch seines Vaters, die zischenden *ths* und donnernden *ves*, lassen ihn schrumpfen. Im rechten Arm hält er weiter Larissa, die linke Hand krallt er unter dem Tisch in sein Bein. »Für uns ist diese Hochzeit ein so freudiges wie überraschendes Ereignis. Als uns Tobias Larissa im Juli vorstellte, trafen wir eine junge, wohl erzogene Frau, ohne zu ahnen, dass wir nur vier Monate später in Kiew bei ihrer reizenden Familie im Wohnzimmer sitzen und die Hochzeit feiern würden. Manches mag man Larissa und Tobias vielleicht absprechen, eines jedoch auf keinen Fall: Langsam sind sie nicht. Ich wünsche euch, Larissa und Tobias, dass eure Träume sich erfüllen und dass ihr auch in den schlechten Momenten, die in einer Ehe leider so sicher kommen, wie der Wodka in Kiew fließt, zueinander halten werdet. Denn, um Theodor Storm, einen unserer großen Dichter, zu zitieren – und ich bitte Sie um Verzeihung, wenn ich es auf Deutsch tue: *Die Liebe, welch' lieblicher Dunst! / Doch in der Ehe, da steckt die Kunst!* Auf euer Glück! Auf unsere wunderbaren Gastgeber!« Die Zustimmung ist lautstark, die Gläser klirren, aber das russische Gemurmel dazwischen bleibt ihm nicht verborgen. *Wie der Wodka in Kiew fließt.* Wenn er Courage hätte, hätte er seinem Vater schon vor Jahren gesagt, dass das, was er für witzig hält, für andere Leute oft wie eine Beleidigung klingt.

Hat sein Vater Storm auf Deutsch zitiert, weil es ihm unmöglich war, das Gedicht ins Englische zu übertragen und er es nichtsdestotrotz einfach gerne vortragen wollte? Oder war die Warnung, dass es für die Ehe mehr braucht, als verliebt zu sein, speziell an ihn gerichtet, den Einzigen, außer seiner Mutter und Larissas Großmutter, der Deutsch versteht? Sein Vater wischt sich mit einem Taschentuch über die Schläfe.

»Ganz schön heiß hier, nicht?«, sagt Igoris. »Wir sollten kurz die Fenster aufmachen«, sagt Jelena. »Das Fenster auf?« Ist er schwer von Begriff oder hat es draußen nicht null Grad? »Warum drehen wir nicht einfach die Heizung runter?«

»Probier es doch mal«, sagt Jelena. Malina übersetzt ihren Dialog auf Russisch und unter großem Gelächter prosten ihm alle zu.
»Was habe ich getan?«, wendet er sich an Larissa.
»Probier's doch mal«, beharrt Jelena.
Er ist in der Geberlaune, bereit, sich zum Clown zu machen, denn das soll er offenbar, wenngleich er nicht weiß, warum und wie. Er steht auf, nicht unfroh, aus der Beißzange zu kommen, die Larissa rechts und ihre Mutter links von ihm für ihn darstellen. Er geht zu dem Heizkörper unter dem Wohnzimmerfenster. Der Schwall trockener Wüstenluft wirft ihn fast um. Wo ein Knopf sein müsste, um die Temperatur zu regulieren, ist nur ein kleiner, unbeweglicher Zapfen. Am Tisch droht Rad an seinem eigenen Lachen zu ersticken und lässt sich auch nicht von Jelenas missbilligendem Blick aufhalten.
»Man kann die Heizung nicht regulieren.« Er zuckt mit den Schultern und macht ein Gesicht wie Mister Bean, wenn er Ratlosigkeit ausdrücken will. Er erntet zustimmendes Gelächter. Larissas Onkel Maksim klopft mit der Faust auf den Tisch und ruft: *»Welcome to Ukraine!«* Larissas Mutter steht auf und reißt die Fenster sperrangelweit auf. Schneeregen fällt auf den Teppichboden.
Die Zentralheizung, erfahren sie, ist in der Ukraine total *zentral*. Sie wird am 15. Oktober auf Geheiß des Staatsministeriums für Energie und Rohstoff angestellt und bleibt bis zum 15. April in allen Wohnungen im ganzen Land unverrückbar auf Stufe 5. Im restlichen halben Jahr bleibt sie abgeschaltet. An diesem recht eindeutigen Heizplan rüttelt nichts. Die Heizung dröhnt, egal ob es am 3. März schon plus zwölf Grad hat, sie bleibt kalt, wenn es am 20. April noch einmal minus 3 Grad sind.
Es ist eine richtige ukrainische Winterhochzeit: Sie schwitzen in der atemberaubenden Heizungsluft, reißen die Fenster auf, bis sie frieren, und schwitzen dann wieder, bis es nicht

mehr auszuhalten ist, bis die Fenster wieder aufgerissen werden müssen.

Er weiß, dass er es hinter sich bringen muss, und nimmt das erneute Zusperren der Fenster als Startsignal. Er schiebt mit dem Hintern seinen Stuhl zurück und stützt sich bei Larissa auf, um in der Enge aufstehen zu können. Seine Beine zittern. Er räuspert sich, vergebens. Die Gespräche, rau und heiser, surren weiter. Rad ist es, der ihn entdeckt, stehend am Tisch, an Larissa, *seine Frau*, geklammert, und der aufgeregt mit dem Messer gegen sein Glas schlägt. Das Zerbrechen von Rads Glas weckt die gewünschte Aufmerksamkeit.

»Danke, Rad. Malina, wenn du noch einmal so nett wärst zu übersetzen, das letzte Mal für heute, hoffe ich. Dann haben die Männer genug geredet.« Malina klimpert mit den Fingern auf ihrem Teller, während sie ihn anschaut. »Liebe Hochzeitsgäste, liebe Eltern. So möchte ich auch noch das Wort an euch richten, solange es mir der Wodka noch nicht unmöglich macht zu reden. Ich bedanke mich ganz herzlich für alles, was ihr für uns getan habt, dafür, dass ihr mitgeholfen habt, diesen Tag nicht nur wahr, sondern einen wunderschönen werden zu lassen.« Er merkt, wie verquast er spricht. Er fürchtet, dass er alle langweilt. »Viele von euch waren am Anfang skeptisch, was aus einer Liebe zwischen einer 21-jährigen ukrainischen Musikstudentin in Kiew und einem zwölf Jahre älteren deutschen Banker, der in London lebt, werden könnte; aus gutem Grund skeptisch, das möchte ich euch gerne zugestehen, denn wie sollte dies gut gehen? Nun, es ging so halbwegs gut, weil ich mir in den zurückliegenden vier Monaten ungezählte Male eine Grippe zugezogen habe. Eine fiktive Grippe, versteht sich, um der Arbeit zu entfliehen und in Kiew den Papierkram für die Hochzeit erledigen zu können. Des Weiteren sind alle meine Urlaubstage aufgebraucht, sodass unsere Hochzeitsreise leider nur von meiner Wohnung in Fulham bis zum Bishop's Park führen wird. Für alle, die sich nicht so gut in Fulham auskennen, und das sind ja einige: Von meiner Wohnung bis zum Bishop's Park sind es 500 Meter. Ich erzähle das alles nicht, um zu beweisen, was für ein toller Hecht ich bin, sondern um euch zu verdeutlichen: Wir hatten, auch wenn wir uns erst ein Dreivierteljahr kennen, genug Hindernisse, an denen unsere Beziehung hätte scheitern können. Dass wir trotzdem noch immer zusammen und heute hier sind, nehme ich als Zeichen. Als Zeichen – wofür weiß ich jetzt auch nicht. Dafür, dass uns der Wodka niemals ausgehen wird. Auf euer Wohl!«

Er hört das Klatschen, den brandenden Applaus, wie aus einem anderen Zimmer. Der Wodka, den er in einem durstigen Zug hinunterstürzt, brennt nicht mehr im Hals. Und dann beginnen langsam Raum und Zeit zu verschwimmen. Musik wird aufgelegt, ukrainische Volksmusik, russischer Pop, der große Wohnzimmertisch wird weggetragen, durch die Tür passt er nicht, und deshalb in die Ecke gedrängt. Es wird getanzt, erst im Kreis, alle an den Händen, Beine werden hochgeworfen, eine Kette von Armen geschwungen, dann in Paaren, er mit Larissas Mutter, Schwester, Großmutter. Rad fällt um und wird auf die Couch gelegt und tanzt wenig später schon wieder mit Malina. Es wird weiter umgefallen, weiter getanzt, Larissa mit Igoris, Jelena, seinem Vater. Vielleicht haben sich seine Eltern seine Hochzeit nicht so vorgestellt, aber er auch nicht. Nicht so schön. Er nimmt nicht wahr, als Wladimir zu ihm sagt, der Wodka sei aus.

Sechzehn

Samstagmorgens liegt er mit geöffneten Augen im Bett und kann sein neues Leben schon hören. Die Schlafzimmertür steht offen, was hereinströmt, klingt nach einem freudig herumflatternden kleinen Vogel, einem Kolibri vielleicht, lebhaft, aber doch zart. Er wünschte, er wäre in der Lage, es besser in Worte zu fassen, dann könnte er nun die Treppe hinunter in sein Wohnzimmer steigen und ihr beschreiben, wie schön ihre Musik für ihn klingt. So aber kann er nur im Bett liegen bleiben und zuhören.

Er weiß, was sie spielt. Fantasiestücke Opus 73 von Robert Schumann. Immerhin, er erkennt es wieder. An den Wochentagen spielt sie es jeden Abend für ihn, wenn er von der Arbeit nach Hause kommt, das ist ihre Verabredung. Es war er, der auf diese Routine drängte. Sie sagte, das sei nicht nötig, er brauche sich keine Sorgen zu machen, sie übe schon genug, doch er bestand darauf: Es sei doch auch wichtig, dass sie es vor Zuschauern einstudiere, um die Prüfungssituation zu simulieren. Ob er glaube, er wirke wie ein englischer Prüfungsausschuss, hat sie nur geantwortet und gelacht. Aber sie spielt es jeden Abend für ihn.

Am Freitag, den 10. Dezember, um 11.40 Uhr, wird sie zur Aufnahmeprüfung im Royal College of Music in der Prince Consert Road, Kensington, erwartet. 20 Minuten, so viel geht aus dem Schreiben der Musikhochschule hervor, werde die Prüfung dauern. Als Bewerberin für den Diplomstudiengang Musik mit dem international respektierten Abschluss *BMus (Hons)*, die als Schwerpunkt Klarinette angebe, werde sie gebeten, das erste und zweite Stück aus Schumanns Fantasiestücken sowie ein »gegensätzliches Stück« vorzutragen. Daran schließe sich ein kurzes Interview an. Ihm scheint, er ist aufgeregter als sie.

Noch im Schlafanzug, das heißt in senkrecht hellblau, gelb, grau gestreiften Boxershorts und einem weißen T-Shirt, geht er die Treppe hinunter. Weil er barfuß ist, schleicht er hinunter, was ihm nicht unrecht ist. Sie spielt im Stehen, mit dem Blick gegen die Wand. Er hat sich immer eine Frau gewünscht, die er bewundern kann. Als Jugendlicher glaubte er, sie müsse eine überragende Hockeyspielerin sein, damit er sie lieben könnte. Aber spätestens als er in seinem Kopf Länderlisten erstellte, mit Niederländerinnen, Französinnen oder Australierinnen obenauf, begriff er, dass Hockey nur eine Leinwand für seine Projektionen war. Es war egal, was die Frau hatte, es konnte auch die Zugehörigkeit zu einer bestimmten Nation sein – sie musste bloß irgendetwas haben, das es ihm erlaubte, zu ihr aufzuschauen. Er muss dazu selber gar keine Begeisterung für Musik verspüren. Es reicht, dass er weiß, wie sehr außergewöhnliche Musiker von der Allgemeinheit geschätzt werden, um tiefe Bewunderung für Larissa zu empfinden. Was er allerdings sagen kann, trotz seines engen Horizonts in Sachen Musik, ist, dass es auch für ihn *einfach schön klingt*, wenn sie spielt. Nicht unbedingt all die technischen Übungen, mit denen sie ihre täglichen, oft stundenlangen Proben beginnt, aber doch die klassischen Stücke, die sie einstudiert.

Sie sieht ihn erst, als sie ihre Proben beendet und sich umdreht, um das Mundstück vom Kondenswasser zu reinigen. Er sitzt auf der Treppe.

»Guten Morgen, ausgeschlafen?«, begrüßt sie ihn.

»Ich bin schon lange wach.«

»So siehst du auch aus. Du hast ja noch Schlaf in den Augen.«

»Nein, wirklich, ich habe oben im Bett gelegen und dir zugehört.«

»So, so.« Er hält ihre Beine umschlungen, während sie ihm

durch die Haare streicht. Was ihm auffällt, ist, dass sie seit ihrer Hochzeit vor zwei Wochen viel – er möchte nicht sagen: *sexuell aktiver geworden ist*, weil es ein schrecklicher Ausdruck ist. Und doch ist sie selbstbewusster, was ihr Liebesleben betrifft. Während sie ihn bis dahin aufgeschlossen, aber passiv empfing, so geht nun eine neue Initiative von ihr aus. Als ob sie erst durch die Heirat wirklich auf dieselbe Ebene wie er gehoben worden wäre, ein vorbildlich modernes Paar, Frau und Mann gleichgestellt. Was ihn betrifft, so hat ihn an der Ehe an meisten überrascht, wie sehr er den Ring spürt. Er hatte gedacht, für ihn wäre es ein nichtiges Symbol, er hatte geglaubt, vielleicht würde er ihn noch nicht einmal tragen. Nun vergeht kein Tag, an dem er nicht mindestens fünfmal die Arbeit unterbricht, von der Zeitung aufschaut oder die Bettdecke loslässt, um nachzufühlen, ob er noch da ist, am linken Ringfinger.

»Ich finde, die Fantasiestücke klangen heute schon perfekt.«

»Ach, und du erkennst das?«

»Nein. Aber ich finde es trotzdem.«

Sie hat sich auf seinen Schoß gesetzt, ihr Haar kitzelt an seiner Nase.

»Es war heute überhaupt nicht gut.«

»Nein?!«

»Nein. Aber bei der Prüfung wird das schon. In der Ukraine musste ich viel schwerere Stücke können. Bei der Aufnahme zum Konservatorium wurde verlangt, dass wir Mozarts Klarinettenkonzert spielen. Das ist technisch deutlich anspruchsvoller als Schumann, gar kein Vergleich.«

Es kommt ihm plötzlich: Woher ist er sich eigentlich so sicher, dass Larissa eine außergewöhnliche Klarinettistin ist? In der Tat: Wieso zweifelt er, der nichts davon versteht, kein bisschen daran, dass sie auf einer Eliteinstitution wie dem Royal College of Music aufgenommen wird? Er weiß es einfach.

»Was braucht es eigentlich, um ein guter Klarinettist zu sein?«

»Gute Ohren, lange Finger, dünne Lippen«, sie fasst, während sie es sagt, die passenden Körperteile an, seine Ohren, seine Finger, seine Lippen, »eine schnelle Zunge – und viel Geduld«, sie zieht ihre Hand abrupt aus seinem Mund. »Gute Zähne brauchst du auch. Es gibt Klarinettisten, gute Klarinettisten, die nicht mehr spielen können, weil sie bei einem Unfall Zähne verloren haben oder ihnen auch nur ein einziger Zahn gezogen werden musste. Sie bekamen einen Zahnersatz – und konnten wegen der veränderten Zahnstellung nie mehr dieselben Töne blasen. Du siehst, du musst ein rundum gesunder Mensch sein, um Klarinettist zu werden. Lass mich dich mal testen.«

»Nicht kitzeln!«

»Hey, was ist das? Ein kleiner Bauch, scheint mir.«

»Na, kein Wunder, so viel, wie ich in Kiew essen musste!«, protestiert er. Er will sofort das Thema wechseln. »Aber, hör mal, ich nehme an, das Instrument an sich ist auch sehr wichtig. Sind denn deine zwei Klarinetten überhaupt gut genug für die Prüfung?«

»Na ja, ich habe ja nur den einen Satz. Die Klappen sind ein bisschen alt und gehen recht schwer, aber ich werde sie ölen, und dann muss das schon gehen.«

»Aber besser wäre es, wenn wir dir zwei neue kaufen, oder?«

»Weißt du, wie viel eine Klarinette kostet?«

»Das ist egal. Was ist die beste Klarinette?«

»Eine Buffet.«

»Dann kaufen wir sie heute Nachmittag.«

»Sie wird nur in Frankreich produziert.«

»Dann kaufen wir die zweitbeste. Ist die zweitbeste ein englisches Modell?«

Sie lacht über ihn, aber sie lacht ihn nicht aus. »Weißt du, wie lange die Lieferzeit für eine Klarinette ist?«

»Länger als zwei Wochen? Wir haben noch fast drei bis zur Prüfung.«

»Ein Jahr!«
»Ein Jahr? In der Ukraine vielleicht.«
»Wie lange wird es hier dauern?«
»Das fragst du mich, Larissa? Aber selbst wenn es ein Jahr dauern würde, dann müssen wir doch umso dringender ein neues Paar kaufen, damit du während des Studiums so bald wie möglich gute Instrumente hast. Lass uns gleich losgehen, ich suche im Internet nach einem Geschäft, du wirst sehen, in London gibt es alles.«
»Lass uns *fast gleich* losgehen.« Sie zieht ihn, ohne dass es ihm wehtun würde, an seinen Haaren aus dem Sitzen in die aufrechte Position und an der Hand die Treppe hinauf. Und das machen sie dann, fast gleich losgehen.
Die nahende Aufnahmeprüfung hat ihrem Eheleben sofort einen geregelten Ablauf aufgezwungen. Morgens geht Larissa in die Sprachschule auf der Fulham Road, da das Royal College of Music von ihr ein Diplom verlangt, das ihre Englischkenntnisse bestätigt. Nachmittags übt sie auf ihrer Klarinette. Abends kommt er nach Hause. Sie hat keine Zeit, sich zu fragen, was sie in London soll, oder Heimweh zu bekommen.
Die Klassen an der Sprachschule bilden praktisch zur Hälfte junge Polen und gleichaltrige Brasilianer. Sie wird für beides gehalten: wegen des Akzents für eine Polin, wegen ihrer Erscheinung für eine Brasilianerin. Offenbar trauen weder die Brasilianer noch die Polen selber einer Polin zu, so hübsch zu sein wie sie. Weil sie nach Unterrichtsschluss direkt nach Hause geht, bemühen sich sowohl Brasilianer als auch Polen schon bald nicht mehr um ihre Freundschaft. Er ermuntert sie, doch ruhig einmal mit ihren Mitschülern auszugehen. Aber er kann sie gut verstehen, dass sie dazu keine Lust hat. Dass es ihr zu anstrengend erscheint, sich um soziale Kontakte zu bemühen.
Sie fahren mit dem 74er Bus bis zur Baker Street, weil es ihm

zu mühsam erscheint, am Earl's Court in die U-Bahn umzusteigen. So stehen sie im ewigen Londoner Stau und brauchen über eine Stunde für eine Strecke, die er mit einem Fahrrad in schätzungsweise 20 Minuten bewältigt hätte.

»Ich hoffe nur, dass wir noch rechtzeitig kommen. Der Laden schließt samstags schon um halb fünf.«

»Eine Stunde brauche ich mindestens, wenn ich die Klarinetten wirklich ernsthaft ausprobieren will.«

»Jetzt ist es – erst kurz nach zwei, geht schon.«

»Hätten wir doch bloß die U-Bahn genommen.«

»Geht schon.«

Denn sie vergnügen sich nicht schlecht auf ihren Logenplätzen, ganz vorne im oberen Geschoss des Routemaster-Busses. London Ende November ist ein grandioser Anblick. Es wird nie richtig hell. Der Tag hüllt sich in Halbdunkel, ehe ihn um spätestens halb fünf die Finsternis der Nacht schluckt. In ihren eng geschnittenen Mänteln und tief in die Stirn gezogenen Wollmützen eilen Passanten konzentriert und schweigend durch die Straßen mit den entlaubten Bäumen und den kalten Steinhäusern; eine Stadt aus Schwarz-Weiß-Fotos.

Und er weiß, es ist nur Tarnung. In der Düsterheit, mit der sich London umgibt, gehen die hellsten Menschen unbeachtet ihren Tätigkeiten nach. Überall in dieser Stadt werden gerade wirtschaftliche Entscheidungen getroffen, politische Strategien entwickelt, modische Designs entworfen, nach denen die Welt sich wird richten müssen, werden Musikstücke komponiert, Bücher geschrieben, Filme gedreht, auf die die Welt neidisch ist.

Der Klarinetten- und Oboen-Bauer Howarth of London breitet sich in der Chiltern Street über eine Fläche von ursprünglich drei Läden aus. Fünf Fußminuten sind es von der Baker Street, in der Sherlock Holmes zu Hause war, weshalb in Hausnummer 221b noch heute jede Woche zwei Dutzend an ihn adressierte Briefe eingehen. Howarth of London ist einer der Läden, in denen man mit Eintreten automatisch nur noch gedämpft spricht. Wer wie er von all den glänzenden Blasinstrumenten nichts versteht, setzt seine Schritte in diesem Reich nur noch vorsichtig, langsam. Als könnte er ertappt werden.

»Kann ich Ihnen helfen?« Der Akzent des Verkäufers sagt, dass er etwas Besseres im Leben hätte tun können, als Verkäufer zu werden, oder dass Musikinstrumente zu verkaufen für ihn gar keine Verkäufertätigkeit ist, sondern eine Kunst. Aus der Nase wachsen ihm Haare in Büscheln, er trägt eine dicke Hornbrille mit noch dickerem Glas und hat die Situation gleich erkannt. Seine Frage wendet sich an Larissa, nicht an ihn.

Es stellt sich heraus, dass der Mann kein Verkäufer ist, sondern ein Klarinettenbauer, der seine Instrumente auch verkauft. Er empfiehlt Larissa zwei Modelle zur Probe, die S2 und die S3. Die S3 hat einen *direkteren Klang*, ihre Töne sind *hörbar fröhlicher* als die der S2. Sie gehen in ein Hinterzimmer, wo sie die verschiedenen Modelle ausprobieren kann. Er hatte gedacht, seine Gespräche mit Larissa über das Klarinettenspielen hätten ihn einigermaßen vorbereitet. So ist er nicht nur über das Problem mit dem Zahnersatz unterrichtet, sondern weiß zum Beispiel auch, dass jeder Spieler zwei Instrumente besitzt, eine A-Klarinette, auf der sich vor allem die tieferen, voluminöseren Töne besser darstellen lassen, und die etwas kürzere, deutlich öfters benutzte B-Klarinette. Doch dieses Gespräch überfordert ihn schon, ehe es richtig beginnt. Das Holz ist *African Blackwood*. Die Bohrung nach französischer Art. Die Howarth-Standardlänge für B-Klarinetten beträgt 66 Millimeter, aber es sind auch Sondermodelle mit 68 Millimetern erhältlich. Der Ton bei beiden Modellen ist *absolut beständig*. Zunächst beginnt er sich zu langweilen, aber nach einer Weile wird er unruhig. Zwischen Larissa und dem Verkäufer ist ein Bund entstanden, der ihn ausschließt. Was ist er hier noch? Eine Art Vaterfigur, ein guter Onkel, der die Kreditkarte zückt? Oder schon der sabbernde Alte, der sich die Zuneigung der jungen Künstlerin erkauft und immer wieder aufs Neue wird erkaufen müssen?

»Und, fertig? Welche nehmen wir?« *Wir* sagt er. Doch zu seiner kompletten Erniedrigung wird er noch nicht einmal beim Bezahlen gebraucht, mit einbezogen. Larissa nimmt noch gar keine. Er ist komplett überflüssig.

»Bei der S3 ist die Ansprache zu schwer. Die S2 spricht definitiv besser an. Bloß beim Greifen der unteren Klappen habe ich Probleme, die Abstände sind anders als bei meinen bisherigen Klarinetten. Aber die Klappen könnten wir noch ein wenig leichtgängiger machen, sagen Sie?«

»Das ist kein Problem. Ich kann die Klappen ein bisschen enger zusammenfügen, das kostet mich nur ein paar Handgriffe mit der Zange. Doch das entscheiden wir, wenn wir mit dem Ausprobieren fertig sind. Ich möchte Sie lieber noch einmal spielen hören, um sicherzugehen, denn vielleicht ist es auch einfach eine Frage der Gewöhnung. Kommen Sie nächste Woche noch einmal wieder, ruhig auch zweimal, sooft Sie wollen, und – wie gesagt – vielleicht feilen Sie auch noch an Ihrem Blatt für das Mundstück ein wenig, wie ich es Ihnen gezeigt habe. Oder Sie probieren einfach einmal ein Blatt aus Plexiglas, ich gebe Ihnen gerne eines mit, und Sie präparieren es sich selbst.«

Er steht daneben, die Hand noch immer in seiner Jackentasche an seiner Geldbörse. »Brauchen Sie eine Anzahlung?«

»Das ist nicht nötig. Noch probieren wir nur. Das Probieren ist sogar bei einem Pelzmantel oder Rolls-Royce kostenlos.«

Natürlich, wie doof von ihm. Oder will ihn der Klarinettenbauer nur doof aussehen lassen?

»Tut mir Leid, dass du so lange warten musstest. Es war sicher langweilig für dich.« Sie laufen unter gelblich krankem Laternenlicht, das den Eindruck der Dunkelheit nur verstärkt.

Er hat vorgeschlagen, einen kleinen Spaziergang bis zur U-Bahn-Station am Green Park zu machen. Obwohl sie spazieren, passen sie sich unbewusst dem strammen Londoner Tempo an.
»Nein, nein, es war recht interessant.«
»Du lügst. Ich habe doch dein Gesicht in dem Geschäft gesehen, wie von einem kleinen Jungen, der hilflos ist. Aber«, sie hakt sich bei ihm unter, »sehr schön siehst du aus, wenn du machtlos bist.« Sie schmiegt sich an ihn. »Danke, dass du mir wirklich die Klarinetten kaufen willst. Und vielen Dank, dass du mitgekommen bist.« Die noch immer herbstlich frische Luft kühlt auf angenehme Weise seine Wangen. Er ist schon wieder versöhnt.
Sie überqueren die Oxford Street, die große Einkaufsstraße, das Herz von London, wie sie im Schulunterricht lernten. Er war als 17-Jähriger auf ihrer einwöchigen Klassenfahrt öfters in der Straße als in den sieben Jahren, die er in London lebt. Eine europäische Stadt im Zeitalter der Städtereisen: ihr Zentrum, oftmals ihre schönsten Plätze haben die Bewohner geräumt, in einer stillen und heimlichen Kapitulation vor dem Tourismus. Die Waffe der modernen Eroberer ist der Fotoapparat.
Kurz vor dem Green Park fragt er sie, was sie am Abend unternehmen wollen. Er merkt an ihrem ausweichenden Blick, dass sie die Antwort von ihm erwartet. Er hat gelernt, ihre Gesten zu deuten. Nur wann sie wütend ist, vermag er nicht zu sagen. Oder ist sie es einfach nie?
»Hast du Lust, ins Kino zu gehen?«, fragt er.
»Wenn du möchtest.«
»Nein, ich frage doch, ob du möchtest.«
»Und ich möchte, wenn du möchtest.«
Also, weil keiner von ihnen wirklich ins Kino möchte, entschließen sie sich, stattdessen bis nach Fulham zu spazieren. Es ist weit, aber der ganze, dunkle Abend liegt vor ihnen.

Auf dem Teich im Hyde Park schwimmen immer noch ein paar Enten. Es irritiert ihn. Schwimmende Enten im Hyde Park sind für ihn ein Synonym für Sommer, für Farbenpracht.

»Das würde Jelena gefallen«, sagt Larissa, ihm scheint, mehr zu sich selbst, deshalb antwortet er nicht. »Lustig, Jelena wollte immer in England leben. Und jetzt lebe ich hier.« *Die nie wegwollte aus Kiew.* Sie braucht es nicht auszusprechen, er hört es auch so aus ihrem Satz heraus.

»Es muss merkwürdig für dich sein, hier in London die Bilder von der orangen Revolution im Fernsehen zu sehen.« Sie tritt einen Stein in den Teich. »Es macht mich so stolz – und gleichzeitig so traurig. Weil ich nicht dort bin. Ich schäme mich. Ich sollte dort sein. Und das Schlimmste ist, dass ich nun nie mehr zurückkann.«

»Was redest du?«

»Doch. Ich mache mir ein bequemes Leben in London, während alle anderen für eine bessere Ukraine kämpfen. Wie kann ich je zurückkehren? ›Wo warst du, als wir kämpften?‹, würden sie mich fragen.«

»Larissa, bitte.« *Wie jung sie ist*, denkt er gerührt. Er möchte etwas Nettes sagen. Er nimmt sie bei der Hand, sie spazieren schweigend weiter.

»Jelena könnte dich einmal besuchen kommen.«

»Darf sie denn?«

»Aber natürlich. Dass du überhaupt fragst«, sagt er und denkt, er hätte besser zuerst einmal fragen sollen, wie lange Jelena kommen wird. Sicher nicht unter einem Monat.

»Hast du eigentlich keine Freunde, ich meine, so wie ich Jelena habe?«

»Aber natürlich. Wie kommst du denn auf diese Idee?«

»Weil du nie jemanden triffst. Du gehst zur Arbeit und kommst nach Hause.«

»Bin ich dir zu oft zu Hause?«

»Es war doch keine Anklage, Toby. Es interessiert mich nur, weil es mir aufgefallen ist. Ich bin selber jemand, der nie wahnsinnig viele Bekannte hatte. Teil einer dieser Gruppen zu sein hat mir nie gefallen. Aber ein paar Freunde sollte man doch schon haben.«

»Ich habe Igoris. Gut, wir gehen nicht oft zusammen aus, aber ich sehe ihn ja den ganzen Tag in der Arbeit. Und – früher hatte ich meine Hockeymannschaft.«

Aus dem Hyde Park biegen sie in die Exhibition Road. Eine Reihe von Taxis schwirrt herum, in der Royal Albert Hall ist die Innenbeleuchtung bereits eingeschaltet. Erwartungen hängen in der Luft. Samstagnacht, Nacht der grellen Lichter. Sie gehen weiter, vorbei. Er hat sich nie als einsam betrachtet, einfach nur als sehr beschäftigt.

Siebzehn

Er kann nicht mehr. Er versucht noch, den Gedanken beiseite zu schieben, aber es ist bereits zu spät. Der Gedanke begleitet ihn schon auf Schritt und Tritt: *Ich kann nicht mehr, ichkannnichtmehr, kannnichtmehr.* Bis zum Bootshaus des King's College schleppt er sich noch. Er atmet heftig, doch ungleichmäßig. Abrupt, den letzten Schritt hart und plump auf den Asphalt setzend, bleibt er stehen. Es ist 6.10 Uhr am Morgen, und er fühlt sich zum ersten Mal in seinem Leben alt. Sein Versuch, nach Monaten sportlicher Untätigkeit wieder joggen zu gehen, ist nach 20 Minuten gescheitert.

Er hängt sich an das Geländer, das den Weg von der Themse trennt. Das Wasser und der Himmel bilden eine Einheit, ein einziges dunkles Nichts. Die Brücke und die Straße sind zu weit entfernt, um ihre Geräusche herüberzuschicken. Er ist wie alleine auf der Welt. Und so fühlt er sich auch. Sein Atem beruhigt sich nur langsam.

Als er Hockey-Torwart war, ist er jahrelang in aller Frühe laufen gegangen. Unterwegs zu sein, wenn alles noch schlief, gab ihm das Gefühl, einen Vorsprung zu haben, auch wenn er nicht genau wusste, auf wen oder was. Er hat nie aufgehört, sich selbst als den fitten Sportler zu betrachten, der er damals war. Die Wahrheit trifft ihn hart. Aber er wird sie nicht akzeptieren. Morgen früh wird er wiederkommen, und übermorgen und überübermorgen, bis sich der kleine Bauch, der Larissa aufgefallen ist, in eine Anekdote aufgelöst hat, bis er wieder jung ist. Er setzt sich wieder in Bewegung, mit langsamen, vorsichtigen Schritten, aber er läuft, er muss ja, sonst kommt er nicht rechtzeitig nach Hause und in die Arbeit.

In der Arbeit hat wie immer Mitte Dezember die oberfläch-

lich ruhigste Phase des Jahres begonnen. Je näher Weihnachten rückt, desto weniger werden die Geschäfte. Umso mehr Zeit haben sie, sich wegen ihres Jahresbonus zu sorgen. Der Bonus ist in zweiter Linie sein Hauptjahreseinkommen. In erster Linie ist er die Messlatte für die Wertschätzung und Anerkennung, die er in der Bank genießt.
Er hat im vergangenen Jahr einen Bonus von 600 000 Dollar gutgeschrieben bekommen, 450 000 Dollar in bar, 150 000 in Derling-Aktien. Gemessen an seiner Position und seinem Jahressalär von 168 000 Dollar war das ordentlich, nicht mehr, aber auch nicht weniger. Alles bei Derling wird in Dollar ausgedrückt, auch wenn ihr Büro in Europa sitzt, sind sie in Amerika; in einer amerikanischen Bank. Er findet, er sollte dieses Jahr 700 000 Dollar bekommen.
Sie haben die Zahlen noch nicht gesehen, doch er ist gewiss, dass Öl & Gas einen deutlich höheren Gewinn erwirtschaftet hat als die 42 Millionen Dollar im vorherigen Geschäftsjahr. Das Jahr hatte viele gute Nachrichten für sie: der Bürgerkrieg im Irak, die Spannungen zwischen dem Iran und den Vereinigten Staaten, überhaupt die instabile politische Situation in den arabischen Öllieferanten-Ländern. Angesichts der drohenden Rohstoffknappheit erreichte der Erdöl-Preis den historischen Höchststand von über 50 Dollar pro Barrel. Die Kassen der Erdöl-Produzenten und Lieferanten füllten sich, die Aktienkurse des gesamten Energiesektors stiegen – es war wieder Selbstvertrauen da, Kredite aufzunehmen, andere Firmen aufzukaufen, in neue Projekte zu investieren. Das gegenseitige Fressen und Gefressenwerden, das in den Krisenjahren nach 2000 erlahmte, ging wieder los, und sie waren dabei, fliegend die Fahnen wechselnd, sich dem verschreibend, der sie gerade rief.
Wenn er rational denkt, sieht er keinen Grund, um seinen Bonus zu fürchten. Er war im Herbst an einer Reihe lukrativer Geschäftsabschlüsse beteiligt. Gas Natural, die er gerade-

zu persönlich als Derling-Kunden gewonnen hat, expandieren weiter auf dem italienischen Markt, Adminster beteiligt sich dank ihrer Vermittlung am Ausbau der Pipeline von Aserbaidschan über die Türkei nach Westeuropa. Von Revagaz ist keine Rede mehr. Noch manchmal sucht er – heimlich, nur für sich – in den Branchendiensten nach Meldungen über die Firma. Soweit er Einsicht hat, haben sie bis heute keinen Partner für die Modernisierung der ostukrainischen Gasfelder gefunden. Derling hat das Beratermandat nach dem Scheitern des Joint Ventures mit Leuchting nicht erneuert. Vielleicht hat auch Revagaz das Mandat nicht verlängert. Er wird nicht nachfragen. Unausgesprochen wurde in Sachen Revagaz das Gesetz der Pietät verhängt: über Tote nur Gutes, also über Revagaz kein Wort mehr. Oder ist gerade deshalb keine Rede mehr von dem gescheiterten Geschäft, seiner verpatzten Prüfung, damit Stoneton es bei der Bonusverkündung als unerwarteten Trumpf gegen ihn hervorzaubern kann?

Es ist ein ungeschriebenes Gesetz, dass man sich zum Jahresende um Angebote anderer Banken bemüht. Damit man, wenn einem ein unfairer Bonus ausgezahlt wird, erhobenen Hauptes zurückschlagen kann, die Kündigung einreicht und zur Konkurrenz überläuft. Wobei bemühen in Bezug auf die Angebote nicht das richtige Wort ist. Es muss so aussehen, als ob sie einem zufliegen. Deshalb hat, wer einige Jahre im Geschäft und gut ist, einen privaten Betreuer, der, wären sie Popstars, Agent genannt würde. In der City heißen diese Leute treffender Kopfjäger, *headhunter*. Sie haben weder Schatten noch Gesicht. Sie sind nur eine Stimme in der Telefonleitung.

Wenn Stoneton ihm einen beleidigenden Bonus anweist, wird er gehen. Er hat, dank Miss Jansen, der Stimme aus seinem Mobiltelefon, ein Angebot der HypoVereinsbank, in ihrer Hauptzentrale in München einen neuen Osteuropa-Fond mit dem Schwerpunkt Energie mit aufzubauen. Wenn er einen lächerlichen Bonus kriegt, muss er kündigen und nach München gehen, denn ein empörender Bonus ist auch eine Warnung, dass er nächstes Jahr zum Abschuss freigegeben ist. Nach München gehen zu müssen wäre keine Niederlage. Es wäre der Tod.

Wenn er sich verrückt machen würde, könnte er seine derzeitige Arbeit als Indiz interpretieren, dass ihn Stoneton mit dem Bonus abstrafen wird. Er ist beauftragt, Ölunternehmen anzuzapfen, *to pitch them*. Unaufgefordert unterbreitet er Unternehmen, die zu ihren Stammkunden gehören, Vorschläge, wo sie expandieren sollten, welche Projekte sie angehen könnten. Er ist stundenlang am Telefon, er fliegt für ein Mittagessen mit Managern von Gaz France nach Paris, schaut vorher noch am anderen Ende der Stadt bei Total Fina vorbei, macht auf dem Rückweg Station bei Royal Dutch in Amsterdam und hat überall das Gefühl zu stören. Es ist die Arbeit der Staubsaugervertreter: anpreisen, was man hat, nerven, hartnäckig sein, drängen. Es ist keine Frage, dass diese Arbeit geringer geschätzt wird, als einen Kunden bei der Abwicklung eines feststehenden Geschäfts zu begleiten. Wenn er logisch denkt, sollte er allerdings verstehen, warum er diese Arbeit macht. Weil Stoneton seine Kontakte schätzt, weil viele Firmen auf ihn hören; weil jetzt, wo das Geschäft zu schnurren beginnt, die Zeit ist, den anderen Banken, den Gegnern zuvorzukommen.

Er hat im *Energy Market*, einer der Fachpublikationen, die ihm wöchentlich elektronisch zugesendet werden, gelesen, dass der deutsche Energiekonzern E.on angeblich eine feindliche Übernahme der belgischen Firma Enagam plant. Er kennt Enagams Business Development Officer gut. Um nicht von E.on geschluckt zu werden, müsste Enagam seiner Meinung nach selbst expandieren. Fressen, bevor du gefressen wirst. So sucht er nach einem Übernahmeziel, das er Enagam vorschlagen könnte. Sein Telefon klingelt, er schaltet instinktiv und sofort auf genervt. Gleichzeitig ist er erlöst, dass es endlich wieder läutet. Eine längere Zeit ohne Anruf macht ihn nervös. Das Schweigen des Telefons gibt ihm das Gefühl, dass etwas fehlt; etwas gerade an ihm vorbeiläuft. Er ist sich sicher, dass es jedem so geht.

Er meldet sich mit einem kurzen, halb verschluckten Hallo.

»Toby?«

»Larissa!« Er erschrickt, schafft es aber, so normal wie im Büro möglich zu fragen, wie es ihr geht.

»Störe ich dich?«

»Nein, nein, natürlich nicht.«

»Gut. Ich dachte schon, weil du dich so gehetzt gemeldet hast.«

»–«

»Toby?«

»Ja, ich höre dich.«

»Ah, ich wollte dir nur sagen, dass ich in der Sprachschule heute das Ergebnis des Englischtests erfahren habe. Ich habe das Diplom, mit einer 8! Für die Musikhochschule wäre eine 6 ausreichend gewesen, aber umso besser, oder?«

»Fantastisch. Fabelhaft. Nicht, dass ich jemals an dir gezweifelt hätte. Das feiern wir heute Abend, okay?«

»Was werden wir machen?«

»Das besprechen wir, wenn ich nach Hause komme, okay?«

»Ich höre dich kaum, du sprichst so leise.«

»Ja, ich versuche, gegen acht zu Hause zu sein. Halb neun. Okay?«

»Hoffentlich regnet es nicht. Dann könnten wir an der Themse entlangspazieren. Wie weit bist du eigentlich heute früh beim Joggen gelaufen? Ich hätte nicht gedacht, dass du tatsächlich um Viertel nach fünf aufstehst. Ich dachte, du redest nur, als du es gestern angekündigt hast.« Sie will nur reden. Sie will nur ihre Freude loswerden, mit ihm teilen. Er versteht sie ja. Er freut sich doch mit ihr. Aber, mein Gott, ver-

steht sie denn nicht endlich, dass er arbeiten muss, dass er nicht telefonieren kann?
»Larissa, der Chef kommt gerade. Ich muss Schluss machen.«
»Schade.«
»Ja, schade. Wir reden heute Abend. Okay?«
»Ich war die Zweitbeste bei den Tests. Nur Raquel, eine Brasilianerin, hat eine 9. Aber sie ist auch wirklich besser als ich. Englisch reden geht ja einigermaßen, aber weißt du, Toby, wenn ich es aufschreiben muss, die Grammatik, Relativsätze zum Beispiel – plötzlich bin ich total verunsichert.«
»Das geht uns allen so, Larissa. Aber, bitte, ich muss.«
»Kein Problem. Ich lasse dich arbeiten.«
»Okay?«
McClivan sieht, dass er aufgelegt hat, und kommt zu ihm. Er will vermutlich wissen, ob er weitere Hilfe bei der Recherche in Sachen Enagam braucht. »Was ist denn mit dir los?«, fragt McClivan stattdessen, »du bist ja knallrot im Gesicht.«

Das ist noch nicht das Ende der unerwarteten privaten Anrufe. Zwei Tage später im Büro läutet am frühen Abend sein Mobiltelefon. Er erkennt die Nummer des Anrufers, die ihm sein Display aufzeigt, sofort wieder. Einen Moment überlegt er. Dann schiebt er das Telefon in seine Hosentasche und lässt seine Hand auf dem Apparat, damit der Klingelton doppelt gedämpft wird.
Er weiß, nach 20 Sekunden springt der Anrufbeantworter an. Er hört die Nachricht gleich danach ab. Sie ist lang, daran hat sich also nichts geändert, sie kann sich noch immer nicht kurz fassen auf Anrufbeantwortern. Ihre Stimme klingt fröhlich. Vielleicht freut sie sich darüber, dass sie ihn nicht direkt erreicht hat und auf das Band sprechen kann?
Sie wollte sich nur einmal melden, hören, wie es ihm geht, außerdem komme sie demnächst nach England, nach Reading, um genau zu sein, nicht sofort, aber doch bald, im Februar,

die Hallenhockey-Europameisterschaft finde dort statt. Ach so, ja, sie spiele wieder in der Nationalmannschaft, sie hat den Sprung zurück geschafft. Vielleicht könne er ja einmal zurückrufen, natürlich nur, wenn er Zeit habe, ihre Nummer sei immer noch die alte.
Was soll er davon halten? Sein erster Gedanke ist, dass sie einsam ist und der alten Zeit, der guten, alten Zeit nachtrauert. Vielleicht tut er ihr aber auch Unrecht, und sie wollte nur ihr Glück über die Rückkehr in die Nationalelf mit jemandem teilen, nach all den Jahren gibt es noch immer niemanden, mit dem sie besser über Hockey reden kann als mit ihm. Er ist, das muss er zugeben, gerührt. Er hat anderthalb Jahre nichts von Heike gehört. Je mehr er darüber nachdenkt, desto besser gefällt ihm ihr Anruf; die Idee, dass es wenigstens eine ehemalige Freundin gibt, die sich offensichtlich nicht zwingt, ihn zu hassen. Aber er wird nicht zurückrufen. Wohin sollte es führen, wieder mit ihr in Kontakt zu treten? Sie ist sein altes Leben, sie soll es bleiben. Er hat keine Lust, ihr Rechenschaft über sein neues Leben abzulegen, ihr Schweigen zu hören, wenn er ihr erzählt hat, er sei jetzt verheiratet, mit einer Ukrainerin.
Für den Mittwoch der kommenden Woche verabredet er sich mit Igoris. Nachdem sein Freund bereits zugestimmt hat, fragt er ihn, ob es ihm etwas ausmache, wenn er Larissa mitbringe. Er missbraucht seine Freundschaft mit Igoris ein zweites Mal, als er ihm an dem Mittwoch, kurz bevor sie aufbrechen, sagt, oh, Marco Siviglia komme auch mit. Er begeht den Verrat nicht gerne. Aber er muss Larissa beweisen, dass er Freunde hat. Siviglia ist, von seinem Italiener-Gehabe abgesehen, erträgliche Gesellschaft, darüber sind Igoris und er sich einig.
Sie sind, damit Larissa ihnen nur den halben Weg entgegenkommen muss, im *Bate* nahe dem Oxford Circus verabredet, das den in London seltenen Vorteil hat, sogar nach 23 Uhr

noch geöffnet zu sein. Sie ist bereits da. Allein sitzt sie auf einem der Lederhocker im hinteren Teil der Bar und liest die Getränkekarte, wie sie nur wartende Frauen lesen, die fürchten, angesprochen zu werden.
Er stellt sie Siviglia vor. Sie gefällt seinem Kollegen, das merkt er sofort. Siviglia hält sie ein wenig zu lange zu sanft an der Schulter, während er sie auf die Wangen küsst. Larissa blickt dabei auf den Boden. Ihr Trauzeuge begrüßt sie, als ob sie sich bestens kennen.
Die erste Runde ist seine Sache. Larissa möchte einen Tee, »und drei Gin and Tonic?«, fügt er hinzu, von den anderen zwei kommt kein Widerspruch. Er macht sich auf zur Bar, um die Bestellung aufzugeben. Er fragt nach drei Gin and Tonic und einem Orangensaft.
»Tee hatten sie leider nicht«, sagt er, als er zurückkommt.
»Aber es steht auf der Karte.«
»Mag sein, aber sie sagten, sie hätten heute keinen.« Die Bar ist mit viel Mühe so gestaltet, wie man sich im Jahr 2004 die sechziger Jahre vorstellt, mit Kopien von Pierre Paulins dunkelblauen, muschelförmigen Ottoman-Lounge-Stühlen und -Tischen. Eine eigene, kupfern glänzende Brauanlage steht hinter einer Glaswand wie ein Rhinozeros im Zoo. Die Kellnerinnen sind Kunstwerke für sich, graziöse Mädchen mit großen, roten Lippen und strahlend weißen Zähnen. Es war ihm zu peinlich, hier nach Tee zu fragen.
»Du hattest mir gar nicht gesagt, dass deine Frau aus der Ukraine ist«, sagt Siviglia.
»Ja«, antwortet er nur.
Sie reden über die amerikanischen Präsidentschaftswahlen und, um Larissa einzubeziehen, auch über die ukrainischen Präsidentschaftswahlen. Am Tag der Wahlen seien keine Zug- oder Bustickets nach Kiew verkauft worden, sagt sie. Siviglia sieht sie verständnislos an. Er muss einspringen und erklärend hinzufügen, dass die verhasste Regierung so Demonstratio-

nen der orangen Opposition in der Hauptstadt unterbinden wollte.

Von den Präsidentschaftswahlen ist es nicht weit zum historischen Tief des Dollars, den Ölpreisen, dem neusten Klatsch aus der Bank. Die Höflichkeitsphase, auf Larissa Rücksicht zu nehmen, ist vorbei. Sie sagt nichts mehr. Er sitzt noch nicht einmal neben ihr, dann könnte er wenigstens ihre Hand halten, um sie zumindest körperlich an die Runde anzubinden. Gequält versucht er, Ansatzpunkte zu finden, um Larissa ins Gespräch einzubeziehen.

»Ich habe gehört, dass sich Stoneton letztes Jahr selbst 2,5 Millionen Dollar Bonus gegeben hat, das sind 40 Prozent der Prämie, die für die gesamte Abteilung bestimmt war«, sagt Siviglia.

»Stoneton ist unser Chef. Er ist ein großer Opernfan«, sagt er zu Larissa.

»Ah, hört er die Musik sogar im Büro?«

»Nein, solche Allüren hat er noch nicht«, antwortet Siviglia für ihn, »wobei, er wird immer mehr zum Cäsar, findet ihr nicht? Wie er letztens von Stockholm mit dem Hubschrauber zu MSB nach Uppsala flog, ich war nicht dabei, aber Johnstone hat es erzählt.«

Der Abend ist ihm entglitten. Er ist irritiert, wie verstockt sie erzählt, wie schlecht ihr Englisch ist. Fällt es ihm erst jetzt, in der Gesellschaft von fließend Englisch Sprechenden auf? Oder ist sie so eingeschüchtert, sich vor Fremden auszudrücken?

Um zehn vor elf fragt er Larissa, ob sie gehen wolle. »Sie hat in zwei Tagen die Aufnahmeprüfung am Royal College of Music«, sagt er, als brauche es eine Entschuldigung.

Aber er könne ruhig noch bleiben, sagt sie. Er lehnt dankend ab, er begleite sie natürlich. Doch sie besteht so sehr darauf, dass er bleiben solle, dass er glaubt, bleiben zu müssen, um ihr einen Gefallen zu tun.

»Bist du sicher?«

»Toby, bitte. Ihr unterhaltet euch doch gut. Ich will dich nicht deinen Freunden stehlen.«
»Aber ich will dich nicht alleine nach Hause gehen lassen.«
»Ich habe es auch alleine hierher geschafft.«
»Dann nimmst du wenigstens ein Taxi.«
Er bringt sie noch bis zur Oxford Street.
»Es tut mir Leid, dass es die ganze Zeit nur um die Arbeit geht. Ich habe versucht, das Thema zu wechseln, aber es ist hoffnungslos.«
»Das macht doch nichts. Ich hätte vielleicht nicht mitkommen sollen, aber halb so wild.« Sie finden sofort ein Taxi.
»Bist du sicher, dass ich bleiben kann, Larissa?«
»Ganz sicher. Es ist absolut in Ordnung, Toby.«
Er weiß, dass er mit ihr fahren sollte. Andererseits spürt er das süße Sausen der vier Gin and Tonic im Kopf. Es weckt die Gier auf einen fünften.
»Am Freitag nach deiner Prüfung gehen wir aus, nur wir zwei.«
»Ja, klar, bis gleich.«
Halb so wild. Findet sie ihn nun auch nur noch halb so toll, da sie gesehen hat, wie er seine Abende verbrachte, bevor sie kam? Ein Arbeitstier, das sich Freunde durch Kollegen ersetzt und die Zeit verstreichen lässt, indem sie sich gegenseitig ihre vermeintliche Größe bestätigen. Er sieht dem Wagen noch nach.
Als er zurückkommt, verabschiedet sich Siviglia. »Ich gehe auch.«
»Wie?«
»Ich brauche von hier über eine Stunde nach Hause und muss unbedingt wieder einmal halbwegs lange schlafen. Ich bin hundemüde, Toby.«
»Einen Drink noch«, sagt er und hofft, dass Siviglia nicht einwilligt. Der Kollege hat seinen Statistendienst getan.
»Tut mir Leid, ich bin weg. Ein anderes Mal. *Cheerio.*«

So sind sie alleine. Es ist nicht einfach, die ersten Worte zu finden, jeder von ihnen würde sie gerne dem anderen überlassen.
»Was meinst du?«, fragt er schließlich Igoris.
»Ich bin mir nicht sicher.«
»Hätte ich mit ihr nach Hause fahren sollen?«
»Ich weiß es nicht, Toby. Sie wirkte sehr gelassen. Als ob sie es ernst meinte, dass du noch bleiben solltest. Wie läuft das Eheleben?«
Er muss sich bremsen, sein Glas ist schon wieder zur Hälfte leer.
»Großartig. Wenn sie nach englischen Worten sucht, wenn sie still ist und du sehen kannst, wie ihr Gehirn rattert, wie sie nach Worten sucht und dann spricht sie endlich, mit ihrer weichen Stimme, so lakonisch, trocken witzig, mit aller Selbstverständlichkeit – das ist noch immer der beste Moment der Welt.«
»*Noch immer.* Ihr seid gerade mal einen Monat verheiratet. Ihr gefällt es in London?«
»Ich glaube schon. Ehrlich gesagt: Ich weiß es nicht, Igoris. Larissa redet über Tatsachen, nicht so sehr über Gefühle. Die Wahrheit ist: Ich bin mir eigentlich nicht sicher, was sie wirklich denkt. Aber bislang hat sie sich noch über nichts beklagt, und das ist eine Tatsache. Sie nimmt die Aufnahmeprüfung zur Musikhochschule sehr ernst, Musik ist ihr Leben. Ich denke, wenn sie erst einmal auf dem College ist, wird sie anfangen, sich hier richtig zu Hause zu fühlen. Ich habe ihr ein Paar Klarinetten gekauft. 4000 Pfund, Igoris. Und ich sage dir was: Es war ein schönes Gefühl, das Geld aus dem Fenster zu werfen. Weil ich merkte, wie erfreut sie über die Klarinetten war.«
»Ich dachte, du bist Banker, Toby, du weißt doch: Geld macht nicht glücklich.«
»Tatsächlich? Das Erste, was ich höre. Das Einzige, was« – er nimmt einen neuen Anlauf. »Igoris?«

»Ja?«
»Nur manchmal, wie letztens, als sie mich mitten am Tag in der Bank angerufen hat – da merke ich, was du meintest, also, warum du am Anfang so gegen unsere Beziehung warst: Sie ist eine Vollzeitliebe. Sie erwartet, dass ich immer für sie da bin, und das ist nicht immer einfach für mich. Ich versuche, wegen ihr jeden Abend so früh wie möglich aus der Bank zu kommen, ich bin die ganze letzte Woche immer schon um acht, halb neun gegangen, aber ewig kann ich das nicht bringen.«
»Du wirst einen Zwischenweg finden, mit der Zeit, keine Angst. Ich glaube, Toby, ich muss dir ein Geständnis machen: Vielleicht habe ich dich unterschätzt. Ich hätte dir, um ehrlich zu sein, nicht zugetraut, dich so sehr um sie zu kümmern. Ich meine, sei ehrlich, du warst doch nur Frauen wie Rachel gewohnt, die dich leben ließen, als wärst du Single.«
»Nun, wenn wir in unserem Beruf nicht gelernt hätten, uns anzupassen wie ein Chamäleon, wer dann?« Igoris hört ihn gar nicht. Sein Freund will nur noch sich selbst hören.
»Weißt du, Toby, es warst gar nicht so sehr du, wegen dem ich mir um Larissa Sorgen machte. Ich wollte nur nicht, dass sie dasselbe erfährt wie ich, als ich mit 14 aus Litauen nach London kam. Wenn dir alles in der Stadt – die schicken Geschäfte, die hell beleuchteten Fenster, die gleichgültigen Leute – ins Gesicht schreit, dass du nicht dazugehörst. Weißt du, was das für ein Gefühl ist? Zu merken, dir blüht hier dasselbe Schicksal wie im Obstladen den Mandarinen aus Marokko: immer als zweite Wahl betrachtet zu werden.«
Er ist sich auf einmal sehr sicher, dass es Zeit ist zu gehen. Wenn Männer, befeuert von Alkohol und Melancholie, die Wahrheit erzählen wollen, will er nicht dabei sein. Das Aufwachen am nächsten Morgen ist immer schrecklich.

Achtzehn

Es ist so weit. Er trägt Larissas Mantel in der Hand, ihren Schal und die Handschuhe hat er in die Manteltaschen gestopft. Ab und an schaut er, ob auch keiner der Handschuhe herausgefallen ist, während er auf und ab geht. Larissa sitzt still auf der einzigen Bank im Vorraum, die Hände auf der Bank, die Arme durchgestreckt, den Koffer mit ihren beiden Klarinetten neben sich gestellt. Es sind ihre alten ukrainischen Klarinetten. Die neuen hat sie seit vier Tagen. Sie will es nicht riskieren, mit den noch ungewohnten Instrumenten aufzutreten.

Sie warten bereits vierzig Minuten, als sie von der Sekretärin, die wie eine Geschichtsstudentin aussieht, endlich in das Auditorium geführt werden. Der Prüfungsausschuss des Royal College of Music sitzt eng beieinander in der vorletzten Reihe. Es sind vier Professoren, ein Paar Männer, ein Paar Frauen, und der große, leere Saal ist auf ihrer Seite, gibt ihnen Größe und Wichtigkeit. Sie diskutieren mit gesenkten Stimmen, womöglich noch über den vorherigen Kandidaten, und tun so, als ob sie sie nicht hereinkommen hörten. Einer der Männer fällt ihm sofort auf, er wirkt zu jung, trotz des nicht zu übersehenden Übergewichts, den Pausbacken und der überdimensionalen Hornbrille. Es ist nur ein Gefühl, aber er glaubt, von ihm habe Larissa nichts Gutes zu erwarten.

Zu seiner Erleichterung scheint eine der beiden Frauen die Vorsitzende zu sein. Sie ist schlank wie eine Klarinette, trägt eine braune Brosche am Revers und bemüht sich mit einem durchaus natürlichen Lächeln, Larissa Ruhe zu vermitteln. Während sie Larissa willkommen heißt und ihr knapp den Ablauf erklärt, über den sie sowieso schon unterrichtet sind,

schaut sie auch ab und an ihn an. Er erwidert ihre Blicke mit verständnisvollem Nicken. Früher, mit 16, 17 im Hockeyverein, hat er eine Wirkung auf die Mütter der anderen Spieler gehabt, auf Frauen dieses Alters. Ob er sie noch nicht verloren hat?
Er darf beim Vorspielen zuhören. Bedacht, nichts falsch zu machen, setzt er sich in die letzte Reihe, hinter den Ausschuss. Sie haben Formblätter und Notizblöcke neben sich liegen. Auf der Bühne sitzt ein junger Mann mit seitlich streng gescheiteltem Haar am Klavier. Larissa spricht kurz mit ihm, das heißt für seinen Geschmack eigentlich schon zu lange, um noch souverän zu wirken.
Als sie zu spielen beginnt, traut er sich kaum mehr zu atmen. Die Begleitung des Klavierspielers gibt den Fantasiestücken ein neues, unerwartet munteres Leben. Er vermutet, dass es für Larissa schwierig sein muss, mit dem Pianisten den exakten Takt zu finden, schließlich spielen sie zum ersten Mal miteinander. Das werden die Prüfer doch wohl berücksichtigen? Wenn er beurteilen könnte, wie gut oder schlecht sie spielt, wäre er nicht so nervös.
In der kurzen Pause zwischen den Fantasiestücken und Igor Stravinskys erstem Solostück für Klarinette, das sie als gegensätzliches Stück gewählt hat, steht eine der beiden Professorinnen auf und geht nach vorne. Larissa schaut sie erstaunt an, er reißt den Mund auf und vergisst, ihn zu schließen. Die Professorin winkt ab und sagt mit freundlicher Stimme etwas zu Larissa, wenn er richtig versteht, dass sie sich nur in die erste Reihe setzen will, um Larissas *Ansatz* besser zu sehen. Nachdem Larissa auch noch Stravinsky dargeboten hat, beugen sich die Prüfer einander zu. Die Frau mit der Brosche klemmt ein frisches weißes Blatt in die Schreibunterlage auf ihrem Schoß, ihr Kugelschreiber fliegt darüber. Es reden fast nur die beiden Männer. Der zu junge Übergewichtige, wie er nicht umhinkommt zu bemerken, tut seine Meinung mit

wuchtig durch die Luft segelnder rechter Hand und unveränderlich ernstem Gesicht kund. Die Vorsitzende bittet ihn, für einen Moment vor der Tür zu warten. Sie würden sich gerne noch mit Larissa unterhalten.
Er hat nichts zu lesen mitgebracht. Die Bank unter dem Fenster des Vorraums ist schon von der Sekretärin und einer *englischen Rose* besetzt, einem Mädchen mit blasser Haut und engelblonden Haaren, streng zu einem Zopf geflochten, die Lippen dünn wie Bleistiftstriche, junge, treue Augen, die Klarinettentasche fest in den kleinen, dünnen Fingern. Beeinflusst das Aussehen der Prüflinge die Entscheidung der Professoren, und wenn, ist Larissas Schönheit dann ein Vor- oder Nachteil? Er geht, weil sonst nichts zu tun ist, auf die Toilette. Als er zurückkommt, hat Larissa mit gut durchblutetem Gesicht den Platz der englischen Rose schon eingenommen und unterhält sich lächelnd mit der Sekretärin. Sie sieht glücklich aus. Zumindest zufrieden, denkt er sich und: Gott sei Dank.
»Und?«, fragt er, als sie schon auf der Suche nach dem Ausgang sind. Er gibt sich Mühe, nicht zu neugierig zu klingen.
»Wir bekommen Anfang Februar die Benachrichtigung von ihnen.«
»Wie?«
»Per Post.«
»Nein, ich meine, wie – sie haben dir jetzt gar nichts gesagt, noch nicht einmal ein Hinweis, nichts?«
Natürlich nicht. Warum hat er etwas anderes erwartet? Weil er seit Wochen auf diesen Freitag als Morgen der Entscheidung hingefiebert hat. Er hat sich von diesem Morgen einen Triumph erwartet, nicht weniger.
»Du musst doch wenigstens ein Gefühl haben, ob es gut war.«
»Natürlich, Toby. Aber mein Gefühl spielt keine Rolle. Sie entscheiden, ob sie mich nehmen oder nicht.«
An der U-Bahn-Station South Kensington verabschiedet er

sich von ihr, schneller, als es nötig ist. Und dafür, denkt er ernüchtert, hat er einen halben Arbeitstag sausen lassen. Es ist noch alles möglich, gut möglich sogar, dass die klarinettenschlanke Ausschussvorsitzende Larissa in ihren Papieren schon als *angenommen* vermerkt hat. Doch er kann sich nicht helfen. Er wird das Gefühl der Enttäuschung nicht los.

Als er in Canary Wharf aus der U-Bahn kommt, meldet sein Mobiltelefon eine Nachricht von Igoris. Wann er endlich ins Büro komme, van Hout von Enagam habe für ihn angerufen und bitte um dringenden Rückruf. Er vergisst den Vormittag augenblicklich. Dass ein dringender Rückruf erforderlich ist, kann nur Gutes bedeuten. Tage-, fast schon wochenlang hat er den Staubsaugervertreter gegeben, angepriesen, hingewiesen, gedrängt, und nun lässt ihn endlich einer hinein. Er ruft van Hout schon von seinem Mobiltelefon zurück, während er noch durch das Bankgebäude ins Büro eilt. Enagam plane gerade, sich neu zu positionieren, genauer gesagt berate man intensiv, ob man sich stärker im Ausland betätigen solle, da kamen just seine Empfehlungen. Sie seien sich zwar nicht sicher, ob es wirklich Osteuropa sein sollte, wie er ihnen nahe legte, aber sie würden sich gerne mit Derling unterhalten. Könne er am Montag nach Brüssel kommen? Es ist offensichtlich, dass van Hout das Gespräch nach seiner Zusage für beendet betrachtet. Doch er fragt noch nach: An welche Expansion hätten sie konkret gedacht, tatsächlich auch an die Übernahme einer ausländischen Firma, wollten sie sich weiterhin auf ihr Kerngeschäft – das Liefern von Erdgas – beschränken oder käme auch ein Einstieg in die Gasproduktion in Frage? Er will van Hout noch am Telefon halten, nur ein bisschen, noch drei Stockwerke mit dem Aufzug und dann die 30 Schritte durchs Büro. Sodass die anderen mitbekommen, wie geschäftig er ist. Immerhin schafft er es noch, im Büro laut zu sagen: »Dann bin ich am Montagmorgen um

10 Uhr bei Ihnen in Brüssel. Ich muss noch Rücksprache mit meinem Büro halten, ob das nicht mit einem anderen Termin kollidiert, doch falls Sie nichts mehr von mir hören, gehen Sie davon aus, dass es in Ordnung ist.« Er würde am liebsten direkt zu Stoneton durchlaufen, um es ihm zu erzählen. Der Chef ist jedoch nicht da, das hört er schon, während er noch mit van Hout telefoniert. Aufgeräumtes Gelächter schallt durch den Raum, eine Ausgelassenheit, die sich nur im Dezember in Abwesenheit Stonetons und Charveys hervorwagt.

»Hey, Toby, komm mal her.«

»Gleich, Marco.« Gegen Siviglias kumpelhafte, polternde Art hat er eine solche Aversion aufgebaut, dass er erst sein Jackett auszieht, über seinen Stuhl hängt, gerade zieht, den Computer anschaltet, wartet, bis er hochfährt, seine elektronischen Nachrichten abruft, ehe er sich umdreht und zu ihm hinübergeht. Fast noch mehr als über Siviglias rustikalen Ton ärgert er sich über sich selbst. Er sollte in der Lage sein, die Art seines Kollegen nicht so ernst zu nehmen. Doch ob er will oder nicht, er ist gegen Siviglias Gehabe sensibilisiert und fährt beim kleinsten Ton hoch. Es ist, als warte er geradezu darauf.

»Ja, Marco?«

»Schau mal.« Bereitwillig rollt Siviglia mit seinem Stuhl zurück, um ihm den Blick auf den Computer zu überlassen. Auch mit einem Meter Abstand riecht Siviglia nach einer Überdosis herben Parfüms. Auf dem Bildschirm sind die Passfotos von acht mehr oder minder jungen Frauen, manche mit gereckten Armen, eine mit einem Cowboyhut, alle lächelnd. Julia, Nr. 146, 22 Jahre, ledig, keine Kinder, steht unter der ersten langhaarigen Blonden, daneben knabbert Oksana, Nr. 086, 18 Jahre, ledig, keine Kinder, schüchtern am Zeigefinger, Galina, Nr. 007, 34 Jahre, Witwe, eine Tochter, denkt auf die klassische Art nach, mit dem Zeigefinger am Kinn.

»Was?«, fragt er Siviglia, noch verständnislos, aber schon nicht mehr irritiert, sondern zornig.
Siviglia rollt grinsend und stumm heran, nimmt die Maus des Computers und rollt die Internetseite nach oben. *Partnersuche exklusiv: Ukrainische und russische Frauen – Fotogalerie, Kontaktanzeigen*, steht da in kursiver blauer Schrift.
»Ich dachte, du könntest mir helfen, eine für mich auszusuchen, du bist doch Spezialist.«
Etwas klickt, etwas schnappt und findet nicht mehr das Sicherheitsschloss, in das es gehört in seinem Gehirn. Alles, was er noch kontrolliert, ist der Gedanke: *nicht mit der Faust.* Seine Hand öffnet sich. Flach schlägt sie gegen Siviglias Hinterkopf. Es gibt ein Geräusch, ein abgefedertes Dröhnen. Nicht nur der Kopf, mit ihm der ganze Nacken nickt ruckartig nach vorne.
»Bist du verrückt?!« Siviglia schaut ihn an, zu entgeistert, um böse zu sein. »Bist du total verrückt?! Es war nur ein Scherz, Mann. Verstehst du keinen Spaß mehr? Du bist doch völlig überarbeitet. Oder hast du deine Frau etwa über so eine Internetseite kennen gelernt? Sag, ist es das, warum du durchdrehst?«
Die Kollegen schauen zu ihnen herüber, fragend, aber vor allem erwartungsvoll, weil die meisten seinen Schlag, wenn nicht gesehen, dann zumindest gehört haben und nun auf mehr hoffen.
Doch es ist schon vorbei. Ihm ist heiß, vor allem vor Scham. Er hat eine Grenze überschritten. Es war kein fester Schlag, eigentlich nur ein Klaps, doch er ist zu weit gegangen. Mehr jedoch als Pein, registriert er nicht ohne Verblüffung, empfindet er Zufriedenheit. Erleichterung. Als ob er sich von einer Last befreit habe, weil er getan hat, was er schon so oft gerne getan hätte; woran ihn immer sein lästiger Verstand hinderte. Sosehr die Situation seine primitiven Instinkte befriedigt haben mag, so kann er den Vorfall allerdings nicht stehen lassen.

Er hat auf einem entscheidenden Feld versagt: nachgewiesen, dass er keinen Humor hat, nicht über sich selbst lachen kann.

»Übrigens, Marco: Die Frauen auf diesen Webseiten sind keine Heiratssuchenden, sondern Models, Köder für reiche, einsame Männer aus dem Westen. Nimm das als Tipp von einem Betroffenen. Eines der wenigen Gebiete, auf denen ich mich auskenne: von ukrainischen Frauen ums Geld betrogen zu werden.«

Siviglia reibt sich den Hinterkopf und mustert ihn, ohne zu erkennen zu geben, was er denkt. Ein Telefon läutet, noch eins. Er kann spüren, wie die Blicke ihrer Kollegen weiterwandern, zurück zu ihren Bildschirmen. Seine Antwort, das weiß er, war nicht witzig. Aber das ist nicht die Frage. War sie selbstverachtend genug?

Kurz nach 16 Uhr verfliegt die Grundschulstimmung. Stoneton ist zurück. Er muss sich zurückhalten, er weiß, er kann jetzt nicht sofort in den Glaskasten hereinfallen und dem Chef von seinem Coup erzählen. Heimlich beobachtet er Stoneton. Er sieht einen Stummfilm: Stoneton am Telefon, Kugelschreiber in der Hand, Hand in der Luft, zurückgelehnt, die Lehne seines Bürostuhls so gelockert, dass sie dem menschlichen Gewicht nachgibt und mit nach vorne schnellt, als dies Stoneton tut. Als Stoneton zehn Minuten lang mit niemandem telefoniert, stattdessen sich mit Hand Notizen auf irgendwelchen Dokumenten macht, nimmt er dies als Einladung.

»Mister Stoneton?«

Sein Chef schaut auf und ihn an, als brauche er Zeit, ihn zu erkennen.

»Ja, Tobias, Mister Linderoth?«

»Kann ich kurz reinkommen?« Er ist schon drinnen.

»Sie sind bereits in meinem Büro, wenn ich das feststellen darf.«

»Sicher.« Er wartet.
»Worauf warten Sie, Mister Linderoth?«
»Ich wollte Ihnen etwas sagen, Mister Stoneton.«
»Nun, nur zu. Ich frage Sie doch gerade, worauf Sie noch warten.«
Der widerspenstige Beginn des Gesprächs macht ihm nichts aus. An anderen Tagen wäre es genug gewesen, ihn aus der Fassung zu bringen. Diesmal jedoch ist er nur der Überbringer einer guten Nachricht.
»Ich müsste am Montag nach Brüssel, Mister Stoneton, und wollte Sie nur kurz darüber unterrichten. Enagam hat zurückgerufen, sie beraten gerade über eine internationale Neupositionierung und waren sehr beeindruckt von unserem Exposé.«
Er hat gedacht, dass das Gespräch von diesem Punkt an wie von selbst laufen würde. Doch Stoneton macht keine Anstalten, auf ihn einzugehen. Als habe sich sein Chef noch nicht damit abgefunden, nun mit ihm reden zu müssen; als wüsste er Besseres zu tun.
»Und, Mister Linderoth?«
»Und ich wollte Sie darüber nur unterrichten – und hören, wie wir vorgehen. Soll denn einer von den Direktoren mit nach Brüssel kommen?«
»Enagam? Und das sind erste lose Gespräche? Fliegen Sie doch erst einmal alleine hin. Bereiten Sie sich gut vor, lassen Sie sich von McClivan oder Lotschew eine ordentliche Firmenanalyse erstellen, und dann vertraue ich darauf, dass Sie das hinkriegen.«
Stoneton zieht seinen Krawattenknoten fest.
»Weil ich Sie schon einmal hier habe, Tobias. Wie Sie wissen, stehen wie jedes Jahr bald die Bonusauszahlungen an.«
»So ist es«, bestätigt er mit der normalsten Stimme der Welt. Unzählige Male hat er die Situation im Kopf durchgespielt. Und nun wird er von Stoneton kalt erwischt. Die Bonusge-

spräche finden immer Anfang Januar statt. Wie kommt Stoneton dazu, ihn bereits jetzt darauf anzusprechen? Sein Gehirn ist für einen Moment blank; leer gefegt. Es ist der Augenblick vor dem Auftritt, vor der *performance*. Er hat keinen einzigen Gedanken mehr. Nur noch die Erwartung, dass es losgeht. Und dann geht es nicht los. Es ist wie beim Hockey, wenn der Schiedsrichter direkt vor dem Anpfiff den Start abbricht, weil ein Hund auf das Spielfeld gelaufen ist, wie bei einer Präsentation, wenn bei Beginn festgestellt wird, dass das Mikrofon nicht funktioniert: Stoneton faltet ein paar Bogen Papier, steht auf und bringt sie zum Papierkorb. Und er sitzt da, geladen und zu früh losgelassen, die Gedanken schießen ihm ins Gehirn und schwirren wild umher. *Das Wichtigste ist, immer souverän zu bleiben, argumentier sachlich, vergiss nicht, Gas Natural zu erwähnen, Revagaz lag nicht an dir, du hast das Hypo-Vereinsbank-Angebot als Garantie, was kannst du dafür, dass du im Urlaub warst, als Revagaz platzte, ich will auf keinen Fall nach München, du hättest bei Revagaz sowieso nichts mehr ausrichten können, selbst wenn du in der Arbeit gewesen wärst, so rational muss er sein; aber was, wenn Stoneton gar nicht rational sein will?*

»Nun, Tobias, worin wir sicherlich übereinstimmen, ist, dass es ein fröhliches, gutes Jahr für die Derling Bank im Allgemeinen und für Öl & Gas im Besonderen war.« Stoneton ist noch auf dem Weg vom Papierkorb zurück zum Schreibtisch und redet, ohne ihn anzusehen. *Worin wir sicherlich übereinstimmen.* Heißt das, dass sie beim Bonus nicht übereinstimmen werden? »Ich vermute einmal, dass der Präsident der Vereinigten Staaten sich noch nicht einmal im Entferntesten im Klaren darüber ist, welchen Gefallen er uns mit seiner katastrophalen Außenpolitik getan hat. Der steigende Ölpreis, den die Welt ihm verdankt, war exakt der Katalysator, den unser Sektor brauchte, um die Geschäfte wieder in Gang zu bringen.« Stoneton macht solche Exkurse nicht, um Zeit zu gewinnen. Er gefällt sich als Redner. Er hält sich für jemanden, der besser als die meisten, besser als der Präsident der Vereinigten Staaten von Amerika, versteht, wie die Welt funktioniert. Er ist kein Visionär, sondern ein kompromissloser Analytiker. Das macht ihn als Chef so gefährlich. »Die Leute mögen vom Dienstleistungssektor reden, vom Technologiemarkt, vom Waffenhandel oder was auch immer, was jedoch die Welt wirklich am Laufen hält, sind Öl und Gas. Die Energiebeschaffung ist längst das größte Problem des Westens. Wir sind bei den Energielieferungen absolut abhängig von Schurkenstaaten, von Schurkenstaaten, Tobias. Und zwar derart abhängig, dass der Westen bereits erpressbar ist. Denken Sie nur, was Russland dieses Jahr mit Litauen machte, als dem Kreml der Verkauf einer litauischen Ölraffinerie an die Amerikaner von GasOn nicht passte: Die Russen haben einfach den Hahn zugedreht, die Raffinerie bekam kein Erdöl mehr, die Amerikaner mussten die Raffinerie zurückgeben, Russen haben sie gekauft. Solche Fälle werden wir in den nächsten Jahren zuhauf erleben – und dann werden sie alle zu uns gerannt kommen, Tobias, auch Ihre deutsche Regierung, sie werden unsere Kontakte benötigen. Tobias, ich sage Ihnen, vielleicht wird es Ihnen erst im Rückblick aufgehen: Auf dem Energiesektor tut sich gerade die größte Front des Westens auf. Und Sie stehen in der ersten Reihe.«

»Sicher, Mister Stoneton.« Er ist anfällig für solches Pathos. Es bestärkt ihn im Gefühl, etwas Wichtiges zu tun, das Wichtigste. Im Moment allerdings rauschen Stonetons Thesen an ihm vorbei. Seine Schläfe hämmert – oder hämmert jemand gegen seine Schläfe? Merkt ihm Stoneton an, dass er zu nervös ist zuzuhören?

»Nun, ich will nicht abschweifen. Was das gerade zu Ende gehende Jahr betrifft, so waren wir sicher nicht immer erfolgreich, wenn ich nur an den Einstieg von British Oil im Iran denke, aber im Großen und Ganzen muss ich sagen: Es hat schlechtere Jahre gegeben. Der Gewinn unserer Abteilung ist um 40,5 Prozent auf 59 Millionen Dollar gestiegen. Auf diese Zahl, möchte ich sagen, können wir uns eine Kerze anzünden. Selbstverständlich soll die gesamte Abteilung dafür gebührend belohnt werden. Ich bin deshalb hocherfreut, Ihnen zum Jahresende einen Bonus von 500 000 Dollar zu erteilen, Tobias, Mister Linderoth, 380 000 in bar sowie 120 000 in Aktien.«

Das ist keiner von diesen Schlägen frontal ins Gesicht, die man gerade noch kommen sieht und dann wird es dunkel. Es ist ein Leberhaken, ansatzlos aus dem Nichts geschlagen, der einen in die Seile wirft und den Atem raubt. 500 000 Dollar.

»Vielen Dank, Mister Stoneton« – er wird unterbrochen.

»Nun, ich danke Ihnen, Tobias, für Ihren Beitrag im zu Ende gehenden Jahr.«

»Mister Stoneton – Sie sind sich bewusst, dass ich vergangenes Jahr einen Bonus von 600 000 Dollar erhalten habe?«

»Nun, Tobias, jedes Jahr ist anders.«

»Richtig, aber dieses ist, wie Sie gerade erwähnten, besser. Und ich bekomme einen schlechteren Bonus.«

Stoneton lächelt, und er kann fühlen, wie hinter dem Lächeln etwas gefriert. Mit dem Eis wird die kalte Wut seines Chefs hervorkriechen, wenn er nicht loslässt. Aber er kann nicht mehr zurück. Er ist schon zu weit gegangen.

»Ich wollte Ihnen diese Erklärung eigentlich ersparen, Mister Linderoth. Ich dachte, Sie verstehen mich auch so. Aber Sie zwingen mich geradezu, es Ihnen zu sagen, und dann will ich mich nicht lumpen lassen. Mister Linderoth, trotz Ihrer insgesamt ordentlichen Arbeit gab es in diesem Jahr einige Vorfälle, die mich, nun ja, irritiert haben.«

»Wenn Sie auf das Scheitern des Falls Revagaz anspielen, so kann ich Ihnen sagen, dass ich mir keines Fehlers bewusst bin. Ehrlich gesagt, ich würde alles noch einmal so machen.«

»Der Fall Revagaz ist an Dingen gescheitert, die außerhalb unserer Macht lagen. Ich habe Ihnen in diesem Fall tatsächlich nichts vorzuwerfen. Allerdings gab es einige Vorkommnisse, die indirekt mit Revagaz verbunden sind, oder um es deutlicher zu sagen: Ihr Verhalten, seit Sie bei Revagaz waren, verblüfft mich.« Um es deutlicher zu sagen, um ehrlich mit Ihnen zu sein, um es frank und frei auszudrücken. Das Englische hat so viele solcher Redewendungen hervorgebracht, dass man einen guten Eindruck davon bekommt, wie undeutlich, unehrlich, unfrank und unfrei in Großbritannien gewöhnlich gesprochen wird – in der Regel weiterhin auch nach Anwendung dieser Floskeln.

»Ich habe die Expansion von Gas Natural in Italien in die Wege geleitet, ich war an dem 400-Millionen-Kredit für Staroil beteiligt, ich bin gerade an Enagam dran, ich könnte Ihnen noch beliebig weitere Beispiele aufzählen. Mister Stoneton, es tut mir Leid, aber ich verstehe die Kürzung meines Bonus einfach nicht.«

»Mister Linderoth, erstens ist es keine Kürzung, ich habe Ihnen schon geraten, jedes Jahr für sich zu betrachten. Und zweitens habe ich mich entschlossen, Ihren Bonus zu kürzen, weil Ihre Arbeitseinstellung äußerst irritierenden Schwankungen ausgesetzt war. Wenn ich Sie daran erinnern darf: Wir steckten mitten in den letzten Vorbereitungen für die British-Oil-Präsentation, und Sie hatten nichts Besseres zu tun, als nach Kiew zu fahren. Ich habe Sie noch vor Charvey verteidigt: ›Lass ihn, er ist verbohrt in diesen Revagaz-Deal.‹ Und dann haben Sie die Chuzpe, sich zwei Tage später frühzeitig aus der entscheidenden Telefonkonferenz in Sachen British Oil auszuklinken. Mister Linderoth, Sie haben dieses Jahr über fünf Wochen Urlaub genommen, was auf Jahrzehnte Rekord in meiner Abteilung sein dürfte, Sie fehlten mehr als einmal wegen Krankheit, und nun sehe ich Sie in den jüngsten Wochen vermehrt, geradezu regelmäßig bereits vor 20 Uhr das Büro verlassen. Mein Instinkt sagt mir, dass dieses mangelnde Engagement mit dem privaten Geschäft zusammenhängt, das Sie da im wilden Osten eingegangen sind, wie mir zu Ohren kam. Nun, ob Sie es glauben oder nicht, ich war auch einmal jung und kenne den Zustand der vernebelten Sinne. Ich glaube ja auch, das renkt sich wieder ein, wenn sich die stürmischen Gefühle in Ihrem Privatleben wieder gelegt haben. Deshalb bin ich ja bereit, Ihre schon chronischen Verfehlungen zu entschuldigen, und ich denke, die 500 000 Dollar sind ein starker Ausdruck meiner Großzügigkeit. Aber damit Sie mich verstehen: Es kann so nicht weitergehen, Mister Linderoth.«

Jetzt müsste er es sagen. *Dann gehe ich.*

»Und jetzt gehen Sie, zurück an die Arbeit.«

Er verlässt den Glaskasten ohne ein weiteres Wort. Eines hätte er noch gerne gesagt: »Entschuldigung.«

Er hat sich nicht nur selbst zum Idioten gemacht, er hat auch noch Stoneton so weit in die Enge getrieben, bis sein Chef die schmerzhafte Wahrheit aussprechen musste, die er ihnen beiden ersparen wollte. Er weiß nicht, ob ihm Stoneton das verzeihen wird.

Er geht zu seinem Schreibtisch zurück, gerne würde er eine Pause machen. Aber seinen Platz kann er nun nicht mehr so freizügig verlassen, der Gedanke kommt ihm: nie mehr. Das Einzige, was ihm bleibt, ist, so zu tun, als sei nichts geschehen. Das rettet ihn für eine Weile. Früher oder später jedoch wird er sich der Ausweglosigkeit seiner Situation stellen müssen: Er kann nicht für die Arbeit noch mehr Zeit mit Larissa opfern, und er kann erst recht nicht mehr so weitermachen und für Larissa die Arbeit vernachlässigen. Der gekürzte Bonus ist zwar nur die letzte Warnung. Doch die Botschaft, die Stoneton ihm vermittelt, hat bereits etwas Endgültiges: Sein Versuch, sich durchzuschlängeln, ist gescheitert. Wo ist der Zwischenweg, den er laut Igoris mit der Zeit finden würde? Der einzige Zwischenweg, den er sieht, ist der in die Mittelklassigkeit. Sich umhören, die Stimme in seinem Mobiltelefon beschwören, eine weniger zeitintensive Arbeit für ihn zu finden – das heißt eine weniger ambitionierte, weniger aufregende. Dann kann er gleich nach München gehen; ins Grab. Er hat schon immer seine Probleme für sich selbst behalten und einfach weitergemacht, bis sich irgendwann irgendwie irgendwas ergibt – eine Lösung oder ein Ende. So wird er es auch diesmal halten; auch wenn er nicht weiß, wie weitermachen. Er spürt ein ungewohntes Verlangen, sich jemandem mitzuteilen. Es geht ihm gar nicht so sehr darum, über seine Situation zu reden. Er will sich einfach nicht alleine fühlen. Er loggt sich in seine elektronische Post ein und beginnt, eine Nachricht zu schreiben: *Liebe Heike,*

Neunzehn

Jeden Donnerstag nimmt sich seine Putzfrau die 18 Pfund aus dem hellbraunen Altpapierumschlag und lässt das Briefkuvert leer auf seinem Wohnzimmertisch zurück. Diesmal jedoch hat sie nicht nur das Geld mitgenommen, sondern auch Larissa. Er findet die Nachricht, als er unverändert früh, um Viertel vor neun, nach Hause kommt und die Wohnung auf sein Hallo mit Schweigen antwortet. Ein kleiner Zettel liegt neben dem entleerten Umschlag: *Bin mit Monika ausgegangen. Mach dir keine Sorgen, La.*

Er ist verblüfft: Monika. Welch seltsame Wahl, sich eine Freundin zu suchen. Seine Putzfrau. Er versucht sich an Monika zu erinnern, es ist lange her, dass er sie gesehen hat, sie kommt und geht wie die Heinzelmännchen. Mittwochabends hinterlässt er einen Ersatzschlüssel bei der Nachbarin in Nummer 9 und das Geld auf dem Tisch, donnerstagabends findet er Schlüssel und leeren Briefumschlag in einer sauberen Wohnung, das sind die einzigen Momente, in denen Monika ihm zumindest in Gedanken präsent ist. Sie ist groß und schlank, mit feinen Gesichtszügen, einer spitzen Nase und dünnen braunen Haaren, zumindest war sie das damals vor drei Jahren, als sie sich vorstellte, als er sie zum einzigen Mal sah. Sie hatte begonnen, in Lublin Umwelttechnik zu studieren, das hat er noch klar im Gedächtnis, weil es ihn beeindruckt hatte. Ein Jahr wollte sie in London bleiben, die Sprache lernen, ein bisschen Geld ansparen. Er hat sich nie gefragt, warum drei Jahre daraus geworden sind.

Mach dir keine Sorgen, La. Muss er sich Sorgen machen? Monika ist ungefähr gleich alt wie Larissa, sicher keine schlechte Person. Aber sie ist seine Putzfrau und Larissa seine Frau. Was soll er davon halten? Im besten Fall erscheint ihm diese überraschende Verbindung kurios.

Er weiß nicht recht, was er mit sich anfangen soll. Er war auf einen Abend mit Larissa eingestellt. Er ordert eine Pizza mit Sardellen bei Pappa & Ciccia. Aus dem Haus zu gehen, traut er sich nicht, er will da sein, wenn Larissa zurückkommt. Unterlagen aus der Arbeit zu lesen erscheint ihm eine unüberwindbare Mühsal, da er schon einmal auf Feierabend programmiert ist. Er schaltet den Fernseher ein und schaut *Newsnight* mit Jeremy Paxman. Der Ölpreis ist auf den tiefsten Stand der letzten anderthalb Monate gefallen. Um halb zwölf kommt Larissa nach Hause.

Er bemerkt es erst, als sie schon im Wohnzimmer ist und auf ihn zugeht. Er ist beim Fernsehen eingeschlafen. Sie war bei Monika zu Hause. Seine Putzfrau wohne mit sieben anderen Polen in einem gemütlichen Reihenhaus in Putney, zwei in einem Zimmer, ein großer Salon für alle. Sie riecht nach Rauch und, als sie ihm einen Kuss gibt, nach Alkohol. Es kommt noch besser: Sie hat Monika beim Putzen der Wohnung geholfen. Und ob er am Samstag mit ihnen tanzen gehe?

»Larissa, es ist sehr nett von dir, dass du Monika beim Putzen hilfst, aber«, sie sitzt auf seinem Schoß, den Arm um seine Schulter, »verstehst du, dass mir das komisch vorkommt? Ich bezahle sie, damit sie putzt. Damit wir das nicht machen müssen.«

»Aber was soll ich denn machen? Weißt du, wie doof ich mir vorkomme, wenn sie in der Wohnung ist und putzt, und ich sitze herum und tue gar nichts? Ich bin doch keine Fürstin. Ich bin genauso wie sie.«

»Du bist meine Frau, und sie ist meine Putzfrau.«

»Deswegen fühle ich mich umso schlechter, wenn ich alleine mit ihr im Haus bin. Weil ich ja eigentlich wie sie bin: eine junge Studentin in der Fremde. Und auf einmal soll ich so tun, als sei ich etwas Besseres? In den letzten zwei Wochen bin ich extra den ganzen Donnerstagvormittag aus der Wohnung gegangen, ich bin in der Kälte an der Themse entlanggestiefelt, bis meine Finger weiß waren, um die Situation zu vermeiden. Aber heute hat es so stark geregnet, da konnte ich nicht hinaus.«

»Ich verstehe das ja. Ich sage nur, dass es mir merkwürdig erscheint. Und dass ich nicht will, dass du putzen musst.«

»Aber ich habe gar nichts dagegen zu putzen. Im Gegenteil, ich bin froh, wenn ich was machen kann. Seit der Englischkurs zu Ende ist und die Aufnahmeprüfung vorbei, sitze ich zu Hause und warte. Warte, dass du endlich nach Hause kommst, dass das Musikstudium endlich losgeht. Aber du kommst nie vor halb neun nach Hause und das Studium – wenn sie mich denn nehmen – geht erst im nächsten Herbst los.«

»Larissa, ich bemühe mich wirklich, so früh wie möglich nach Hause zu kommen, aber es geht in meinem Beruf nun einmal nicht anders.« Er kann nicht erwarten, dass sie weiß, welche Anstrengungen es ihn kostet, wenigstens um halb neun zu Hause zu sein, was er dafür in der Bank riskiert. Er hat es nie erwähnt. Er will nicht selbstgerecht erscheinen. Er ist sich bewusst, dass Larissa viel größere Opfer erbracht hat, indem sie Kiew für ihn verließ. Und doch fühlt er sich von ihrer Klage, er sei zu wenig für sie da, angegriffen, verletzt.

»Das ist nicht der Punkt, Tobias. Ich verstehe sehr wohl, dass es nicht deine Entscheidung ist, so lange zu arbeiten, ich weiß, dass du keine Wahl hast. Ich sage nur, dass mir die Tage fad und einsam erscheinen. Und dass nach all der Monotonie der vergangenen zwei Wochen der heutige Tag mit Monika wunderbar war.«

»Die jetzige Situation ist doch nur vorübergehend, Larissa. Bis zu den Weihnachtsferien nur, so lange musst du noch durchhalten. Dann fahren wir erst einmal zu deiner Familie, danach wirst du zum Klarinettenunterricht bei einem Privatlehrer gehen, wie wir besprochen haben, Rad und Jelena kommen im Februar und dann geht ja schon bald das Studium los; du wirst sehen, nach und nach ergibt sich alles. Sich einzugewöhnen ist immer hart, ich weiß. Doch du musst nur die paar Tage bis Weihnachten noch durchhalten.«

»Ich will mich doch gar nicht beklagen. Ich verstehe nur nicht, was du dagegen hast, dass ich etwas mit Monika unternehme.«

»Mit ihr putzen ist nach meiner Definition nicht gerade *etwas unternehmen*. Aber lassen wir das, das ist nicht das Thema, ich weiß. Ich wollte doch nur sagen, dass es für mich komisch ist. Zum Beispiel, wenn du sagst: Am Samstag gehen wir aus. Mit meiner Putzfrau! Das klingt – ich weiß nicht.«

»Aber sie ist doch nicht nur eine Putzfrau. Sie ist ein nettes junges Mädchen wie Jelena, wie ich.«

»Eben. Ich muss mich nur daran gewöhnen«, sagt er.

Ein ketzerischer Gedanke taucht auf: Hätte er auch seine Putzfrau heiraten können? Welchen Unterschied gibt es etwa zwischen Monika und Dora, der jungen Ungarin vom Dorf, die tagsüber Hotelbetten ausschüttelte und abends in sein Bett kam?

London, Stadt der ganzen Welt, ist auch immer noch die Hauptstadt der britischen Klassengesellschaft mit ihrem klaren Bewusstsein, was Arbeiterklasse ist und was Oberschicht, wer Putzfrau, wer Investmentbanker. Bekommt er gerade vor Augen geführt, in welche Klasse er hier unwiderruflich gehört? In die Kaste der Ausländer. So gesehen ist es nur folgerichtig, mit seiner polnischen Putzfrau auszugehen. In London sind sie sowieso ein und dasselbe.

Sie werden von Monika am Samstag für 21 Uhr in das *Slug & Lettuce* am Fulham Broadway bestellt. Er kennt die Bar wegen ihrer beschlagenen Fensterscheiben. Donnerstags oder freitags sind sie ihm jedes Mal aufgefallen, wenn er auf dem Heimweg eine Station früher als üblich ausstieg, um noch im

Safeway an der North End Road einzukaufen. Die Fensterscheiben verschlossen den Blick ins Innere der Bar. Von unten bis oben waren sie zugewachsen mit dem heißen Atem, dem warmen Schweiß. Von der Musik entfloh nur der stampfende Bass nach draußen. Das eine oder andere Mal hatte er sich neugierig gefragt, wie es wohl dort drinnen zugehen musste. Getraut hineinzugehen hatte er sich nie.

Er hat noch nicht genug Gelegenheit gehabt, sich gebührend umzusehen, sie sind gerade erst durch die Tür getreten, aber für eine Erkenntnis braucht es keinen analytischen Rundblick, es reicht ein hastiger Eindruck: Er ist zu gut angezogen. Er trägt keines seiner Bürohemden, sondern ein legeres, dunkelblaues mit großem spitzen Kragen, ein Ausgehhemd, wie es ihn im Clerk's zum Teil der Masse machen würde. Im Slug & Lettuce macht es ihn zu einem *der anderen*. Die Gäste bevorzugen bunte Rugbytrikots oder, trotz der Dezemberfrische, kragenlose T-Shirts.

Der Dampf der Körper, der die Scheiben beschlägt, raubt ihm den Atem. Sie sind überall, die Körper, groß, breit und weich. Er nimmt Larissa, die hinter ihm ist, bei der Hand, vordergründig, um ihr ein Gefühl von Sicherheit zu verschaffen, in Wahrheit aber doch auch, um sich nicht alleine in der Menge zu fühlen. Die Ein-Mann-Band, ein dürrer Junge mit Gitarre, Headset-Mikrofon und einer Soundmaschine, spielt ein Lied zum Mitgrölen, *He's got a brand new car/Looks like a jaguar,* vermutlich damit in dem Gegröle sein Gesang nicht zu hören ist, *It's got leather seats/It's got a CD player!* Er schaut sich nach Monika um und weiß nicht einmal, ob er sie erkennen würde.

Larissa zieht ihn schließlich in die andere Richtung. Ein Mädchen winkt ihnen, oder besser gesagt Larissa. Sie hat breitere Schultern und munterere Augen als in seiner Erinnerung. Er steht im Hintergrund, als sie Larissa mit einer Umarmung begrüßt. Er weiß, wie er aussieht: linkisch, unschlüssig, überflüssig. Wie soll er Monika begrüßen? Soll er so tun, als wäre es das Normalste der Welt, mit seiner Putzfrau auszugehen? Oder als wäre sie gar nicht seine Putzfrau? Ehe er sich etwas überlegen kann, ist es schon entschieden. Ihre ausgestreckte Hand steht vor ihm. Er vermeidet, ihr in die Augen zu sehen, und wird überrascht: ihre Hände. Sie sind, als gehörten sie zu einem anderen Körper, rau, mit Schwielen, Pranken eines Bauarbeiters.

»Ich habe dich lange nicht gesehen«, sagt Monika. *Bloß meinen Dreck*, denkt er, und vielleicht hätte er es aussprechen sollen, vielleicht wäre es witzig gewesen und hätte die Stimmung entspannt. Vermutlich nicht.

Er bestellt sich ein Bier, in der Hoffnung, dass es danach einfacher ist. Gin and Tonic im Slug & Lettuce zu verlangen ist keine gute Idee, glaubt er. Er muss Monikas Freunde kennen lernen. Sein Herz sinkt. Er hatte angenommen, dass sie wenigstens alleine wäre. Dann könnte er, während sie mit Larissa redete oder tanzte, an der Bar lehnen und warten, dass es vorüberginge. Er versteht in dem Lärm die Namen nicht, es sind schwierige polnische Namen und überhaupt zu viele, drei von Frauen, zwei von Männern, um sie sich zu merken. Er schüttelt ihre Hände und lächelt ihnen allen zu. Wenn er bloß nichts zu Abend gegessen hätte, dann würde das Bier schneller wirken.

Er gewöhnt sich an das Geschiebe und Gedränge und dann, irgendwann, auch an die Situation. Er tanzt ungern, aber es ist die beste Methode, mit niemandem reden zu müssen. Außerdem ist es in der Menge und nach drei Bier gar nicht schwer. Er dreht sich ein wenig auf der Stelle, er bewegt die Schultern, die Beine, wenn für einen Moment Platz ist, auch die Arme. Ansonsten hält er sich an Larissa fest. Sie hat glühende Wangen und eine nasse Stirn. Die Musik ist jetzt besser, sie kommt vom Band, weil die Ein-Mann-Band nicht mehr kann, Pause machen muss. Er nutzt das Ende eines Lieds, der

Menge zu entschlüpfen, und findet an der Bar Halt. Als er ruht, merkt er, dass er sich neben Monika gestellt hat.
»Hallo«, sagt sie, als ob sie sich gerade zum ersten Mal sehen. Und, auf gewisse Weise, tun sie das auch. Sie reden über die Hitze in dem Lokal, über die Ein-Mann-Band, die anderen Gäste.
»Es sind immer dieselben, jeden Samstag.«
»Ich bin zum ersten Mal hier.«
»Ich weiß«, sagt sie und er wüsste gerne, was sie jetzt denkt. »In der Hauptsache sind hier Südafrikaner und Zimbos. Aussies, Kiwis, Polen, Russen, Spanier. Nur keine Engländer.«
»Warum?«
Sie verändert ihr Gesicht. Vermutlich kann sie das auf Befehl, diesen gleichgültigen, abweisenden Blick aufsetzen. *Warum?* Ihr Schweigen ist Antwort genug: weil es so ist. Weil Engländer und Ausländer in verschiedenen Londons leben. Nur ihm ist das in sieben Jahren noch nicht aufgegangen. Weil er in keinem London lebt? Weder mit den Engländern noch unter Ausländern?
Er versucht einen neuen Anlauf, ihr ansehnliches Gesicht zurückzubringen.
»Du lebst in Putney, sagt Larissa. Wie gefällt es dir da?«
Sie zuckt mit den Achseln.
»Wie soll es mir gefallen, wenn ich den ganzen Tag die Wohnungen anderer Leute putze oder auf ihre Babys aufpasse?«
»Aber du wolltest es doch nur ein Jahr machen. Jetzt bist du schon drei hier; irgendetwas muss dir doch gefallen.«
Sie lacht. Es hört sich an, als speie sie Bitterkeit. »Es ist nicht die Frage, ob mir etwas *gefällt*. Die Frage ist, welche Möglichkeiten du hast, wenn du Polin bist.«
»Sicher«, sagt er und nimmt einen tiefen Zug Bier, weil das die sicherste Art ist, das Gespräch abbrechen zu können. Er hat genug gehört. Er muss Larissa vor Monika schützen, vor diesem Stumpfsinn, vor dieser ziellosen Wut. Oder ist Moni-

ka nur mit ihm so, nur auf ihn so wütend? Auf Leute, die die Kaste der Ausländer verraten haben; die so tun, als könnten sie Engländer werden.

Die Luft riecht frisch und sie müffeln, als sie zu Fuß die Fulham Road hinunter nach Hause laufen.

»Hast du dich gut amüsiert?«, fragt er Larissa und kennt schon ihre Antwort. Die Wahrheit ist, dass es auch ihm gefallen hat, die Ausgelassenheit in der Bar, die aufrichtige Freude, das Unprätentiöse. Es ist eine klare Nacht, er hat keine Ahnung, woraus der Mythos entsprungen ist, es regne viel in London, vermutlich aus den Fantasien berühmter Schriftsteller, die, wenn sie nicht mehr weiterwissen, es regnen lassen oder ihre Helden rauchen.

»Monika hat gesagt, sie könnte mir helfen, einen Job zu finden. Mit Putzen könnte ich bis zu acht Pfund pro Stunde verdienen, mit Babysitten sechs oder sieben.«

»Larissa, du musst doch kein Geld verdienen!«

»Aber warum sollte ich darauf verzichten, wenn ich doch Zeit habe? Ich könnte es meinen Eltern schicken.«

»Ich gebe dir das Geld.«

»Was hast du bloß dagegen, dass ich arbeite?«

Er hält sie immer noch im Arm. Sie haben die Glaserei des Spaniers passiert, heute fällt ihm ein, dass der Besitzer Spanier ist. Sie ist nicht wütend, bloß verständnislos.

»Ich habe überhaupt nichts dagegen, dass du arbeitest. Es ist bloß – Larissa, bitte, du wirst doch selber verstehen, dass putzen gehen eine unangenehme Arbeit ist, die man nur macht, wenn man muss. Und du musst nicht.«

»Muss ich dafür zu Hause herumsitzen und warten, bis du kommst?«

»Wir haben doch darüber geredet: Im Januar beginnst du mit dem Privatunterricht und dann mit dem Studium. Es sind nur die paar Tage bis Weihnachten, die vielleicht ein bisschen langweilig für dich sind.«

»Das Studium beginnt im Herbst, das weißt du, Toby. Soll ich bis dahin eingesperrt zu Hause sitzen? Du willst doch keine Frau, die nichts tut. Die nur dafür da ist, damit du sie vorzeigen kannst, dein Skalp, den du überall vorzeigen kannst. Oder willst du das?« Ihre Fragen sind nie rhetorisch. Wenn sie eine Frage stellt, dann fragt sie sich das tatsächlich.
»Larissa, ich will das Beste für dich, und das weißt du. Ich will, dass du glücklich bist und eine tolle Klarinettistin wirst.«
»Und wenn ich das nicht will? Wenn ich lieber putzen will statt Klarinette spielen? Würdest du mich dann nicht mehr lieben?«
Sie sind an der Ampel stehen geblieben. Die Ampel steht auf Grün. Er küsst sie, mit beiden Händen ihren Kopf umfassend. Sie lässt es geschehen, aber nicht als Antwort gelten. Sie schaut ihn noch immer so an, mit wässrigen Augen und hochgezogenen Nasenflügeln. Auf eine Antwort wartend.
»Nein, dann würde ich dich immer noch lieben. Wenn du meinst, Putzen sei das, was du machen willst, dann: vorwärts. Ich glaube nur, dass es bessere Möglichkeiten gibt, die Langeweile abzuschütteln. Das war alles, was ich sagen wollte.«
Sie gehen über die rote Ampel. Er hat nie die Hilfe anderer Leute gebraucht, um glücklich zu werden. Was ihn betrifft, so ist jeder seines Glückes eigener Schmied. Das heißt nicht, dass er nicht versteht, dass Larissa vor allem am Anfang in London auf seine Unterstützung angewiesen ist. Er bemüht sich doch auch, ihr zum Glücklichsein zu verhelfen. Doch es beginnt ihn zu überfordern. Er ist bereit, sich aufzureiben zwischen Arbeit und Eheleben; der Gedanke, sich aufzuopfern für sie, gefällt ihm sogar. Aber sie muss wenigstens auf seiner Seite sein. Was er nicht kann, ist, auch noch gegen ihre absurden Zweifel ankämpfen. *Dein Skalp, den du überall vorzeigen kannst.* Es zerrt an ihm. Wie lange wird er durchhalten, ohne dass es ihn zerreißt?
»Ich weiß ja, dass du es nur gut mit mir meinst, Toby. Plötz-

lich war einfach wieder diese Frage in meinem Kopf, die mich manchmal quält; dafür kannst du gar nichts.«

Er ahnt, dass es besser für ihn wäre, nicht zu fragen. Er fragt: »Welche Frage?«

Sie schüttelt den Kopf. Doch die Frage lässt sich offensichtlich nicht abschütteln. »Ich kann nichts dagegen tun, die Frage kommt mir einfach von Zeit zu Zeit in den Sinn. Ich weiß, dass es nicht so ist – aber trotzdem frage ich mich manchmal, ob du mich nur liebst, weil ich so jung bin.«

Er ist zu verblüfft, um empört zu sein. Es hat keine Anzeichen gegeben, dass sie von solchen Dämonen gejagt wird. Er hat sie immer als selbstsichere junge Frau betrachtet; dieses unerschütterliche Gleichgewicht, das er in ihr wähnte, ist es, was er besonders an ihr liebt. Und nun soll es gar nicht existieren?

Sie biegen in die Kelvedon Road ein und sind nur noch eine Querstraße von seiner Wohnung entfernt. »Vielleicht ist es normal, dass einem solche Ideen kommen, in Momenten, wenn man alleine in einem fremden Land ist, Larissa. Du darfst diese Zweifel nur nie die Oberhand gewinnen lassen.«

Wie leicht sich so etwas sagen lässt. Wo die Zweifel ihn doch selber regelmäßig quälen. Stimmt es wirklich, dass man mit Putzen acht Pfund pro Stunde verdienen kann? Und was denkt Larissa dann über ihn? Er zahlt ihrer Freundin nur sechs.

Zwanzig

Weihnachten gibt es von nun an zweimal. Wenn sie wollten, könnten sie das Fest sogar ein drittes Mal begehen, nach englischem Brauch am 25. Dezember. Sie beschränken sich auf den deutschen und den ukrainischen Feiertag, den 24. Dezember und 6. Januar.

Er kommt am 24. bereits um 19 Uhr aus der Arbeit nach Hause, eine tiefgekühlte Truthahnbrust und zwei Flaschen Wein verkrampft vor die Brust geklemmt, weil ihm die Einkaufstüte unter dem Gewicht zerrissen ist. Schon so früh das Büro zu verlassen bereitet ihm an diesem Tag kein schlechtes Gewissen. Zwischen den Jahren bleibt nach 18 Uhr nur in der Bank, wer etwas zu beweisen, etwas gutzumachen hat. Er will sich nicht offen zu dieser Gruppe bekennen.

Es sind die ersten Weihnachten ohne seine Eltern. An dem Ritual, am 24. wieder nach Hause zu kommen, hat er bislang trotz seines erwachsenen Alters hartnäckig festgehalten. Nun ist er Ehemann und kann nicht mehr Sohn sein. Für die ukrainische Weihnacht werden sie Anfang Januar eine Woche nach Kiew reisen, mehr Urlaub kann er sich nicht leisten; nicht mehr. Für kurze Zeit hat er daran gedacht, seine Eltern nach London einzuladen. Es reichte die Vorstellung, wie er mit Larissa und ihnen um den Weihnachtstisch sitzen würde, um die Idee zu verwerfen.

Sie haben einen kleinen Gummitannenbaum mit elektrischen Lichtern in die Ecke des Wohnzimmers gestellt und auf dem Tisch zwei dunkelblaue Wachskerzen angezündet. Sterne aus Goldpapier liegen zwischen den Tellern und Speisen. Der Truthahn ist noch etwas roh, sie haben ihn zu früh aus dem Ofen geholt, weil die Kartoffeln, die er dazugelegt hatte,

schon schwarz wurden. Keiner von ihnen hat je einen Truthahn zubereitet. Sie essen das halb rohe Fleisch, die angekohlten Backkartoffeln und die wirklich gelungenen Bohnen, ohne den gewöhnungsbedürftigen Zustand des Essens anzusprechen. Als könnten wir über uns und unsere Fehler nicht mehr lachen, denkt er. Aber er sagt auch nichts.
»Weihnachten ohne Schnee sind irgendwie keine richtigen Weihnachten.«
»Selbst in Kiew fiel in den letzten Jahren an Weihnachten kaum Schnee. Es war einfach nur kalt, minus 15 Grad.«
»Da kann ich mich ja auf etwas gefasst machen. Ich habe gar keine Kleidung für solche Kälte.«
»Dann musst du wohl die ganze Zeit in der Wohnung meiner Eltern bleiben – da ist es sehr warm, wie du weißt.«
Sie reden, als ob sie das Miteinandersprechen gerade erst lernten; in Ketten gelegt von der eigenen Erwartung, den Abend zu einem besonderen zu machen.
»Willst du noch Fleisch?«
»Nein danke!«
Er macht Musik an, die fünfte Sinfonie Gustav Mahlers. So fällt weniger auf, wie schleppend ihr Gespräch ist. Er hat, seit Larissa bei ihm wohnt, einige Compactdiscs mit klassischer Musik gekauft, wahllos, mal weil er den Namen des Komponisten wiedererkannte, mal deswegen, weil ihm der Titel des Konzerts gefiel, wie Antonín Dvoráks Sinfonie aus der Neuen Welt.
Ihre Geschenke, beschließen sie spontan, werden sie sich nach ukrainischer Sitte erst im Januar geben. Er fühlt, dass sie darüber so erleichtert ist wie er. Gibt es ihnen doch das Gefühl, dass dies hier allenfalls die Vor-Weihnacht ist, nicht das richtige Fest – und sie es somit auch noch nicht verdorben haben.
Er schlägt vor, spazieren zu gehen, es ist noch nicht spät; noch zu früh, ins Bett zu gehen und diesen Abend zu vergessen. Die Luft ist milde, die Kälte kommt von unten, durch die

Schuhe kriecht sie ihnen in die Knochen. Doch als sie die Seitenstraßen verlassen und, fast schon in Hammersmith, auf die Fulham Palace Road stoßen, kommen ihnen jede Menge Halbnackte und leicht Bekleidete entgegen. Er hat einen 24. Dezember in London noch nie erlebt, nur davon gehört, dass sich viele junge Leute am englischen Weihnachtsvorabend verkleiden und krakeelend, trinkend durch die Pubs und Straßen ziehen. Bei den wenigsten kann er ein bestimmtes Kostüm ausmachen, den meisten scheint es einfach damit getan, *anders* auszusehen. Sie tragen Bowlerhüte, weißes Hemd zum schwarzen Jackett und an den Beinen nur Socken und Boxershorts. Oder sie haben die Gesichter geschminkt wie die Popsängerin Kim Wilde vor 25 Jahren, von allem zu viel, vor allem vom Lippenrouge, und die Haare in die Form eines gefrorenen Wasserfalls getrimmt.

Je mehr von der Maskerade sie sehen, desto gelöster werden Larissa und er. Umgeben von schriller Ausgelassenheit scheint die verkrampfte Stille in ihrer Wohnung allenfalls noch eine ferne, zu vernachlässigende Erinnerung. Er ist sich gewiss, dass über ihren ersten Weihnachtsversuch nicht mehr geredet werden muss. Sie haben ihn sich schon verziehen.

Sie gehen durch das Viertel nahe der Themse zurück, dreißig Meter und einmal abbiegen genügen, den jugendlichen Lärm der Hauptstraße verschwinden zu lassen. In den Reihenhäusern sind die Vorhänge zugezogen. Warmes Licht scheint hindurch.

»Bist du nicht traurig, Weihnachten nicht bei deinen Eltern zu sein?«, fragt sie ihn unvermittelt, vielleicht ist sie, genau wie er, durch das warme Licht der Fenster auf den Gedanken gekommen.

»Nein, nicht wirklich«, sagt er. Am Morgen, als er sich selber die gleiche Frage stellte, war das auch noch die aufrichtige Antwort gewesen. Er ist dafür ja mit Larissa zusammen, hatte er sich geantwortet. Aber jetzt? Fühlt er, dass er an diesem

Tag nicht dort ist, wo er hingehört. Stattdessen läuft er durch die Straßen Londons und schaut zu, wie gefeiert wird. Hat das Larissa aus ihm gemacht? Einen Außenstehenden, einen Zuschauer?

Schon seit längerem erscheint ihm ihre Reise nach Kiew wie ein Ziel, eine Lösung. Bis dahin müssen sie durchhalten, die harte Eingewöhnungszeit überstehen. Dann wird alles gut.

Es ist der erste Januar, und die gesamte Familie Titow ist zum Flughafen gekommen, vermutlich im Bus von der Zentralstation, für zehn Hrywen pro Person. Ein schriller Schrei begrüßt sie. Die Mutter, ein seidenes Kopftuch unter dem Kinn zusammengebunden, das ihr Gesicht erstaunlicherweise nicht älter, sondern mädchenhafter macht, stürzt sich auf Larissa. Im Nu sieht es aus, als hätte Larissa ein Hockeytor markiert, jubelnd hängen Wladi und Malina an ihrer Schwester. Über die Menschentraube hinweg trifft sich sein Blick mit dem von Larissas Vater. In dessen Gesicht sieht er sein eigenes Lächeln. Es ist vor allem schüchtern und doch voller Wärme. Etwas fehlt, denkt er. Er verblüfft sich selbst, als er beim Händeschütteln seine linke Hand auf Herrn Titows Unterarm legt.

»Herzlich willkommen in Kiew. *Zu Hause.* Hattet ihr eine gute Reise?«

»Aber Sie sprechen ja Deutsch!«

Ihm fällt auf, wie schief und gelb die Schneidezähne von Larissas Vater sind. Trotzdem ist sein Lächeln elegant. Dann fällt ihm auf, was fehlt: die unterschwellige Traurigkeit in Herrn Titows Gesicht.

»Seit wann sprechen Sie so gut Deutsch? Haben Sie mir etwas verheimlicht?«

»Nein, nichts verheimlicht.« Larissas Vater braucht Zeit, die Worte zu ordnen, die Grammatik zu überprüfen, seinen Coup bekannt zu machen. »Ich habe begonnen zu lernen. Damit wir reden können.«

»Aber das ist großartig.« Er umarmt Herrn Titow, zum ersten Mal in seinem Leben umarmt er einen Mann dieses Alters und fragt sich erst hinterher, ob ihm das überhaupt zusteht.
Sie fahren in einem blassbeigen Lada nach Trojeschtschina, den Larissas Vater von einem Freund geliehen hat. Ungefähr Baujahr 1975, vermutet er. Es riecht nach scharfem Glasreiniger. Er sitzt trotz all seiner höflichen Proteste auf dem Beifahrersitz, Larissa mit ihrer Mutter und den Geschwistern hinten. Sie schnattern auf Russisch, und es macht ihm überhaupt nichts aus, dass er nichts versteht. Weil er zu überrascht von Herrn Titows neuer Sprache war, denkt er erst jetzt daran, was Larissas Vater sagte: *zu Hause.* Tatsächlich, so ist es: wie nach Hause zu kommen. Er blickt zurück, Larissas Wangen sind rot, ihre Stimme samten, sie hält Malinas Hand. Wenn Larissa und er erst einmal eine Routine in London gefunden haben, werden sie keine Probleme mehr haben. Routine, so oft als Tod der Liebe bezeichnet, ist in Wirklichkeit ihre Basis – und alles, was ihnen fehlt. In einem geordneten Alltag werden sie keine Zeit mehr für ihre absurden Zweifel haben.
Auch wenn sie nur eine Woche in der Ukraine bleiben, gewinnen ihre Tage bei Larissas Eltern erstaunlich schnell eine angenehme Monotonie. Sie stehen spät auf, der Vater ist bereits aus dem Haus, wo, weiß er nicht und will er nicht fragen. Sie halten sich mit den beiden Geschwistern länger am Frühstückstisch auf als nötig, die Versuche von Frau Titow, sie wegzuscheuchen, sind spielerisch und leicht zu durchschauen. Meistens beginnen sie, Karten zu spielen, und vergessen die Zeit. Kein Gedanke an die Bank stört, kein Zucken im Kopf, das ihn an *Sachen, die zu tun sind,* erinnert, kein erdrückendes Gefühl, dass er sich um Larissa sorgen müsse.
Am Sonntag besuchen sie Jelena und Rad. Die Zwei-Zimmer-Wohnung, im 18. Stock eines zwanzigstöckigen Blocks, erscheint überraschend gut in Schuss, die Wände in frischem Weiß, kaum ein Kratzer im Klebeparkett. Doch der schöne

Eindruck wird sofort gemindert. Die trockene, von der unaufhaltbaren Heizung überhitzte Luft mischt sich mit dem Geruch von Lack zu einem unerträglichen Cocktail.
»Revolutionstee«, sagt Jelena und wirft eine Scheibe Orange in jede Teetasse. Ob sie es nicht an jeder Ecke spüren können, fragt Jelena, Kiew sei eine andere Stadt. Die Betrüger aus der Regierung verjagt. Zum ersten Mal in ihrer langen Geschichte, sagt sie und macht eine Pause, um Dramatik entstehen zu lassen, lächle die Stadt.
Ja?, fragt Larissa, kaum hörbar, umfasst ihre Tasse mit beiden Händen und versenkt ihren Blick im Revolutionstee.
Rad blüht wie immer auf in der Rolle des Unverständlichen und redet mit seiner mittlerweile gewohnten Mischung aus Russisch, Lachen und Auf-die-Schulter-Klopfen auf ihn ein. Doch die Kühle zwischen Jelena und ihm bleibt den ganzen Nachmittag.
Er bemüht sich, besonders zuvorkommend zu ihr zu sein, aber er merkt selber, wie ihm weder Worte noch Gesten gelingen wollen. Es ist keine offene Ablehnung, die sie ihm gegenüber zeigt, mehr eine schwer zu definierende Distanz. Ist es, weil sie ihm nicht zutraut, Larissa glücklich zu machen? Oder im Gegenteil, weil sie sich schämt, dass sie so gegen ihre offensichtlich glückliche Ehe war? Gar Neid, weil er Larissa ermöglicht hat, ihren Traum zu leben, also in London zu sein? Was auch immer es ist, er nimmt die Herausforderung an, dass er sie wieder für sich gewinnen muss. Auch wenn er keine Idee hat, wie er das anstellen soll.
Die Kekse schmeckten ihm sehr gut, sagt er an einer Stelle.
Die gebe es im Supermarkt, antwortet Jelena und schaut ihn nicht an.
Es ist schon dunkel, als Rad und Jelena sie zur U-Bahn bringen. Die dunkle Kälte scheint erträglicher, vielleicht sind sie auch nur von der Wohnungswärme noch aufgeladen.
»Sehen wir uns nochmal?«, fragt er Jelena zum Abschied.

»Wir telefonieren«, sagt sie zu Larissa.

Die Leere Trojeschtschinas an einem Januarsonntag nach 18 Uhr ist gigantisch. Der zusammengetretene Schnee unter seinen Füßen gibt nicht nach, er lässt ihn aus dem Takt kommen, vorwärts stolpern und umknicken. Aneinander geklammert hasten sie weiter, die einzigen Lebewesen, ist er sich sicher, bis er aus der Finsternis raues Lachen, gequältes Husten und schließlich heisere Stimmen hört.

»Wer ist das?«, fragt er, automatisch flüsternd, Larissa.

»Sicher nur ein paar Jugendliche.« Er muss an die Gruppe der kahl geschorenen Jungen denken, die er bei ihrer Hochzeit unter dem Vordach des Nachbarblocks sah, an ihre stumpfen, unempfindlichen Blicke. Er möchte ihnen nicht in der Dunkelheit begegnen müssen, und doch tun sie ihm Leid, sie, die nichts haben als einen Hauseingang.

»War Jelena heute schlecht gelaunt?«, fragt er. Es ist nach zehn, sie liegen in Larissas Kinderbett. Malina ist für eine Woche zu Wladi gezogen.

»Jelena? Nicht, dass ich wüsste. Hattest du das Gefühl?«

»Sie war so komisch zu mir.«

»Wenn du denkst, sie war komisch zu dir, weil sie manchmal brüsk ist, dann solltest du sie mal hören, wie sie mit Rad redet. Mach dir keine Gedanken.«

»Ich weiß nicht. Ich hatte den Eindruck, sie war vielleicht enttäuscht, weil sie lieber mit dir alleine gewesen wäre, wie früher.«

»Tja, früher war früher. Jetzt bin ich nur noch mit dir zu haben.« Es ist nur ein harmloser Scherz, im besten Fall sogar eine spielerische Liebeserklärung. Doch wie viel Ernst steckt darin? Erwartet sie, dass er aufhört, als Individuum zu existieren? Er fühlt sich nicht besonders müde und sagt Larissa, ohne weitere Worte zu verlieren, gute Nacht.

Am Mittwochmorgen wartet ihr Vater im Wohnzimmer, bis sie am Frühstückstisch erscheinen. Er hat eine Frage und stellt sie auf Deutsch. Würde Tobias seine Deutschklasse unterrichten?

Hat er richtig verstanden? Eine Deutschklasse? Oder meint Larissas Vater, dass er ihm eine Deutschstunde geben soll? Er sagt, ohne nachzufragen, zu.

Die Deutschklasse sitzt bereits vollständig versammelt in einem überfrachteten Wohnzimmer der umliegenden Blocks und erwartet ihn mit neugierigen Augen und streng geknoteten Krawatten. Einschließlich Larissas Vater hat er drei Schüler. Wobei sie ihm nicht wie Schüler vorgestellt werden, sondern wie Generäle bei einer Militärparade.

»Herr Tschykmeischtruk, Eduard, Ober-Ingenieur für Reaktortechnik, Tschernobyl.« Scharf erhebt sich der Schüler mit der braunen, orange gestreiften Krawatte.

»Und Herr Besrodny, Viktor, Oblastverwaltungsangestellter, Pripyat.« Der Schüler mit der grünen Krawatte, die einen hellgrünen Mittelstreifen hat, drückt seine Hand, als gelte es, eine Zitrone zu pressen.

Larissas Vater schiebt ihm einen Stuhl hin und dann ist er allein, allein auf der einen Seite des Tisches, drei wissbegierigen Blicken ausgesetzt.

»Und – was machen wir jetzt?«

Wortlos schiebt ihm Besrodny ein flaches, breites Buch entgegen. *Unsere Muttersprache* steht in Weiß auf dem grauen Titelhintergrund, er schlägt es auf, Kapitel eins: Der Satz, Kapitel zwei: Das Verb. Er blättert zurück und findet das Impressum: Volk und Wissen, Volkseigener Verlag Berlin, 1966.

»Ja. Ich nehme an, Sie lernen jede Woche fleißig aus dem Buch. Aber vielleicht ist es besser, wenn wir einfach reden. Sprechen. Damit Sie ein wenig Praxis bekommen. Ist das in Ordnung?«

Sie schauen ihn an. Sie sind über 70, hätte er gesagt, wenn er nicht wüsste, dass wenige Männer in der Ukraine die 65 erreichen. Ihr weißes Haar umkranzt den Kopf nur noch. Ihre Nasen sind ein Schlachtfeld, nachdem die Granaten eingeschlagen haben. Er hofft, er kann ihnen begreiflich machen, wie gerührt er von ihnen ist, ohne dass seine Rührung wie Mitleid wirkt.

Tschykmeischtruk nickt, nicht indem er den Kopf senkt, sondern nach hinten wirft, das Kinn nach oben. Er nimmt es als Zustimmung.

»Okay, ich werde Ihnen einfach einige Fragen stellen und Sie antworten mir, bitte so ausführlich, wie es geht. Denn das ist ja der Sinn der Übung: dass Sie möglichst viel reden. Warum, vielleicht fangen wir damit an, warum haben Sie sich entschlossen, Deutsch zu lernen?«

Sie schauen ihn erwartungsvoll, aber stumm an.

»Verstehen Sie meine Frage? Warum«, er redet betont langsam, »haben Sie sich entschlossen, Deutsch zu lernen?« Sie sehen aus, als würden sie darauf brennen zu antworten – aber sie schweigen ihn an.

»Herr«, sagt er schließlich und zeigt, weil er den Namen nicht aussprechen kann, auf Tschykmeischtruk.

»Nietzsche«, sagt Tschykmeischtruk sofort.

»Nietzsche«, wiederholt er und wartet auf mehr. »Was ist mit Nietzsche?«, fragt er, weil nicht mehr kommt.

»Ich möchte Nietzsche in seiner Muttersprache lesen«, sagt Tschykmeischtruk, nicht weniger schnell als bei der ersten Antwort. Ihm geht auf, dass sie nur antworten, wenn sie dazu persönlich und explizit aufgefordert werden.

»Und – Sie?«

»Wegen dem Alter«, sagt Besrodny.

»Dem Alter?«

»Meinem Alter. In meinem Alter muss man den Kopf bewegen, sonst bleibt er stehen.«

Es ist ein zähes Ringen um jedes Wort. Unterbrochen von schwerem, rasselndem Atem werden die Sätze geboren. Geduldig sammelt er jedes einzelne Wort vorsichtig ein, er fragt unverdrossen weiter, schon aus Angst, dass sie sonst ihn fragen würden. Und was hätte er zu Nietzsche zu sagen? Welche Enttäuschung wäre er, der nicht referieren kann über Kant, nichts zu sagen weiß zu Schopenhauer, der ihr ganzes glorreiches Bild von Deutschland zerreißen würde? Er sammelt weiter, er hilft den Wörtern auf die Sprünge. So hat er irgendwann das Skelett ihres Lebens zusammen. Den Rest muss er mit seiner Fantasie auffüllen.

Sie treffen sich seit ein paar Monaten jeden Vormittag zum Deutschlernen. Sie finden – wenn er das aus ihren Satzbrocken richtig interpretiert –, Nietzsche sei der Wahrheit nahe gekommen, als er schrieb, Frauen seien wie Vögel, etwas Feineres – und wenn man sie nicht einsperrte, flögen sie davon. Sie sind sich einig, dass die Müllabfuhr eine der wenigen Einrichtungen ist, die in Kiew noch immer besser funktionieren als irgendwo sonst. Sie waren *bis zuletzt* in Tschernobyl.

Bis man sie zwang zu gehen. Sie haben nie daran geglaubt, dass es passieren könnte; sie haben daran geglaubt, dass nichts passiert ist, bis man sie nicht mehr glauben ließ. Sei nicht Gorbatschow direkt nach dem Unglück nach Tschernobyl geflogen gekommen? Der würde sich doch wohl nicht freiwillig verstrahlen lassen. Habe die Regierung nicht Tausende Kinder Tage nach dem Unglück bei den Erster-Mai-Umzügen den Kreschtschatik hinuntermarschieren lassen? Das hätten die doch nicht gemacht, wenn Kiew wirklich so verstrahlt gewesen wäre, wie es heute heißt; natürlich, die Parteibonzen waren keine besseren Menschen als alle anderen, aber mit Kindern?

Sie sind noch immer in Tschernobyl. Dort im Norden unter dem Reaktor war ihr Leben, und weil man es ihnen genommen hat, scheint es ihnen das einzige lebenswerte zu sein. Sie verstehen die Rentner, die aus den Kiewer Trabantenstädten heimlich in die Sperrzone zurückkehren und dort, in der wild wuchernden Natur, in ihren ehemaligen Dörfern ohne fließendes Wasser und Strom wie Einsiedler auf ihren letzten Wunsch hinleben: dort zu sterben, wo ihr Leben vor gut zwanzig Jahren, am 26. April 1986, aufgehört hat. Sie würden es genauso machen. Aber noch sind sie nicht bereit zu sterben. Noch haben sie Fragen, die auf Antworten warten.

Tschykmeischtruk reicht ihm einen kleinen, vom häufigen Falten brüchig gewordenen Zettel. Er tut sich schwer, die offenbar mit zittriger Hand geschriebenen Druckbuchstaben zu entziffern: »Es besteht die Gefahr, dass der Mensch an der erkannten Wahrheit verblutet.« Er liest den Satz noch einmal.

»Aha«, sagt er dann.

Aber Tschykmeischtruk sieht ihn weiter erwartungsvoll an.

»Ist das Ihre Theorie?«, fragt er.

Tschykmeischtruk seufzt. Über sein Unverständnis? »Nietzsche«, brummt sein Schüler und fügt an: »Bitte.«

Bitte, was? Doch natürlich weiß er, um was sie ihn bitten: Er soll ihnen sagen, was er von dieser Weisheit hält. *Es besteht die Gefahr, dass der Mensch an der erkannten Wahrheit verblutet.*

»Nun«, er blickt von Tschykmeischtruk, der die Frage gestellt hat, zu Besrodny zu Larissas Vater. Sie sehen alle gleich aus: als glaubten sie wirklich, er wüsste eine Antwort.

»Nun. Ich denke, das passiert oft genug, dass die Wahrheit aus Selbstschutz verschwiegen wird. Wenn wir an uns selber denken, dann werden wir vermutlich alle merken, wie Recht er hat: wie schwierig es oft ist, nicht an der Wahrheit zugrunde zu gehen. Zum Beispiel erkennt der Mensch meistens durchaus seine eigenen Schwächen. Er kann diese Schwächen aber trotzdem nicht abstellen. Er kann sich trotzdem nicht ändern. Das ist die Wahrheit – und sie kann einen fertig machen.« Er ahnt, dass sie den dann doch eher unphilosophischen Ausdruck *fertig machen* nicht verstehen. Er vermutet, es sei besser, ihn auch nicht zu erklären, nicht weiter ins Detail zu gehen; besser für sie alle.

Larissas Vater will ihn zurückbegleiten, aber er wehrt ab. Wenn Herr Titow noch bei seinen Kommilitonen bleiben wolle, brauche er nicht wegen ihm hinaus in die Kälte. Er finde den Weg schon.
Die Richtung hat er noch im Kopf, so setzt er sich allein in Bewegung, es können nicht mehr als fünf bis zehn Minuten sein. Er hat jedoch die gleichmachende Kraft des Schnees unterschätzt. Unter der weißen Hülle erreichen die Wohnviertel von Trojeschtschina doch noch höchstes sozialistisches Niveau: Alles ist gleich. Er sucht nach Wegweisern: ein mit Chiquita-Bananenkartons abgedichteter Wintergarten, die Bank neben einem Hauseingang mit gebrochener Lehne, der Opel Kadett, auf dessen Windschutzscheibe jemand eine Pistole in den Schnee gemalt hat; Details, die ihm auf dem Hinweg aufgefallen sind. Stattdessen findet er die Bushaltestelle, an der sie immer aussteigen, wo er zwar nicht hinwollte, von der aus er aber den Weg zu kennen glaubt.
Er hat nicht gewusst, was Kälte ist. Nun bekommt er es zu spüren. Zuerst packt es seine Nase. Von dort breitet es sich sternförmig aus, wie von Pfeilen losgeschickt erreicht es die äußersten Glieder zuerst, die Finger, die Zehen und die Stirn, vor allem die Stirn. Es presst sie zusammen, wie zwei Bulldozer, die gleichzeitig an entgegengesetzten Seiten zu schieben beginnen, drückt es zu, seine Stirn zusammen: Kälte. Die Sonne steht tief am wolkenlosen Himmel, wenn er ein Foto machen würde, könnten die Betrachter denken, was für ein herrlicher Tag. Es hat minus achtzehn Grad.
Er folgt dem Trampelpfad mit gesenktem Blick, um das Kinn in dem Schal verstecken zu können, und schaut nur kurz auf, als er nervöse, krächzende Stimmen hört. Eine kleine Gruppe von kurz geschorenen Jugendlichen steht zwischen zwei geparkten Autos, der frühen Tageszeit ebenso wie der Kälte zum Trotz mit großen Flaschen, in denen nur harter Alkohol sein kann. Er glaubt, sie wiederzuerkennen, dieselben blei-

chen, ausgezehrten Gestalten wie an seinem Hochzeitstag. Dabei könnten sie jeder sein, zu viele Jugendliche sehen hier so aus. Im Vorbeigehen schaut er genauer hin, sie sind zu viert, ein Kleiner mit Mondgesicht und Fransen an der stoppelkurzen Frisur sowie drei hoch aufgeschossene Burschen, so mager, dass die Hälse zu lang aussehen, die Köpfe zu groß für den Körper. Sein Blick lässt sie verstummen, bis einer der Aufgeschossenen die Zigarette aus dem Mund nimmt.

Hinter sich hört er den Jungen brüllen. *Derjmo*, immer wieder *Derjmo*, das ist das einzige Wort, das er aus dem Schwall heraushört. Es klingt nicht gut.

Er dreht sich nicht mehr um. Auch nicht, als er ein Keuchen hinter sich hört. Das ist der souveräne Umgang mit Halbstarken genauso wie mit Hunden: einfach weitergehen; sie in die Schranken weisen, indem er sie ignoriert. Er sieht die Faust aus dem Augenwinkel, sie ist nicht mehr als ein schwarzer Flecken, der auf seine Schläfe zurast. Der Schlag bringt ihn aus dem Gleichgewicht. Noch in derselben Hundertstelsekunde ruft sein Geist den Ausnahmezustand aus. Nicht hinfallen, denkt er, nicht hinfallen, sonst bist du verloren. Er fällt trotzdem. Aber augenblicklich rollt er sich gekonnt über die Schulter ab. Noch aus der Bodenlage sieht er seinen Angreifer, der ausholt und mit seinem dünnen, in abgewetzte Jeans gekleideten Bein nach ihm tritt. Der Tritt trifft ihn am Rücken, während er aufspringt. Der Schmerz rennt durch seinen Körper wie ein Brand. Er könnte zurückschlagen, der Junge ist nicht älter als 17, er könnte ihn *fertig machen*. Doch er bringt den Gedanken nicht einmal zu Ende. Er rennt schon. Er schaut sich nicht um, er weiß auch so, dass der Junge ihm nicht folgt.

Das Demütigende ist, dass ihn die Leute rennen sehen. Es sind nicht viele draußen bei diesem Wetter, die alten Frauen mit ihrem gebückten Gang und den klapprigen Einkaufswagen hinter sich, die wenigen jungen Mütter mit ihren Kinderwagen, die sie über die holprigen Schneepfade stoßen, als sei nur Holz, kein Baby darin. Er weiß, dass sie ihn anschauen. Hätte ihm, dem Unbekannten, dem Fremden, dem Westler, irgendwer geholfen, wenn er am Boden zusammengetreten worden wäre? Oder finden sie, er hat bekommen, was er verdient?

Er stützt sich gegen die Hauswand, gegen die Holzverkleidung direkt neben dem Eingang zu Larissas Block, und versucht, seinen Atem zur Ruhe kommen zu lassen. Sein Kopf pocht, aber es kommt mehr von innen, scheint ihm, die Aufregung. Er tastet die Schläfe ab, die Augenbraue, das Lid. Er blutet nicht, so viel ist sicher. Sein Rücken brennt. Er wird Larissa nichts sagen. Er ist zwar durcheinander, aber darüber ist er sich im Klaren. Es ist so schon erniedrigend genug.

Sie sitzt mit ihrer Schwester im Mädchenzimmer auf den zusammengeschobenen Betten, die Rille in der Mitte ist schon wieder breit wie ein Wörterbuch. Sie müssen herumgealbert haben, Larissas Stimme ist noch ganz aufgekratzt, als sie ihn begrüßt. Es ist Malina, die auf einmal aufschreit. Ihre Mutter stürmt herein, Wladi reißt die Klinke schroff nach unten, obwohl die Tür schon offen ist. Er versucht sie noch abzuwehren, doch sie sind schon um ihn, Larissa streichelt sein Gesicht.

»Was ist passiert?«

»Nichts. Ich bin gestürzt.«

»Gott, Toby, über deinem Auge ist alles geschwollen, das Lid ist blau! Hoffentlich ist der Knochen über dem Auge – wie heißt er?«

»Jochbein.«

»Hoffentlich ist das Jochbein nicht gebrochen.«

Ihre Anteilnahme ist lieb gemeint – und unangenehm. Er wünscht, sie würden ihn in Ruhe lassen.

»Es ist nichts. Bitte, lasst mich. Es tut überhaupt nicht weh.«

»Du musst auf jeden Fall Eis drauf tun, Toby, und wenn es nicht besser wird, zum Arzt gehen.«

»Ich werde doch hier nicht zu einem Arzt gehen!«, will er sa-

gen. Er kann sich zurückhalten, aber es strengt ihn mehr und mehr an, die Ruhe zu bewahren.
Malina sagt etwas auf Russisch, also ist es offensichtlich nicht für ihn bestimmt. Es kann nur etwas über ihn sein, so wie ihn die anderen danach schweigend ansehen.
»Toby.«
»Es ist wirklich gut, Larissa. Danke. Bitte, lasst uns Karten spielen oder das Mittagessen vorbereiten. Ich mag diesen Auflauf hier nicht.«
»Toby. Du bist nicht gefallen.«
»Aber – was?«
»Malina hat Recht: Wenn ein junger starker Mensch wie du fällt, stützt er sich instinktiv ab, um das Gesicht zu schützen. Man fällt nicht so, dass man sich nur das Auge verletzt.«
»Larissa, ich bitte dich. Schau, ich bin ausgerutscht, habe mein Gewicht auch gut mit den Armen aufgefangen. Aber unter dem Schnee muss etwas gewesen sein, was ich nicht sah, ein spitzer Stein oder so, der mir gegen die Schläfe schlug.«
Er kann sehen, dass ihm niemand glaubt.
»Aber warum sollte ich euch denn anlügen?«
»Weil du uns schützen willst.«
»Schützen? Ich verstehe gar nichts mehr.«
»Schützen vor der traurigen Wahrheit, dass wir unter Barbaren wohnen. Aber das brauchst du nicht, Toby: Das wissen wir schon. Einen von Malinas Freunden haben sie kürzlich auch zusammengeschlagen und weißt du, was sein Verbrechen war? Dass er lange Haare trug. Toby, natürlich schäme ich mich für diese Jugendlichen und was sie dir angetan haben, aber noch mehr würde es mich schmerzen, wenn du mir nicht die Wahrheit sagst.«
Aber wie könnte er an diesem Punkt noch zurück?
»Larissa, bitte, ich wüsste nicht, warum ich dich anlügen sollte, und schon gar nicht aus so einem absurden Grund. Wir wollen die Sache nicht schlimmer machen, als sie ist: Ich bin

gefallen, wie dumm von mir, vielleicht muss ich Eis auf mein Auge legen, aber mehr ist da nicht.«
Larissas Mutter eilt in die Küche, um eine Tüte voll Eis für ihn abzupacken. Er nutzt die Gelegenheit, die Versammlung aufzulösen, indem er sagt, er müsse ins Bad.
Der Anblick ist ein Schock. Er fühlt das nicht, was er da im Badezimmerspiegel sieht: Sein Lid ist dick angeschwollen, es hat begonnen, über das Auge hinauszuwachsen. Vorsichtig berührt er das Jochbein. Er hat keine Ahnung, wie sich ein gebrochenes Jochbein anfühlt. Um das Auge herum hat sich, bläulich rot, ein wackliger Ring gebildet. Morgen ist Weihnachten, denkt er.

Trojeschtschina sieht anders aus, mit einem blauen Auge betrachtet. Er kann nichts Gutes mehr an dem Viertel erkennen – an diesem Land. Jeden Tag dieselbe bittere Kälte, dieselbe unerträgliche Heizungsluft, die vermauerten Blicke der Leute, die auf den Trampelpfaden aneinander vorbeieilen. Straßen gibt es ja nicht zwischen den Blocks.
Am Weihnachtsmorgen steht er mit Larissa im Lebensmittelladen in der langen Schlange an der Wursttheke, und dann werden sie sich gleich in die noch längere Schlange vor der Gemüsetheke einreihen müssen. Er fühlt sich wie ein Museumsstück, ausgestellt zum Anglotzen, was natürlich auch alle Kunden machen, obwohl sie so desinteressiert am Leben dreinblicken. Er hat Larissa nicht angelogen, weil er sie vor der Wahrheit schützen wollte. Sondern weil er sich schämt, dass es ihm passiert ist. Das blaue Auge stellt ihn bloß: ein doofer Tourist aus dem Westen, einer wie diese dicken Amerikaner, die mit der Fotokamera vor dem Bauch durch das Madrider Einwandererviertel Lavapies laufen, wie diese gutgläubigen Japanerinnen, die in Rom 70 Euro für eine Taxifahrt von sechshundert Metern zahlen. *Ein leichtes Opfer.* Einer, der nicht hierhin gehört und dem man das verdeutlicht hat.

Sie brauchen noch Gurken, Paprika, Tomaten. Es ist Donnerstag, kein Feiertag, die ukrainische Weihnacht beginnt erst mit dem Abendessen. Er ist unruhig, er schaut zum Eingang zurück und malt sich aus, wie seine Peiniger in den Lebensmittelladen treten könnten. Würde er sie überhaupt wiedererkennen? In Büchern heißt es immer: Er wird das Gesicht des Täters nie vergessen. Aber er erinnert sich bereits nur noch vage daran. Was ihm immer wieder in den Sinn kommt, sind der schwarze Fleck, der auf sein Auge zuraste, und die Haarfransen des Kleinen, der sich im Hintergrund hielt.

Wieder zu Hause, ist Larissas Vater der Einzige, der sich von der Küche fern hält. Sie, die anderen, sind sich im Wege, können sich kaum umdrehen, ohne gegen einen Ellenbogen, eine Rippe zu stoßen. Wenn sie die Essensvorbereitung allein Larissas Mutter überließen, ginge es schneller. Aber es ist Weihnachten. Sie wollen fühlen, wie sehr sie zusammengehören, eine Familie, auch er. Seine Aufgabe ist es, die Pilze zu waschen und zu zerkleinern, die mit zerstampften Kartoffeln die Füllung für die Vareniki bilden werden. Es ist nichts weiter als ein blaues Auge, mittlerweile ist er sich sicher, er hat keine Schmerzen mehr, was bei einem Jochbeinbruch sicher der Fall wäre. Das Pochen, das er noch spürt, ist nichts weiter als ein Zeichen der Heilung. In einer Woche schon wird nichts mehr zu sehen sein. Wird dann auch alles vergessen sein?

Was ihm an der Titow'schen Weihnacht gefällt, ist die Ungezwungenheit. Ein Plastikbaum mit elektrischem Licht ist im Wohnzimmer aufgestellt, drei dicke, runde Kerzen brennen auf dem Tisch, der Schmuck ist fast identisch mit dem, den Larissa und er in London zum deutschen Weihnachtsfest verwendeten. Doch was in seiner Wohnung wie eine kümmerliche Dekoration wirkte, ist in Trojeschtschina Ausdruck von selbstbewusster Bescheidenheit. Sie nehmen am Tisch Platz, sie müssen sich wie immer quetschen, um alle Platz zu finden, aber diesmal scheint es angemessener zu sagen: Sie rü-

cken eng zusammen. Wladi zählt die Gerichte. Borschtsch mit Smetana, die gebackenen Fischfilets, Hering aus der Dose, Vareniki mit Kartoffeln und Pilzen, Vareniki mit Kartoffeln und Zwiebeln, *Kutja* natürlich, Paprika-Tomaten-Gemüse, Karottengemüse, Essiggurken, Salzkartoffeln, Sardinen aus der Dose auf Toast, Vareniki mit Kirschen aus dem Glas zum Nachtisch. »Zwölf«, verkündet Wladi. Ein Gericht fehlt. Es müssen dreizehn sein, dreizehn Fastengerichte, kein Fleisch. Denn Christus und seine Apostel waren auch 13. Die Mutter ist praktisch veranlagt: Zählt das Brot mit, sagt sie.
Kutja, ein Reisgericht mit Rosinen, Honig und Nüssen, ist ihm viel zu süß. Es ist das wichtigste, nämlich Christus' Gericht, aber er würde sich auch sonst nicht beklagen. Malina erzählt auf Englisch eine Geschichte von einem früheren Weihnachten, als sie zum Essen zu ihrer Großmutter fuhren und sie, Malina, im Schnee einbrach und ihren Schuh verlor. Noch Tage später war der Schuh an derselben Stelle, so festgefroren, dass ihn niemand stehlen konnte. Als er über die Geschichte lacht, lachen ihre Eltern mit, obwohl sie die englische Erzählung nicht verstanden haben. Sie wissen, worum es geht. Er erzählt, wie Larissa ihm einen Matsch aus Vareniki nach London mitbrachte und wie er dachte, da stimme doch irgendetwas nicht – bis er herausfand, dass die süßen Nachtisch-Vareniki sich auch mit der Kartoffel-Pilz-Füllung vermischt hatten. Die Mutter schlägt die Hand vor den Mund, Wladi schlägt sie sich gegen die Stirn. Harmlose Geschichten, Weihnachtsgeschichten.
»Wie geht es deinem Auge?«, fragt Larissa, und plötzlich ist es ruhig. Alle sehen ihn mitleidig, erwartungsvoll an. Larissa streichelt seinen Oberschenkel. Er weiß, dass es nett gemeint ist. Doch sein Oberschenkel spannt sich, sein Körper gefriert unter ihrer Hand. Warum lässt sie ihn nicht in Ruhe? Er versucht zu lächeln, »gut«, sagt er, »es geht ihm gut«. Erschreckt bemerkt er, dass die Worte wie ein belegtes Knurren aus sei-

nem Mund kommen. Herr Titow ist der Erste, der den Blick auf seinen Teller senkt und überaus konzentriert das weiche Paprika-Tomaten-Gemüse zerschneidet. Für einen schmerzhaft langen Moment redet niemand. Er möchte gerne etwas sagen, aber seine Kehle ist zugeschnürt. Wo ist sein englischer Witz geblieben, seine Londoner Selbstironie, auf die er sich so viel einbildet?

Einundzwanzig

Es ist Sonntagnacht, als er die Tür zu seiner Wohnung in der Marville Road Nr. 11 wieder aufschließt. Die abgestandene Luft einer tagelang ungelüfteten Wohnung, die ihnen entgegenschlägt, ekelt ihn für einen Moment. Sie sind beide zu müde zum Reden, nichts ist normaler als das, es ist spät, fast elf, sie haben einen vierstündigen Flug hinter sich – und doch ist er noch wach genug, es schon zu spüren: Nichts wird anders sein, natürlich nicht.

Der Weihnachtsurlaub hat ihnen noch nicht einmal Schwung gegeben. Sie sacken einfach wieder in ihr vorläufiges Eheleben. Am nächsten Morgen geht er mit schlechtem Gewissen in die Arbeit, weil er weiß, dass ein neuer Tag lang und leer vor Larissa liegt. Kurz nach 20 Uhr verlässt er die Arbeit mit schlechtem Gewissen, weil er weiß, er dürfte jetzt noch nicht gehen.

Er sagt ihr nichts von seinen Gewissensbissen. So wie er mit Siviglia nie mehr über den Klaps auf den Hinterkopf redete, so wie er Larissa und ihrer Familie nichts von dem Überfall erzählte. So tun, als wäre nichts, war immer eine gute Methode gewesen. Aber mit einem Kollegen wie Siviglia ein oberflächlich höfliches Verhältnis zu haben, wenn in der Tiefe ein ungeklärter Reizpunkt steckt, ist eine Sache. Mit seiner Ehefrau ist solch ein Umgang der Anfang vom Ende. Es ist erst der erste Abend nach ihrer Rückkehr. Aber schon dieser Abend ist solch eine unerträgliche Probe, dass er sich sicher ist, keinen weiteren auszuhalten.

Sie sitzen im Wohnzimmer. Nur die Stehlampe neben dem Sofa ist eingeschaltet. Sie reden über englische Wasserhähne, weil Londoner Waschbecken immer zwei Hähne haben, einen für heißes, einen für kaltes Wasser. Vorsichtig, höflich steuert er durch das Gespräch, betulich darauf bedacht, keinen wunden Punkt zu berühren. Er will Larissa nicht mit seinen Problemen belasten, mit seiner Zerrissenheit zwischen Arbeit und ihr. In ehrlichen Momenten weiß er allerdings selbst, dass dies nur seine Schutzbehauptung ist. Wovor er sich wirklich fürchtet, ist, dass sie erneut über ihr Leben in London klagt. Er ist auf der Hut, die Lawine nicht auszulösen. Doch er kann nie vorsichtig genug sein, denn schon die einfachste Frage kann die Katastrophe starten, »Was hast du heute gemacht?« wäre vielleicht schon genug, und es gäbe kein Halten mehr. Engländer waschen sich die Hände entweder nur ganz heiß oder nur ganz kalt, sagt er. Sie lacht pflichtschuldig. Wie lange will er so durchhalten?

Er kann nicht darauf warten, dass es sich schon ergeben werde, weil sich irgendwie immer alles ergibt. Er hat eine Idee, wie sich der Alltag aufhellen ließe. Keine neue Idee, bislang hat er sie bloß immer wieder verworfen.

»Larissa, was hältst du davon, wenn wir eine Katze anschaffen?«

Sie schaut ihn mit ihren dunklen Augen verwundert an, vielleicht war der Übergang von Wasserhähnen zu Haustieren auch etwas abrupt.

»Willst du mir so Gesellschaft verschaffen?«

»So meinte ich es nicht. Ich dachte nur – ich meine, die Katze ist die Klarinette unter den Tieren, ich bin die Katze unter den Bankern –, sie ist unser Tier. Oder nicht?«

»Du bist lustig, Toby: Eine englische Katze ist guter Umgang für mich, eine polnische Putzfrau nicht.«

»Larissa!«

»Ich mache doch nur Spaß.«

Wann immer Larissa etwas kritisiert oder Unannehmlichkeiten anspricht, geht er automatisch in die Defensive, um es nicht schlimmer zu machen. Zusammenreißen und runterschlucken. Das ist die Endlostaktik.

»In jedem Spaß steckt etwas Ernstes.«
»Mag sein. Aber wir brauchen uns deswegen nicht zu streiten, Toby. Wenn du eine Katze willst, dann kaufen wir eine.«
»Ich wollte sie doch für dich kaufen.«
»Das ist sehr nett von dir, aber du brauchst dir keine Sorgen zu machen. Ich bin noch keine von diesen vereinsamten alten Frauen.«
Sie sagt es wie immer: ohne Spott, ohne Ironie, ohne Bitterkeit. Bloß er hört den Ton, den sachlichen, nicht mehr.
»Larissa, jetzt reicht es mir aber! Ich versuche hier alles für dich zu tun, ich gehe von der Arbeit früher nach Hause, als ich sollte, ich habe dir eine Klarinette gekauft, ich habe dich vor meinen Freunden und Eltern verteidigt. Und ich dachte eben, vielleicht wäre es schön, wenn wir eine Katze hätten.«
»Wogegen musst du mich vor deinen Eltern und Freunden verteidigen?«
»Ach, nichts.«
»Bitte, sag es mir.«
»Es ist mir nur so rausgerutscht. Verzeih mir.«
»Deine Eltern und Igoris glauben also, ich hätte dich nur geheiratet, um ein sorgenfreies Leben im Westen führen zu können?«
»Nein, natürlich glauben sie das nicht.«
»Sondern?«
»Larissa, schau, es spielt doch keine Rolle.«
»Vielleicht tut es das wirklich nicht. Wichtig ist nur: Was glaubst du?«
»Was?«
Er ist schon wieder in der Defensive, selbst diesmal, wo er ungewollt die Offensive wählte. Ist das die Rolle seines Lebens? Immer abzuwehren, abwehren zu müssen? Der ewige Torwart?
»Glaubst du, ich habe dich nur geheiratet, damit ich in den Westen komme?«

»Natürlich nicht! Wie kannst du es nur denken, Larissa!«
»Ich frage doch nur. Und weißt du was, Toby?«
»Was?« Er spricht es zögernd aus. Angstvoll.
»Ich liebe dich tatsächlich auch deswegen. Weil du so viel für mich tust, weil du mir dieses Leben ermöglichst, die Musikhochschule, die Klarinette – den Westen. Aber ich habe nie nach diesem Leben gesucht. Ich bin nur wegen dir hierher gekommen, nicht wegen der Musikhochschule, der Klarinette, dem Westen; einer Katze. Verstehst du das?«
Er lässt sich, so wie er auf dem Sofa sitzt, einfach fallen. Er landet mit dem Kopf in ihrem Schoß. Sie krault seine Haare, er fühlt, wie heiß sein Gesicht ist, wie rot es sein muss. Wer ist die 21-Jährige, wer der zwölf Jahre Ältere?

Also keine Katze. Am nächsten Morgen steht er um halb sechs auf und geht in der Dunkelheit am Fluss laufen. Er bemüht sich, zumindest ein- oder zweimal die Woche vor der Arbeit 45 Minuten zu rennen. Das genügt, um sein Niveau zu halten. Er hat einen unbestechlichen Maßstab, was seine Fitness betrifft: Wenn er es schafft, sich beim Laufen in Gedanken zu verlieren, zu vergessen, dass er gerade läuft, ist er gut genug in Form. Es sind selten brauchbare Einfälle, die ihm beim Rennen kommen, schon gar nicht um diese Uhrzeit. Wichtig ist nur das Gefühl danach: Nach dem Laufen fühlt er sich befreit, gereinigt, wieder im Gleichgewicht. Er überquert die Putney Bridge, biegt rechts ab auf den Weg an der Themse entlang, und dann geht es immer geradeaus bis zur Hammersmith Bridge, keine Abzweigung, auf die er achten müsste, kein Hindernis ist ihm im Weg.
Auch deswegen liebt sie ihn. Er hat die Liebe noch nie derart aufgespalten, in verschiedene rationale Motive. Aber hat sie nicht Recht? Ist die Idee von der großen, puren Liebe nicht eine primitive Vereinfachung, eine Selbsttäuschung? Es gibt viele Gründe zu lieben. Wie kommen sie dazu anzunehmen,

nur die reine, romantische Liebe sei die wahre? Eine Frankfurter Medizinerin, die einen Frankfurter Banker heiratet, weil sie sich *zu ihm hingezogen fühlt*, liebt ihn vielleicht *anders* als eine thailändische Näherin, die einen Frankfurter Banker heiratet, weil er ihr ein besseres Leben ermöglicht. Aber wieso ist sich jeder so sicher, dass die Medizinerin ihren Mann *mehr* liebt als die Näherin den ihren? Liebe auf den ersten Blick gilt als hohe Form der romantischen Liebe – aber was ist besser, was ist *tiefer* daran, sich in jemanden wegen seines Anblicks zu verlieben, als jemanden für die Annehmlichkeiten zu lieben, die er einem verschafft?

Warum trainieren sie in Schule, Universität, Beruf tagein, tagaus ihr Gehirn, warum gilt Klugheit als das höchste Ziel ihrer Welt, wenn sie dann bei einer der wichtigsten Entscheidungen, der Partnerwahl, den Verstand ignorieren sollen, nur auf die Gefühle hören? Und wenn er für einen Moment den Verstand benutzt, was sagt der ihm dann über seine Partnerwahl?

Er hat die Hammersmith Bridge überquert und läuft am anderen Ufer zurück. Auf dem engen Pfad des *River Walk* kommt ihm jemand entgegen, ein dick eingepackter Mann mit Wollmütze, mehr kann er in der Finsternis nicht erkennen. Er hält sich ganz rechts, zum Fluss hin. Der Mann macht einen Schritt nach links, um ihn vorbeizulassen, unterschätzt aber seine Schnelligkeit. Er ist schon da. Der breite Mann muss ihm mit einer unorthodoxen Drehung ausweichen und hantiert dabei mit seinen Händen in der Luft, um bei der Drehung nicht das Gleichgewicht zu verlieren. Er sieht in der Finsternis nur, wie sich die Hände vom Körper des Mannes lösen, hochfahren, und die Erinnerung trifft ihn schon wie ein Blitz. Er springt zur Seite, aber da ist nichts mehr, kein Platz, so knallt er in das Geländer zur Themse.

»Um Himmels willen! Sie haben mich vielleicht erschreckt. Ich tue Ihnen doch nichts!«, ruft der Mann mit hoch erhobenen Händen, erhoben zum Zeichen der Unschuld. Er murmelt nur: »Entschuldigung« und rennt weiter. Zwei Kilometer später, aber noch ein deutliches Stück von zu Hause entfernt, muss er anhalten. Er ist nach dem Vorfall so schnell gesprintet, dass er nun nicht mehr kann. Als der Mann neben ihm mit den Händen in der Luft herumfuchtelte, sah er nicht nur den schwarzen Fleck aus Kiew wieder. Er spürte erneut den kurzen, dumpfen Schmerz von damals, als die Faust sein Auge erreicht hatte. Er atmet tief aus und spuckt hinterher. Dann erst merkt er, wie ihn die Niere vom Sprung in das Geländer schmerzt.

In der Arbeit stehen die Dinge nicht schlecht. Enagam ist grundsätzlich an einer Zusammenarbeit mit ihnen interessiert. Sie sollen eine detaillierte Strategie entwerfen, wie und wo Enagam expandieren könnte. Er schöpft neues Selbstvertrauen. Solange er solche Geschäfte initiiert, kann ihm Stoneton nichts anhaben, selbst wenn er weiterhin regelmäßig vor dem Chef nach Hause geht. Oder? Er weiß, dass Leute in der City schon aus ganz anderen Gründen entlassen wurden. Es geht auch darum, was für ein Beispiel er den anderen, den Jüngeren in der Abteilung gibt. Wie widerspenstig er auf Stonetons Warnung reagiert, länger zu arbeiten.
Er ist die Attraktion im Büro mit seinem inzwischen in vollem Violett glänzenden Auge.
»Mister Linderoth, darf ich Sie darauf hinweisen, dass Sie eventuell Ihre Freizeitaktivitäten überprüfen? Wie Sie wissen, unterhält Derling im 13. Stock ein wunderbares Fitness-Studio, falls Sie sich körperlich austoben wollen. Ihre Karriere als Boxer bitte ich Sie, schon aus Rücksicht auf Ihre Kundenbesuche, für die nähere Zukunft zu unterbrechen.«
»Ich bin nur in den Weihnachtsferien ausgerutscht und gegen einen Randstein gefallen, Mister Stoneton. In wenigen Tagen wird man nichts mehr sehen.«

»Sicherlich. Ich will mir die Nachfrage ersparen, was es war, das Sie zum Fallen brachte, und einfach hoffen, dass es Ihr einziger Sturz für dieses Jahr war.« Sturz. *Downfall* ist das Wort, das Stoneton verwendet. Er versteht die doppelte Botschaft. Es heißt auch Niedergang.

Stonetons Vortrag wäre nicht weiter schlimm. Wenn er ihn nicht im Großraumbüro vor allen Kollegen dargeboten hätte. So aber war es ein Schauprozess. Jeder weiß nun, dass er sich auf Bewährung bewegt.

»Ein blaues Auge, wie sagt man: *from Ukraine with love*«, ruft einer, als sich der Chef in seinen Glaskasten zurückgezogen hat. Er dreht sich nicht zu dem Krakeeler um. Siviglia spricht sowieso nicht direkt zu ihm, sondern zum ganzen Büro.

»Kräftig Wodka, eine kleine Schlägerei – so manchem geht erst an Weihnachten auf, in welche Familie er eingeheiratet hat.«

Er überfliegt weiter die Nachrichtenzusammenfassung über den ungarischen Erdölkonzern MOL. Er darf sich nicht wehren. Er ist Siviglia das noch schuldig: dass sein Kollege billige Rache nehmen darf.

Wenn sie eine elektronische Nachricht empfangen haben, meldet dies ihr Computer unmittelbar danach mit einem kurzen Pieps. Wer sich weigert, sofort nach der Nachricht zu schauen, den nervt eine ständig aufflackernde Neonschrift *Mail received* im oberen Teil des Bildschirms, bis er nachgibt. Durch menschliche Nachlässigkeit soll keine Zeit verloren gehen. Allerdings kann der Computer nicht zwischen elektronischen Nachrichten unterscheiden, die für die Arbeit unverzichtbar sind, und solchen, die die Arbeit aufhalten.

Er klickt auf die Taste und muss zugeben, dass er aufgeregt ist, als er ihren Absender sieht. Seit er ihr an jenem Tag schrieb, als er von seinem lächerlichen Bonus erfuhr, haben sie sich drei-, viermal kurze Botschaften hin- und hergeschickt. Sie hat seine erste elektronische Nachricht gleich als Zeichen interpretiert, dass dies nun ihr Weg zu kommunizieren sei, und nie mehr angerufen. Es passt zu ihr. Dass sie sich sofort nach ihm richtet, sich anpasst. Doch diesmal, anders als vor Jahren, denkt er es voller Zuneigung.

Sie schreibt, wie schade es sei, dass er Weihnachten nicht in Frankfurt war, sie wisse ja nicht genau, was er die letzten vier Jahre getan habe, aber war es vielleicht sogar das erste Mal, dass er Weihnachten nicht in Deutschland verbrachte? Es möge ja komisch klingen, jetzt wo sie über 30 sei, aber Weihnachten nach Hause zu fahren sei für sie immer noch ein Muss. Auch gefalle ihr Frankfurt viel besser, seit sie nicht mehr dort lebe – gut, vielleicht liege es auch daran, dass sie nun in Hannover wohne. Da erscheinen andere Städte plötzlich in ganz anderem Licht, dahinter hat sie drei Punkte gesetzt. Sie sei auch zur Weihnachtsfeier des Sport-Clubs gegangen, auch wenn sie jetzt streng genommen eine Konkurrentin sei, seit sie für Braunschweig spiele. Man habe dort auch über ihn geredet. Sie müsse los, sie habe Nachtschicht und das Krankenhaus sei sechs U-Bahn-Stationen entfernt. Vielleicht würden sie sich ja in Reading sehen.

Ob ihr nicht auffällt, dass sie jede ihrer Nachrichten gleich schließt? Mit der Hoffnung, sie würden sich bei der Hallen-Europameisterschaft in Reading sehen. Oder ist sie so stolz, dass sie wieder für die Nationalelf spielen darf, dass sie es nicht oft genug sagen kann? Will sie ihn nötigen, nach Reading zu kommen? Und was würden sie dann reden? Wie würden sie sich begrüßen?

Er hat Heikes Nachricht nur überflogen, deshalb liest er sie noch einmal, gründlich und mit Ruhe. *Man hat dort auch über dich geredet.* Beim ersten Darüberlesen piekste ihn der Satz, es klang, als wolle sie etwas andeuten. Jetzt ist er sich nicht mehr so sicher. Vermutlich ist es nur eine ihrer üblichen höflichen Floskeln. Der ganze Brief ist in ihrem gewohnten belanglosen, formalen Stil gehalten, wie immer ohne größeren Informationsgehalt. Alle Welt findet Heike eloquent und aufgeschlossen. Einzig er hat gemerkt, dass sie immer nur die Eloquente, Aufgeschlossene spielt. Dass sie mit den Leuten redet, wie sie glaubt, man habe mit Leuten umzugehen. Aber nie macht sie einen Unterschied zwischen denen, die sie mag, und Leuten, die ihr unangenehm sind, zu allen ist sie gleich nett, formal. Er weiß wieder, warum er ihre Trennung damals als Erlösung empfand. Und er fragt sich: Könnte er noch einmal mit ihr zusammen sein?

Eines Abends, noch in derselben Woche, kommt er nach der Arbeit nach Hause und erhält auf seinen Gruß ein doppeltes Hallo! aus dem Wohnzimmer zur Antwort. Larissa hat Besuch. Er versucht, aufrichtig zu lächeln, als er seine Putzfrau ausgestreckt auf dem Sofa sieht, die Füße gerade so über die Lehne hängend, die Schuhe nicht ausgezogen. Sie kann die Füße auch schnell vom Sofa genommen haben, als sie den Schlüssel im Schloss hörte.

»Das ist aber eine Überraschung«, sagt er. Monika schaut ihn grimmig an, als sei er der Eindringling. Oder bildet er sich das nur ein?

Er erkundigt sich, ob sie schon etwas zu Abend gegessen hätten. Sie gehen auf seinen Vorschlag zu Pappa & Ciccia. Es sind nicht mehr als 150 Meter zu dem Restaurant, aber die Strecke ist lang genug, sich an den Gedanken zu gewöhnen, ihn sogar einigermaßen amüsant zu finden: Hier kommt er mit Frau und Putzfrau.

Das Restaurant ist immer voll, es hat auch nur fünf Tische. Diesmal allerdings haben sie Glück, und es wird gerade einer frei. Der italienische Kellner, er wusste den Vornamen einmal, begrüßt ihn wie seinen besten Freund. Er hat nichts dagegen: Sollte es nicht Eindruck machen auf Monika, dass er Kontakt hat zur Londoner Welt der Ausländer? Der Kellner bringt einen Korkenzieher und entkorkt die Flasche Rotwein, die sie selber mitgebracht haben.

»Siehst du«, sagt er, ohne rechthaberisch klingen zu wollen, zu Monika. Sie hatte ihm nicht geglaubt, dass man ins Pappa & Ciccia wie in so viele der preiswerteren Londoner Restaurants Wein oder Bier selber mitbringen darf beziehungsweise muss, weil die Lokale keine Lizenz haben, Alkohol zu verkaufen. Dass Monika davon nichts wusste, kann nur eines bedeuten: Sie ist in drei Jahren in London zum ersten Mal in einem Restaurant.

»Kochst du viel zu Hause?«, fragt er.

»Ab und an. Wir sind zu acht im Haus. Meistens kochen mehrere von uns zusammen, so wird es billiger. Spaghetti mit Tomatensoße ist im Moment das heißeste Gericht, nicht nur im Moment, sondern seit ich dort wohne, um genau zu sein.« Er hatte überlegt, Spaghetti mit Pesto zu bestellen, verspürt dann aber doch mehr Appetit auf Lasagne.

»Und die Leute, mit denen du wohnst, kanntest du schon aus Polen?« Er hat keine Lust, das Essen in ein Interview zu verwandeln, mit ihm in der Rolle des Reporters, aber welche Wahl bleibt ihm? Wenn er keine Fragen stellt, sagt niemand etwas.

»Ich kannte niemanden. Eine Freundin an der Universität in Lublin hat mir über drei Ecken eine Adresse besorgt, wo ich in London unterkommen könnte. Und dort bin ich immer noch.«

Das also ist die unterirdische Stadt: Zimmer in Putney oder Acton werden per Mundpropaganda in Lublin oder Bratislava vermietet, Schwarzarbeitsposten werden von der, die auszieht, an die, die einzieht, mit dem Zimmer gleich mit übergeben. Er denkt nicht, dass es eine glückliche Stadt ist. Aber etwas muss es haben, darin zu leben. Im Geheimen.

Er sieht Larissa an, er wartet darauf, dass sie etwas sagt. Aber wie im Sommer bei seinen Eltern, wie am Abend mit Igoris und Siviglia, wie offenbar immer, wenn sie nicht alleine sind, zieht sie sich in eine merkwürdige Trance zurück. Ab und an kommentiert sie sein Interview mit Monika mit einem Lächeln, aber es kommt aus der Ferne.

»Kennst du dann auch viele Ukrainer?«

»Eigentlich nicht. Jede Nation bleibt doch hauptsächlich unter sich, außer in den Bars natürlich. Deine Freunde sind doch vermutlich auch in erster Linie Deutsche, oder?«

»Nein. Ich kenne – im Prinzip gar keinen Deutschen in London.« Er muss einen Moment lang überlegen, weil es das erste Mal ist, dass er darüber nachdenkt.

»Ach so? Merkwürdig. Na ja, aber ihr Deutschen seid ja merkwürdig.«

Sie ist witziger, als er gedacht hätte. Aber sie beeindruckt ihn nicht mehr. Aus den wenigen Informationen, über die er verfügte – Studentin der Umwelttechnik, alleine nach London gekommen, sich durchgeschlagen, drei Jahre Knochenarbeit, ohne zu murren – hatte er sich ein Bild von ihr gemacht. Sie musste ein Geheimnis haben, ein trauriges Erlebnis, vor dem sie aus Polen geflohen war, oder ein großes Ziel, auf das sie hinarbeitete und -sparte, für das sie ihre jungen Jahre opferte. Doch nun verliert sie mit jedem Detail, das sie von sich preisgibt, das Mysteriöse. Sie lebt nur stumpf vor sich hin in ihrer unterirdischen Stadt. Weder aus Verzweiflung noch mit Vom-Tellerwäscher-zum-Millionär-Träumen geht sie immer weiter putzen, sondern aus purer Antriebslosigkeit. Ihre Ziele ragen nicht über die 40 Pfund hinaus, die sie am nächsten Tag verdienen wird. In seinen Erinnerungen hatte sie eine schmale Nase und zarte Glieder. Nun sieht er ihre teigige Haut, ihren plumpen Körper. Was, wenn sich Larissa durch den Umgang mit ihr verändert? Was, wenn sie etwas – eine Geste nur, einen schnoddrigen Ausdruck – von Monika übernimmt?

Sie bedankt sich artig, als er die Rechnung bezahlt. Sie begleiten sie noch bis zur Bushaltestelle auf der Fulham Palace Road. Nach Kiew fühlt sich die Londoner Kälte warm an.

»Mit wem teilst du dein Zimmer in Putney, mit deinem Freund oder einer Freundin?«

»Mit Joana.« Das heißt wohl, weder Freund noch Freundin. Sie hat den fusseligen rosa Schal bis zum Kinn hinauf geschlungen und blickt ihn aus dem Schal heraus an. »Nicht jede hat das Glück, jemanden wie dich kennen zu lernen.« Er beschränkt seine Antwort auf ein unverbindliches Lächeln.

»Du warst heute so schweigsam«, sagt er zu Larissa, als der Bus gekommen ist und sie alleine, Hand in Hand, zurückgehen.

»Ich höre sehr gerne zu.«

Das Pappa & Ciccia liegt am Rückweg. Alle Tische sind schon wieder besetzt, wo sie saßen, sitzt ein bebrilltes Ehepaar, er zeigt ihr etwas in der Speisekarte. *Nicht jede hat das Glück, jemanden wie dich kennen zu lernen.* Er hätte es als Kompliment verstehen können. Aber er tut es nicht. Was Monika seiner Meinung nach sagen wollte, war: Larissa hat Glück gehabt, einen Deppen zu finden, der ihr ein schönes Leben finanziert. Soll sie es doch denken. Denn dieser Gedanke, findet er, sagt weniger über Larissa oder ihn als über Monikas Sicht auf die Welt.

Er lässt Larissa zuerst ins Bad und schaut währenddessen in der Küche die Post durch. Unter den vier Briefen ist einer an Larissa adressiert. Sie muss ihn übersehen haben, das wäre nicht verwunderlich, denn es ist der erste, der an L. Linderoth geht. Er sagt es sich still vor: Larissa Linderoth. Er öffnet ihn mit einem Küchenmesser, er ist offensichtlich von der Stadtverwaltung oder irgendeiner Behörde, damit wird sowieso er sich beschäftigen müssen. Er muss es dreimal lesen, um es zu verstehen.

Ordnungsstrafe, steht in fetten Großbuchstaben unter dem Briefkopf, für Hausfriedensbruch im Bereich des London Underground am 22.12.2004.

Und dann weiter: Sehr geehrte Frau Linderoth, Kräfte

der Metropolitan Police stellten bei einer Kontrolle am 22.12.2004 um 15:18 Uhr fest, dass Sie in der Station Earl's Court durch den Vortrag auf einem Musikinstrument versuchten, Geld zu verdienen, ohne im Besitz einer Erlaubnis, einer *busker's licence*, des London Underground zu sein. Dies erfüllt nach der Verordnung des *Transport for London* den Tatbestand des Hausfriedensbruchs. Die Ordnungsstrafe von 75 Pfund – in Worten: fünfundsiebzig – ist bis zum 31.01.2005 an Transport for London, Windsor House, 42–50 Victoria Street, London SW1H 0TL, zu überweisen. Die Zahlung mit Kreditkarte ist möglich.

»Toby? Das Bad ist frei, wenn du möchtest.«

»Ich komme gleich, Larissa«, ruft er, faltet den Brief zusammen und lässt ihn in seiner Hosentasche verschwinden.

Zweiundzwanzig

Er beginnt, die Wochenenden als lästig zu betrachten. Die Erwartung, etwas Besonderes oder zumindest irgendetwas mit Larissa unternehmen zu müssen, lastet schwer auf ihm. Sehnlich erinnert er sich an die Zeiten, in denen er samstags bis 15 Uhr schlief und dann träge im Café saß, den *Guardian* auf dem Schoß, jede einzelne Seite gewissenhaft studierend. Das Zeitungslesen war sein Alibi gegenüber sich selbst, sein Vorwand, um nichts Anstrengenderes zu tun. Und alles andere schien ihm zu anstrengend. Vielleicht ist er gar nicht für das Leben zu zweit gemacht? Würde er allein leben, könnte er arbeiten, solange er wollte, er könnte es sich einrichten, dass er noch mehr auf Dienstreisen unterwegs wäre, interessante Termine hätte, und die Wochenenden würde er vertrödeln, zufrieden mit seinem Kaffee, der Zeitung und der Freiheit, nichts tun zu müssen. Was den Sex betrifft, so könnte er sicher ohne weitere Schwierigkeiten am einen oder anderen Tag ein Mädchen in einer Bar kennen lernen und mit ihr nach Hause gehen. Er würde darauf bestehen, zu ihr zu gehen. Damit er sie am nächsten Morgen nicht in seiner Wohnung hätte. Er hält es für gut möglich, dass er mit solch einem Leben glücklich wäre. Sogar glücklicher? Warum hat er dann nie so gelebt, sondern, sobald eine Beziehung zu Ende ging, sofort die nächste gesucht? Ist es bloß seine fehlende Courage, alleine zu leben, sich zu seinem Nichtnormalsein zu bekennen?

Wenn erst einmal entschieden ist, was sie am Wochenende machen, liegt das Schlimmste hinter ihm. Die selbst auferlegte Last, sich ein Programm ausdenken zu müssen, weicht von ihm. Wenn er Glück hat, wird das Wochenende von da an sogar schön.

Es ist Samstag, und sie kommen von einem Ausflug in den Richmond Park zurück. Ihre Schuhe sind von Lehm bespritzt, sie treten fast auf die Post, die, durch den Schlitz in der Wohnungstür geworfen, auf dem Teppich liegt. Ein Brief vom Royal College of Music ist gekommen. Larissa weigert sich, ihn aufzumachen. Für einen Moment denkt er: Was soll ich ihr sagen, wenn sie abgelehnt wurde? Aber natürlich werden sie sie nicht abgelehnt haben. Sie stehen noch in Jacken und Schuhen im Flur. Larissa hat sogar noch den linken Handschuh an und zieht mit der rechten Hand ihren Schal über den Mund, während er mit dem Zeigefinger den Umschlag säuberlich aufschlitzt.

»Nur ein Rundschreiben, dass im Februar eine neue Reihe von Konzerten im College beginnt.«

Sie befreit ihr Gesicht aus dem Schal und atmet demonstrativ aus. Dann springt er auf sie zu, den Brief noch immer in der Hand, umfasst sie an den Hüften und hebt sie in die Höhe.

»Du bist angenommen!«

Sie will es gar nicht selber lesen. Er trägt sie ins Wohnzimmer, setzt sie auf der Couch ab und wirft sich halb auf sie, die dicken Mäntel sind im Wege. »Schau, du bist angenommen«, insistiert er und hält ihr den Brief vor das Gesicht, doch sie wischt seine Hand und das Schreiben weg. Regungslos schaut sie ihn an. Sie streichelt seinen Kopf. Erst als er sich nicht mehr rührt, als die Ruhe absolut ist, lächelt sie.

Ihm gefällt es, dass sie sich so still freut. Trotzdem wünscht er sich, sie würde den Brief lesen. Schon um zu erkennen, was er für sie tut: Gemäß der Ausschreibung zum Studiengang *BMus (Hons)*, steht im unteren Teil des Schreibens, sei für sie als Studentin aus einem Land, das nicht Mitglied der Europäischen Union ist, eine Jahresgebühr von 13 200 Pfund fällig, Mehrwertsteuer nicht inklusive.

»Willst du deine Eltern anrufen und es ihnen sagen?«

»Später.«

Sein linker Arm ist unter ihrem Körper eingeklemmt und eingeschlafen.
»Jetzt beginnt das wahre Leben.«
»Der Kurs beginnt im Herbst, Toby.«
»Aber das Gefühl, es geschafft zu haben, ist entscheidend. Das Wissen, angenommen zu sein. Du wirst sehen: Von nun an wird sich alles schöner anfühlen. Du wirst durch London schweben.«
»Schweben?« Sie lächelt, ohne dass klar würde, ob über die Metapher oder ihn. »Es fühlt sich gut an zu wissen, dass ich auf das College darf. Zu wissen, dass ich viel, viel Klarinette spielen werde, dass ich die meiste Zeit des Tages von Musik umgeben sein werde. Doch ein Gefühl des Triumphes – wenn du das meinst – spüre ich nicht. Ich spiele Klarinette, weil der Moment, in dem ich spiele, wunderschön ist. Ich will damit *nichts erreichen.*«
»Aber geht es nicht immer darum? Sich selbst herauszufordern und zu sehen, ob man etwas bewerkstelligen kann?«
»Für mich nicht, nie.«
»Aber dass du nach London kamst, das ist im Grunde auch eine Herausforderung: Du willst herausfinden, ob du hier zurechtkommst. Ob du das schaffst.«
»Nein, ich will nichts schaffen, sondern einfach bei dir sein.«
»Verstehe«, sagt er und zieht seinen mittlerweile gefühllosen Arm hinter ihrem Rücken hervor. *Ich spiele Klarinette, weil der Moment, in dem ich spiele, wunderschön ist.* Nur für die Schönheit des Augenblicks zu leben ist die edelste Form zu sein. Hockey zu spielen aus purer Freude, ohne Rücksicht auf das Resultat; auf einen Berg zu steigen, nur der Sicht wegen, ohne Stolz auf die Leistung; Theater zu spielen aus reiner Lust, für anderthalb Stunden ein anderer zu sein, ohne Gier nach dem Applaus. Nur für die Schönheit des Augenblicks zu leben ist aber auch die naivste Art zu sein. Hat er sie jemals mehr bewundert, war sie ihm jemals fremder?

»Doch du willst schon einmal in einem Orchester spielen, oder hast du gar kein Ziel? Es sei denn, deine Auftritte in U-Bahn-Schächten sind das Ziel.« Er hat das nicht sagen wollen. Die Ordnungsstrafe von 75 Pfund hat er heimlich überwiesen, den Brief des städtischen Verkehrsverbundes hebt er als Andenken auf dem Fußboden des Kleiderschranks in einem Schuhkarton mit alten Briefen auf, hauptsächlich sind sie von Heike. Dass Larissa den Vorfall mit der Polizei, überhaupt ihre Ausflüge zur Earl's Court Station und wer weiß wo noch hin, geheim zu halten versuchte, rührt ihn geradezu. Deshalb hatte er sich fest vorgenommen, nichts von der Sache zu erwähnen. Nun, weil er wieder einmal witzig sein wollte, ist es ihm herausgerutscht.
»Hat die Polizei geschrieben?«
»Es ist okay, Larissa. Alles ist geregelt.«
»Aber warum hast du mir den Brief vorenthalten?«
»Ich wollte dir dein Geheimnis lassen.«
»Um es mir dann so hämisch ins Gesicht zu knallen?«
»Es ist mir so herausgerutscht. Tut mir Leid, ich wollte dich nicht verletzen.«
»Wie hoch war die Strafe?«
»Ich weiß es schon gar nicht mehr, Larissa. Es ist geregelt.«
»Aber ich will diese Strafe bezahlen, das musst nicht auch noch du machen.«
»Kein Problem, wirklich, es war nicht viel.«
»Wie viel?«
»Ich weiß es doch gar nicht mehr.«
»Also so viel, dass du es mir noch nicht einmal sagen willst?«
»Verdammt, Larissa, 75 Pfund waren das. Bist du jetzt zufrieden?«
»Ich werde es dir zurückzahlen, Toby.«
»Das ist nicht nötig.«
»Ich will es aber.«
»Gut, dann zahl es mir zurück. Können wir das Thema jetzt

lassen?« Er wollte nicht so gereizt reagieren. Aber wenn sie sich bockig wie ein Kind gibt, kann er das auch.
»Verstehst du nicht, dass ich mich schäme für das, was passiert ist? Dass ich eine Chance möchte, es wieder gutzumachen?«
»Du hast nichts gutzumachen, Larissa. Mein Gott, es ist doch nur eine nette Anekdote.«
»Aber du musstest 75 Pfund für mich zahlen.«
»Larissa.« Er nimmt ihre Hand und kommt ihrem Gesicht so nah es geht, ohne es zu berühren. »Bitte. Vergessen wir es einfach, okay?« Sie nickt. Ihre Hand liegt schlaff in seiner.

13 200 Pfund mehr oder weniger auf seinem Konto machen keinen Unterschied. Er hat genug Geld – aber deshalb nicht die Relationen verloren: Er weiß, wie viel 13 200 Pfund sind. Zu viel, um nicht wenigstens mit der Musikhochschule über die Gebühr zu verhandeln.
Nüchtern betrachtet dreht sich seine gesamte Arbeit um Geld. Die Ironie bleibt ihm nicht verborgen: Denn er macht sich nichts aus Geld. Reichtum ist kein Ziel für ihn. Er hat kein Auto und die Wohnung vor allem gekauft, weil Kaufen vernünftiger als Mieten ist. Teure Möbel oder Kleider haben geringen Reiz auf ihn, schon weil ihm das Herumsuchen in Boutiquen ein Gräuel ist. Eigentlich macht er mit seinem Geld nur eines: Er vermehrt es. Er investiert in Aktien und Fonds. Die Befriedigung, die ihm steigende Börsenkurse verschaffen, ist nicht so intensiv wie die nach einem Sieg auf dem Hockeyplatz, nach einem vollbrachten Geschäft in der Bank, aber das Prinzip ist dasselbe. Auch bei den Aktien besteht der Kitzel darin, dass man etwas riskiert und dass einem dann klar gesagt wird, ob man gewonnen oder verloren hat, ob man gut oder schlecht ist.
Wenn er gut ist, schafft er es auch, Larissas Studiengebühr zu reduzieren. Er ruft am Montag in der Mittagspause in der Musikhochschule an. Er sitzt wieder am Springbrunnen im

unterirdischen Einkaufszentrum, von wo aus er so oft Larissa anrief, als sie noch in Kiew lebte. Er glaubt an solche Omen. Die Rezeptionistin verbindet ihn, ohne ihm zu erklären, mit wem. Eine Frau meldet sich, er weiß nicht, ist es eine Sekretärin oder gar die Professorin mit der Brosche von der Aufnahmeprüfung. Er weiß, dass die Gebühr für Studenten aus Großbritannien und der restlichen Europäischen Union nur 1500 Pfund pro Jahr beträgt. Falle Larissa als Ehefrau eines EU-Staatsbürgers nicht auch in diese Kategorie?
Dies sei leider nicht der Fall, sagt die Frau. Sie hat eine hohe, affektierte Stimme, wie sie englischen Frauen für formale Gespräche angebracht erscheint. Ihre Bestimmtheit lässt keinen Spielraum für Nachfragen. Die Hochschule vergibt allerdings Stipendien für außergewöhnlich begabte Studenten. Wenn sich seine Ehefrau darum bemühen wolle, reiche ein informeller Antrag, ein kurzes Fax. Der Vorstand des Colleges werde dann anhand der Ergebnisse ihrer Aufnahmeprüfung über die Vergabe des Stipendiums entscheiden. Was halte sie denn von Larissas Prüfungsergebnissen, mache es Sinn, sich um das Stipendium zu bewerben, will er wissen, und nicht nur wegen des Stipendiums. Leider habe sie keinen Einblick in die Ergebnisse. Ob sie ihn mit jemandem verbinden könne, der ihm da Auskunft gebe? Es sei die Politik der Hochschule, solche Informationen grundsätzlich nicht am Telefon zu gewähren. Je höher die Stimmen englischer Frauen, desto weniger hilfsbereit sind sie. Aber wenn er das Fax schicke, gehe alles seines Weges. Sicher, sagt er, und es klingt schon so, als habe er ihr, egal was sie noch anführen wird, jetzt nichts anderes mehr zu entgegnen: sicher.

Er macht sich wieder an die Arbeit. Sie haben ein Strategiepapier zur Expansion von Enagam ausgearbeitet, am Mittwoch werden sie in Brüssel erwartet, um es vorzustellen. Die Grundidee ist, sich auf dem Energiemarkt in Polen zu etablieren, dabei aber nicht alleine zu gehen. Der polnische Markt ist jugendlich – so wird er es in Brüssel erklären –, er hat die Kinderkrankheiten schon hinter sich, aber noch nicht das Alter, um ungestüme Bewerber brüsk abzuweisen. KRO Gazy, der regionale Energievertreiber in Galizien und Masuren, an dem die deutsche Rheingas zu 28 Prozent beteiligt ist, erscheint ihnen als ideales Einstiegsobjekt. Gemeinsam mit Rheingas würden sie ihre Position auf dem polnischen Markt ausbauen und dann, wenn sie mächtig genug wären, darangehen, die Deutschen loszuwerden. Ein normales Ehedrama, hat man ihn in der Bank gelehrt: Die schlimmsten Feinde schlafen meist im eigenen Bett.

Stoneton hat das Konzept bereits seit elf Uhr vorliegen. Wenn sein Chef ihm endlich den Segen gibt, kann er noch am Nachmittag zu Mellor von Fusionen & Akquirierungen gehen, um ihre gemeinsame Präsentation in Brüssel durchzusprechen.

Die Zeit vergeht. Er will bei Stoneton nicht nachfragen, er kennt die Regeln, er weiß, dass sein Chef das Strategiepapier liest, sobald er dazu kommt. Auch wenn er nicht weiß, was Stoneton Wichtigeres zu tun haben könnte.

Um 18 Uhr ruft er Mellor an, um Bescheid zu geben, dass es wohl heute nichts mehr wird mit ihrer Besprechung. »Ich wollte es dir nur sagen, damit du nicht umsonst wartest.«

Mellor reagiert nicht. Nur die Verwunderung des Kollegen ist zu hören, ein angedeutetes Räuspern, ein Mit-der-Zunge-über-die-Zähne-Fahren, ein Schlucken. »Hast du mit Stoneton geredet?«, sagt Mellor schließlich.

»Aber das sagte ich dir doch gerade, Michael: dass ich nichts von Stoneton höre. Deshalb müssen wir uns morgen vertagen.«

»Ja. Klar. Dann hat dir Stoneton also noch nichts gesagt. Verstehe.« Mellors zögerliche Antwort irritiert ihn. Als ob er eine andere Sprache spreche, als ob Mellor Zeit brauche, seine

Sätze zu entschlüsseln. Er kennt den Kollegen bislang nur oberflächlich, Mellor ist erst vor drei Monaten von ABN Amro zu Derling gewechselt. Aber so redet niemand, den Derling einstellt; so begriffsstutzig.

Er will bei Stoneton nicht nachfragen – aber offenbar muss er das. Um Viertel nach neun sieht er, wie sein Chef bereits im Stehen Papiere ordnet und einige in die schwarze Ledertasche gleiten lässt. Als er durch die Tür in den Glaskasten tritt, nicht ohne zweimal kräftig an das Glas zu klopfen, obwohl die Tür offen steht, zieht sich Stoneton bereits den Trenchcoat über. Er bemüht sich, so beiläufig wie möglich zu klingen.

»Mister Stoneton? Entschuldigen Sie die Störung, aber ich sah, dass Sie sich auf den Weg machen. Da wollte ich nur noch mal schnell wegen dem Enagam-Papier nachfragen, hören, was Sie davon halten.«

Stoneton beschäftigt sich mit dem Gurt seines dunkelgrauen Trenchcoats, als ob es seine gesamte Aufmerksamkeit erfordere.

»Das Enagam-Papier. Ja, Mister Linderoth.« Er hat die Öse für seinen Gurt gefunden, schnürt den Knoten und zieht ihn mit einer Geste, die Endgültigkeit suggeriert, fest. »Das ist sehr schön, Mister Linderoth. Das Papier. Die Strategie gefällt mir, das hatte ich Ihnen ja bereits gesagt, als Sie vor ein paar Tagen mit der Polen-Idee ankamen. Um es kurz zu machen, ich bin mir sicher, dass Siviglia und Mellor, oder wie der Kollege auch gleich wieder heißt, am Mittwoch in Brüssel dank Ihrer Vorarbeit eine gute Rolle abgeben werden.«

Er bringe gar kein Wort mehr heraus, glaubt er und sagt: »Aber, Mister Stoneton –«

»Ja, Mister Linderoth?« Zum ersten Mal, seit er in den Glaskasten getreten ist, schaut ihm Stoneton ins Gesicht. Es ist ein sicherer, aber vor allem angriffslustiger Blick, die Augen unbeweglich, bereit.

»Wieso fährt Siviglia nach Brüssel? Davon weiß ich gar nichts!«
»Sie kann ich ja leider nicht schicken.«
»Wieso?«
»Schauen Sie in den Spiegel. Und passen Sie auf, dass Sie sich dabei nicht erschrecken.«
»Sie meinen – wegen meinem Auge?«
»Weshalb sonst, Mister Linderoth?«
»Es ist doch fast abgeheilt. Die Schwellung ist weg, das Blau nur noch matt.«
»*Fast*, Sie sagen es selber, fast abgeheilt. Wir können uns keine Geschäfte erlauben, die wir *fast* bekommen hätten. Sie sind mit diesem Veilchen nicht vorzeigbar, Mister Linderoth. Es reicht schon, dass die Kollegen Sie jeden Tag im Aufzug sehen und fragen: In welcher Abteilung ist der denn? Ich kann Sie so nicht zu Kunden lassen. Ende der Diskussion.«
Er weiß: Er wird nichts mehr erreichen. Doch er kann so nicht gehen.
»Mister Stoneton, Siviglia hat sich mit dem Fall gar nicht befasst. Ich –«
»Er hat Ihr Strategiepapier von mir erhalten und sich heute Nachmittag auch bereits mit Mellor besprochen. Falls noch Fragen offen sind, bleibt immer noch der ganze Dienstag, um sich bei Ihnen zu erkundigen, Mister Linderoth. Und jetzt entschuldigen Sie mich, mein Taxi wartet bereits seit einer Viertelstunde.«
Er steht mit dem halben Körper noch in der Glastür, Stoneton muss beim Vorbeigehen die Schulter nach vorne legen, um ihm auszuweichen, und findet das Gleichgewicht erst fünf Meter weiter wieder. Die Topfpflanze auf dem Tisch der Sekretärin, von Stonetons Aktentasche getroffen, bleibt schwankend zurück. Es ist die einzige Pflanze im Büro.
Er kann so nicht weitermachen. Er hat versucht, sich einzureden, der entwürdigende Bonus sei nur eine Episode gewesen, die sich leicht vergessen ließe. Doch die Erniedrigungen

gehen erst los. Siviglia. Wenn es Stoneton nur darum gegangen wäre, den Kunden seinen Anblick zu ersparen, dann hätte er Johnstone nach Brüssel geschickt. Johnstone ist Vice President wie Siviglia und er. Aber weil Stoneton ihm eins auswischen will, nimmt er ihm nicht nur die Reise nach Brüssel, sondern gibt sie seinem persönlichen Konkurrenten. Er weiß zwar nicht, wie Stoneton von der frischen Rivalität zwischen Siviglia und ihm Wind bekommen hat, aber zweifelt kein bisschen daran, dass der Chef es weiß. Ein Chef weiß alles. Ein guter Chef macht nichts ohne Hintergedanken.
Besonders schmerzt der Gedanke, was Mellor oder van Hout in Brüssel nun von ihm denken. Mellor wusste längst Bescheid, und er rief ihn auch noch treuherzig an. Wie er nun dasteht. Wie naiv! Er sollte sich davon lösen, Wert darauf zu legen, was andere von ihm denken. Aber das ist doch nur eine Redensart. Das schafft doch sowieso niemand.
Er muss Jansen anrufen, seine Kopfjägerin, und ihr die Dringlichkeit klar machen. So schnell wie möglich braucht er einen neuen Posten, irgendwo in der City. Er muss hier weg.
Und wenn er nichts findet? Die Zeiten sind nicht mehr die schlechtesten, aber auch nicht so, dass er nur mit dem Finger schnipsen müsste. Vor einem Vierteljahr hätte er noch den stolzen Mann geben und einfach kündigen können, auch ohne ein anderes Angebot in Aussicht zu haben. Er wäre arbeitslos geworden, ein paar Monate, vielleicht auch ein Jahr, nichts normaler als das in der Karriere eines Investmentbankers, und dann hätte sich etwas Neues ergeben. Aber jetzt ist er mit Larissa verheiratet. Er kann sich Arbeitslosigkeit nicht mehr leisten, nicht wegen des Geldes, das würde er hinbekommen. Ihre Liebe würde zerstört, wenn sie beide den ganzen Tag zu Hause säßen. Sie würden beginnen, aufeinander herumzuhacken, wie Pinguine, die gefangen im Zoo den Verstand verlieren, langsam, aber sicher. Oder würde Larissa

schon jegliche Achtung vor ihm, jegliche Liebe für ihn verlieren, wenn sie bloß von seiner Arbeitslosigkeit hörte?
Er hängt immer noch an Stonetons Tür. »Was ist los?«, fragt ihn Igoris. Er antwortet nicht, aber er setzt sich endlich in Bewegung. Er schaltet noch nicht einmal seinen Computer aus, er marschiert einfach aus dem Büro, so schnell wie möglich, so langsam wie nötig, um nicht den Eindruck einer Flucht zu erwecken. Früher, als Junge, hat er oft geweint. Als die Nachbarskatze überfahren auf der Straße lag und der Nachbar den Kadaver mit einem Fuß in den Rinnstein schob. Als sie im Hockey 4:1 gewannen und er das eine Gegentor verschuldete. Als er grundlos traurig war. Tränen des Schmerzes, Tränen der Enttäuschung, Tränen der Scham. Ob es zum Erwachsensein gehört, dass er die Fähigkeit zu weinen verloren hat? Auf dem Weg hinunter in die U-Bahn-Station Canary Wharf tritt er mit dem rechten Fuß gegen die strahlende, stählerne Verkleidung der Rolltreppe. Es tut einen dumpfen Schlag. Er würde gerne noch einmal zutreten. Aber es fühlt sich bereits an, als habe er sich den Fuß gebrochen.

Dreiundzwanzig

Sein großer Zeh ist tatsächlich gebrochen. Er hält es für einen Witz, aber die Krankenschwester sagt, es bestehe kein Zweifel. »Schauen Sie sich das Röntgenbild an, der Knochen ist hin.«

»Aber es war doch nur ein Tritt gegen die Rolltreppenverkleidung, ein Tritt!«, protestiert er.

»Es sind schon aus weniger größere Unglücke entstanden.«

Wenn er nicht wüsste, dass sie es ihm übel nähme, würde er lächeln über ihren herben Dialekt der Londoner Arbeiterklasse. *Der ist hin*. Er mag sie, ein junges Mädchen mit einem winzigen, steif abstehenden Pferdeschwanz, in einem unförmigen Schwesternkittel, aber er ist noch nie zurechtgekommen mit Leuten aus der – wie es in Großbritannien ohne Boshaftigkeit heißt – unteren Schicht. Etwas ist mit ihm, was ihre Ablehnung provoziert.

Ihm wird ein unelastischer Klebeverband angelegt und dabei der große mit dem Nachbarzeh zusammengeklebt. Der nebenstehende Zeh, so wird ihm erklärt, soll den gebrochenen stützen. Das klingt nicht so unlogisch, wie ihm die Methode zunächst erschien. Dennoch geht er davon aus, dass diese sonderbare Behandlung nur in England existiert. Auch wenn er das britische Gesundheitssystem zum ersten Mal in Anspruch nimmt, so hat er doch viel gehört und gelesen von den, freundlich gesagt, einmaligen Zuständen in englischen Krankenhäusern.

Die aneinander geklebten Zehen bilden einen Klumpen, sodass der Fuß nicht mehr in den Schuh passt. Larissa trägt den nun unnützen Schuh, als er das Charing Cross Hospital auf Krücken verlässt. Hätte sie nicht darauf bestanden, wäre er

niemals ins Krankenhaus gegangen. Muss er sich deshalb bei ihr bedanken?
Zu seiner Überraschung ist es gar nicht so unangenehm, invalide zu sein. Larissas Fürsorge macht sein Leiden nicht nur erträglich, sondern zu einem Erlebnis. Sie hilft ihm ins Taxi, sie reicht ihm beim Aussteigen die Krücken, sie kocht ihm schon Tee, ehe er noch sagen könnte, sie solle sich bitte nicht so viele Sorgen machen. Lernt er gerade, sich helfen zu lassen? Dann wird er nur noch lernen müssen zurückzugeben.
Am nächsten Morgen nimmt er ein Taxi in die Arbeit, um sich und dem Zeh die U-Bahn mit Tausenden fest auftretenden Füßen zu ersparen. Als er dem Fahrer die 22 Pfund gezahlt hat und sich vor dem Eingang zur Derling Bank aus dem Wagen robbt, ist es noch nicht einmal halb acht. Sein Plan ist, als Erster im Büro zu sein, sodass er die Krücken unter seinem Schreibtisch verstecken und ungesehen in die Badeschlappen schlüpfen kann. Während des Arbeitstages wird er so wenig wie möglich von seinem Platz aufstehen. Die paar Male, die es sich nicht vermeiden lässt, muss er mit der Ferse auftreten, den Fuß nicht abrollen und sich zusammenreißen, dann wird niemand sein Handicap bemerken. Und falls es doch nach einiger Zeit auffallen sollte, so wäre das nicht so schlimm. Dann wüssten die anderen wenigstens, dass er seine Schmerzen zu ignorieren versucht. Er ist kein Anhänger der Theorie, dass ein Mann hart sein muss, ganz und gar nicht. Aber alles hat seine Grenzen: Wenn einer nach einem Kreuzbandriss auf Krücken in die Arbeit kommt, ist das beachtlich – dass er überhaupt kommt. Wenn einer mit einem gebrochenen Zeh auf Krücken in die Arbeit kommt, ist das peinlich.
Wenn er, der zum Erniedrigen freigegeben ist, mit einem gebrochenen Zeh auf Krücken ins Büro kommt, ist das eine offene Einladung zum Spott.
Ihr Büro ist tatsächlich noch verlassen, und er wagt einen Test.

Er lehnt die Krücken gegen seinen Schreibtisch. Er sieht sich nach einem Ziel um. Die Topfpflanze. Bis zur Topfpflanze und zurück. Er geht los, es sind vielleicht 15 Schritte, und verfällt gleich ins Humpeln. Humpelt er nur, weil er sich des gebrochenen Zehs bewusst ist? Gestern, als er noch nichts von dem Bruch ahnte, konnte er – wenngleich unter Schmerzen – noch normal gehen, jedenfalls so normal, dass niemand im Büro ihn darauf ansprach. Er hält nach vier Schritten inne. Er streckt den Oberkörper durch, er sagt sich vor, so normal wie möglich zu gehen, er konzentriert sich. Dann macht er den Schritt. Die Ferse zuerst auf den Boden – er *muss* über den Ballen abrollen, sonst humpelt er. Als er es versucht, sticht ihn der Schmerz. Er fährt ihm das Bein hinauf und zieht ihm das Knie weg.
Er landet auf dem Bauch. Und so bleibt er liegen. Er streckt die Arme aus, legt den Kopf auf die Seite, also das Ohr an den bläulich grauen Teppich, als könne er etwas hören. Er lacht laut los. Er dreht sich auf den Rücken und lacht weiter, die Decke an. Ist er jetzt ein richtiger Londoner? Einer, der über sich selbst lacht – einer, der über sich selbst lacht, weil er weiß, dass es von ihm erwartet wird in dieser Stadt. Einer, dem überhaupt nicht zum Lachen zumute ist.
Er hat Larissa gesagt, dass die nächsten Wochen hart werden, dass er nun für einige Zeit von acht Uhr morgens bis zehn Uhr abends wird arbeiten müssen und dass es, wenn es unglücklich läuft, am Ende umsonst gewesen sein kann. Den Ausdruck, den er vor sich selbst verwendet, hat er ihr gegenüber nicht gebraucht: *Er kämpft ums Überleben.* Die Vorstellung gefällt ihm. Einsam im Büro allerdings ist er sich nicht mehr so sicher. Er schaut auf die Uhr, in 35 Minuten geht Siviglias Flug nach Brüssel. Was, wenn sein Kampf diesmal vergeblich ist?
Wäre es nicht sogar normal, dass er sich aufreibt in seinem aussichtslosen Unterfangen, ein glückliches Eheleben mit ei-

nem vorbildlichen Arbeitspensum zu verbinden? Er weiß, dass man sich Müdigkeit einreden kann. In der Tat gehört es zu seinen Überzeugungen, dass die meisten Menschen zu einfach nachgeben, nicht genug kämpfen gegen die ewig an einem zerrende, innere Trägheit. Das ist eine Stärke, von der er dachte, er würde sie auf immer besitzen. Bis zwanzig nach acht, bis der erste Kollege kommt, sitzt er an seinem Schreibtisch und tut nichts.

Larissa hat seine Ankündigung, um seine Arbeitsstelle kämpfen zu müssen, verständnisvoll aufgenommen. Er weiß nicht, was sie in der Zeit ohne ihn macht. Dies wäre die Gelegenheit gewesen nachzufragen: Wirst du dich zurechtfinden, wenn ich nur zum Schlafen nach Hause komme? Morgens geht sie zum Privatunterricht zu Professor Duncan Grayburn in die Campden Hill Road, Kensington, an den unterrichtsfreien Tagen übt sie zu Hause, so viel steht fest. Was den Nachmittag betrifft, so hat er nur Vermutungen. Sie geht an der Themse spazieren. Sie trifft Monika. Vielleicht, im positivsten Fall, arbeitet Monika nachmittags nicht als Putzfrau, sondern als Babysitterin, und Larissa leistet ihr Gesellschaft in einem großen Haus in Chelsea. So stellt er es sich vor.

Er hat noch mit jedem Menschen, der ihm nahe steht, den Punkt erreicht, an dem er sich nicht mehr traut nachzufragen; aus Angst, jedes Nachfragen seinerseits würde eine Gegenfrage auslösen und ihn zwingen, über sich und seine Empfindungen zu sprechen. Je näher ihm jemand steht, desto schwieriger ist es für ihn, von seinen Freuden, Sorgen, Ängsten, von seinen Gedanken zu berichten. Es gibt für seine Verstocktheit keine Erklärung, außer dass er so ist und dass er nicht versteht, warum es die anderen nicht kapieren, nicht akzeptieren.

Ist er mit Larissa schon an diesem Punkt? Dann wird er seine innere Sperre durchbrechen müssen, sich zwingen, ihr gegen die eigenen Widerstände alles von sich und seinen Empfindungen zu erzählen. Denn das hat er sich geschworen: dass es mit ihr anders sein wird. Aber vielleicht ist der Punkt noch gar nicht erreicht. Vielleicht ist es einfach besser, dass er nicht nachfragt, was sie den ganzen Tag macht, sodass sie sich frei und unkontrolliert fühlen kann.

Um ihn herum ist das Leben im Büro erwacht. Er ist noch nicht bereit zu arbeiten, richtig zu arbeiten, also muss er es vortäuschen. Er gibt Suchbegriffe in das Computersystem ein, er forscht nach nichts Konkretem, ein Zapper, der nicht weiß, was er wirklich will. Polen + Energie + KRO tippt er ein, er schaut keine Meldung an, er kennt sie doch schon alle, er lässt die Finger über die Tastatur jagen, Ukraine + Gas – er erspäht den Namen augenblicklich. Gierig verschlingt er die Nachricht: »Die staatliche Firma Ukrtransnafta, Betreiber des weit verzweigten und strategisch wichtigen Pipeline-Netzes der Ukraine, hat Akim Venglinski zum neuen Chief Executive Officer berufen. Die Ukraine gilt als wichtigstes Transitland im Erdöl- und Erdgassektor, fast zwei Drittel der Energielieferungen aus der ehemaligen Sowjetunion nach Westeuropa werden durch die ukrainischen Pipelines befördert. Daher hat die Umbesetzung auf dem bedeutenden Posten des Ukrtransnafta-Geschäftsführers enorme Signalkraft. Die in der so genannten orangen Revolution an die Macht gelangte neue Regierung macht offensichtlich Ernst mit ihren Absichten, die Cliquen des alten, korrupten Regimes durch junge, unbefleckte Führungskräfte zu ersetzen. Venglinski, der in den Vereinigten Staaten ausgebildet wurde, diente zuletzt als Finanzchef dem teilstaatlichen Gasproduzenten Revagaz und erwarb sich dort einen Ruf als fähiger, integrer Sanierer.«

Das also ist die Revolution. Er kann nicht einmal staunen.

Er arbeitet weiter am Fall Enagam. Er geht einfach davon aus, dass Siviglia mit der Strategie in Brüssel nicht durchkommt, dass Zweifel aufkommen und sie gebeten werden, eine Alternative aufzuzeigen. Sein Plan B ist, den Sprung in eine andere Sparte zu wagen und in den Transport von verflüssigtem Erdgas einzusteigen, ein junger Markt, der in den kommenden Jahren rapide wachsen wird. Der Entwurf geht ihm leicht von der Hand, er übernimmt ganze Teile von der Strategie, die er für die Baseler Rothöl AG austüftelte und dort nie umsetzen konnte. Mit der *Ersetzen*-Funktion seines Computers tauscht er Schweiz gegen Belgien aus. Es wurden 18 Ersetzungen vorgenommen, meldet ihm der Computer.

Am Nachmittag wird er in den Glaskasten gerufen. »Tobias, Mister Linderoth, kommen Sie herein – aber was ist los?«

»Nichts, Mister Stoneton. Warum?«

»Sie humpeln ja.«

»Ach so, das. Ein doofer Unfall. Sie werden es nicht glauben: Ich habe mir den Fuß an einer Wand gestoßen – und der große Zeh ist gebrochen. Wie heißt es immer? Nichts hat mehr die Qualität von früher. Noch nicht einmal die menschlichen Knochen, scheint es.«

Stoneton fährt mit seinem Kopf ruckartig zurück. »Gott, wie schmerzhaft. Waren Sie beim Arzt?«

»Ja, ja, die Heilung wird einige Wochen dauern.«

»Aber hat man Ihnen keinen Gips verpasst? Oder wäre es nicht zumindest besser, wenn Sie auf Krücken gingen?«

»Das ist nicht nötig, Mister Stoneton. Es ist doch nur ein Zeh.«

Dass Stoneton solche Anteilnahme zeigen kann. Was hat der große Zeh, dass er bei allen sofort solches Mitleid hervorbringt, während ein blaues Auge bei den meisten nur schlimme Vermutungen weckt? Oder ist Stonetons Mitgefühl nur eine Falle? Wenn, dann zappelt er schon darin, denn er kann nicht verneinen, dass ihm die Anteilnahme gut tut.

»Nun, ich will Ihnen keine medizinischen Ratschläge geben, Tobias. Ich hoffe nur, dass Ihnen die Zehe nicht bei Reisen im Wege steht, jetzt, wo das Auge wieder vorzeigefähig ist.

Siviglia rief gerade an, das wollte ich Ihnen sagen. Enagam ist sehr interessiert an der polnischen Variante. Unsere Kreditabteilung wird Enagam in den nächsten Tagen ein Angebot zur Finanzierung des Polen-Geschäfts machen, ich werde Anfang der kommenden Woche nach Brüssel fliegen, um die weiteren geschäftlichen Modalitäten zu besprechen. Wenn es gut geht, haben wir schon in zwei, drei Wochen das Mandat und Sie sind unterwegs nach Warschau.«

»Wir könnten Enagam alternativ auch noch eine Strategie B vorschlagen, Mister Stoneton. Es könnte für sie auch interessant sein, auf dem Flüssiggas-Markt –«

»Warum das denn? Tobias, habe ich mich nicht deutlich genug ausgedrückt? Enagam ist hocherfreut über den Polen-Plan. Ich beglückwünsche Sie zu der Idee. Das ist Ihr Deal.«

»Sicher, Mister Stoneton. Sicher.«

Er ist schon aus dem Glaskasten heraus, als der Chef ihm noch einmal hinterherruft: »Und überlegen Sie sich das mit den Krücken, wenn schon kein Gips, dann wenigstens Krücken.«

Er schickt ein Lächeln zurück, das in einem unterdrückten Schrei erstickt. Er hat schon wieder über den Ballen abzurollen versucht.

Er braucht sich auf Stonetons plötzliche Freundlichkeit nichts einzubilden. Stoneton erkennt nur seinen Anteil an dem Enagam-Erfolg an, der nun wirklich nicht zu übersehen ist. Das ist ein Pluspunkt, dem aber immer noch ein vielfaches Minus gegenübersteht. Alles, also auch er, lässt sich aufspalten in zwei Seiten einer Tabelle. Soll und Haben, darauf läuft letztendlich alles hinaus bei der Derling Bank, in der City of London, dem Finanzplatz, der die Welt in Gang hält. Deshalb muss er weiter auf der Hut sein, *jetzt, wo das Auge wieder vorzeigefähig ist.* Es sieht nicht anders aus als vor zwei Tagen, als ihn Stoneton nicht nach Brüssel fliegen ließ.

Vierundzwanzig

Nachts schmiegt er sich an sie und legt seine Hand auf ihren warmen Oberschenkel. Sie flüstern, obwohl sie nur darüber reden, dass er den Regenschirm im Büro vergessen hat, dass sie morgen den Bettbezug wechseln sollten. Seine Nase reibt an ihrem Hals. Doch weiter geht es nicht.

Es gibt immer noch die Möglichkeit, den Gutenachtkuss auszudehnen, plötzliche Leidenschaft in diesen routinierten Kuss hineinzulegen, dabei die Hand den Oberschenkel hinaufgleiten zu lassen und die Lust zu erzwingen. Aber er macht nur selten von dieser Notlösung Gebrauch.

Mit Rachel war es die Norm. Mit ihr, so sieht er es im Rückblick, war Sex vor allem die Befriedigung eines Bedürfnisses. Demnach war es auch nicht notwendig, dass ihr Geschlechtsakt aus einer Situation voller Zuneigung, Wärme und Passion entstand. Er würde eine Grenze überschreiten, würde er mit Larissa regelmäßig auf diese Art schlafen. So schlafen sie kaum noch miteinander.

Was nach seiner Meinung die Minuten vor dem Einschlafen zu vertrauten, aber leidenschaftslosen Angelegenheiten macht, ist die Tatsache, dass sie nicht mehr auf ihn wartet. Wenn er nun meist gegen 23 Uhr nach Hause kommt, ist sie manchmal schon im Bett. Manchmal ist sie gar nicht da.

Sie wird nächsten Monat 22, sagt er sich, wie warst du in diesem Alter? Es ist verständlich, dass sie nicht vor dem Fernseher sitzen will und warten, dass ihr Ehemann endlich müde nach Hause kommt.

Wenn sein »Hallo! Larissa?« wieder einmal ohne Antwort bleibt, setzt er sich ins Wohnzimmer, liest noch einmal in seinen Unterlagen über den polnischen Energiemarkt oder nur den *Evening Standard* und macht dazu Musik an. Unter den Compactdiscs, die er wegen Larissa gekauft hat, gibt es einige, von denen er aufrichtig sagen kann, sie gefallen ihm, etwa *Die Moldau* von Smetana oder *Bilder einer Ausstellung* von Mussorgsky. Wenn er den Schlüssel im Schloss hört, konzentriert er sich energisch auf das, was er gerade liest, aber seine Schläfe beginnt noch immer zu pochen. Er hofft, dass sie von der Tatsache, dass er *ihre* Musik hört, wenn nicht ergriffen, so doch zumindest milde gestimmt wird. Sie kommt manchmal erst nach Mitternacht und ihre Haare riechen nach Rauch.

Wie es war, fragt er, nicht: Wo bist du gewesen? Er will auf keinen Fall anklagend klingen. Sie erzählt ihm, dass sie mit Monika im Jugendtreff der polnischen Gemeinde in Hammersmith war und Billard gespielt hat. Billard? Wieso nicht, sie kichert und wirkt auf einmal so jung, wie sie ist. Sie versteht Polnisch sogar ein bisschen, ein wenig scheint es mit dem Ukrainischen verwandt zu sein. Sonntags gibt es in Hammersmith sogar einen katholischen Gottesdienst auf Polnisch, ob er das gedacht habe? Er kann daraufhin nur noch entgegnen, dass es bei ihm in der Arbeit wie immer gewesen sei und ihm das Abrollen über den Fußballen weiterhin unmöglich ist. Etwas schnürt ihm die Kehle zu. Er fühlt sich beiseite geschoben.

Sein großer Zeh ist in dieser Situation keine Hilfe. Am besten, findet er, verstehen sich Larissa und er auf Spaziergängen, nun sind sie unmöglich. Der Effekt des Neuen ist abgenutzt: Es ist längst nicht mehr kurios, gehandicapt zu sein, sondern nur noch ein Ballast.

Er bittet Larissa, den Hörer abzunehmen, als das Telefon klingelt. Er liegt auf der Couch, die Krankenschwester hat ihm geraten, den Fuß so oft wie nur möglich hochzulegen.

Ja, sagt Larissa, es gehe gut und Ihnen? Sie seien im Kino gewesen. Ein alter Film. Nein, nein, es regne nicht. Aber mit Tobias' Fuß könnten sie nicht viel machen, außer Kino. Doch, doch, es gehe ihm schon besser. Doch, doch, er sei schon da, auf dem Sofa.

Ihre Stimme klingt dünn, zerbrechlich. Er weiß sofort, mit wem sie redet, ihre einsilbigen Antworten lassen daran keinen Zweifel.

Sie bringt ihm das schnurlose Telefon zur Couch. Er spricht mit seiner Mutter über den langsamen Heilprozess von gebrochenen Zehen, über den Sonntagsbetrieb auf dem Großen Feldberg und dann mit seinem Vater über das Gehen auf Krücken sowie das Verkehrschaos bei überfrierender Nässe im Taunus. Zwischen all dem kann er den unausgesprochenen Vorwurf heraushören, warum ihre Schwiegertochter nicht richtig mit ihnen spreche.

Er ist der Erste, der versteht, dass Larissa nicht weiß, was mit seinen Eltern reden. Trotzdem ist er persönlich verletzt. Er fühlt seine Eltern ungerecht zurückgewiesen – und sich mit ihnen. Werden seine Eltern jetzt am Esstisch in der Grillparzerstraße, wo Schwarzbrot, Käse, Schinken und eine Tomate zum gewohnten Abendessen aufgetischt sind, Larissa mit Heike vergleichen? Diese fremde, verdruckste Ukrainerin mit Heike, die bei ihnen immer so gesprächig und charmant war.

Er stellt das Telefon auf den Boden. Larissa kommt zu ihm, erst denkt er, um das Telefon zurück auf die Aufladestation zu legen. Doch sie beachtet es gar nicht. Er muss rücken, damit sie sich, wie sie es vorhat, neben ihn auf die Couch setzen kann. Sie streichelt ihn an den Rippen, normalerweise würde ihn dies kitzeln. Diesmal ist er zu verstimmt, um etwas zu spüren.

»Bist du wütend?«

»Nein, warum?«

»Weil du so aussiehst.«

»Ach so? Und wie sehe ich aus, wenn ich angeblich wütend bin?«

»Du hast die Lippen zusammengedrückt und bist ganz verspannt, wenn dich meine Hand berührt.«
»Ich bin aber nicht wütend. Nur ein bisschen – nicht so gut gelaunt, wegen dem blöden Zeh. Weil wir nicht spazieren gehen können.«
»Aber im Kino war es doch auch nett.«
»Natürlich.«
Seine Lust zu reden hält sich sehr in Grenzen.
»Toby, hast du dir das Leben mit mir anders vorgestellt?«
»Was? Wie kommst du jetzt darauf?«
»Weil du in den letzten Wochen so traurig wirkst. Und du redest nur noch wenig mit mir.«
»Larissa, wenn es so ist, dann hat es nichts mit dir zu tun. Du weißt doch, wie schwierig es in der Arbeit gerade für mich ist.«
»Ehrlich gesagt habe ich das Gefühl, du bist trotzdem lieber in der Arbeit als mit mir zusammen.«
»Das ist grober Unfug, und du weißt es genau!«
»Nein. Vielleicht ist es sogar nur normal, Toby: Wenn wir in Kiew zusammen waren, war es immer eine Ausnahmesituation, wie Ferien war es eigentlich, genauso, als ich dich in London besuchen kam. Da war es leicht, sich einzubilden, wir könnten glücklich zusammenleben. Aber zusammenzuleben ist etwas anderes als ein paar aufregende Ferientage miteinander zu verbringen.«
»Was willst du damit sagen?«
»Dass du dir vielleicht jemanden wünschst, mit dem du mehr Gemeinsamkeiten hast als mit einer zwölf Jahre jüngeren Musikstudentin aus einem fremden, zurückgebliebenen Land, die nichts von deiner Arbeit versteht, die nichts zu sagen weiß über die Themen, die dich interessieren, die du durchfüttern musst – die dir das Gefühl gibt, du müsstest dein ganzes gewohntes Leben umstellen.«
Eine Frage liegt ihm auf der Zunge: Und wie ist es für dich?

Wie ist das Leben mit mir für dich, dieses Leben, das du so wenig gewohnt bist wie ich?

»Unsinn«, brummt er stattdessen nur.

Die Stille danach ist nur eine Pause, nicht das Ende des unguten Gesprächs, er merkt es daran, wie Larissa mit ihrer Hand das Ohrläppchen knetet: Sie bearbeitet noch einige Gedanken.

»Und dann nimmst du es mir vermutlich unterbewusst auch übel, dass sie dich in Trojeschtschina verprügelt haben.«

»Was redest du?«

»Malina hat mir alles berichtet, Toby, letzte Woche, als ich mit ihr telefonierte. Diese Gruppe von dummen Jungen, die immer vor den Wohnblocks herumlungert, erzählt es stolz herum: wie sie es an Weihnachten einem Westler richtig gegeben haben.«

»Das muss ein anderer gewesen sein«, sagt er, ohne nachzudenken, »ich habe euch doch schon hundertmal erklärt: Ich bin nur ausgerutscht und unglücklich auf das Auge gefallen.«

»Es laufen nicht Hunderte Westler einfach so durch Trojeschtschina, Toby.«

Einem Westler richtig gegeben. Er ist der Witz von Trojeschtschina. Was muss sie von ihm denken? Und ihre Eltern? Am liebsten möchte er sie vom Sofa stoßen, aufstehen und wegrennen – weghumpeln –, aus ihren Augen. Er ist entblößt, entstellt.

»Toby, ich weiß, du nimmst es mir übel, weil ich es war, die dich nach Trojeschtschina brachte. Vielleicht siehst du mich unterbewusst sogar als Einheit mit den Schlägern: *diese Ukrainer.* Und ich schäme mich doch auch dafür, dass dir das in meiner Heimat passiert ist. Aber es hätte genauso gut in London passieren können, oder nicht? Böse Menschen gibt es überall. Ich habe dein Auge nicht blau geschlagen, Toby.«

»Larissa«, sagt er und – das ist das Äußerste, was er schafft – beginnt, seine Hand ihren Oberschenkel hinaufgleiten zu lassen.

Seine Begierde erwacht zu oft zur falschen Zeit. Nachts, wenn er sie im Arm hält, ist er eisig vor Enttäuschung, dass sie nicht auf ihn gewartet hat. Manchmal im Bett, wenn er schließlich die Hand von ihrem Oberschenkel genommen und sich auf die andere Seite, von ihr weg gedreht hat, sehnt er sich sogar nach dem festen, schweren Körper Rachels. Doch tagsüber an seinem Schreibtisch, den neusten Erdöl-Preis auf dem Bildschirm, erhitzt der Gedanke an Larissas Weichheit, ihre hervorstehenden Hüftknochen und fest sitzenden kleinen Brüste ständig sein Verlangen. Er überwindet es, indem er sich den inneren Befehl erteilt, mit dem er sich jahrelang auf dem Hockeyplatz selbst zur Ordnung rief: »Auf den Ball konzentrieren!«

Er hat zu tun, und zum ersten Mal seit längerer Zeit genießt er es. Das ist der Stress, für den er arbeitet, schöner Stress. Nach seiner Meinung gibt es nichts Größeres, als ein Geschäft *zu erfinden*: Er war es, der Enagam auf die Einstiegsmöglichkeit in Polen brachte, ohne seine Idee wäre heute nichts, wo nun Hunderte von Millionen Dollar umgesetzt werden sollen. Der Teil der Arbeit, der nun folgt, ist der, den sie bislang bei Enagam als kleinstes Problem dargestellt haben – es ist der in Wirklichkeit schwierigste Teil: die Übernahme großer Anteile von KRO Gazy. Die Firma ist nicht an der Börse notiert, der polnische Staat ist über das Staatsunternehmen PGNiG an dem Energievertreiber beteiligt und wird, nach seiner Einschätzung, ein belgisches Unternehmen nicht mit offenen Armen begrüßen. Auch Rheingas, der deutsche Mitbesitzer, wird den Einstieg eines zweiten ausländischen Spielers vermutlich verhindern wollen.

Er muss in Derlings Warschauer Büro anrufen und einen Kollegen dort bitten, die rechtliche Situation beim Einstieg von ausländischen Unternehmen auf dem polnischen Energiemarkt zu prüfen und den ersten Kontakt zu KRO Gazy herzustellen. Mit Andrzej Kielbowicz hat er in den zurückliegenden Wochen bereits mehrmals wegen des Enagam-Auftrags gesprochen. Er hat ihn nie getroffen, hat sich aber wegen Kielbowicz' traniger Stimme und seinem langsamen Englisch eine konkrete Vorstellung davon gemacht, wie der Kollege in Warschau aussehen könnte. Schlaksig mit einem unproportionalen Bäuchlein, mit einem großen, spitz hervorstechenden Adamsapfel und kleinen Augen hinter einer großen, runden Drahtbrille.

Er erklärt Kielbowicz, dass Enagam ihnen das Mandat zum Kauf von KRO-Anteilen praktisch erteilt habe. Eigentlich warten sie nur noch darauf, dass die Tinte auf dem Vertrag trocknet. Sprich, sie müssen loslegen. Könne er ein kurzes Dossier der Rechtslage in Polen anfertigen, was besonders zu beachten sei, welche Hindernisse auftauchen könnten. Sicher habe er von anderen Geschäftsabschlüssen schon Vorlagen, die er mit ein wenig Polieren übernehmen könne. Und dann müsse man sich langsam überlegen, was der geschickteste Weg sei, mit KRO in Kontakt zu treten, ohne sie gleich gegen sich aufzubringen. Vermutlich kenne niemand einen besseren Weg als er. Als fordere ihn Kielbowicz' Langsamkeit heraus, redet er automatisch schneller als gewohnt.

»Aber, Tobias. Um dasselbe hat mich gestern Abend schon Marco Siviglia gebeten.«

Er schafft es noch, einen Witz zu versuchen. Weil es nicht genug Aufträge gebe, würden sie nun alle Arbeit doppelt machen. In der Leitung ist nur Kielbowicz' schweres Atmen. Er entschuldigt sich bei Kielbowicz und verspricht, das Missverständnis aufzuklären.

Er ist zu lange in der Bank, um nicht zu verstehen, was gerade passiert. Stoneton lässt Siviglia und ihn um die Wette arbeiten. Er hätte gedacht, er sei raus aus dem Alter für diese entwürdigenden, zeitverschwenderischen Wettkämpfe. Die Jungen, Analysten und Associates, lässt man derart aufeinander los. Aber er ist Vice President, seit sieben Jahren in der City.

Hat er sich überschätzt? Oder den amerikanischen Einfluss bei Derling unterschätzt? Auch wenn sie in London sind, so ist dies doch eine amerikanische Bank, erklärte ihnen der Motivationslehrer, der vergangenes Jahr für zwei Tage in jede Abteilung kam. Amerikanische Banken sind die Marktführer, amerikanische Banken haben die motiviertesten Mitarbeiter und müssen, um die Besten zu bleiben, die schwarzen Schafe aussortieren, das sollte niemand persönlich nehmen. Als der Motivationslehrer gegangen war, hinterließ er ihnen jeden Tag von elf bis zwölf sowie von 15 bis 16 und von 19 bis 20 Uhr die *power-hour*: Pausen, Essen, private Telefongespräche, Ich-muss-mal-aufs-Klo strikt verboten. Nach ein paar Wochen ließ Stoneton die Errungenschaft diskret auslaufen. Aber offen darüber zu spotten, traute sich der Chef auch nicht.
Und nun? Die Frage stellt sich erst gar nicht. Nun gibt es keine Wahl. Ob er es lächerlich findet oder nicht, er kann sich dem amerikanischen Geist nicht entziehen: Er muss gegen Siviglia anarbeiten. Die erste Runde hat er schon verloren. Siviglia konnte sein Gespräch mit Kielbowicz mithören.
»Was soll das, Marco, warum sagst du mir nichts?«
»Was soll ich dir sagen?«
»Dass du gestern Abend Kielbowicz wegen der KRO-Sache angerufen hast.«
»Warum sollte ich dir das sagen?«
»Das weißt du so gut wie ich.«
Mit dem Rücken zu ihm tippt Siviglia etwas in seinen Computer, er kann nicht sehen was, aber an dem abgehackten Klacken der Tasten hören, dass er mit nicht mehr als vier Fingern schreibt.
»Ich weiß nur, Toby, dass Stoneton mir den Auftrag gegeben hat, mich weiter um die Enagam-Sache zu kümmern. Und das tue ich nach bestem Gewissen.«
»Nein, du weißt noch etwas, Marco: dass Enagam meine Erfindung war. Dass ich logischerweise bis zum Ende federfüh-

rend an dem Fall beteiligt bleiben werde. Und dass du dich deshalb verdammt nochmal mit mir absprichst, wer von uns was macht.«

Die Tasten klicken weiter.

»Marco? Schau mich wenigstens an, wenn ich mit dir rede!« Er spürt die Wut kommen. Aber wenn es nur Zorn alleine wäre, könnte er ihn gut verarbeiten. Was die Sache schlimmer macht, ist seine Abneigung gegen Siviglia. Weil es Siviglia ist, mit seinem nach Deodorant riechenden Parfüm, mit seinem bis zum zweiten Knopf geöffneten Hemd, mit seiner gepflegten Unrasiertheit, lässt er sich hinreißen. Er fasst den Bürostuhl am äußersten rechten Punkt der Lehne und schleudert ihn nach links, sodass der Drehstuhl samt Siviglia herumgewirbelt wäre, wenn nicht Siviglias Knie gegen den Schreibtisch geknallt wäre und die Fahrt des Stuhls gestoppt hätte. Sein Ziel erreicht er jedoch auch so: Jetzt dreht sich Siviglia um.

»Du bist völlig verrückt geworden, oder?« Worte, die zum Brüllen geschaffen sind, zischt Siviglia.

Er übernimmt den gedämpften Ton augenblicklich. Zumindest Stoneton und Charvey sollen nichts von dem Streit mitkriegen. Schon weil sie es sonst womöglich noch als Triumph des amerikanischen Geistes interpretieren würden. »Ich glaube zwar nicht, dass es dich bei diesem Deal bräuchte, aber offensichtlich ist Stoneton dieser Meinung, und dann akzeptiere ich sie selbstverständlich. Aber ich erwarte, dass du dich als ein guter Teamarbeiter erweist. Als erwachsener Mensch. Ich bin zu alt für diese lächerlichen Spielchen hinter dem Rücken des anderen.«

»Ach, dafür bist du zu alt, das ist ja schön. Um irgendwelche Ostblock-Mädchen abzuschleppen, fühlst du dich aber schon noch jung genug, oder? Das ist es doch, was dich eigentlich an dem Polen-Deal interessiert. Erst Kiew, jetzt Warschau, was dann, Toby?«

Siviglias Beleidigung beruhigt ihn. Er hat diese Erfahrung

öfters gemacht: Je aggressiver er angegriffen wird, desto eher kühlt sich seine blinde Wut, je unsachlicher sein Widersacher, desto rationaler wird er. »Ich bin gerne bereit, mit dir bei diesem Geschäft zusammenzuarbeiten. Aber ich werde nicht darum betteln. Überleg es dir, und sag mir Bescheid, welche Rolle du spielen willst: erfolgreicher Kollaborateur oder hoffnungsloser Partisan.«
Brüsk wendet er sich von Siviglia ab und rennt zur Toilette. Nicht, dass er müsste. Aber so hat er das letzte Wort gehabt. Es fühlt sich nicht wie ein Sieg an. Was in ihm nachhallt, sind nicht die eigenen Schlussworte, sondern *irgendwelche Ostblock-Mädchen abschleppen*. Es war richtig, nicht darauf einzugehen. Doch es schmerzt. Dass er das so stehen ließ. Er fühlt sich schuldig; als habe er Larissa im Stich gelassen. Als habe er sie verraten.
Mit der Nachmittagspost kommt ein Brief für ihn im Büro an. Das ist, zu Zeiten von Fax und elektronischen Nachrichten, eine Besonderheit geworden. Er geht davon aus, dass die Sekretärin, die ihm den Brief überreicht, den Absender gesehen hat, also weiß, dass es keine geschäftliche Post ist. Es stört ihn nicht. Er ist sogar stolz darauf, dass die Sekretärin nun weiß, dass ihm das Royal College of Music schreibt. Er hat auf dem Fax, das er vor gut einer Woche an die Hochschule schrieb, seine Büroadresse angegeben. Es schien ihm angebracht sicherzustellen, dass Larissa nicht mitbekommt, wie er um ihre Studiengebühr feilscht.
Gewohnt, quer zu lesen, hat er den Inhalt in Sekunden aufgenommen. Man dankt für seine Anfrage. Stipendien für besonders begabte Studenten würden streng nach der Note vergeben, auf die sich die Vorstandsjury nach reiflicher Beratung bei der Aufnahmeprüfung einigte. Larissa erfülle mit ihrer Note nicht die Bedingungen. Dies sei äußerst bedauerlich, solle jedoch nicht die Tatsache verdecken, dass Larissa bei der Aufnahmeprüfung eine sehr hohe Qualität habe er-

kennen lassen und man hocherfreut sei, sie im Herbst zum neuen Studiengang zu begrüßen.
Er ist, vor allen anderen Gefühlen, verärgert. Hat man Larissa benachteiligt, weil sie Ukrainerin ist? Verweigert man ihr das Stipendium, weil die Hochschule von den hohen Gebühren der ausländischen Studenten lebt? Er hält es für gut möglich. Vor gar nicht so langer Zeit hat er einen Artikel im *Observer* darüber gelesen, wie abhängig die britischen Hochschulen von den Zahlungen der *Übersee-Studenten* seien, wie alle Schüler aus Nicht-EU-Ländern genannt werden, auch wenn kein Meer, sondern nur ein tiefes Gefälle zwischen ihrem Land und der Europäischen Union liegt.
Erst in der Nachmittagspause weicht der Ärger – und macht Platz für etwas Schlimmeres, für einen plötzlichen, schrecklichen Anfall von Realismus: Und wenn es ganz einfach aufrichtig und fair bei der Stipendienvergabe zuging? Wenn es schlichtweg Bessere gibt – wenn Larissa einfach nicht gut genug für ein Stipendium ist? Er sitzt bei Birley's mit seinem gesalzenen Rindfleischsandwich, er wollte nach dem Streit mit Siviglia ein paar Minuten alleine sein, der scharfe Senf sticht ihn in der Nase. Er hat seinen Ellenbogen auf das Knie gestützt, die Wange auf die Hand, und das Mobiltelefon in der Hand, also gegen die Wange gepresst. Nicht gut genug. Wer von der Nachricht beschämt wird, ist nicht sie, sondern er. Sie hat nie behauptet, dass sie das Zeug dazu hätte, die Starsolistin der Kiewer Philharmonie zu werden. Er ist einfach davon ausgegangen. Er, der nichts versteht von Musik, der bloß immer eine Frau haben wollte, die er bewundern könnte.
Hat er bis vor einer Minute eine Frau geliebt, die es gar nie gab? Und wird er die 21-Jährige in seiner Wohnung, die vielleicht keine weltberühmte Klarinettistin wird, sondern gerne im polnischen Gemeindezentrum Billard spielen geht, genauso lieben können?
Er muss zurück zur Arbeit.

Fünfundzwanzig

Es ist Feierabend und der letzte Auftrag des Tages eher karg. Er soll Papierservietten mitbringen.

»Sonst nichts?«, fragt er mit Enttäuschung, die nur zum Teil gespielt ist.

»Nein, den Rest haben wir schon besorgt«, sagt sie.

Er hält das für einen mageren Beitrag zu einem Fest, das er selber gibt.

Igoris ist direkt aus dem Büro mitgekommen. Er warte draußen, er habe noch einen Anruf zu erledigen, sagt sein Freund, als er in den Lebensmittelladen an der Ecke Fulham/Munster Road tritt, um die Servietten zu besorgen. Es gibt sie nur im 100er Pack, was ihm für sechs Leute etwas übertrieben erscheint, aber er hat keine Wahl und entscheidet sich für die blauen statt der weißen. Um nicht nur mit Servietten dazustehen, nimmt er noch zwei Flaschen Wodka, auch wenn Jelena und Rad vermutlich einen Liter aus Kiew mitgebracht haben. Er hat sie noch gar nicht gesehen, Larissa hat sie am Vormittag vom Flughafen abgeholt. Es ist nur ein Gefühl, aber er findet es gar nicht so schlecht, dass er beim Empfang nicht dabei war.

Igoris ist noch am Telefon, als er aus dem Laden kommt. Wortlos verständigen sie sich und setzen sich gleichzeitig in Bewegung, die Munster Road hinauf. Wenn sie nicht zu schnell gehen, merkt niemand, dass er den rechten Fuß noch nicht ganz abrollen kann. Aus Erfahrung weiß er, dass der am anderen Ende der Telefonleitung nun den Wind und den durch das Gehen erhöhten Atem hört, auch wenn er nicht weiß, mit wem Igoris spricht. Sein Freund sagt nur wenig und spricht mit überraschender Sanftheit in sein Mobiltelefon. Noch bevor

sie rechts in die Bishop's Road abbiegen, beendet Igoris das Gespräch.
»Wer war das?«
»Alison.«
»Wer?«
»Meine Freundin.«
»Deine Freundin! Ich wusste gar nicht –«
»Wir haben uns nicht oft gesehen in letzter Zeit, Toby – außerhalb des Büros, meine ich.«
»Sicher.« Doch er ist irritiert. Wenn ihm sein Freund noch nicht einmal mehr erzählt, dass er eine Freundin hat, was sagt das dann über ihre Freundschaft?
Igoris hatte – soweit er weiß, aber er hält es nun auch für möglich, dass er einfach nie etwas wusste – schon seit Jahren keine *richtige* Freundin; seit er in der City zu arbeiten begann. Nun scheint ihm einiges verständlicher: Igoris' gute Laune, seine Ausgeglichenheit in den zurückliegenden Wochen.
»Und wer ist sie?« Er wird rot, als er diese Frage stellt. Aber so neugierig wird er wohl noch sein dürfen; bei seinem Freund. Er ist doch noch sein Freund?
»Ich kenne sie über einen Freund. Sie ist Graphikdesignerin, 26. Ich hätte sie dir in nächster Zeit schon vorgestellt. Es ist noch sehr frisch, weißt du.«
Über einen Freund. Er wusste gar nichts von anderen Freunden!
In den zurückliegenden Wochen kam ihm öfters der Anflug eines schlechten Gewissens, weil er keine Zeit hatte, mit Igoris auszugehen. Er musste zu Larissa. Die Idee, mit ihr und ihrem Trauzeugen gemeinsam etwas zu unternehmen, hat er seit dem einen Treffen in der Bate-Bar aufgegeben. Was ihn betrifft, so hat er allerdings nie gedacht, dass sich etwas Entscheidendes an seiner Freundschaft mit Igoris geändert haben könnte. Jetzt ist er sich nicht so sicher, ob sein Freund ihre Freundschaft je so betrachtet hat wie er.

»Du hättest Alison doch heute Abend mitbringen können, das wäre eine gute Gelegenheit gewesen, sie vorzustellen.«
»Daran habe ich gar nicht gedacht, Toby.«
»Willst du sie noch anrufen? Ich weiß nicht genau, was Larissa und Jelena kochen, aber ich vermute mal, ukrainische Spezialitäten. Wir könnten Alison einiges aufheben.«
»Das ist sehr nett von dir, doch sie wohnt in West Hampstead. Sie bräuchte eine Stunde, bis sie hier wäre.«
»Kein Problem, Igoris. Sie kann ruhig später kommen. Es ist noch nicht einmal neun, und so früh gehen wir heute sicher nicht ins Bett.«
»Danke, Toby. Aber, es ist nur – sie würde heute Abend nicht in die Gruppe passen. Verstehst du, was ich meine?« Igoris lächelt ihn ermutigend an.
Er hätte selber darauf kommen müssen. Alison. Der englische Name allein hätte ihm sagen können, dass sie nicht auf sein Fest wollte. Was für ein Schlag. Während Igoris, der gebürtige Litauer, das Einwandererkind, der Außenseiter, gerade dabei ist, sich durch seine Freundschaft mit Alison den Weg in die englische Gesellschaft zu ebnen, hat er sich durch die Hochzeit mit Larissa den Zugang zu dieser Welt auf immer verbaut; er gehört jetzt zu dem Teil von London, den man nicht sieht, den Engländer nicht betreten. Wie kann er jemals noch ein richtiger Londoner werden?
»Sicher, Igoris«, sagt er und probiert, auch zu lächeln.
Seine Wohnung kommt zu früh für ihn in Sicht. Er hat sich noch nicht wieder gefangen. »Konzentrier dich auf den Ball!«, befiehlt er sich, als er die Tür aufsperrt. Die Ofenwärme schlägt ihm wie eine Hitzewelle entgegen, er glaubt, Rosmarin riechen zu können. Rad mit seinem ansteckenden Lachen kommt ihnen als Erster entgegen, und während er ihn umarmt, ist er sich für einen Moment sicher: Doch, er ist froh, dass sie da sind. Um die anderen Gäste zu Gesicht zu bekommen, müssen Igoris und er in die Küche gehen.

Er weiß zunächst nicht, ob er der Höflichkeit wegen zuerst Larissa oder Jelena begrüßen soll. Dass Larissa am nächsten zur Tür steht, klärt die Frage für ihn. Jelena sieht aus wie in Kiew, wie auch sonst. Doch gerade deshalb wirkt sie auf groteske Weise fehl am Platz in seiner Küche. Ihr Mobiltelefon baumelt an einer diesmal orangefarbenen Kordel unter ihrem Busen, ihre schwarzen Strumpfhosen sind mit riesigen Rauten gemustert, der Rock bedeckt gerade ihre Unterhose. Ihre Bluse ist mit Metallsternchen und Dreiecken übersät und bis zum dritten Knopf geöffnet. Ob London sie in den kommenden zweieinhalb Wochen Befangenheit lehren wird? Er gibt ihr einen Kuss auf jede Wange und erkundigt sich, ohne unbedingt eine Antwort zu erwarten, wie ihr Flug war. Ihre Anspannung ist so ansteckend wie das Lachen ihres Mannes. Weil er Jelena mit Küsschen begrüßt hat, kann er es bei Monika, die an der Anrichte Tomaten in den Salat schneidet, auch nicht anders machen. Wenigstens lässt er seit Jahresbeginn jeden Donnerstag 25 Pfund in dem Briefumschlag auf dem Wohnzimmertisch.

Es gibt einen großen Fisch aus dem Ofen, eine Goldbrasse, dazu Salzkartoffeln und Salat. Da sie zu sechst sind, bleibt vom großen Fisch für jeden nur eine kleine Portion. Er schaltet die Deckenstrahler aus, drei Kerzen auf dem Tisch brennen bereits. Er schiebt die Papierservietten unter das neben den Tellern liegende Besteck. Wodka habe er auch, verkündet er. Sie hätten Martini gekauft, entgegnet Larissa. »Wir trinken doch keinen Wodka, wenn wir schon in London sind«, sagt sie, weniger zu ihm als vor den anderen. Er ist konsterniert über ihren triumphierenden Ton. *Wir trinken Martini, keinen Wodka, wir sind anders als normale Ukrainer.* Er hätte ihr solche kindische Freude nicht zugetraut. Doch warum soll er ihr dieses harmlose Glück nicht lassen?

Der Fisch schmeckt ausgezeichnet. Als er es erwähnt, scheint sich Jelena etwas zu entspannen.

»Jelena hat ihn gemacht«, sagt Larissa.

Als Rad Verka Serdutschkas neusten Witz erzählt und Jelena ihn übersetzen soll, hat sie schon wieder ein widerwilliges Funkeln in den Augen.

Zu seiner Überraschung merkt er, dass Monika ihn nicht mit der gewohnten gleichgültigen Grobheit behandelt. Als er ihr vom Salat nachreicht, begleitet sogar ein artiges Lächeln ihr Dankeschön. Natürlich; weil Jelena gekommen ist und ihren Platz an Larissas Seite beansprucht, muss Monika nach neuen Verbündeten suchen. So ist das Leben: ein ständiges Verstoßenwerden und deshalb ein permanentes nach dem Nächstbesten Ausschauhalten.

Obwohl der Martini bianco seine Wirkung nicht verfehlt, wird er das Gefühl nicht los, dieses Essen überstehen zu müssen. In kurzen Momenten genießt er den Abend, doch ehe er sich entspannen könnte, glaubt er wieder zwischen zwei auseinander driftenden Blöcken zu sitzen, die er unter größter Anstrengung zusammenhalten müsste. Igoris erkundigt sich nach der orangen Revolution, Larissa und er haben das alles schon bei ihrem Weihnachtsbesuch in Kiew gehört, Monika interessiert es nicht, und Jelena muss, da sie als Einzige die Frage auf Englisch beantworten kann, einen Monolog halten. Er fragt, was für einen ersten Eindruck sie von London haben, Jelena sagt, sie seien doch erst angekommen, Rad sagt auf Englisch: »*Black girls*« und lacht, bis er einen Schluckauf bekommt, Jelena stößt Luft zwischen aufeinander gebissenen Zähnen aus, Igoris und er senken den Kopf, weil sie sich fragen, ob das irgendwie rassistisch gemeint war. Igoris fragt Monika, was sie in London mache, er denkt: meine Wohnung putzen, Larissa fängt an, auf einem Fingernagel herumzubeißen, Monika wird rot und sagt, dies und das.

»Wie geht es denn der Deutsch-Lerngruppe von Larissas Vater?«, fragt er, auf einmal frisch belebt durch die echte Neugierde, die hinter dieser Frage steckt.

»Wie soll ich das wissen?«, fragt Jelena zurück, so scharf und schneidend, dass er etwas anderes versteht: *Was geht dich das an?*

Klarer denn je weiß er, was sie an ihm stört. Im besten Fall ist er ein Träumer, ein Luftikus, der die Ernsthaftigkeit ihres Lebens nicht begreift. Er ist mal kurz nach Kiew gekommen und glaubt, er könnte sich als ihresgleichen unter ihnen bewegen, ohne ihr Leben, ihre Sorgen, ihre Hoffnungslosigkeit wirklich zu teilen. Er glaubt, die Deutschstunde mit Larissas Vater war doch ein netter Zeitvertreib, eine Anekdote, die sich den Bekannten in Deutschland erzählen lässt. *Er wird dich nur für einen Moment glücklich machen und für viel längere Zeit unglücklich lassen*, hat sie zu Larissa gesagt, als sie sich kennen lernten. In ihren Augen gilt das immer noch. Und wie könnte er Jelena widersprechen, sich verteidigen? Noch ist es nicht mehr als ein längerer, glücklicher Moment, den er Larissa verschafft hat. Vielleicht ist der Moment sogar schon zu Ende, er hat es nur nicht gemerkt?

»Wie geht es deinem Auge?«, fragt Jelena, plötzlich freundlich besorgt.

»Meinem Auge?« Er muss ein Stück Fisch schnell in den Mund schieben, damit es ihm nicht von der Gabel fällt. Weiß Jelena auch schon davon, dass es kein Ausrutscher im Schnee war, sondern ein Kiewer Halbstarker? Natürlich wird es Larissa ihr erzählt haben. Verspottet oder verachtet Jelena ihn innerlich dafür? Begegnet sie ihm auch deshalb mit solcher Kühle? »Ach so, das blaue Auge. Alles in Ordnung, danke. Es ist schon lange der Zeh, nicht mehr das Auge.« Jelena kann nicht wissen, was er meint. Sie lächelt trotzdem verständnisvoll. Er verspürt keine Lust, sie aufzuklären.

Es wird halb drei, bis sie ins Bett kommen. Am Ende erscheint selbst bei der zähsten Feier die Zeit zu verfliegen. Jelena und Rad schlafen auf einer Matratze in seinem Arbeitszimmer, das Bügelbrett lehnt bei ihnen im Schlafzimmer an

der Wand. Er liegt auf dem Rücken, Larissa hat den Kopf an seinen Oberarm gelegt.
»Ich habe Jelena nichts davon erzählt, dass dich die Jugendlichen zusammengeschlagen haben.«
»Und wenn schon?«
»Ich habe wirklich nichts erzählt, Toby.«
»Ich glaube es dir doch.«
»Sicher?«
»Sicher.« Hauptsache, er hat seine Ruhe.
»Ich freue mich so, dass Jelena da ist«, sagt sie.
»Ja, ich mich auch«, brummt er.
Er fühlt sich unendlich müde.

Wenn er morgens aufsteht, schlafen Jelena und Rad noch, deshalb bleibt Larissa auch im Bett. Leise, wie ein geprügelter Hund, schleicht er sich aus der eigenen Wohnung. Wenn er abends zurückkommt, sitzen sie im Wohnzimmer, jung, kichernd und mit roten Wangen. Sie erwarten von ihm, dass er sich dazusetzt.
So wird die Arbeit zum Refugium. Er ist, dank der Verhandlungen im Fall Enagam-KRO, wieder unterwegs. Warschau, Bialystok, Brüssel. Abends, zurück im Taxi von Heathrow, fühlt er sich auf herrliche Art erschöpft. Er weiß, es ist eine Selbsttäuschung, aber er lässt es gerne geschehen: Die Anstrengungen der hektischen Tagesreisen durch halb Europa verstärken den Eindruck, etwas geleistet zu haben.
Der Februar geht dem Ende entgegen. Er soll zum ersten Mal nach Koblenz. Rheingas, die deutschen Mitbesitzer von KRO, müssen von den Vorteilen eines Enagam-Einstiegs überzeugt werden, keine leichte Aufgabe. Wenige lassen sich leicht davon überzeugen, dass ein Selbstmord gut für sie sei.
Der Flug nach Köln geht mittags um halb eins, zu spät, um zu sagen, er komme vorher nicht mehr in die Bank, sondern fahre direkt zum Flughafen. Pro forma geht er morgens an

seinem Schreibtisch noch einmal seinen Vortrag durch: Rheingas' große Chance, mit Enagams Hilfe die Zehntausenden Kohleheizungen Ostpolens auf Gas umzustellen und so die Eigentümer als Kunden zu gewinnen; die Möglichkeit, KRO von einem regionalen in einen nationalen Anbieter zu verwandeln; der Vorteil, den Einfluss der polnischen Bürokraten im Vorstand zurückzudrängen. Er kann den Vortrag längst auswendig, sogar jede Betonung. Doch er wüsste nicht, was er sonst tun sollte, als ihn noch einmal durchzugehen. Er könnte sich auf nichts anderes konzentrieren.

Es sind nur ein paar Stunden, die meisten davon in Konferenzsälen und Erste-Klasse-Zugabteilen, und doch freut er sich jedes Mal wieder, als Londoner Investmentbanker nach Deutschland zurückzukehren.

Er hat seinen Frieden mit seinem Land gemacht. In seinen jungen Jahren in London hat er entweder Deutschland gehasst und England verehrt oder England gehasst und Deutschland nachgetrauert, manchmal wechselten seine Loyalitäten innerhalb eines Tages, aber sie blieben immer extrem. Alles in Deutschland war schlecht oder alles in Deutschland war viel besser als in England.

Er gehört zu der letzten Generation in Deutschland, die erzogen wurde, eine Distanz zu ihrer Nation zu halten. So wie er nach seiner Meinung in vielen Sachen zur letzten Generation gehört: die letzte Generation, die bereit war, persönliche Opfer für den Sozialstaat als Selbstverständlichkeit zu akzeptieren, die letzte Generation, die für ihre ersten sexuellen Erfahrungen in Sportvereine ging, die letzte Generation, die Polen-Witze für geschmacklos hielt. Mit der Zeit in London hat er ein entspanntes Verhältnis zu Deutschland gefunden. Er schämt sich nicht mehr, wenn er deutsche Touristen beobachtet, die Londoner mit ihrer unverblümten Kritik vor den Kopf stoßen. Er kann Engländern auf die Frage *Where are you from?* ohne Angst Deutschland antworten, weil er mittlerweile schlagfertig und gelassen genug ist, auf die folgenden Nazi-Anspielungen zu reagieren. Er kann die guten Seiten an seiner Heimat sehen, die Neugierde und das Gerechtigkeitsgefühl vieler seiner Landsleute, ihren Anstand sowie ihren unermüdlichen Eifer, ausländische Namen korrekt auszusprechen, und kann über die merkwürdigen Seiten Deutschlands lächeln, den Hang, alle Themen zu moralisieren, die Freude am Jammern, ihr verbissenes Festklammern am Ossi-Wessi-Konflikt. All das gelingt ihm, weil er kein Deutscher mehr ist. Er ist ein deutscher Londoner oder ein Londoner Deutscher. Das ist, daran hegt er keinen Zweifel, das Beste, was ihm im Leben passiert ist.

Er ändert gerade einige Worte im Kapitel »Investitionen in die Umrüstung der Kohleheizungen«, als Igoris ihn rücksichtslos unterbricht.

»Toby«, sagt er, »sie haben mich in den siebten Stock bestellt.«

»Was?!« Seine Assoziation ist dieselbe wie Igoris'.

Sein Freund zuckt mit den Schultern und beißt mit den Oberzähnen auf die Unterlippe. Seine Augen sind wässrig.

»Es muss irgendetwas anderes sein, Igoris«, sagt er, doch er weiß genauso wenig, was es anderes sein könnte. »Vielleicht wollen sie dir eine Versetzung in eine andere Abteilung anbieten.« Aber dann hätte Stoneton darüber sicher schon einmal mit Igoris geredet.

Im siebten Stock sitzt die Personalabteilung. Soweit er weiß, gibt es nur einen Grund, ohne Vorwarnung dorthin zitiert zu werden: um seine Entlassungspapiere abzuholen. Als amerikanisches Unternehmen gehört es zur Firmenpolitik von Derling, dass die Angestellten ihre Entlassung exklusiv in der Personalabteilung erfahren. Sie – und vor allem die Angestellten, die bleiben – sollen den Eindruck bekommen, ihr Abteilungsleiter habe keinen Einfluss auf die Rauswürfe. Und bis zu einem gewissen Grad stimmt das auch. Wenn der Vorstand beschließt, die Arbeitsweise der Bank *effizienter zu gestalten*, wie Entlassungen in der Wirtschaftssprache umschrieben werden, dann können die Abteilungschefs noch um den einen oder anderen ihrer Mitarbeiter kämpfen, aber letztendlich sind sie dem Willen der Personalabteilung ausgeliefert. Im Krisenjahr 2001, als Derling eine *Optimierung* nach der anderen ankündigte und insgesamt 5400 der 12000 Mitarbeiter im Londoner Büro entlassen wurden, saßen sie alle mit halber Konzentration an ihren Dossiers. Die andere Hälfte ihrer Aufmerksamkeit konzentrierte sich auf das Telefon. Die Durchwahl aus dem siebten Stock kannte jeder: 77xx. Derzeit allerdings läuft keine Entlassungswelle. Das bedeutet nicht, dass keine Kündigungen ausgesprochen werden, sondern nur dass Rauswürfe einzelne und deshalb für die Entlassenen umso bitterere Fälle sind. Besonders beliebt ist es in der City, Angestellte zu entlassen, wenn sie drei oder vier Jahre auf einer der unteren Positionen, als Analyst oder Associate, gearbeitet haben. Nach drei oder vier Jahren erfolgt in der Regel eine Beförderung. So sparen die Banken doppelt ein: die Beförderung und die Stelle gleich mit. Wenn er sich nicht irrt, ist Igoris seit dreieinhalb Jahren Analyst.

Nach 20 Minuten kommt sein Freund aus der Personalabteilung zurück. Er hat nie ein Flugzeugunglück erlebt und ist sich sicher, auch nie eines zu erleben. Aber so irgendwie muss es sein – danach. Wenn man aus dem Himmel gefallen ist. Igoris' Gesicht hat keine Farbe, seine Augen keinen Blick mehr. Angesichts der Zeit, die Igoris weg war, hält er es für gut möglich, dass sein Freund den Gang auf die Toilette schon hinter sich hat. Er weiß nicht, was er für ihn tun könnte, wie er sich jetzt verhalten soll.

Mechanisch, ferngesteuert beginnt Igoris, seinen Schreibtisch auszuräumen. Er tritt neben ihn und legt ihm die Hand auf die Schulter, ohne in sein Gesicht blicken zu müssen. »Es tut mir Leid, Igoris«, flüstert er. Er könnte jetzt sagen, dass es einmal jeden trifft in der City, dass es nicht mehr als ein Ehren-

zeichen ist, so wie eine Narbe für Mitglieder einer schlagenden Verbindung. Er sagt nichts. Zum einen hat er nicht das Gefühl, Igoris erreichen zu können. Zum anderen fürchtet er, dass Igoris in der allgemeinen Regel die Ausnahme ist: Für seinen Freund ist die Entlassung kein Ehrenzeichen, sondern das Siegel, dass er nicht gut genug ist, nicht stark genug. McClivan sitzt direkt neben Igoris, er kann nicht übersehen, was passiert, und hat deshalb zu telefonieren begonnen, als sei dieses Telefongespräch das wichtigste der Welt. Die anderen bekommen entweder wirklich nichts mit oder schauen gebannt weg. Er schaut zum Glaskasten, die Jalousien sind heruntergelassen. Durch deren Ritze kann er Stoneton nur schemenhaft erkennen, der aufgestützte rechte Ellenbogen, den er sieht, lässt vermutet, dass der Chef wohl am Telefon ist. Stoneton muss von der Entlassung gewusst haben. Er muss – je ruhiger er darüber nachdenkt, desto sicherer ist er – sie sogar angeordnet haben.
»Mister Linderoth?« Er sieht Charvey nicht, er hört ihn nur. Er dreht sich einmal im Kreis, ehe er ihn entdeckt, vor dem Tisch der Sekretärin, den Trenchcoat schon übergeworfen, den Aktenkoffer fest in der rechten Hand. »Gehen wir? Das Taxi wartet schon.«
Er komme sofort. »Igoris, ich muss los, zu Rheingas. Ich rufe dich später an, okay?« Sein Freund nickt, unmerklich, nur für ihn zu sehen. Oder vielleicht kann noch nicht einmal er das Nicken sehen. Vielleicht hat er es sich nur eingebildet.
Es ist nicht richtig. Es ist schändlich, dass er sich so verdrückt. Er hätte zu Charvey sagen sollen: »Eine Minute, bitte, ich komme sofort nach.« Die Wahrheit ist, dass er heilfroh ist, dass ihm Charvey die Chance eröffnet wegzurennen.
Jemand hat eine dicke Scheibe in seine Stirn eingebaut. Dahinter sitzt er nun und lässt den Nachmittag in Deutschland an sich vorüberziehen. Er nimmt an allem teil, er nimmt alles auf, doch gedämpft, langsam, merkwürdig fern, verzögert.

»Exzellente Präsentation«, flüstert ihm Charvey zu, als sie – die Manager von Enagam und Rheingas noch hinter und vor sich – aus dem Konferenzsaal eilen. Er schlägt die Augen auf den Boden. Ob Igoris sich von den Kollegen verabschiedet hat oder ob er einfach gegangen ist? Ob ihn Stoneton wenigstens zu sich hereinrief oder ob er, die ultimative Erniedrigung, Igoris anklopfen ließ?
Auch dafür werden sie so gut bezahlt: dass sie im nächsten Moment rausgeworfen werden können, für ein Jahr oder länger gar nichts mehr verdienen werden. Der Markt diktiert das Tempo, und so ist alles Bewegung in der City, auch der Weg nach unten. Irgendwann wird es auch ihn erwischen, denkt er. Aber er sagt es sich nur so, wie man sich Vokabeln vorsagt. Er glaubt es nicht wirklich. Ihn wird es nicht erwischen. In dieser Meinung hat ihn Igoris' Entlassung sogar bestärkt. Vor sich selber braucht er da nichts zu heucheln: Auf gewisse Weise beruhigt ihn Igoris' Rauswurf. Er bangte um seinen Posten, Igoris war – frisch verliebt – selbstsicherer denn je – und trotzdem wird Igoris entlassen, nicht er. Denn er hat, was seinem Freund fehlt: den Instinkt, die Kaltblütigkeit, die Fähigkeit, unter Druck am besten zu sein, *to perform*: die Arbeit zu verrichten, zu vollbringen, ein Stück aufzuführen, eine Rolle darzustellen. Um es in der Sprache der City zu sagen, in der Sprache des Geldes: Dass sie Igoris einen Kopf kürzer gemacht haben, ist ein Zeichen, dass er überleben wird.
Wenn er so kalt und professionell wäre, wie er sich gerne sieht, würde er nichts anderes denken. Stattdessen fühlt er sich, als wäre er mitentlassen worden.
Um 21.24 Uhr, mit 14 Minuten Verspätung, sind sie zurück in Heathrow. Unter dem Vorwand, er müsse noch ein paar Lebensmittel in einem der Flughafenshops einkaufen, vermeidet er es, mit Charvey und Mellor gemeinsam im Taxi in die Stadt zu fahren. Er ruft Igoris an. Zu seiner Erleichterung geht wie erwartet der Anrufbeantworter an.

»Igoris, Toby hier. Ich weiß nicht, wie du dich fühlst. Das heißt, natürlich weiß ich es. Schau, ich will keine Volksreden halten. Wenn du deine Ruhe haben willst, verständlich. Wenn du reden willst – du kennst meine Nummer. Pass auf dich auf, mein Freund.«

Er sagt dem Taxifahrer, er solle ihn auf der Fulham Palace Road, Ecke Gowan Avenue rauslassen. »Da, wo die Fernsehmoderatorin ermordet wurde?«, fragt der Fahrer und lacht, Beifall heischend. Er nickt noch nicht einmal. Ihm steht nicht der Sinn nach einem Gespräch.

Er lässt sich eine Quittung geben, rundet den Fahrpreis von 24,60 auf 25 Pfund auf, sich voll bewusst, dass der Fahrer ihn im besten Fall für knauserig hält und im schlimmsten für eine knauserigen Deutschen.

Er hat das Ziel so gewählt, dass ihm ein fünfminütiger Fußweg zu seiner Wohnung bleibt. Die Luft ist erfrischend kühl. Beim Einatmen glaubt er seine Lunge so deutlich zu spüren, dass er ihre Umrisse auf seinem Oberkörper nachzeichnen könnte. Er denkt daran, was ihn zu Hause erwartet. Larissa, Jelena, Rad, vielleicht auch Monika im Wohnzimmer, die Wodkaflaschen, die er für das Willkommensfest vor sechs Tagen kaufte, geöffnet auf dem Fußboden; auf einmal ist Wodka doch wieder gut genug. Die Fensterscheiben beschlagen von ihrer Körperwärme, von ihrer Fröhlichkeit; auch Jelena kann plötzlich ausgelassen sein, sogar in seiner Umgebung. Sie werden von ihm erwarten, dass er mit ihnen lacht, froh und munter ist.

Er muss die Gowan Avenue einfach immer geradeaus gehen, dann kommt er nach Hause. Er biegt bei der erstbesten Gelegenheit links ab und denkt an den Mann, der sagte, er gehe kurz Zigaretten holen, und nie mehr nach Hause kam.

Sechsundzwanzig

Er steht noch vor der Morgendämmerung auf. Die Dunkelheit wird es ihm leichter machen zu gehen. Larissa wird noch im Halbschlaf sein, wehrlos, nicht in der Lage, ihn durch eine vor Traurigkeit brüchige Stimme aus dem Gleichgewicht zu bringen.

Er schleicht barfuß ins Bad und stellt die Dusche nur auf halbe Stärke ein, damit das Wasser nicht zu laut trommelt. Auf dem Stapel frischer Handtücher liegen sein marineblauer Rundkragen-Pullover aus feiner Wolle, die Stoffhose in derselben Farbe, ohne Bundfalten, im Jeans-Stil geschnitten, schwarze Socken, kein Unterhemd, ganz oben die Unterhose, alles fein säuberlich gefaltet. Er ist am Abend zuvor als Letzter ins Bad gegangen, um bereitzulegen, was er nun am Morgen anzieht.

Die Tür zu seinem Arbeitszimmer steht offen. Aber er hat keine Befürchtungen, dass Jelena oder Rad herauskommen, falls sie ihn hören. Er hat sich – »für alle Fälle«, hat er gesagt – schon gestern vor dem Schlafengehen von ihnen verabschiedet. Er geht noch einmal kurz ins Schlafzimmer, um sich mit einem Kuss auf die Wange, oder was auch immer von ihrem Gesicht aus der Bettdecke herausschaut, von der schlafenden Larissa zu verabschieden. Er erschrickt, als er in den Raum tritt. Sie sitzt aufrecht im Bett.

»Bist du schon wach?«

»Ich habe überhaupt nicht geschlafen heute Nacht.«

»Wieso?«

»So.« Sie verschränkt die Arme vor der Brust.

Er setzt sich neben ihre Füße, um ihr nah zu sein und doch weit genug entfernt von ihrem Gesicht und ihren Händen.

»Ich weiß, es muss wehtun, dass Jelena und Rad heute abreisen.«
»Es ist nicht nur das. Ich wusste doch, dass nach zweieinhalb Wochen der Moment des Abschieds kommen würde. Aber – diese zweieinhalb Wochen waren ja überhaupt nicht schön für dich!« Tränen schießen in ihre dunklen Augen. Ein falsches Wort von ihm, und die Augen werden überlaufen.
»Es ging ja nicht so sehr darum, ob die Zeit schön für mich war. Es sind deine Freunde – Hauptsache, du hast dich amüsiert.« *Amüsiert.* Was für ein schäbiges Wort, wie gemein. Er bereut augenblicklich, es verwendet zu haben. Doch etwas in ihm bleibt eisig: Er wird ihr nicht, nur um ihre Tränen zu vermeiden, verzeihen, wie sie und ihre Freunde ihn in den vergangenen zweieinhalb Wochen behandelt haben. Er kann nicht, nur um ihr die Schmerzen zu ersparen, verdrängen, zu welchem Entschluss er gelangt ist.
So geht es nicht mehr weiter. Er darf nicht mehr alles, was ihn an ihr irritiert – und es wird zunehmend mehr –, damit entschuldigen, dass sie noch fremd in London ist, er kann nicht immer alles damit abtun, dass sie noch so jung ist. In Kiew erschien sie ihm so erwachsen! Und jetzt ständig dieses kindische Gekicher mit Monika und Jelena, *wir trinken doch keinen Wodka*; diese Verstocktheit vor anderen Leuten, sogar vor seinen Eltern; diese Ziellosigkeit, *es reicht mir, Klarinette zu spielen, es muss gar nicht im Philharmonieorchester sein.* Er weiß, er sollte nicht ungerecht sein, vor allem nicht selbstgerecht – aber: dieses *ich weiß gar nicht, was ich in London machen soll* und nichts selber dagegen unternehmen wollen – ihm die Verantwortung dafür zu geben. Und nun auch noch diese Dramatik, nur weil ihre Freunde nach Hause fahren – denn das, da ist er sich sicher, ist es in Wirklichkeit sehr wohl, was ihr die Tränen in die Augen treibt, der Abschied, nicht die schlechte Zeit, die sie ihm bereitet haben.
Sie schleudert die Bettdecke zurück und robbt sich heran.

Ihre Arme greifen nach ihm. Er spürt, wie er in ihrer Umarmung gefriert.
»Ich habe doch versucht, euch alle zusammenzubringen, Toby. Weißt du, wenn ich dein Gesicht sah, wie du nach Hause kamst, so traurig, dachte ich: Mein Gott, er fühlt sich wie ein Fremder im eigenen Haus. Ich dachte, wenn du dich zu uns setzt, dann werden sich mit der Zeit schon alle arrangieren. Schließlich hatten wir in Kiew doch auch alle zusammen öfters eine gute Zeit. Das hatten wir doch, oder? Aber du und Jelena, ihr bliebt immer so *kalt*. Und ich, ich wollte es überspielen und deshalb besonders fröhlich sein. Ich weiß, ich habe mich unmöglich benommen.« Ihre Tränen an seiner Wange sind angenehm warm.
Sie hat also alles bemerkt. Sie hat sogar mit ihm gelitten. Sie hat es einfach nicht geschafft, es allen recht zu machen, ihrem Mann und ihren Freunden, dem Erwachsenen und den Jungen, dem Westen und dem Osten. Er fühlt, wie sein Wille, hart zu bleiben, schwindet.
Er würde gerne etwas sagen, was sie beruhigt, was sie wieder glücklich macht. Wenn er schon so wäre, wie er sein will – ein galanter, souveräner Londoner, trotz aller zurückhaltender Höflichkeit doch voller Herzenswärme –, dann würde es ihm im Handumdrehen gelingen, sie zu trösten. Er weiß die Sätze, die er sagen sollte, die Gesten, die er machen müsste, so ist es nicht: Sie sind in ihm, und für sich, in seinem Kopf, wiederholt er sie sogar schon. Warum aber kann er, der nur seinen Gefühlen folgt, der seinen Gefühlen mehr traut als sonst einer, sie nicht aussprechen? Er hat sich die Frage schon so oft gestellt, und die eine mögliche Antwort, die er gefunden hat, ist diese: Er muss seine Gefühle geheim halten, er darf sie niemandem anvertrauen, denn sie sind der einzige Schatz, den er besitzt, das einzige Besondere an ihm. Er weiß, dass dies die für ihn schmeichelhafteste Antwort ist. Was, wenn er einfach ein Holzklotz ist?

Er überwindet sich. Er erwidert ihre Umarmung, küsst ihr Ohr und flüstert: »Es war doch trotzdem eine schöne Zeit, Larissa. Denk zum Beispiel an das Willkommensessen. Das war doch ganz nett, oder?«
Sie nickt wie ein kleines Mädchen, dessen Knie nach einem Sturz bluten und dem man mit absoluter Bestimmtheit sagt: Schürfwunden schmerzen nicht.
Er erinnert sich an sein Vorhaben. »Ich muss ins Büro, Larissa. Es wird, wie gesagt, vermutlich spät heute, vor zehn, elf bin ich nicht zurück, fürchte ich.«
Er streicht ihre Haare zurück, klemmt sie hinter das Ohr und küsst die heißen Tränen von ihrer Wange. Sie lässt den Kopf auf seine Brust fallen. Er gibt ihr einige Sekunden. Dann reißt er sich los und ist schon auf dem Weg.
Er marschiert, die Hände in die Taschen seines Mantels gesteckt, zur U-Bahn-Station Parsons Green. Falls er einem Taxi begegnen sollte, wird er es nehmen. Doch die Straßen sind verlassen, im Café an der Ecke Mimosa Street rückt eine Bedienung die Stühle zurecht, er braucht gar nicht nachzufragen, noch ist geschlossen. Es sind acht Tage, seit er das letzte Mal mit Larissa geschlafen hat, elf Tage, seit Igoris entlassen wurde, seit er seinen Freund das letzte Mal gesprochen hat. Es ist Samstag. London, die Stadt, die niemals schläft, döst.
Was die Zeit betrifft, so hätte er ohne Schwierigkeiten noch eine Weile bei Larissa bleiben können. Zeit hat er, viel Zeit. Aber hätte er nur noch einen Moment länger ihr verweintes Gesicht gesehen, hätten ihn der Mut und die Kraft verlassen zu gehen. Die Frage, die sich natürlich stellt, lautet: Sollte er überhaupt gehen? Er will damit nicht schon wieder beginnen, er hat es hundertmal hin- und hergewälzt. Er ist froh, dass er zu einer Entscheidung gekommen ist: Er hat sich vorgenommen hinzufahren, und jetzt wird er fahren, aus. Alles Weitere wird man dann sehen.
In Paddington lässt er den Sieben-Uhr-Zug sausen, um noch

einen Kaffee am Bahnhof zu trinken. Die Züge nach Reading fahren alle halbe Stunde. Während er wartet, dass der Kaffee etwas abkühlt, wählt er Igoris' Nummer. Er hat keine Bedenken wegen der frühen Stunde. Er weiß sowieso, dass Igoris nicht rangeht. Er ruft jeden Tag an, jeden Tag spricht er mit dem Anrufbeantworter. »Igoris, ich bin's wieder. Dachte, vielleicht habe ich mehr Glück, wenn ich es zur unmöglichsten Stunde versuche. Es ist noch nicht einmal acht am Samstagmorgen. Du fragst dich bestimmt, was ich zu dieser Zeit schon auf den Beinen mache. Tja – ich würde es dir gerne erzählen. Ich würde dich gerne um deinen Rat fragen. Das mit Larissa – ich fürchte, du hast Recht gehabt, Igoris. Diese Idee, jemanden aus der Ukraine zu heiraten, jemanden mit einem völlig anderen Leben, fast noch ein Kind, einfach so, Hals über Kopf, geblendet von der Verliebtheit – was soll ich sagen? Sie ist so anders, als ich in Kiew gedacht habe. Nun, vermutlich bin ich auch anders, als sie je geglaubt hätte. Ich bin einfach – aber was belästige ich dich mit meinen Sorgen, du hast sicher genug an deinen eigenen zu tragen. Entschuldige, Igoris. Ich melde mich morgen wieder. *Speak to you soon, mate.*«
Die Nummer des Mobiltelefons ist das Einzige, was er von seinem Freund hat. Ansonsten weiß er, dass Igoris in Saint John's Wood wohnt. Aber er kennt weder die Straße noch die Telefonnummer zu Hause. Wenn Igoris sein Mobiltelefon vor Wut weggeworfen hat oder nie mehr einschaltet, dann ist es gut möglich, dass er von seinem Freund nie mehr etwas hören wird.
Obwohl er seine Abfahrt hinauszögert, ist er der erste Zuschauer in der Sporthalle in Reading. Die Türen werden erst um neun geöffnet, erklärt ihm ein stämmiges Mädchen in einer formlosen neongelben Nylonjacke, die sie als Ordnerin ausweist. Weil sie offenbar Mitleid mit ihm hat, lässt sie ihn mit einer stillen Geste der Komplizenschaft bereits um zehn vor neun hinein. Die Halle ist noch dunkel.

Der lokalen Tageszeitung, die er sich auf dem Weg vom Bahnhof zur Sporthalle gekauft hat – eine seiner Maßnahmen, um nicht allzu früh anzukommen –, entnimmt er, dass Deutschland am Freitag die ersten beiden Vorrundenspiele gewonnen hat, 7:2 gegen Österreich und 4:0 gegen die Ukraine. Ukraine – das wäre kurios gewesen, wenn er ausgerechnet zu jener Partie gekommen wäre. Aufgrund der guten Tordifferenz wird Deutschland also ein Unentschieden gegen Frankreich genügen, um als Gruppensieger das Halbfinale zu erreichen.

Er erkennt Heike augenblicklich, als die Mannschaften um halb zehn, eine halbe Stunde vor Spielbeginn, zum Aufwärmen in die Halle kommen. Ihr Laufstil hat das Mädchenhafte behalten, schwebend, elegant, als hätten ihre Fußspitzen nur den zartesten Kontakt mit dem Boden. Als einer Mitspielerin beim Warmspielen der Ball verspringt und er Heike gegen das Schienbein knallt, schreit sie kurz spitz auf, und als die Kollegin sich entschuldigt, lächelt sie sofort. Noch immer die ganz Artige.

Er hat lange kein Hockeyspiel mehr gesehen. Sechs Jahre muss es her sein. Während er seine Karriere längst aufgegeben hatte, spielte Heike in ihrem Londoner Jahr beim Hockey-Club Slough, ab und an ging er zu Heimspielen. Wegen der Schnelligkeit, der Dynamik ist Hallenhockey für die Zuschauer vielleicht sogar attraktiver als Feldhockey. Doch dieses Spiel hier, Deutschland gegen Frankreich, die Entscheidung, wer die Vorrundengruppe A der Europameisterschaft gewinnt, erinnert ihn wieder daran, warum Frauenhockey ihm meistens nur ein fassungsloses Kopfschütteln entlockte. Bälle werden verstoppt, Pässe laufen ins Leere. Die Spielerinnen keifen sich an, mit hellblauem Mundschutz und piepsigen Stimmen, sodass sicher kein Wort zu verstehen ist, die Trainer heben die Hände, Gesten der Beruhigung. Nervosität wird zu Kopflosigkeit, Kopflosigkeit steigert sich zu Panik. Eine Mannschaft ist so schlecht wie die andere.

Heike war nie eine Spielerin für Hallenhockey. Zwar gelingt es ihr dank ihrer feinen Technik öfters, eine Gegnerin zu umdribbeln und einige intelligente Pässe zu spielen. Doch ihre Stärke – das, was sie wirklich zur herausragenden Spielerin macht – ist ihre Schnelligkeit. Für die ist auf dem kleinen Hallenfeld kein Platz. Sie kapiert es nicht. Immer wieder versucht sie loszusprinten, als lägen die weiten Flügel des Feldhockeys vor ihr. Jedes Mal, wenn sie an einer Französin vorbei ist, ist eine andere schon da, stiehlt ihr den Ball und gibt ihr mit dem Körper noch einen Rammstoß mit.

Die 400, vielleicht 500 Zuschauer, die schon so früh am Morgen gekommen sind, weil England die folgende Partie bestreitet, begleiten das verzweifelte Anrennen der Französinnen in den Schlussminuten mit hysterischem Kreischen. Ihm gibt die Spannung nichts, ihn verwundert die Kopflosigkeit der Spielerinnen nur. Ein ums andere Mal muss die deutsche Torfrau ihr Team retten. Das verschafft ihm etwas Genugtuung, die Solidarität der Torleute. Deutschland gewinnt 3:2.

Damit Heike ihn sieht, muss er hinunter in die erste Reihe, direkt an den Spielfeldrand. Es ist ihm unangenehm. Er steht inmitten einer Horde Schulkinder, die, mit großen, bunten Stiften und Papier bewaffnet, Autogramme jagen, ohne auch nur zu ahnen, wer die Sportlerinnen sind, die ihnen ihre Unterschrift schenken.

»Heike!« Er reckt die rechte Hand in die Luft. Sie ist schon auf dem Weg in die Umkleidekabine und dreht sich erst auf seinen dritten Zuruf hin um. Sie reißt die Augen auf und verdreht sie, als erlebe sie eine große Überraschung. Sie weiß doch, dass er kommen wollte. »Wer ist die?«, fragt der Junge rechts von ihm alarmiert, »die Wichtigste von denen?«

»Mehr oder weniger«, antwortet er.

Ihre braunen Augen leuchten immer noch wunderschön. Sie umarmt ihn, ihr Schläger klatscht ihm auf den Rücken, der Schweiß ihres Gesichts wischt an seinem Ohr entlang.

»Glückwunsch, toll gespielt«, sagt er.
Sie verabreden, dass sie nach dem Duschen zu ihm auf die Tribüne kommt. Sie hat nun bis zum Halbfinale um 18 Uhr frei. Sie müsse jedoch zum Mittagessen im Hotel sein, schränkt sie sofort ein. Wäre es so schlimm, wenn sie einmal ein paar Minuten zu spät käme, denkt er und sagt: »Natürlich.«
Die nächsten Mannschaften sind auf dem Parkett, England und Russland. Sie muss um das Spielfeld herum in die Umkleidekabine gehen. Er sieht ihr nach. Sie hat wirklich sehr lange Beine. Als sie im Kabinengang verschwunden ist, überlegt er. Wäre es schon das Symbol einer definitiven Entscheidung? Oder nur eine logische Sicherheitsmaßnahme, um sich von vorneherein ein Gesprächsthema vom Leib zu halten, auf das er absolut keine Lust hat? Er entscheidet sich für letzteres Argument und zieht den Ehering aus.
Sie kommt mit nassen Haaren und im schwarz-weißen Trainingsanzug des Deutschen Hockey-Bundes. Er fühlt sich in seinem eleganten Wintermantel fehl am Platz.
»Hey, jetzt erst einmal richtig: Hallo!«, sagt sie und umarmt ihn noch einmal. »Schön, dich zu sehen.«
»Ja, wann haben wir uns das letzte Mal –«, beginnt er und lacht töricht, weil ihm einfällt, wie die letzten Male waren, als sie sich sahen.
»Ehe ich es vergesse: Ich habe dir ein Buch mitgebracht.« Sie hält es ihm steif entgegen.
»Oh, danke, das ist sehr lieb von dir – aber ich habe gar nichts für dich. Ich dachte nicht –«
»Ach, was«, unterbricht sie ihn, »ich habe es gelesen und musste dabei einfach sehr oft an dich denken: Es ist geschrieben von einem Amerikaner, der auch in London lebte, und in vielem erinnerte mich die Hauptperson an dich.«
»Na, da bin ich ja gespannt.« Er sieht das Buch an. Der Autor sagt ihm nichts, Paul Theroux. »Ich habe schon seit Ewigkeiten kein Buch mehr gelesen. Mindestens vier Jahre. Aber der

Titel klingt bereits viel versprechend.« Er schlägt *Mein Geheimes Leben* auf und wirft einen flüchtigen Blick auf die erste Seite: *Ich besaß Vorzüge, die mir niemand nehmen konnte: ein gutes Gedächtnis und herrliche Träume, und ich wusste genau, wann ich glücklich war.* Er hält an sich, um nicht lachend zu fragen: Was für ein Bild hast du von mir? Und wie schön wäre es, wenn nur ein bisschen davon wahr wäre: dass sein Leben etwas Geheimes hätte und er irgendwelche Vorzüge; nicht davon zu reden, dass er wüsste, wann und wie er glücklich ist.

»Geht ja schon gut los. Ich werde es lesen, bestimmt.« Hektisch fügt er an: »Und dir sagen, wie ich es fand. – Und dir geht es gut? Nationalspielerin!« Es ist nur ein Wort, aber es genügt, um die alte Intimität zurückzubringen oder zumindest einen Teil davon. Er zwickt sie neckisch in den Oberschenkel, sie lacht, voller Zuneigung.

Sie erzählt ihm, dass sie nun in Hannover als Ärztin in der Neurologie im Klinikum Nordstadt arbeitet, dass es anstrengend ist, sehr viele Überstunden, aber dass sie dort wirklich etwas lernen kann, dass sie sich allerdings manchmal fragt, ob es der Beruf allein wirklich wert ist, in eine wildfremde Stadt zu ziehen. Also alles, was er schon aus ihren elektronischen Nachrichten weiß.

»Ich arbeite teilweise zehn, elf Stunden am Tag, Toby. Dann gehe ich zum Hockeytraining und falle ins Bett. Manchmal frage ich mich schon, was das für ein Leben ist, das wir führen.«

Wieso *wir*, fragt er sich. Aber er schweigt, um sie zum Weiterreden zu ermuntern.

»Wenn du Glück hast, hast du ein paar nette Kollegen im Krankenhaus oder Mitspielerinnen im Hockeyteam, und die habe ich sicher auch. Aber wo und wann sollst du noch wirkliche Freunde kennen lernen? Verstehst du, was ich meine?«

Er glaubt, zu gut zu verstehen, was sie meint. Sie hat keinen Freund. Natürlich hat sie keinen Freund. Sonst hätte sie nie angefangen, ihm wieder zu schreiben. Sie ist einsam. Da glaubt man sich plötzlich wieder daran zu erinnern, wie schön doch früher alles gewesen sei. Sie ist nie jemand gewesen, der gerne alleine ist.

»Ich weiß, was du meinst, Heike. Andererseits sind wir doch damals auch nach London, ohne irgendjemanden hier zu kennen. Und ich arbeite ja – wie du nur zu gut weißt – auch nicht gerade wenig. Trotzdem bin ich hier heimisch geworden.«

»Es gibt da allerdings einen kleinen Unterschied: Du wolltest schon immer nach London, auch wenn du niemanden dort kanntest. Ich wollte nie nach Hannover. Und du bist eine Ausnahme, Toby. Du brauchtest noch nie viele Freunde. Im Gegenteil, Freunde erscheinen dir doch fast lästig.«

»Ist das ein Vorwurf?«

»Im Gegenteil. Das ist – auf gewisse Weise – bewundernswert.«

»Auf gewisse Weise?«

»Na ja, du weißt, was ich meine.«

»Diesmal leider nicht.«

»Ach, wir wollen doch nicht wieder all die alten Sachen aufwärmen.«

»Ich wärme gar nichts auf, Heike.«

»*Auf gewisse Weise* macht es deine Einsame-Cowboy-Mentalität einem sehr schwer, mit dir zu leben.«

»Aha.« Er ist – auch wenn er sich sagt, es brauche ihn doch nicht zu kümmern, was sie rede – gekränkt.

»Toby, vergiss es einfach, ich wollte dich nicht verletzen, vielleicht bist du mittlerweile auch ganz anders, was weiß ich denn. Alles, was ich sagen wollte, war: Wir haben es heute sehr schwer.«

»*Wir*?«

»Ja, wir: unsere Altersgenossen, wir alle, die wir Anfang dreißig sind. Es wird von uns heutzutage Unmögliches erwartet:

Wir sollen im Beruf superflexibel sein, heute nach Hannover ziehen, morgen nach Buxtehude, zwischendrin am besten noch ein halbes Jahr in die USA. Unregelmäßige Arbeitszeiten sind selbstverständlich zu akzeptieren – und dann sollen wir noch, quasi so nebenbei, ein glückliches Liebes- oder sogar Eheleben führen. Und weißt du, was das Kuriose ist?«
»Nein.«
»Am meisten erwarten wir das selber von uns. Dass wir alles schaffen, erfolgreiche Ärztin, tolle Sportlerin, glückliche Ehefrau. Aber ich sage dir, dieser Zustand ist eine Unmöglichkeit. Wir jagen immer weiter der vermeintlichen Vollkommenheit nach und übersehen dabei selbst die Momente, wenn wir in der Unvollkommenheit glücklich sind.«
Er denkt, dass sie schon immer so war: fähig, die klügsten Schlüsse zu ziehen, unfähig, die Konsequenzen daraus zu ziehen.
»Ich weiß nicht, Heike.«
»Wieso? Hast du etwa eine – ?« Sie glaubt, die Frage nicht ausformulieren zu müssen. Tatsächlich hat er verstanden, was sie wissen will. Doch weil sie die Frage in der Luft schweben lässt, kann er das mit der Antwort genauso machen. Er lächelt bloß, wie er glaubt: geheimnisvoll. Sie missversteht ihn offensichtlich.
»Du auch nicht? Ich auch nicht.«
Er fühlt sich nicht gut dabei, sie anzulügen. Er beruhigt sich, es sei besser *für sie*, nicht zu erfahren, dass er verheiratet ist. Sie würde es nur gegen sich auslegen: Selbst Tobias, der Freunde-Feind, der einsame Cowboy, ist schon verheiratet – und ich bin immer noch allein. Wie schön es ist, denkt er kurz, eine Frau wie Larissa zu haben, frei von diesen ständigen Selbstanklagen, diesen ewigen Selbstzweifeln.
Er bringt das Gespräch auf das Hockey. Sie erzählt, wie kompliziert es in ihrer Vereinsmannschaft sei, weil der Trainer mit einer Spielerin liiert ist, er verlangt nach Einzelheiten, sie

verlieren sich in unverfänglichem, angenehmem Klatsch und Tratsch. Dann muss sie zum Mittagessen. Er bringt sie zum Hotel, es sind nicht einmal zehn Minuten zu Fuß. Beim Abschiedskuss auf die Wange streifen sich ihre Münder kurz. Es ist ein aufregendes Gefühl.

»Um 18 Uhr ist das Halbfinale. Sehen wir uns danach wieder?«

»Ich werde da sein«, verspricht er und muss daran denken, wie es für Larissa sein wird, vom Flughafen zurück nach Fulham zu fahren, alleine, nachdem sie Jelena und Rad verabschiedet hat.

Er wandert durch die Fußgängerzone von Reading, die auch die Fußgängerzone von Slough oder Saint Albans sein könnte. Im Schaufenster der National Westminster Bank hängt ein Werbeplakat für die Europameisterschaft mit dem Foto einer drahtigen englischen Spielerin, die gerade mit dem Schläger durchgezogen hat und, die Wangen aufgeblasen, die beeindruckenden Armmuskeln noch angespannt, dem Ball hinterherblickt. Er bleibt davor stehen und sieht nach einem Augenblick Heike wieder vor sich, beim Versuch, auf das französische Tor zuzusprinten, obwohl jeder außer ihr in der Halle erkennt, dass es aussichtslos ist, weil zwei französische Abwehrspielerinnen ihr längst den Spielraum versperren. Er lächelt, fast schon belustigt: was für ein miserables Spiel. Und dennoch haben sie gewonnen. Es muss nicht immer alles vollkommen sein. *Auch wenn wir selber das am meisten von uns erwarten.*

Ist das eine Erkenntnis, die er ernsthaft in Betracht ziehen soll? In der Unvollkommenheit glücklich werden.

Für einen Moment gefällt ihm die Einsicht, im nächsten empört ihn diese Ausflucht. Soll dies tatsächlich das Ziel seines Lebens sein: ein einigermaßen erfolgreicher Investmentbanker mit einer einigermaßen glücklichen Ehe?

Er lacht. Wie londonerisch das klingt: *Sort of* successful. *Sort*

of happy. Betonung auf dem langen, langen o in *Sort*, den Mund gespitzt, damit das S in *Sort* herauskommt wie das Zischen einer Schlange.
Er schaut auf die Uhr: zwanzig nach eins. Wenn er direkt einen Zug der Great Western Railways nach Paddington erwischt und dort den Heathrow Express nimmt, kommt er wohl noch rechtzeitig, um Jelena und Rad am Flughafen auf Wiedersehen zu sagen. Ein Abschied ist immer ein guter Moment für einen neuen Anfang.

Der Schnellzug von Swansea nach London fährt mit zehn Minuten Verspätung in Reading ein, das hat er jetzt gerade noch gebraucht. Um die Tür zu öffnen, schiebt einer der Fahrgäste von innen das Waggonfenster hinunter, streckt die Hand hinaus und drückt den Außengriff hinunter. Englische Logik. Mit selbstverständlicher Höflichkeit tritt er zur Seite und lässt die, die am Ziel sind, aussteigen, niemand würde darauf kommen, dass er kein Engländer ist. Er schaut kurz in den Waggon, ob auch wirklich niemand mehr aussteigen möchte. Dann steigt er ein. Der erste freie Platz, der in Sicht kommt, ist gut genug. Er rutscht mit seinem Rücken in dem Sitz herum, um es sich gemütlich zu machen, und nimmt das Buch, das ihm Heike geschenkt hat, aus seiner Manteltasche. Während er die Hand in der Manteltasche hat, erinnert er sich an etwas. Er kramt in den Hosentaschen, findet, was er sucht, und steckt sich den Ehering wieder auf den Finger. Dann beginnt er zu lesen.

Ronald Reng
Mein Leben als Engländer

Roman
KiWi 796
Originalausgabe

Zoltán Rósza, den seine Freunde Zoli nennen, hat mit fünfundzwanzig in Budapest sein Studium beendet und muss erkennen, dass die Frage seines Vaters berechtigt war: »Und wie wirst Du als Meeresbiologe einen Job kriegen in unserem Land ohne Meer?«.

Er entschließt sich, nach England zu gehen, in das Land, das er liebt, ohne es zu kennen. Er arbeitet als Au-pair in einer indischen Gastfamilie und verkehrt in einer Welt, in der man keine Engländer trifft ... Erst als Zoli mit einer deutschen Modeeinkäuferin nach München geht, lernt er sie kennen, die Engländer. Wo? Im Englischen Garten natürlich.

Ronald Reng erzählt atmosphärisch dicht, mit wunderbarem Witz und zarter Melancholie.

Paperbacks bei Kiepenheuer & Witsch KiWi PAPERBACK www.kiwi-koeln.de

Ronald Reng
Der Traumhüter

Die unglaubliche Geschichte eines Torwarts
KiWi 685
Originalausgabe

»Ein grandioses Buch ... Nick Hornby hat einen Nachfolger gefunden.« *Financial Times Deutschland*

»›Der Traumhüter‹, daran besteht kein Zweifel, spielt in derselben Liga wie ›Fever Pitch‹ von Nick Hornby.«
Welt am Sonntag

»Etwas Besonderes in der deutschen Fußball-Literatur.«
FAZ